Ezlyn. Im Zeichen der Seherin

Foto K.S. © Simply Photographs by Miró Meckelburg

Karolyn Ciseau wollte schon immer Schriftstellerin werden. Vielleicht, weil man mit Büchern so wunderbar in ferne Welten eintauchen kann. Der Ausflug ins Unbekannte spielt auch jenseits des gedruckten Wortes für sie eine wichtige Rolle. Nach ihrem Germanistik-Studium war sie unter anderem in Island, Schottland, Thailand und der Karibik unterwegs. Wenn sie nicht gerade auf Reisen nach Inspiration für neue Geschichten sucht, lebt sie mit ihrem Mann im beschaulichen Niedersachsen.

KAROLYN CISEAU

EZLYN

Im Zeichen der Seherin

CARLSEN

Unser Versprechen für mehr Nachhaltigkeit
- Klimaneutrales Produkt
- Papiere aus nachhaltigen und kontrollierten Quellen
- Hergestellt in Europa

MIX
Papier aus verantwortungsvollen Quellen
FSC® C083411
FSC
www.fsc.org

Veröffentlicht im Carlsen Verlag
Februar 2022

Umschlaggestaltung und -typografie: formlabor
Umschlagfotografien: shutterstock © Pablos33/yogart/Daniiel

ISBN 978-3-551-31955-5

KAPITEL I

Du bist keine Kriegerin.

Unzählige Male hatten sie mir das gesagt. Sie hatten es mir vorwurfsvoll ins Gesicht geschleudert, lachend vor die Füße geworfen und kopfschüttelnd vor sich hin gemurmelt, wenn sie dachten, ich würde nicht zuhören.

Du bist keine Kriegerin, Ezlyn.

Wenn ich mit den anderen Todesseherinnen im Tempel saß, während Schwester Caterina aus dem Buch des Lebens zitierte, glaubte ich ihnen manchmal. Dann drückte ich den vom vielen Sitzen schmerzenden Rücken durch und versuchte mich auf Schwester Caterinas Worte zu konzentrieren. Worte, die uns daran erinnern sollten, dass es eines Tages unsere Pflicht sein würde, den Lords und Ladys am Hofe zu dienen, indem wir sie mit unseren Visionen ein ums andere Mal vor den kalten Händen des Todes bewahrten.

Unsere Waffe war nicht das Schwert, sondern unsere besondere Gabe, in die Zukunft blicken zu können. Aber in diesem Augenblick, da sich der Mond hinter den Wolken hervorschob und die Klinge meines Kurzschwertes im Licht glitzerte, war ich mir sicher, dass sie sich täuschten.

Ich war eine Kriegerin.

Jede meiner Bewegungen war tödlich – oder sie würde es sein, wenn ich einem echten Gegner gegenüberstünde. Es war eine kalte, klare Frühlingsnacht, und mein Atem hinterließ weiße Wölkchen, während ich bei meinem Kampftraining Hiebe und Stiche ausführte und dabei mein Gewicht von einem Fußballen auf den anderen verlagerte.

Das Wichtigste war es, in jeder Bewegung sein inneres Zentrum zu finden. So hatte es Kova, der Sohn des Hufschmieds, mir beigebracht. Ich erinnerte mich noch genau daran, wie er seinen Vater zu den Stallungen des Ordens begleitet hatte. Er war groß und schlaksig und gelangweilt gewesen. Eigentlich sollte er seinem Vater zur Hand gehen, aber er war ihm entwischt und hatte es sich auf einer grauen Steinmauer gegenüber der Gebetshalle gemütlich gemacht. Die Sonne schien ihm in den Nacken und er hatte die Augen zusammengekniffen, um trotz der Helligkeit etwas erkennen zu können.

Vermutlich hatte er gehofft, einen Blick auf die Todesseherinnen und ihre berühmten Feuervögel werfen zu können. Stattdessen fand er mich: ein achtjähriges Mädchen mit sommersprossigem Gesicht, schiefergrauen Augen, buschigen Brauen und einem dick geflochtenen Zopf, aus dem sich einige der pechschwarzen Haare gelöst hatten. Anstatt meine neu erwachte Gabe als Seherin, die mich in den Tempel gebracht hatte, zu trainieren, übte ich mich mit einem alten Schürhaken, den ich hinter den Stallungen gefunden hatte, im Schwertkampf. Oder, wie er es nannte, ich fuchtelte wild herum.

Kova selbst hatte nur wenig Erfahrung im Umgang mit dem Schwert. Er hatte vor Kurzem mit der Ausbildung am Hof eines angesehenen Lords begonnen und brachte mir alles bei, was er wusste. Und als er zwei Monate später mit einem richtigen Schwert wiederkam, um meinen Unterricht fortzusetzen, wartete ich bereits auf ihn.

Das war nun schon zwölf Jahre her. Aus dem kleinen Mädchen war eine erwachsene Todesseherin geworden, die dem Tag der Auswahl durch die Lords mit gemischten Gefühlen entgegensah. Kova war irgendwann nicht mehr aufgetaucht. Was blieb, waren seine Instruktionen:

Studiere deinen Gegner. Ahne seine Bewegungen voraus.

Sei präsent im Hier und Jetzt. Finde dein inneres Zentrum.

Bleib ruhig und wachsam. Dein Geist muss klar wie ein Gebirgsquell sein, bevor du angreifst.

Ikarus schien anderer Meinung zu sein. Mein Feuervogel legte den Kopf schief, spreizte seine imposanten orangefarbenen Flügel und stieß einen empörten Schrei aus.

»Du wirst noch alle aufwecken«, warf ich ihm vor und wedelte mit der Hand, damit er sich einen anderen Ort suchte, um seinen scharfen Raubtierblick schweifen zu lassen.

Für gewöhnlich jagte er zu dieser nächtlichen Uhrzeit Mäuse, aber auch er schien zu spüren, dass heute etwas anders war. Seine schwarzen Augen blickten wachsam auf mich herab, beobachteten, wie ich mein Schwert sinken ließ und einen Stein über den vom Mond beschienenen Hof trat.

»Ich glaube nicht, dass es irgendjemanden gibt, den er noch aufwecken könnte. Wir sind alle viel zu nervös, um zu schlafen. Schließlich ist es in wenigen Stunden so weit.«

Meine Freundin Rhiannon schlenderte langsam auf mich zu, als wollte sie sich jeden noch so kleinen Winkel der Tempelanlage einprägen. Den Säulengang, der den Hof umrahmte. Den mit Ornamenten verzierten Springbrunnen. Den Apfelbaum, der in voller Blüte stand und auf dem es sich Ikarus bequem gemacht hatte.

Sie seufzte.

»Lass mich raten«, sagte ich zu ihr. »Du bist unglücklich, weil der Tag der Auswahl unmittelbar bevorsteht und unsere Freundinnen immer noch nicht vorbereitet sind. Delia hat irgendeinen Makel an ihrem Kleid gefunden, der noch schnell ausgebessert werden muss. Isabeau überarbeitet schon wieder ihre Vorstellungsworte und Sybil treibt mit ihrer Ruhelosigkeit alle in den Wahnsinn.«

Rhiannons glockenhelles Lachen würde mir fehlen. Sie streckte den Arm aus, und Ikarus kam bereitwillig angeflogen, um sich von ihr am Kopf kraulen zu lassen. Unsere Feuervögel waren mittlerweile so gewaltig, dass Rhiannon den Arm anspannen und die Hand zur Faust ballen musste, um das Gewicht des Vogelkörpers tragen zu können. Ihre langärmelige dunkelrote Robe, über der sie einen blaugrauen Umhang trug, schützte sie vor den Krallen. Normalerweise trugen wir einheitliche Gewänder, doch für mein Kampftraining hatte ich mir Hosen und ein weites Leinenhemd genäht, die bequem und praktisch waren.

»Also, habe ich recht?«

»Fast«, erwiderte Rhiannon. »Delia ist mit ihrem Kleid zufrieden, aber ihre Frisur will einfach nicht sitzen. Und Sybil hat die Halskette verlegt, die ihre Mutter ihr eigens für den Tag der Auswahl hat anfertigen lassen. Was Isabeau betrifft, liegst du natürlich richtig.«

Schon seit Wochen bestimmte nichts anderes unsere Tagesordnung. Jedes unserer Gespräche drehte sich um die Auswahl – darum, an welchen Hof wir kommen würden und wie es sein würde, unsere Gabe für das Wohl unseres neuen Herrn einzusetzen. Delia war sich als Einzige sicher, dass die Entscheidung über ihre Zukunft bereits gefallen war. Ein Bekannter ihrer Eltern würde sie bitten, an seinem Hof zu dienen, und sie würde seine Einladung dankbar annehmen.

Nicht, dass wir wirklich eine Wahl gehabt hätten. Die Lords zahlten dem Orden, in dem wir lebten, ein hübsches Sümmchen, damit wir in ihren Besitz übergingen und ihnen fortan dienten. Schwester Caterina nannte es eine Aufwandsentschädigung. Schließlich waren wir im Orden großgezogen und ausgebildet worden. Aber ich hatte einmal mitbekommen, wie das Geld für eine Todesseherin den Besitzer wechselte, und es war weit mehr als eine Entschädigung gewesen. Es waren die ersten Goldmünzen gewesen, die ich zu Gesicht bekam, und es hatte mich zornig gemacht, dass wir einfach so verkauft wurden. Dass jemand anders über unsere Freiheit bestimmte.

Rhiannon betrachtete mich nachdenklich. Sie hätte nie zu mir gesagt, ich solle den Schwertkampf denen überlassen, die dazu geboren waren, und mich lieber auf den Tag der Auswahl vorbereiten, aber ich wusste, dass sie genau das dachte.

»Alle sind ganz kribbelig vor Aufregung, Ezlyn. Nur du stehst hier und schwingst deine Schwertklinge – als wäre es eine Nacht wie jede andere.«

»Du weißt, warum.«

Ich warf Rhiannon einen gequälten Blick zu. Nicht der Tag der Auswahl machte mir Sorgen, sondern das, was die Zukunft für mich bereithielt: Wir alle kannten unser Ende. Das ist das Schicksal einer Todesseherin. Sie sieht nicht nur den Tod der Menschen, deren Hand sie berührt, sondern auch ihren eigenen. Und ich würde durch die Hand eines Angelus Mortis sterben – eines Schattenkriegers, der einem anderen durch die bloße Berührung die Lebenskraft rauben konnte.

Ich hatte gesehen, wie seine Hand auf meiner Wange lag

und dunkle Schatten mich gierig umfingen. Entsetzen und Verwunderung hatten in meinen Augen gestanden. Mein Mund war leicht geöffnet gewesen, als wollte ich etwas sagen, und getrocknetes Blut klebte an meinem Hals. Ich hatte ihn gesehen. Seinen stechenden Blick, seine schmalen, zusammengepressten Lippen.

Es war nur ein Bild gewesen, ein winziger Ausschnitt vom Augenblick meines Todes. Und was mich am meisten daran erschreckte, war mein Gesicht, auf dem sich keine einzige Falte zeigte. Kein Anzeichen dafür, dass ich auch nur ein Jahr älter war als jetzt.

Als ich diese Vision zum ersten Mal hatte, war ich noch zu jung gewesen, um sie zu begreifen. Später hatte ich geweint und getobt, doch das hatte mich nicht weitergebracht. Es änderte nichts an den Bildern, die mich noch heute in meinen Träumen heimsuchten. Schließlich hatte ich zum Schwert gegriffen und beschlossen, mich im Kampf zu trainieren, um mich gegen mein Schicksal aufzulehnen.

Rhiannon bedachte mich mit diesem mitleidigen Blick, den ich an ihr hasste. Dann schüttelte sie ihre dunkelblonden Haare, die ihr störrisch vom Kopf abstanden.

»Unsere Voraussagen sind nicht in Stein gemeißelt. Sie können sich ändern«, sagte sie.

Ich hatte ihr schon vor langer Zeit von meiner Vision erzählt.

»Genau deswegen bin ich hier – um den Schattenkrieger zu töten, bevor er mir zuvorkommt.«

Ich umklammerte den Griff meines Schwertes fester.

Sei präsent.

Bleib ruhig und wachsam.

Vielleicht war ich keine große Kriegerin, aber ich musste

auch nicht in die Schlacht ziehen. Ich hatte nur einen einzigen Gegner, den es zu besiegen galt. Und ich bereitete mich auf diesen Kampf schon mein ganzes Leben lang vor. Wenn ich dem Angelus Mortis begegnete, würde ich bereit sein.

• • •

Auf unserem Flur herrschte Chaos. Die Sonne ging erst in wenigen Stunden auf, aber vermutlich würde keine von uns mehr ein Auge zumachen. Sybil war gerade dabei, sich von den jüngeren Todesseherinnen zu verabschieden, die erst im darauffolgenden Jahr den Tempel verlassen würden. Ich hörte sie beharrlich an Türen hämmern, bis ihr die schlaftrunkenen jungen Frauen öffneten.

»Schwester Caterina wird ihr den Kopf abreißen, wenn sie das mitbekommt«, feixte Delia, während sie eine Locke aus ihrer Zopfkrone zupfte und sich kritisch in ihrem kleinen Handspiegel betrachtete.

»Ich glaube, heute drückt sie ein Auge zu«, erwiderte ich.

Rhiannon und ich setzten uns auf das Bett nahe der Tür, in dem Delia sonst schlief. Sie schob eine Haarbürste, Haarnadeln und hellblaue Seidenblumen zur Seite, die überall verstreut lagen.

Wir teilten uns zu fünft ein Zimmer. Unsere Betten standen so dicht beieinander, dass Rhiannon und ich uns als kleine Mädchen immer an den Händen gehalten hatten, bis wir einschliefen. Manchmal war das enge Zusammenleben mit den anderen unerträglich gewesen. Aber von nun an würde ich es vermissen. Ich fürchtete mich davor, an einem fremden Hof, in einem fremden Zimmer aufzuwachen und ganz allein zu sein.

Rhiannon schien den gleichen Gedanken nachzuhängen,

denn sie legte ihre Hand in meine und drückte sie kurz. Nach dem Tag der Auswahl würden wir uns nicht mehr wiedersehen. Wenn wir einander durch Zufall begegneten, war es uns verboten, Worte zu wechseln. Die Lords fürchteten, dass wir von den Todesarten sprechen könnten, die wir gesehen hatten, und uns somit in politische Belange einmischten.

»Solltet ihr euch nicht langsam fertig machen?«, fragte Delia.

Sie war endlich mit ihrer Frisur zufrieden und griff nach ihrem elfenbeinfarbenen Kleid, das auf einem Bügel direkt neben unseren hing. Unsere Alltagskleidung war aus robustem Baumwollstoff, aber diese festlichen Gewänder waren etwas ganz anderes. Die feine Seide fühlte sich glatt und kühl auf der Haut an. Winzige Silberperlen blitzten auf dem ausladenden Stoff. Bei der Anprobe hatte ich mich unwohl gefühlt, weil ich noch nie etwas so Wertvolles getragen hatte. Und auch jetzt scheute ich davor zurück, mein Kleid anzuziehen.

»Na komm, ich helfe dir«, sagte Rhiannon, die mein Zögern bemerkte.

Ich zog mich bis auf die Unterwäsche aus und stopfte meine Kampfkleidung in die Ausbuchtung unter meiner Matratze, wo ich sie vor Schwester Caterina versteckt hielt. Mein Schwert hatte ich in den Stallungen in einer alten Holzkiste verborgen. So machte ich es immer, doch diesmal war ich nicht sicher, ob ich es je wieder in der Hand halten würde. Blieb mir noch genug Zeit, um es hervorzuholen und zu meinem neuen Herrn mitzunehmen? Und würde ich meine Waffe unbemerkt an seinen Hof schmuggeln können? Sicher wäre kein Lord begeistert, wenn seine Todesseherin das Schwert schwingen wollte.

»Du siehst ganz blass aus«, stellte Rhiannon fest, nachdem sie mir das Kleid angezogen hatte.

Delia trat neben sie und kniff mir in die Wangen, dann musterte sie mich prüfend.

»Wir müssen ihr Haar neu flechten.«

Ich ließ es über mich ergehen, dass Rhiannon und Delia um mich herumsprangen, meine Haare kämmten und flochten, meine Lippen rosig färbten und meine Wangen mit Puder bestäubten, um die mir verhassten Sommersprossen abzudecken. Sie hatten Spaß daran. Und obwohl ich mir wie eine Puppe vorkam, die zurechtgemacht wurde, färbte ihr Lachen auf mich ab. Irgendwann kam Isabeau zur Tür herein und warf sich mit einem erschöpften Stöhnen auf ihr Bett.

»Weißt du jetzt, wie du dich den Lords vorstellen willst?«, fragte Delia geistesabwesend. Sie war damit beschäftigt, die Ärmel meines Kleides zurechtzuzupfen.

»Ich habe alles noch einmal neu formuliert«, antwortete Isabeau. »Wollt ihr es euch anhören?«

Wir murrten einstimmig. Isabeau hatte uns ihre Vorstellung schon etliche Male vorgelesen. Ich wusste gar nicht, warum sie sich so viel Mühe gab. Für die Lords waren wir nicht kostbar, weil wir besonders intelligent oder sprachlich gewandt, höflich oder hübsch waren. Unser Wert lag ausschließlich in unserer Gabe als Todesseherinnen und diese stand nicht auf dem Prüfstand. Wir hatten sie bereits vor vielen Jahren bewiesen, als man uns in den Orden aufnahm. Manche von uns freiwillig und manche eher nicht.

Sybils und Delias Eltern waren stolz auf ihre Töchter, als sie ihre Gabe entdeckten. Sie besuchten sie auch heute noch jede Woche im Tempel, brachten ihnen Schmuck oder besondere Leckereien und erzählten ihnen, wie sehr sie zu Hause vermisst wurden. Isabeau dagegen hatte als Fünfjährige die Krankheit und den Tod ihrer Mutter vorhergesagt. Als er tatsächlich eintrat, bekam ihr Vater solche Angst vor ihr, dass er sie in den Orden abschob und sich nie wieder bei seiner Tochter meldete.

Rhiannon und mich verband ein besonderes Schicksal. Wir waren unseren Eltern gewaltsam entrissen worden, weil sie uns nicht hergeben wollten. Die Ordensschwestern trugen keine Schuld an dem, was uns passiert war. Ein alvenisches Gesetz besagte, dass die Todesseherinnen äußerst wichtig für die Gesellschaft waren, sodass ihre Eltern ihr persönliches Wohl hintanstellen mussten. Daher durften wir nicht im Schoße unserer Familie aufwachsen und unseren Lebensweg auch nicht selbst bestimmen. In dem Moment, in dem unsere Gabe zutage trat, wurden wir zu Dienerinnen.

Es war eine bittere Ironie, dass wir über den Tod herrschten, aber gezwungen waren, den Lebenden zu dienen. Einmal hatte ich das gegenüber Schwester Caterina erwähnt, und sie hatte mir vor Schreck eine Ohrfeige verpasst. Es war das einzige Mal gewesen, aber ich hatte es nicht vergessen. Nie wieder hatte ich Zweifel an meinem Schicksal als Todesseherin geäußert, aber das hieß nicht, dass ich nicht damit haderte.

Ich wusste nicht, ob meine Eltern inzwischen tot waren, ob man sie für ihr Vergehen, mich zu verstecken, bestraft hatte oder ob sie mich einfach vergessen hatten. Und es spielte wohl auch keine Rolle. Ich konnte mich kaum noch an ihre Gesichter erinnern. Alles, was mir im Gedächtnis blieb, war ein altes Lied, mit dem meine Mutter mich immer in den Schlaf gesungen hatte. Manchmal summte ich die Melodie, aber der Text war mir entfallen. Auch jetzt gingen mir die Töne durch den Kopf und verflochten sich zu einem bittersüßen Lied.

»Du denkst wieder an deine Familie, nicht wahr?«, fragte Rhiannon.

Offenbar hatte ich leise vor mich hin gesummt.

»Ja, ich habe an meine Eltern gedacht«, erwiderte ich. »Aber sie sind lange fort. Ihr seid jetzt meine Familie.«

»Oh, Ezlyn.«

Rhiannon strich mir über die Wange. Tränen glitzerten in ihren Augen. Einen Moment waren wir beide stumm, während Delia mit dem Pinsel in einem Pudertöpfchen rührte und so tat, als hätte sie uns nicht gehört. Ihr waren solche Gefühlsäußerungen unangenehm.

Sybil stürmte ins Zimmer und riss uns aus unseren rührseligen Gedanken. Sie trug bereits ihr Festgewand. Offenbar hatte sie darin ihre Abschiedsrunde gedreht und nun war der Stoff ganz verknittert. Delia stieß ein missbilligendes Geräusch aus, aber dann musste sie unwillkürlich grinsen. Es war typisch für Sybil, dass ihre Kleidung unordentlich und sie in Gedanken ganz woanders war.

»Oh, seht ihr schön aus!«, rief sie, beugte sich über ihr Bett und durchwühlte die Kissen. »Wenn ich doch nur meine Halskette finden könnte! Sie soll mir Glück bringen. Mama wird beleidigt sein, wenn sie erfährt, dass ich sie verlegt habe.«

»Hast du schon unter dem Bett nachgesehen?«, fragte Rhiannon.

Und schon ließ sich Sybil in ihrem hellen Kleid auf die Knie fallen. Ich wusste nicht, wann wir zum letzten Mal den Boden gewischt hatten, aber vermutlich war es egal. Sybil würde auch in einem schmutzigen und verknitterten Kleid einen Lord finden. Schließlich konnte sich jeder Adlige glücklich schätzen, dem es gelang, eine Todesseherin an seinen Hof zu holen. Unsere Gabe war selten und kostbar.

Triumphierend reckte Sybil die Hand in die Höhe.

»Hab sie.«

Tatsächlich baumelte eine zweireihige Perlenkette von ihren Fingern herab. Es war mir ein Rätsel, wie sie unter das Bett geraten war.

»Warte, ich helfe dir, sie umzulegen«, bot Delia an und nahm Sybil die Kette ab.

Mittlerweile hatten wir alle unsere Kleider angezogen. Ich schaute in die Runde, und mir wurde ganz mulmig zumute. Zehn Jahre lang hatte ich mit diesen Mädchen im Tempel gelebt und nun würde man uns auseinanderreißen. Als hätten die festen Bande, die zwischen uns entstanden waren, nie existiert. Wir hatten immer gewusst, dass es eines Tages so kommen würde. Doch das machte es nicht weniger schmerzhaft.

Auf dem Weg nach unten, die gewundene Steintreppe hinab, wurden wir plötzlich ganz still. Selbst Sybil, die sonst unaufhörlich plapperte, sagte kein Wort mehr. Sie strich nur unablässig über den Rock ihres Kleides, als wären ihr die Knitterfalten darin gerade erst aufgefallen. Rhiannon schnupperte und zog die Nase kraus. Der beißende Geruch von Weihrauch erfüllte die Gänge und wurde stärker, je näher wir der Gebetshalle kamen. Die ersten Sonnenstrahlen fielen durch die Bogenfenster und beleuchteten das graue Gemäuer, das in den vergangenen Jahren unser Zuhause gewesen war.

Wir würden diesen Tag wie jeden anderen mit der Morgenandacht beginnen. Nach dem Eintreffen der Lords folgte ein Kennenlernen, dann ein gemeinsames Mittagessen, und schließlich durften sie ihre Gebote abgeben.

»Wie auf einem Viehmarkt«, hatte Rhiannon mir zugeflüstert, als Schwester Caterina uns den Ablauf erklärte, und ich stimmte ihr im Stillen zu. Wir wurden verkauft. Und obwohl wir diejenigen waren, die den Lords künftig mit ihrer Gabe dienen würden, sahen wir keine einzige Münze als Lohn.

In der kuppelförmigen Gebetshalle war es kühl, und wir fröstelten in unseren dünnen Seidenkleidern. Ich spürte, wie sich die Härchen an meinen Armen aufrichteten, und ballte die Hände, um die Wärme in meinen Körper zu pressen. Sybil verschränkte zitternd die Arme.

»Aufrecht stehen«, zischte Schwester Caterina uns augenblicklich zu. »Dies ist ein heiliger Ort.«

Sybil zuckte zusammen wie ein junges Reh. Ihr Blick huschte zu Schwester Caterina hinüber, die neben der breiten, bogenförmigen Eingangstür stand und mit einem Streichholz die Kerzen in einem der fünfarmigen Leuchter entzündete.

Wir traten in die Mitte der Halle und bildeten einen Halbkreis um das Buch des Lebens, das aufgeschlagen auf einem Marmorpodest lag. Eine nach der anderen legten wir eine Hand auf das Buch und sprachen ein stummes Gebet. Dabei hielten wir unseren Blick auf das Auge der Vorsehung gesenkt – eine Tätowierung auf unserem mittleren Fingerknöchel, die ein Auge zeigte, umschlossen von einem Dreieck. Es war das Zeichen der Todesseherinnen, das wir bei unserer Aufnahme in den Orden erhalten hatten.

Schwester Caterina hatte uns in den vergangenen Jahren jeden Morgen aus diesem dicken, in Leder gebundenen Buch vorgelesen, das mit Blattgold geprägt war. Ihr langer dünner Finger mit dem kurz geschnittenen, halbmondförmigen Nagel glitt über die schnörkeligen Buchstaben, und die Enden ihrer langen weißgrauen Haare kitzelten über die Seiten. Meistens horchte ich gar nicht richtig hin, aber heute würde ich ihre sonore Stimme zum letzten Mal hören. Und so schloss ich die Augen und konzentrierte mich auf die Geschichte, die mir so wohlbekannt war, dass ich die Worte hätte mitsprechen können:

So aber trat Eira vor die drei Götter und bat sie darum, ihr Volk zu retten. Und weil sie ihr Ansinnen voll Demut hervorbrachte, erhörten die Götter sie und gaben ihr drei Geschenke mit auf den Weg.

Der erste Gott gab ihr das Versprechen, ein Menschenleben zu verschonen, wenn ein anderes dafür geopfert würde.

Der zweite Gott schenkte ihr die Gabe, um dieses Leben zu bitten.

Der dritte Gott war voller Mitleid und deswegen erfand er eine List. Er schenkte Eira die Kraft, ihre Gabe so oft einzusetzen, wie es ihr beliebte.

So kam es, dass Eira dem Tod immer einen Schritt voraus war. Sie rettete ein Menschenleben, und wenn der Tod sich ein anderes holen wollte, bat sie ihn, auch dieses zu verschonen. Und weil es der Wille der Götter war, musste der Tod gehorchen. Eiras Volk aber blühte und gedieh wie ein Blumenfeld im Frühlingsregen.

Als Schwester Caterina schon fast geendet hatte, befiel Sybil ein nervöser Schluckauf. Wir anderen hielten die Köpfe gesenkt und pressten die Lippen aufeinander, um nicht laut zu lachen. Schwester Caterina hielt inne. Ich blinzelte unter meinen Lidern hervor und sah, dass sie zornig war. Die arme Sybil war schon zum wiederholten Mal unangenehm aufgefallen und ihr knittriges Kleid machte es bestimmt nicht besser.

Schwester Caterina fing sie ab, als wir die Gebetshalle verließen.

»Du wirst nachher bei der Auswahl neben mir gehen und dich im Hintergrund halten. Und du wirst nur reden, wenn ich es dir erlaube«, befahl sie mit knappen, strengen Worten.

Sybil traten die Tränen in die Augen. Sie hatte vor den

Lords glänzen wollen. Nun würde sie wie ein kleines Mädchen, das nicht für sich selbst sprechen durfte, an der Seite der Ordensschwester stehen müssen.

Selbst die Götter kannten Mitleid. Doch bevor ich Schwester Caterina daran erinnern konnte, wurde draußen Hufgetrappel laut. Kies knirschte und Wagenräder quietschten. Das Bellen von Hunden mischte sich unter die eilig ausgetauschten Befehle der Dienstboten, alles gedämpft durch die geschlossene Eingangstür.

Delia drängte sich nach vorn, um die Gebetshalle als Erste zu verlassen. Aber als ihre Hand auf dem dunklen Holz der Tempeltür lag, zögerte sie und drehte sich noch einmal um. Schwester Caterina nickte, und mein Herz pochte lauter, als ich es für möglich gehalten hatte.

Ich atmete langsam und konzentriert ein und aus. Auf der anderen Seite dieser Tür wartete meine Zukunft, und ich würde ihr entgegentreten wie einem Schwertkampf: mit scharfem Verstand und meinem Gegner immer einen Schritt voraus – so wie Eira im Buch des Lebens dem Tod entgegengetreten war.

KAPITEL 2

»Lady Ezlyn Davarin«, stellte Schwester Caterina mich vor, und ich versank mit einem tiefen Knicks in meinen Röcken, wie ich es gelernt hatte.

Noch nie hatte ich so viele Augen auf mir gespürt. Augen, die mich abschätzten und meinen Wert bemaßen, obwohl er mir wohl kaum an der Nasenspitze anzusehen war.

Ich musste an den Tag denken, als ich im Orden aufgenommen worden war. Drei Ordensschwestern hatten mir damals in langen, dunklen Roben gegenübergestanden, während ich auf einem unbequemen Holzstuhl saß und die Beine baumeln ließ, weil meine Füße noch nicht bis zum Boden reichten. Die Älteste war vor mir in die Hocke gegangen und hatte meine Hand in ihre genommen. Sie war warm und rau und faltig gewesen.

»Sag mir, was du siehst«, hatte sie mich mit sanfter Stimme gebeten.

Ich wollte meine Hand wegziehen und den Kopf schütteln, denn ich hatte gesehen, wie sie starb, und es war kein schöner Tod gewesen. Wenn ich ihr davon erzählt hätte, wäre sie wütend geworden. Aber sie fragte mich noch ein zweites Mal und ich hatte Angst, mich ihr zu widersetzen. Also wisperte ich meine Antwort und wartete darauf, dass sie mich schlagen oder eine Lügnerin schimpfen würde. Doch sie lächelte nur zufrieden.

Die drei anwesenden Ordensschwestern hatten damals genickt und meinen Wert bemessen, und sie hatten beschlossen, dass er hoch war. Ich war nicht sicher, ob die Lords heute zu dem gleichen Schluss kommen würden.

Es gab elf von ihnen. Sie waren aus ihren glänzenden schwarzen Kutschen gestiegen und hatten sich in einem Halbkreis um uns herum aufgestellt. Ich musste blinzeln, um sie sehen zu können, weil wir im Schatten des Säulenganges standen und sie auf dem sonnigen Hofplatz. Sie beäugten mich wie eine Ziege auf dem Markt, die zu wenig Fleisch auf den Rippen hatte.

Die Dienstboten schlossen eilig die Türen der Kutschen und gaben den Fuhrknechten ein Zeichen, sich zu den Stallungen zu begeben. Dort würde man die Pferde versorgen. Es waren schöne Tiere, kräftig und mit voller Mähne. Ein Schimmel schüttelte schnaubend den Kopf, als einer der Fuhrknechte die Peitsche knallen ließ, aber wenig später setzten sich die Pferde gehorsam in Bewegung und die Kutschen ruckelten davon.

Jetzt standen nur noch die Lords vor uns. Sie strichen ihre Gewänder glatt, zupften die schwarzen Handschuhe zurecht und warteten auf Schwester Caterinas Worte. Einer von ihnen war so alt, dass er bereits am Stock ging. Seine Stirn war voller Falten und das rotgoldene Gewand hing ihm schwer von den gebückten Schultern. Doch sein Blick war aufmerksam, während er erst die Ordensschwester und anschließend mich musterte. Der Jüngste war ein oder zwei Jahre älter als ich. Er stand an der Seite eines anderen Mannes, der vermutlich sein Vater war, und hatte die Lippen zu einem schmalen Strich aufeinandergepresst. Erst dachte ich, er sei verärgert, aber dann sah ich das amüsierte Funkeln in seinen grünen Augen. Er beugte sich zu dem Mann neben ihm und flüsterte ihm etwas zu.

Ich wurde unruhig von ihrem Getuschel. Meine Hände krampften sich in den Stoff meines Kleides und mein Lächeln gefror in meinem Gesicht. Als Schwester Caterina zu Isabeau trat, um sie vorzustellen, und damit die Aufmerksamkeit von mir ablenkte, atmete ich erleichtert auf.

»Allesamt hübsche Mädchen«, kommentierte ein dickbäuchiger Lord mit rotem Gesicht und Vollbart, als die Vorstellungsrunde beendet war. »Aber wie steht es um ihre Fähigkeiten?«

Ich konnte beinahe spüren, wie sich Schwester Caterina hinter unserem Rücken versteifte. Unsere Gabe war etwas Heiliges und sie infrage zu stellen ein Frevel. Der jüngste Lord gab ein unterdrücktes Prusten von sich. Um Schwester Caterinas Unmut zu entgehen, senkte er den Kopf und starrte auf seine polierten schwarzen Lederstiefel.

»Ich kann Euch versichern, Lord Theon, dass wir unsere Mädchen sorgfältig prüfen und ausbilden. Aber vielleicht wollt Ihr Euch bei einem Rundgang durch unsere Tempelanlage selbst davon überzeugen?«

Lord Theon brummte zustimmend und Schwester Caterina nickte, zufrieden darüber, dass ihr Tagesplan nicht aus dem Takt geriet.

• • •

Wir teilten uns in drei Gruppen auf. Delia hatte drei Lords um sich geschart, die ihre Fähigkeiten als Todesseherin offenbar genauso schätzten wie ihre Schönheit. Mir war es unerträglich, wie ihre Blicke über Delias ebenmäßiges Gesicht und die wohlgeformten Rundungen ihres Körpers glitten, aber ihr schien es nichts auszumachen. Sie lächelte, als wäre sie eine Braut auf ihrer Hochzeit, und das elfenbeinweiße Kleid tat sein Übriges, um dieses Bild zu unterstreichen. Nur dass sich statt eines Bräutigams gleich mehrere um sie drängten.

Rhiannon und Isabeau führten eine Gruppe mit vier weiteren Lords an, und ich gesellte mich zu Schwester Caterina und Sybil, die Lord Theon, den gebückten Alten, und den jungen Lord mit seinem Vater durch den Tempel führten.

Wir starteten in der Bibliothek, die den jungen Lord nur wenig interessierte, obwohl der Bau mit seinen kunstvollen Deckengemälden und den mit Gold verzierten Marmorsäulen recht eindrucksvoll war. Er hielt die Arme hinter dem Rücken verschränkt und die blonden Locken fielen ihm in die Stirn, während er hinter uns herschlenderte. Einmal musste er sogar ein Gähnen unterdrücken. Schwester Caterina redete und redete – über die heiligen Schriften, die Geschichte des Tempels und seine Architektur. Irgendwann wurden selbst meine Lider schwer.

»Wie wäre es mit ein wenig frischer Luft?«, schlug der junge Lord unvermittelt vor.

Schwester Caterina hielt mitten im Satz inne. Ich spürte, dass ihr eine scharfe Erwiderung auf der Zunge lag, weil sie unterbrochen worden war, aber sie fing sich schnell wieder und lächelte.

»Natürlich, Mylord. Lasst uns einen kleinen Spaziergang zu den Kräutergärten unternehmen.«

»Habt Ihr nichts Fesselnderes? Es fiel mir schon immer schwer, mich für Unkraut zu begeistern.«

»Malachi«, zischte der Vater des jungen Lords vorwurfsvoll.

Er sah aus, als hätte er in eine Zitrone gebissen. Seine langen Haare flogen hin und her, während er warnend den Kopf schüttelte.

Je länger ich Vater und Sohn betrachtete, desto unähnlicher kamen sie mir vor. Sie waren beide groß und schlank, hatten blonde Haare und das gleiche hochmütige, etwas steife Auftreten. Aber während der ältere Lord mit seiner langen, spitzen Nase und dem verkniffenen Zug um den Mund beinahe beängstigend wirkte, hatte Malachis Gesicht etwas Offenes, wenn auch ein wenig Verwöhntes.

»Das ist schon in Ordnung, Lord Caius«, beschwichtigte ihn Schwester Caterina.

Aber ihr war anzumerken, dass gar nichts in Ordnung war. Sie hätte Malachi sicher am liebsten bei den Ohren gepackt, ihn gezwungen sich hinzuknien und die Handflächen zu heben, um ihm zur Strafe für sein Benehmen zehn Rutenhiebe zu verpassen. So machte sie es mit uns, wenn wir uns unangemessen verhielten. Aber natürlich musste sie gegenüber den Lords die Fassung bewahren.

Malachi wirkte gänzlich unbeeindruckt von der zornigen Furche, die sich auf der Stirn seines Vaters gebildet hatte.

»Was ist mit den Feuervögeln?«, fragte er munter. »Wo sind die untergebracht?«

Lord Theon lachte, laut und tief und leicht besorgt.

»Der junge Lord beweist Mut«, sagte er.

Die Feuervögel der Todesseherinnen waren für ihre Schönheit ebenso bekannt wie für ihr Misstrauen gegenüber Fremden. Es war schon häufig vorgekommen, dass eine unbedachte Annäherung mit einem zerkratzten Gesicht oder einem abgebissenen Finger geendet hatte. Einmal mussten wir einen neugierigen Stallknecht, der sich in die Falknerei geschlichen hatte, von einer aufgebrachten Vogelschar befreien, die ihr Heim mit Schnäbeln und Klauen verteidigt hatte. Es hätte den Mann fast das Leben gekostet. Er trug noch heute Narben an Gesicht und Körper und nahm jedes Mal Reißaus, wenn ein Feuervogel in der Nähe war.

Malachis Augen leuchteten.

»Nun, ich mag gefährliche Dinge«, sagte er.

Ich war nicht sicher, was ich von dem jungen Lord halten sollte. Er sah attraktiv aus, doch er war überheblicher, als gut für ihn war. Er schien sich der Provokation seiner Worte wohl bewusst zu sein und genoss Schwester Caterinas sichtliche Empörung und die Verärgerung seines Vaters.

»Dann sollten wir keine Zeit verlieren«, sagte ich. »In der Falknerei findet gerade die Fütterung statt.«

Ich war neugierig, ob Malachi angesichts der Feuervögel immer noch so gelassen und selbstsicher wirken würde.

Sybil stieß einen unwilligen Laut aus. Sie hasste die Fütterung. Sie konnte es einfach nicht mit ansehen, wie die Vögel erst kleine Happen aus den toten Mäusekörpern pickten, um die Tiere dann im Ganzen hinunterzuschlingen. Schwester Caterina widerstrebte es ebenfalls, unsere Gäste in die Falknerei zu führen, aber nun konnte sie keinen Rückzieher mehr machen.

Wir schlenderten durch den Kreuzgang und über den Hof, vorbei am Kräutergarten und den Hügel hinauf zum Turm, in dem die Falknerei untergebracht war. Unsere Feuervögel konnten sich frei bewegen, aber sie flogen nicht allzu weit weg, und zu den Fütterungszeiten kamen sie immer zurück zum Turm. Über uns kreisten bereits die ersten Tiere, die orangefarbenen Flügel weit ausgestreckt. Sie sahen bedrohlich aus, als würden sie jeden Moment auf uns herabstoßen und ihre scharfen Krallen in unser Fleisch bohren. Doch sie suchten nur nach ihren Besitzerinnen. Ikarus konnte ich nirgends entdecken. Er hatte einen weißen Fleck am Bauch, den ich selbst aus dieser Entfernung sicher erkannt hätte.

»Vielleicht sollten wir hier unten bleiben und die Feuervögel besser aus der Ferne beobachten?«, schlug Schwester Caterina vor. Sie wusste, dass ein verwundeter Lord für großen Ärger sorgen würde.

Aber Malachi hatte seinen Fuß bereits auf die unterste Steinstufe des Turms gesetzt und beachtete sie gar nicht. Der alte Lord musterte die gewundene Treppe stirnrunzelnd.

»Ich werde hier unten warten«, sagte er. »Meine Beine machen das nicht mehr mit.«

»Natürlich, Lord Abbot.«

Sybil machte den Mund auf. Wahrscheinlich wollte sie dem Lord anbieten, ihm Gesellschaft zu leisten. Doch dann schien sie sich wieder an Schwester Caterinas Verbot zu erinnern, nicht unaufgefordert zu sprechen, und sie hielt inne. Ich drängte mich an ihr vorbei und folgte Malachi. Auf keinen Fall wollte ich seine Reaktion auf die Feuervögel verpassen. Ich konnte es nicht erwarten, dass endlich die Langeweile aus seinem Gesicht gefegt wurde.

Unsere Schritte hallten, während wir den engen, dunklen Treppenaufstieg erklommen. Die Stufen waren schon ein wenig verwittert. Hier und da zogen sich Risse durch den grauen Stein. Ich heftete meinen Blick auf die goldenen Schnallen an Malachis Stiefeln. Er rannte fast, so ungeduldig war er.

Als wir den oberen Treppenabsatz erreicht hatten, waren die meisten Vögel bereits in der Falknerei gelandet. Sie scharten sich um Schwester Ingrid, die mit der Fütterung beschäftigt war. Die Ordensschwester stellte den Eimer mit den toten Mäusen vor einen der Vögel und warf ihm zwei der fetten Tiere zu. Der Feuervogel fing die erste Maus aus der Luft und schlang sie hastig herunter. Seine schwarzen Augen musterten uns wachsam.

Jetzt sah ich auch Ikarus, der sein Gewicht ungeduldig von einer Kralle auf die andere verlagerte. Er hatte Hunger. Als er mich erblickte, krächzte er zufrieden und riss den Schnabel auf wie ein Vogeljunges, das von seiner Mutter gefüttert werden wollte. Ich griff in den Eimer mit den Mäusen, packte eine von ihnen am Schwanz und warf sie ihm zu. Das Tier war mit einem Happs verschlungen.

Es war zugig in dem kreisrunden Raum unter dem Dach. Der Wind heulte durch die viereckigen Maueröffnungen. Von dem Stroh, das überall auf dem Boden lag und mit Vogelkot und ausgewürgten Fell- und Knochenresten vermengt war, ging ein widerwärtiger Geruch aus. Malachi rümpfte die Nase, doch er schien fasziniert von den Feuervögeln. Er musterte die Tiere mit zusammengekniffenen Augen und konzentriertem Blick.

Ein Feuervogel kam von draußen her angesegelt, ließ sich mit ausgebreiteten Flügeln in einer der Maueröffnungen nieder, die er fast gänzlich ausfüllte, und stieß einen lauten Schrei aus. Zufrieden bemerkte ich, wie die Lords zusammenzuckten. Die Tiere machten Eindruck auf sie. Doch Schwester Ingrid beachtete den Vogel gar nicht. Sie war von zwei anderen abgelenkt, die zeternd um eine Maus kämpften und mit den Schnäbeln nacheinander hackten.

»Ruhig! Es ist genug für alle da«, rief sie.

»Ich kann das nicht«, stieß Sybil da plötzlich würgend hervor.

Keinem von uns war aufgefallen, wie bleich sie beim Anblick der toten Mäuse geworden war. Eine Haarsträhne klebte an ihrem schweißnassen Gesicht, und ich bekam Angst, dass sie sich gleich übergeben würde.

»Soll ich dich hinunterbringen?«, fragte ich, aber da hatte sie sich schon umgedreht und war fluchtartig die Treppe hinuntergerannt.

Wir lauschten ihren leiser werdenden Schritten, und Schwester Caterinas Hand zitterte vor Wut, vermutlich weil schon wieder etwas nicht nach Plan verlaufen war.

»Sie kann Lord Abbot unten Gesellschaft leisten«, versuchte ich die Situation zu entschärfen.

Lord Theon hustete in ein blütenweißes Taschentuch, dann zwinkerte er vertraulich in die Runde.

»Man kann es dem Mädchen nicht verdenken, auch wenn diese Tiere außerordentlich faszinierend sind. Wollt Ihr uns nicht etwas über die Feuervögel erzählen, ehrwürdige Schwester? Ich bin sicher, Ihr habt einige spannende Geschichten parat.«

Während die Ordensschwester zu einem neuen Vortrag ansetzte, beobachtete ich Lord Caius und seinen Sohn. Sie hatten sich von uns abgewandt und standen Schulter an Schulter vor Rhiannons Feuervogel, der in einer Mauernische auf einer Stange saß und sein Gefieder putzte.

»Was meinst du?«, fragte der Lord mit gesenkter Stimme.

Malachi zuckte die Schultern.

»Hübsch sind sie beide nicht. Aber das Pferdegesicht ist auch noch feige. Hast du gesehen, wie sie die toten Mäuse angeschaut hat. Erbärmlich!«

Wut flammte in mir auf. Wir alle hatten uns schon über Sybil lustig gemacht, weil sie einen so empfindlichen Magen hatte. Doch wir hätten sie deswegen nie als feige bezeichnet, und als Pferdegesicht schon gar nicht. Was fiel diesem Lord ein, so über uns zu sprechen?

»Wir sollten uns auf den Rückweg machen. Das Mittagessen wird bald aufgetragen«, schlug Schwester Caterina vor, deren Redefluss schließlich zu einem Ende gekommen war.

»Das klingt nach einem großartigen Vorschlag.«

Lord Theon rieb sich den Bauch, als könnte er es kaum erwarten. Dicht gefolgt von der Ordensschwester stieg er die Wendeltreppe hinab, Lord Caius direkt hinter ihnen. Einzig Malachi konnte sich von dem Anblick der Feuervögel nicht losreißen. Ich trat neben ihn und streckte meine Hand nach Ikarus aus, der sofort angeflogen kam. Seine Krallen zerrissen den Ärmel meines Kleides, als er sich darauf niederließ, aber das war es mir wert.

»Er ist wunderschön, nicht wahr?«, sagte ich.

Malachi runzelte die Stirn, weil ich es gewagt hatte, ihn einfach so anzusprechen, aber er nickte.

»Das ist er.«

»Wollt Ihr ihn streicheln?«

Statt einer Antwort zog er seinen schwarzen Handschuh aus und streckte seine Hand nach Ikarus aus.

»Vorsichtig!«, stieß ich hervor.

Ich bezweifelte, dass Ikarus Malachi etwas antun würde, solange er auf meinem Arm saß, und selbst wenn, hätte ich mich vermutlich bei Ikarus dafür bedankt. Der junge Lord verdiente es nicht anders, nach dem, was er über Sybil gesagt hatte. Doch meine vorgetäuschte Sorge erlaubte es mir, nach Malachis Hand zu greifen und sie zögerlich auf das Gefieder des mächtigen Vogels zu legen.

Die Berührung war ungehörig, aber Malachi war viel zu sehr mit Ikarus beschäftigt, um sich darüber Gedanken zu machen. Erst als ich einen Schritt zurücktrat und erschrocken keuchte, sah er mich verwirrt an.

»Was ist los?«

Ich hob meinen Arm und bedeutete Ikarus davonzufliegen, was er auch folgsam tat. Dann umklammerte ich meine Hand, die eben noch auf Malachis gelegen hatte, und starrte ihn entsetzt an.

»Nichts, Mylord. Es tut mir leid.«

Malachis Blick flog zu meiner Hand und er zählte endlich eins und eins zusammen. »Ihr habt etwas gesehen, habe ich recht? Ihr habt meinen Tod gesehen.«

»Nein, ich … Ich darf nicht … Es tut mir leid«, stammelte ich.

Er trat einen Schritt auf mich zu, packte meine Schultern und schüttelte mich.

»Sagt mir, was Ihr gesehen habt! Sofort.«

Jetzt sah er definitiv nicht mehr gelangweilt aus, eher ein wenig panisch. Ich unterdrückte ein Grinsen und riss meine Augen weit auf.

»Die Treppe«, stieß ich hervor. »Ihr müsst sehr vorsichtig sein.«

Dann machte ich mich von ihm los, schlug die Hand vor den Mund und tat so, als müsste ich ein Schluchzen unterdrücken. Während ich mich umdrehte und wie ein verängstigtes Kaninchen die Treppe hinablief, war ich mir sicher, er würde mir hinterherrennen, mich zu sich herumreißen und mir mein mieses Schauspiel mit einer Ohrfeige danken. Ich hatte es eindeutig übertrieben. Er wusste mit Sicherheit, dass ich nichts dergleichen gesehen hatte.

Aber er folgte mir nicht.

• • •

»Wo bleibt mein Sohn?«, fragte Lord Caius, nachdem wir einige Zeit vor dem Turm gewartet hatten.

Er hatte eine goldene Uhr aus der Innentasche seines schwarz-grünen Gewands gezogen, deren Deckel er nun ungeduldig auf- und zuschnappen ließ. Er war kein Mann, der es gewohnt war, zu warten. Malachi würde seinen Ärger sicher gleich zu spüren bekommen.

»Er ist vermutlich noch bei den Feuervögeln«, antwortete ich mit einem höflichen Lächeln. »Er schien sehr angetan von ihnen.«

Ich konnte ja schlecht sagen, dass Malachi sich zitternd vor Angst die Treppe hinunterkämpfte. Stufe für Stufe. Und alles nur, weil er Sybil ein feiges Pferdegesicht genannt hatte.

KAPITEL 3

Schwester Caterina hatte uns ermahnt, beim Mittagessen nur »höfliche Bissen« zu uns zu nehmen. Beim Anblick der vielen köstlichen Speisen fragte ich mich, was das überhaupt sein sollte: »höfliche Bissen«. Den saftigen Truthahn, den würzigen Wildschweineintopf, das herrlich duftende, warme Brot und die verschiedenen Obst- und Käseplatten konnte man wirklich nicht höflich verschmähen. Rhiannon, die neben mir saß, hatte offenbar den gleichen Gedanken, denn sie schaufelte sich unter Schwester Caterinas missbilligendem Blick den Teller voll. Ich beschloss, von allem etwas zu probieren, achtete aber darauf, nur kleine Portionen zu nehmen.

Wir saßen den Lords in einer langen Reihe gegenüber, mit Schwester Caterina am Kopf des Tisches. Auch Schwester Ingrid und zwei weitere Ordensmitglieder hatten sich zu uns gesellt. Während um mich herum erste Gespräche in Gang kamen, stierte ich auf meinen Teller. Ich fühlte Malachis brennenden Blick auf mir. Natürlich hatte er begriffen, dass ich ihm einen Streich gespielt hatte, doch anders als erwartet, schien er nicht verärgert. Er musterte mich wie einen der Feuervögel. Als hielte er mich nun für ebenso gefährlich und faszinierend.

Die Tiere waren auch beim Essen Gesprächsthema.

»Ich muss schon sagen«, begann Lord Theon schmatzend, »Eure Feuervögel sind ganz außergewöhnlich. Aber mir machen sie ein wenig Angst.«

»Es sind eben Raubtiere, das darf man nie vergessen«, erwiderte Schwester Caterina.

Das Thema raubte ihr offenbar den Appetit. Sie hatte ein Stück Truthahnfleisch in dunkle Soße getunkt und schob es nun auf ihrem Teller von links nach rechts.

Malachis Augen wurden schmal.

»Der Mensch ist ebenfalls ein Raubtier. Sagt, fürchtet Ihr Euch vor Lady Sybil oder Lady Ezlyn, Lord Theon?«, fragte er seinen Sitznachbarn.

Der dickbäuchige Lord sah mich an und stieß ein tiefes, gutmütiges Lachen aus. Ein wenig Bratensoße tropfte von seiner Gabel auf seinen hüpfenden Bauch.

»Natürlich nicht.«

»Vielleicht solltet Ihr das«, sagte Malachi. »Ich bin sicher, einige der Ladys sind zu weitaus Schlimmerem als ein Feuervogel fähig, wenn sie sich in die Enge getrieben fühlen. Was denkt Ihr, Lady Ezlyn? Würdet Ihr Eure Krallen zeigen, wenn Lord Theon Euch angriffe?«

Die Gespräche am Tisch verstummten. Augen wanderten zwischen dem jungen Lord und mir hin und her. Die Luft knisterte förmlich vor Spannung. Malachi erwartete wohl, dass ich stumm den Kopf schüttelte. Er wollte, dass ich zugab, einen Fehler gemacht zu haben, als ich ihn in der Falknerei vor seinem angeblich nahenden Tod gewarnt hatte. Denn keine Todesseherin durfte es wagen, einen Lord in die Irre zu führen.

Ich aber hatte es getan. Aus gutem Grund. Und ich würde mich nicht dafür entschuldigen.

Schlage deinen Gegner mit seinen eigenen Waffen. Mache den Schwung, mit dem er vorwärtsstürmt, zu deinem eigenen.

Malachi hatte Sybil feige genannt. Ich beugte mich ein wenig vor und erwiderte seinen herausfordernden Blick. Seine grünen Augen bohrten sich wie Dolchspitzen in meine, aber ich blinzelte nicht.

»Wir sind uns sicher einig, Mylord, dass Feigheit keine Tugend ist«, erwiderte ich.

Schwester Caterina zog scharf die Luft ein, als hätte ich Malachi gerade einen Handschuh vor die Füße geworfen und ihn zum Duell aufgefordert. Und angesichts des entzückten Leuchtens in seinen Augen hätte man meinen können, ich hätte es tatsächlich getan.

Lord Caius runzelte verärgert die Stirn. »Was für ein groteskes Thema. Ich bin sicher, niemand will hier irgendwen in die Enge treiben oder angreifen.«

»Gewiss nicht, Vater«, sagte Malachi.

Hatte er mir gerade zugezwinkert? Rhiannon kniff mir unter dem Tisch in den Oberschenkel. Also hatte sie es ebenfalls bemerkt. Ich wandte mich wieder meinem Teller zu. Mittlerweile war der Wildschweineintopf kalt geworden und das Brot von der Bratensoße ganz aufgeweicht. Aber die Lust am Essen war mir ohnehin vergangen. Ich konnte nur noch daran denken, dass ich einen Kampf begonnen hatte, dem ich vielleicht nicht gewachsen war.

»Ihr müsst in heller Aufregung sein, ehrwürdige Schwester Caterina. Schließlich steht der Besuch des Kaisers noch in diesem Jahr bevor«, lenkte Lord Caius das Gespräch in eine andere Richtung.

Sein gekräuselter Mund verriet, dass er von den Provokationen seines Sohnes noch immer unangenehm berührt war. Schwester Caterina nickte ihrem Sitznachbarn dankbar zu.

»Durchaus, Lord Caius. Es wird uns eine große Ehre sein, Seine Majestät in unserem Tempel willkommen zu heißen. Und wir sind Euch sehr verbunden für die Unterstützung bei der Organisation dieses Festtags.«

Sie schaute in die Runde und tauschte Blicke mit einigen anderen Lords, die ebenfalls an der Vorbereitung der Festlichkeiten beteiligt zu sein schienen.

Acht Jahre war es her, dass der Kaiser den Tempel das letzte Mal besucht hatte. Ich dachte daran, wie Rhiannon und ich uns damals hinter einigen Büschen versteckt hatten, um den Mann zu sehen, der unser Land regierte. Wir waren zu jung gewesen, um an der Feier teilnehmen zu dürfen. Aber zwischen Zweigen und grünen Blättern hatten wir einen kurzen Blick auf sein goldenes, mit funkelnden Diamanten besetztes Gewand erhascht, bevor uns eine der Ordensschwestern entdeckte und auf unser Zimmer scheuchte.

Vielleicht würde ich ihn diesmal zu Gesicht bekommen. An der Seite meines neuen Lords, den ich zu diesem Fest begleiten und dem ich treu dienen würde. Bei dem Gedanken legte sich ein unsichtbares Gewicht auf meine Brust.

• • •

Nach dem Essen zogen die Lords sich gemeinsam mit den Ordensschwestern zurück. Sie würden nun ihre Gebote für jede von uns abgeben. Wir gingen in den Hof, setzten uns an den Rand des Springbrunnens und ließen uns die Sonne ins Gesicht scheinen. Sybil rang unablässig die Hände. Vielleicht weil sie befürchtete, dass keiner der Lords für sie bieten würde. Delia und Isabeau unterhielten sich über die Tempelführung und darüber, welchen Eindruck die Lords auf sie gemacht hatten. Und Rhiannon ließ abwesend ihre Hand durch das klare Wasser gleiten.

Ich betrachtete das türkis-gelbe Mosaik auf dem Grund des Brunnens, das durch die unruhige Wasseroberfläche verzerrt wirkte. Es zeigte das Auge der Vorsehung. Als wir jünger waren, hatten wir im Sommer oft unsere Strümpfe ausgezogen, die Röcke gerafft und waren durch das Wasser getanzt. Auch jetzt verlockte es mich, die Fußspitze in das kalte Nass zu tauchen.

Rhiannon sah zu mir auf und ich grinste breit.

»Wollen wir? Ein letztes Mal?«, sagte sie.

Delia stemmte entrüstet die Hände in die Hüften, als wir kichernd die Schnallen unserer Sandalen öffneten und den Saum unserer Seidenkleider hoben.

»Ihr werdet euch nass machen. Was sollen die Lords denken?«

»Und was die Ordensschwestern?«, fügte Isabeau hinzu.

Doch Rhiannon und ich standen schon bis zu den Knien im Wasser. Es war herrlich. Ich konnte spüren, wie die Kühle meine Haut sanft umspielte, wie sie über die Blase strich, die ich mir am kleinen Zeh zugezogen hatte, und den Schmerz linderte.

»Kommt schon!«, rief ich den anderen zu.

Ich hielt Isabeau meine Hand hin, damit sie uns folgte. Rhiannon tat das Gleiche bei Sybil.

»Ihr seid unverbesserlich.« Isabeau verdrehte die Augen, aber sie zog ebenfalls ihre Sandalen aus.

Sybil drehte wachsam den Kopf von rechts nach links, als befürchtete sie, Schwester Caterina könnte hinter einer Säule oder einem Baum hervorspringen und uns zur Ordnung rufen.

Im nächsten Moment war auch Delia zu uns in den Brunnen geklettert, bevor wir sie überhaupt darum gebeten hatten. Und dann tanzten wir zu fünft durch das Wasser und es war wieder wie früher. Es spritzte nach allen Seiten, Tropfen glitzerten im Sonnenlicht und Wellen schlugen gegen den Rand des Springbrunnens. Wir fassten uns an den Händen, drehten uns im Kreis und lachten, bis wir keine Luft mehr bekamen.

Ich schwor mir, diesen Moment niemals zu vergessen. Die lachenden Gesichter der anderen Mädchen. Das Glück, das in meinen Adern pulsierte. Den Geschmack von Freiheit auf meinen Lippen. Würde es je wieder so sein? Konnte ich am Hof eines reichen Lords dieses sorglose, unverfälschte Glück finden, das wir uns mit vereintem Frohsinn geschaffen hatten?

»Das darf nicht wahr sein.« Schwester Ingrids strenge Stimme ließ uns abrupt innehalten. Unser Gelächter verstummte. »Ihr seid Todesseherinnen, keine kleinen Mädchen, also benehmt euch auch so!«

Die Ordensschwester kam durch den Säulengang auf uns zugeeilt, die Brauen gehoben und die Hände in einer vorwurfsvollen Geste ausgestreckt.

»Ja, Schwester Ingrid.«

»Es tut uns leid, Schwester Ingrid.«

Eine nach der anderen kletterten wir mit gesenktem Kopf und betroffenen Mienen aus dem Brunnen. Doch es lag ein kleines Lächeln auf unseren Lippen. Schwester Ingrids missmutigem Blick entging es, aber es würde uns für immer miteinander verbinden.

• • •

»Was läuft da zwischen dir und dem jungen Lord?«, fragte mich Rhiannon, während wir uns die Beine abtrockneten und wieder in unsere Sandalen schlüpften.

Die anderen waren bereits vorausgegangen. Delias Haare waren in Unordnung geraten, und Isabeau und Sybil hatten ihr angeboten, sie in unserem Zimmer wieder herzurichten. Ich starrte auf meinen Schatten, der noch immer ruhig und beherrscht aussah, während meine Wangen vom Tanzen glühten und winzige Wasserflecke mein Seidenkleid sprenkelten.

»Gar nichts.«

»Er hat dich beim Mittagessen keinen Moment aus den Augen gelassen«, erwiderte Rhiannon. »Irgendwas musst du getan haben, um dir seine Aufmerksamkeit zu verdienen.«

Oh ja, das hatte ich. Aber wenn ich es Rhiannon verriet, würde sie sich nur Sorgen um mich machen. Dabei war der heutige Tag sowieso schon nervenaufreibend genug.

»Ich habe ihn Ikarus streicheln lassen. Vielleicht lag es daran. Er schien sehr begeistert von unseren Feuervögeln.«

Zumindest war das nicht gelogen. Ich hatte Rhiannon nur nicht alles erzählt. Sie zwirbelte ihren dunkelblonden Zopf, aus dem sich einige Strähnen gelöst hatten, und runzelte die Stirn.

»Ich wette, er wird ein Gebot für dich abgeben.«

»Wird er nicht.«

»Oh, doch. Daran besteht kein Zweifel.«

Delia, Sybil und Isabeau hätten mich sicherlich dazu beglückwünscht, aber Rhiannon wirkte nachdenklich.

»Worüber grübelst du?«, fragte ich sie.

»Ich weiß es nicht. Irgendetwas an dem jungen Lord gefällt mir nicht.« Sie ließ ihren Zopf los, stand ruckartig auf und zwang sich zu einem Lächeln. »Aber wahrscheinlich bilde ich es mir nur ein. Er sieht sehr gut aus. Das ist viel wert. Zumindest wirst du keine dicke, fleischige Hand halten müssen, während du deine Voraussagen aussprichst.«

So hatte ich Rhiannon noch nie reden hören. Sie schien sich wirklich Sorgen um mich zu machen.

»Sein Vater ist derjenige, der das Gebot für die Familie abgibt. Er wird sich gewiss nicht für mich entscheiden«, versuchte ich sie zu beruhigen. Doch ich war mir absolut nicht sicher. »Gibt es einen Lord, zu dem du gern gehen würdest?«

Meine Freundin zuckte die Schultern.

»Letzten Endes sind sie alle gleich: reich und vornehm, ein bisschen arrogant und vom Leben verwöhnt. Wir sind Bedienstete für sie, nichts weiter. Vermutlich spielt es keine Rolle, zu wem wir kommen. Sobald sie uns an ihren Hof gebracht haben, sind wir für sie unsichtbar – solange wir unsere Arbeit gewissenhaft verrichten.«

Das klang wieder mehr nach Rhiannon. Ein bisschen rebellisch und weniger ängstlich. Ich hob tadelnd den Zeigefinger.

»Lass das bloß nicht Schwester Caterina hören!«

Die Ordensschwester hätte unsere Gabe nie als Arbeit bezeichnet. Jede von uns war in ihren Augen ein heiliges Geschöpf, ein Gefäß der Götter. Aber ich stimmte Rhiannon zu, dass es sich nicht im Geringsten so anfühlte.

• • •

Das Warten war das Schlimmste. Wir standen in einer Reihe hintereinander, vor uns die geschlossene Tür der Gebetshalle. Delia war als Erste hineingegangen, dann Sybil. Keine von ihnen war zurückgekehrt. Sie harrten nun an der Seite ihrer neuen Lords im Inneren der Halle auf das Ende der Zeremonie.

Das Ritual der Reinigung und die feierliche Übergabe – bislang hatte ich mir noch keine Gedanken über diesen Teil des Tages gemacht. Er war mir immer so weit weg erschienen. Aber nun war er gekommen, und ich konnte meinen Blick nicht von Rhiannons Rücken lösen, die als Nächste durch die Tür treten würde.

Wenn ich ihr noch etwas sagen wollte, war jetzt der Zeitpunkt gekommen. Stand sie erst einmal an der Seite ihres Lords, durfte es keine Gespräche mehr zwischen uns geben – nie wieder. Doch jedes Wort, das ich sagen wollte, zerfiel mir im Mund. Es wirkte unbedeutend gegenüber dem, was uns erwartete. Und gleichzeitig gab es so vieles, was ich ihr noch mit auf den Weg geben wollte:

Pass auf dich auf.

Lass dich nicht unterkriegen.

Vergiss mich nicht.

Die massive Holztür öffnete sich erneut und ich erhaschte einen kurzen Blick auf Sybil und Delia, die nun in roten Gewändern und mit schweren Sonnenkränzen auf ihren Häuptern neben Lord Theon und einem anderen Mann standen, dessen Namen ich nicht kannte. Der Stoff an ihrem Rücken war durchsichtig, und man konnte das Tanwir-Tattoo erkennen, das während der Zeremonie in ihre Haut geritzt worden war. Die Ordensschwestern hatten vortreffliche Arbeit geleistet. Die geschwungenen schwarzen Linien, die sich über Sybils und Delias Rücken wanden, die altalvenischen Schriftzeichen und das Auge der Vorsehung in der Mitte waren kleine Kunstwerke. Trotzdem wünschte ich, ich könnte die Gesichter der Mädchen sehen. Waren sie glücklich mit der Wahl, die ihre Lords getroffen hatten?

»Lady Rhiannon Sarin.«

Niemand wandte sich zu uns um. Nur Schwester Caterina, die am gegenüberliegenden Ende des Raumes stand, hob den Blick und streckte die Hände aus, um Rhiannon in Empfang zu nehmen. Ich drückte meiner Freundin die Schulter und sie legte ihre Hand auf meine. Dann trat sie in die Gebetshalle. Ihre Schritte hallten über die Fliesen, die Tür schloss sich wieder, und mein Warten begann von Neuem.

Das Zwitschern der Vögel hier draußen schien mir beinahe unwirklich. In Gedanken war ich bereits in der dunklen Halle, atmete den Weihrauch und spürte die Blicke der Lords auf mir. Würde Rhiannon recht behalten? Hatten Malachi und Lord Caius ein Gebot für mich abgegeben, und würde ich an ihren Hof kommen?

»Ich habe Angst«, wisperte Isabeau hinter mir.

Es überraschte mich, dass sie es zugab. Sie hatte den ganzen Tag recht gefasst gewirkt. Statt einer Antwort streckte ich meine Hand nach ihr aus und wir hielten uns aneinander fest. Ihre Hand war warm und feucht, meine eiskalt. Endlose Minuten standen wir so da. Doch obgleich mir bereits die Füße wehtaten, als die Tür ein weiteres Mal aufging, wünschte ich mir, uns bliebe mehr Zeit. Mehr Zeit im Davor. Denn jetzt würde es nur noch ein Danach geben.

»Lady Ezlyn Davarin.«

Meine Beine zitterten, als ich an meinen Freundinnen und den Lords vorbei auf Schwester Caterina zuging, die neben dem Wasserbecken im Tempel auf mich wartete. Noch nie hatte ich einen so wohlwollenden Ausdruck auf ihrem Gesicht gesehen. Am liebsten hätte ich mich geweigert, ihre Hände zu ergreifen. Das hier war mein Schicksal. Aber es fühlte sich falsch an. So falsch wie das Lächeln auf Schwester Caterinas Gesicht.

Wir waren diese Zeremonie mit den Ordensschwestern

schon einige Male durchgegangen, um uns auf den Tag der Auswahl vorzubereiten. Daher fühlte es sich seltsam vertraut an, als ich jetzt auf die Knie ging und mein Haupt senkte. Schwester Caterina legte ihre Hand auf mein Haar und begann mit dunkler, melodischer Stimme zu rezitieren.

»Im Namen der drei Götter frage ich dich, Ezlyn Davarin, nimmst du das Geschenk deiner Gabe an?«

Das Nein lag mir auf den Lippen. Aber welche Wahl hatte ich?

»Mit Demut und Dank«, antwortete ich dem zeremoniellen Ablauf gemäß.

Schwester Caterina nickte in Richtung der Lords. Das war das Zeichen für denjenigen, der am höchsten geboten hatte, zu mir nach vorn zu treten. Ich kniete mit dem Rücken zu ihnen, aber ich konnte hören, dass es zwei Männer waren, die sich bewegten.

Nicht Malachi. Nicht Malachi …

Das Blut rauschte in meinen Ohren. Ich war ein Lamm auf dem Weg zur Opferbank, ich hatte mich noch nie so machtlos und ausgeliefert gefühlt.

Schwester Caterina bedeutete mir aufzustehen und legte meine bebenden Hände in zwei andere. Eine davon war blass, mit langen Fingern und einer Narbe, die sich vom Zeigefinger bis zum Daumen über den Handrücken zog. Die andere Hand war deutlich jünger, mit ebenso langen Fingern, die einen warmen Druck ausübten.

Es waren Lord Caius und Malachi.

Bilder kamen in mir auf. Augenblicke des Todes, die ich von mir schob, wie ich es bereits in der Falknerei getan hatte.

Anders als ich Malachi zuvor glauben machte, überfielen uns unsere Voraussagen nicht hinterrücks. Wir sahen sie kommen und entschieden uns, ihnen entgegenzutreten oder sie vorbeiziehen zu lassen. Während der Zeremonie der Auswahl berührten sich die Hände eines Lords und seiner Todesseherin zum ersten Mal. Es war ein Ausdruck des Vertrauens, ein Pakt, der geschlossen wurde. Aber es wäre unhöflich gewesen, meinen Voraussagen hier Raum zu geben – dafür würde später noch mehr als genug Zeit bleiben.

»Und im Namen der drei Götter frage ich dich, Ezlyn Davarin, wirst du deinem Lord dienen, wirst du ihn und die Seinen beschützen und mit sehendem Auge über ihn wachen?«

Schwester Caterina war so schnell fortgefahren, dass ich irritiert blinzelte. Das war ein Traum. Es musste ein Traum sein. Die Ordensschwester hatte mich nicht gerade genau dem jungen Lord übergeben, den ich provoziert und gedemütigt hatte.

»Mit Demut und Dank«, stammelte ich.

Nun, zumindest musste ich mir keine höfliche Antwort ausdenken, denn das hätte mich in diesem Moment mehr als überfordert. Ich wagte nicht aufzuschauen. Stattdessen musterte ich weiter die Hände, die meine umfasst hielten.

Männerhände.

Es war ein seltsames Gefühl. Die letzte männliche Hand, die ich gehalten hatte, war die meines Vaters gewesen. Selbst Kova, der Sohn des Hufschmieds, hatte mich aus Angst vor meiner Gabe niemals berührt. Als kleines Mädchen hatte ich nicht verstehen können, warum man mich mied. Warum man vor meiner Hand wie vor einem heißen Kessel zurückzuckte. Immer wieder hatte ich an Kovas Ärmeln gezogen und versucht, ihm die Handschuhe abzunehmen. Doch irgendwann hatte er gedroht, dass er mich nicht mehr unterrichten würde, und ich hatte aufgegeben.

»Und ich frage dich, bist du bereit, dein altes Leben abzustreifen und den Händen, die dich halten, in ein neues zu folgen?«

Ich schluckte. Das war die Frage, die ich am meisten gefürchtet hatte. Mein Kopf wollte zu Rhiannon, Sybil und Delia herumschnellen, wollte sie ein letztes Mal ansehen. Aber das durfte er nicht. Und auf Schwester Caterinas Frage gab es nur eine Antwort.

»Mit Demut und Dank.«

Mein Mund war trocken und die Worte kamen als unverständliches Gemurmel, doch es schien zu genügen. Schwester Caterina nickte zufrieden und Lord Caius zog eilig seine Hand aus meiner. Malachi ließ sich Zeit. Er trat einen Schritt auf mich zu, und ich war sicher, er wollte mir etwas zuflüstern. Aber dann besann er sich und folgte seinem Vater zurück zu den anderen Lords, die in drei Reihen nicht weit vom Wasserbecken standen, Sybil, Delia und Rhiannon zwischen ihnen, an der Seite ihrer neuen Herren.

Nun wurde es unruhig. Die Ordensschwestern kamen mit Leinentüchern zu mir, die mich vor den Blicken der Lords abschirmen sollten. Sie spannten die Tücher wie eine dünne Wand, durch deren hellbeigen Stoff ich die Menschen nur noch schattenhaft erkennen konnte.

»Nur keine Angst«, murmelte Schwester Caterina leise, während sie die Knöpfe am Rücken meines Kleides öffnete. »Dies ist ein heiliger Ort. Niemand wird einen Blick riskieren.«

Eine Gänsehaut lief mir über meinen entblößten Rücken und ich verschränkte die Arme vor der Brust. Das Reinigungsritual war Teil der Zeremonie. Ein Symbol dafür, dass ich mein vergangenes Leben hinter mir ließ. Ich versuchte das Gefühl der Beklemmung, das mich plötzlich beschlich, zu ignorieren und stellte mir vor, ich stände wieder mit den anderen Mädchen im Brunnen auf dem Hof. Doch das hier war etwas anderes. Ich hörte die Männer auf der anderen Seite des Stoffes husten, hörte Gewänder rascheln und ein schnaufendes Atmen. Vielleicht sahen sie mich nicht, aber sie wussten, dass ich nackt und hilflos war.

Schwester Caterina führte mich zu dem Becken und ich stieg seine Stufen hinunter, bis mir das Wasser bis zur Hüfte reichte. Es war kalt, aber nicht so eisig, wie ich erwartet hatte. Ich ging in die Hocke und tauchte unter. Für einen Moment war die Welt ausgesperrt. Da waren nur das Wasser und ich. Eine ruhige Einsamkeit.

Sie war viel zu schnell vorbei.

Schwester Ingrid erwartete mich mit einem Tuch am Rand des Beckens. Nachdem ich mich abgetrocknet und meine Haare in das Tuch gewickelt hatte, begann sie mit ihrer Arbeit. Ich musste still stehen, während ihr stumpfes Messer mit flinken, präzisen Bewegungen über meinen Rücken kratzte und das Tanwir-Tattoo einritzte. Es war nicht schmerzhaft, nur ein wenig unangenehm. Doch die Prozedur wurde zur Qual, da ich mir die ganze Zeit der Anwesenheit der Lords bewusst war. Ich wollte meine Kampfkleidung tragen, mein Schwert an meinem Gürtel spüren und Rhiannon an meiner Seite wissen.

»Es ist gleich geschafft«, flüsterte Schwester Ingrid mir zu.

Ich hatte die Hände zu Fäusten geballt, und vermutlich dachte sie, ich hätte Schmerzen. Nachdem sie die Farbe in meinen Rücken eingearbeitet hatte, legte sie ihr Werkzeug beiseite und verbeugte sich vor mir.

»Mögen die Götter über dich wachen.«

»Und über dich, Schwester«, erwiderte ich förmlich.

Die wunde Haut an meinem Rücken schmerzte, als ich mich ebenfalls verbeugte. Ich wünschte, ich könnte das Tanwir auf meinem Rücken sehen. War es so kunstvoll gearbeitet wie das von Delia und Sybil?

Schwester Caterina half mir in mein neues rotes Kleid, brachte meine Haare in Ordnung und setzte mir den Sonnenkranz auf. Das Symbol der Erleuchtung durch die Götter wog schwer auf meinem Haupt. Die goldenen Spitzen standen in einem Halbkreis von meinem Kopf ab und ich wagte kaum, mich zu bewegen, während wir unsere letzten Worte wiederholten.

»Mögen die Götter über dich wachen.«

»Und über dich, Schwester.«

Die Leinentücher wurden entfernt und ich ging unsicheren Schrittes auf Lord Caius und Malachi zu, die in ihrer Mitte einen Platz für mich frei gelassen hatten.

»Lady Isabeau Dragan«, ertönte nun die Stimme von Schwester Caterina.

Die Tür der Gebetshalle öffnete sich und die Zeremonie ging weiter. Doch so leid mir Isabeau auch tat, die nun den Blicken der Lords ausgesetzt war, ich konnte mich nicht auf sie konzentrieren. Die Farbe auf meinem Rücken brannte in den Wunden und ich spürte Malachis Nähe überdeutlich. Nur noch wenige Augenblicke, dann würde ich mit ihm in eine Kutsche steigen müssen und wäre seiner Willkür ausgeliefert.

»Ihr zittert.«

Malachi stellte es mit ruhiger Gleichgültigkeit fest. Er machte sich nicht einmal die Mühe, leise zu sprechen, obwohl seine Worte die heilige Zeremonie störten und sein Vater ihn mit einem erbosten Seitenblick bedachte. Ohne sich darum zu kümmern, streckte er seine Hand nach meiner aus und verflocht sie miteinander. Er trug nun wieder Handschuhe. Das Leder war kühl und glatt.

»Keine Sorge, ich werde gut auf Euch achtgeben.«

KAPITEL 4

Kein Schwert. Ich habe kein Schwert.

Der Gedanke hämmerte in meinem Kopf, während ich mir von Malachi in die Kutsche helfen ließ. Lord Caius war vorausgeritten, um sich um Angelegenheiten an seinem Hof zu kümmern, und so blieb ich mit dem jungen Lord allein zurück – ohne meine Waffe.

Die Sonne näherte sich bereits dem Horizont, als unsere Kutsche sich holpernd in Bewegung setzte. Pferde schnaubten und ich hörte Ikarus schreien. Es gefiel meinem Feuervogel gar nicht, dass ich ihn für die Fahrt in einen Käfig sperren musste, der am Kutschbock festgezurrt wurde. Die Luft war abgekühlt und wehte durch die Fenster, ließ die Vorhänge hin und her flattern. Ich zog meinen blaugrauen Umhang enger um die Schultern. Vor Müdigkeit fielen mir fast die Augen zu, aber ich hielt den Blick auf den Spalt zwischen den Vorhängen gerichtet. Felder und Wiesen, einzelne Bauernhäuser und dichte Tannenwälder zogen an uns vorbei.

Ich kannte den Weg, der vom Tempel hinunter ins Dorf führte, war ihn schon unzählige Male gelaufen. Doch nun würde er mich endgültig von hier fortführen. Bald würde der

Tempel nur noch in der Ferne zu sehen sein. Und wenn wir auch das Dorf hinter uns gelassen hatten, nicht einmal mehr das. Ich wartete darauf, vom Abschiedsschmerz überwältigt zu werden. Wartete, dass er seine Klauen in mein Herz schlug, aber alles, was ich spürte, war dumpfe Erschöpfung. Die Zeremonie und der Abschied von meinen Freundinnen hatten mich Kraft gekostet.

»Wie funktioniert sie?«

»Hm?«

Ich hatte gar nicht bemerkt, dass sich Malachi, der mir in der Kutsche gegenübersaß, zu mir vorgebeugt hatte. Sein Umhang lag zusammengefaltet neben ihm auf der Sitzbank und er hatte die Ärmel seines weißen Hemdes hochgekrempelt.

»Eure Gabe. Wie funktioniert sie?«, wiederholte er, als ich ihn überrascht anstarrte. Dann blickte er zum Fenster hinaus und rief: »Graycen, hierher!«

Sein Ruf ließ mich zusammenfahren. Hufgetrappel wurde lauter, als eine der Wachen sich auf einem braunen Rappen näherte.

»Mylord?«

Der Mann wirkte gelangweilt. Der Wind zerzauste sein graues Haar und zog an seinem Umhang. Er blickte geradeaus, während sein Pferd mit der Kutsche Schritt hielt.

»Reich unserer neuen Todesseherin die Hand!«, befahl Malachi.

Der Wachmann zuckte unmerklich, und ich fühlte mich wieder an Kova erinnert, der solche Angst vor meiner Berührung gehabt hatte.

»Nun?«

Der junge Lord trommelte ungeduldig gegen den Fensterrahmen der Kutsche. Ich warf Graycen einen entschuldigenden Blick zu. Meine Gabe wie ein dressiertes Hündchen vorzuführen und den armen Mann dadurch in Angst und Schrecken zu versetzen, war das Letzte, was ich wollte.

»Mylady.«

Graycen befreite die linke Hand aus seinem Handschuh und streckte sie mir zögerlich entgegen. Ich ergriff sie unwillig.

»Was seht Ihr?«, wollte Malachi wissen.

Er hatte sich noch ein Stück näher zu mir gebeugt. Ich spürte seinen warmen Atem auf meiner Haut. Seine Augen waren auf meine Stirn gerichtet, als wünschte er sich, er könne mir die Schädeldecke öffnen und hineinsehen.

»Er wird friedlich einschlafen, wenn seine Zeit gekommen ist.«

Ich ließ Graycens Hand los, noch bevor sich mir irgendwelche Bilder aufdrängen konnten. Meine Aufgabe war es, Lord Caius und die Seinen zu schützen, nicht für die Unterhaltung seines verzogenen Sohnes zu sorgen.

Malachi wirkte enttäuscht. Wahrscheinlich hatte er die Beschreibung eines blutigen Todes erwartet. Vielleicht würde er die bekommen, wenn er mich noch einmal seine eigene Hand halten ließ.

»Tut mir leid, Graycen, alter Knabe. Du hast dir bestimmt einen spektakulären Heldentod erhofft«, sagte Malachi zu seinem Wachmann. Dann sah er mich mit einem spöttischen Lächeln an. »Vielleicht sollten wir uns nach einer etwas jüngeren Wache umsehen. Sie könnte mehr Potenzial haben. Was meint Ihr, Ezlyn?«

»Bitte, Mylord.« Ich schüttelte müde den Kopf. »Es war ein langer Tag.«

Malachi musterte mich lange und durchdringend. Ich war sicher, er würde mir widersprechen und mich zwingen, weitere Tode vorherzusagen. Und meine Weigerung würde seinen Zorn auf mich ziehen. Doch er nickte bloß.

»Ihr habt recht. Am Hof werden sich mir noch genug Möglichkeiten bieten, Eure Gabe zu studieren.«

• • •

Ich musste eingeschlafen sein. Meine Glieder waren steif und das Tanwir brannte auf meinem Rücken, wo die Farbe in die offene Haut eingedrungen war. Als ich die Augen aufschlug, war es dunkel in der Kutsche. Nur das Mondlicht fiel durch den Spalt zwischen den Vorhängen und beleuchtete die leere Sitzbank mir gegenüber. Wo war Malachi?

Ich hob den Kopf und wunderte mich, worauf ich gelegen hatte. Grüne Augen funkelten mich im Schwarzgrau der Nacht an.

»Euer Kopf ist durch das Holpern der Kutsche immer wieder gegen die harte Holzwand geschlagen«, erklärte Malachi ruhig.

Offenbar hatte er sich neben mich gesetzt und meinen Kopf an seine Schulter gelehnt, damit ich mir nicht wehtat oder wach wurde.

»Danke«, stammelte ich und rückte ein Stück von ihm weg.

Er war noch immer viel zu nah. Ich konnte die Wärme seines Körpers spüren. Seine Worte bei der Zeremonie gingen mir durch den Kopf: *Keine Sorge, ich werde gut auf Euch achtgeben.* Für mich hatten sie wie eine versteckte Drohung geklungen, aber vielleicht war er ja aufrichtig gewesen. Hier in der Dunkelheit der Kutsche war er nicht mehr der mächtige Lord, der verwöhnte Sohn von Lord Caius. Er war nur ein junger Mann, der sich um ein Mädchen sorgt.

»Ist Euch kalt?«

»Es geht schon.«

Mein Zittern strafte mich Lügen. Malachi musste es auch bemerkt haben, denn er griff nach seinem Umhang, der noch immer zusammengefaltet auf der Sitzbank lag, und breitete ihn über mich aus. Er roch nach ihm. Nach Leder und Seife und einem Hauch Lavendel.

»Es sollte nicht mehr weit sein. Wenn wir am Hofe sind, könnt Ihr Euch am Feuer wärmen und eine Mahlzeit zu Euch nehmen. Morgen führe ich Euch dann herum.«

Er würde mir also nicht so bald von der Seite weichen. Dabei wäre ich momentan lieber allein gewesen und hätte meine Ruhe gehabt.

»Vielen Dank, Mylord«, murmelte ich und zog mir den Umhang bis zum Kinn.

»Nennt mich Malachi.«

Er sah mich aufmerksam an, als wollte er, dass ich seinen Namen wiederhole. Als müsste er unbedingt wissen, wie er aus meinem Mund klänge. Doch bevor ich etwas antworten konnte, hielt die Kutsche ruckartig an. Ich wurde fast von meinem Platz geschleudert, und Malachi stieß ein leises Fluchen aus.

»Was ist los? – Graycen!«

Es dauerte länger als beim letzten Mal, bis der grauhaarige Wachmann sich blicken ließ. Er wirkte angespannt. Schweißperlen standen auf seiner Stirn.

»Rebellen, Mylord. Wie es scheint, sind sie nur zu viert, aber sie haben eine Straßensperre errichtet. Ein umgestürzter Baumstamm liegt mitten auf unserem Weg.«

Eine Straßensperre. Das konnte nichts Gutes bedeuten.

»Kümmert Euch darum!«

Malachis Gesicht war wutverzerrt. Ich klammerte mich an der Kutschbank fest und lauschte.

Etwas klapperte, ein Pferd wieherte, dann war es wieder still. Ich wagte nicht, mich zu bewegen, aus Angst, das Ruckeln der Kutsche könnte auf uns aufmerksam machen. Aber wer auch immer dort draußen war, ahnte bestimmt, dass sich hier ein reicher Adliger verbarg.

»Schert Euch weg!«

Das musste eine der Wachen sein. Die Stimme klang entfernt. Vermutlich war der Mann vorausgeritten, um den Rebellen entgegenzutreten. Die Räder der Kutsche setzten sich quietschend in Bewegung und ich dachte, wir würden unsere Reise fortsetzen, doch dann hielten wir wieder an.

Malachi stöhnte genervt. »Dieses Gesindel. Haben die mitten in der Nacht nichts Besseres zu tun, als müde Reisende zu überfallen?«

»Was sind das für Leute?«, wisperte ich.

Malachi zuckte die Schultern.

»Nichtsnutzige Bastarde, die den Reichen auflauern und ihnen ihr Geld lieber stehlen, anstatt dafür zu arbeiten. Sie sind lästig, aber meine Wachen kommen mit ihnen klar. Es gibt keinen Grund zur Beunruhigung.«

Trotzdem hätte ich mich wohler gefühlt, wenn ich mein Schwert bei mir gehabt hätte. Ich spähte zu dem Dolch an Malachis Gürtel. Er war schön gearbeitet, mit einem goldenen Griff, auf dem ein dunkelroter Rubin glänzte. Ich bezweifelte, dass er für den jungen Lord mehr war als ein hübscher Brieföffner.

Ein Klirren. Es war auf einmal ganz nah und ich zuckte zusammen. Es hörte sich an, als würden Schwerter gegeneinanderschlagen. Wieder wieherte ein Pferd – schrill und verängstigt. Die Wachen brüllten sich Befehle zu. Ich konnte nicht verstehen, was sie riefen, aber es klang aufgebracht. Dann geriet die Kutsche ins Wanken. Es kam mir vor, als würde sich jemand von außen dagegenstemmen und sie hin- und herschaukeln lassen. Ein erstickter Schrei entfuhr mir und draußen wurde Gelächter laut.

Malachi presste seine Handflächen gegen die Kutschenwand, um Halt zu finden. Ich konnte das Weiß in seinen Augen sehen. Jetzt schien er sich auch zu fürchten. Verzweifelt versuchte ich mich in das Sitzpolster zu krallen, aber ich rutschte ab und schlug mit dem Ellbogen auf den Boden. Ein heftiger Schmerz durchzuckte mich. Malachis Umhang fiel von meinen Schultern und blieb auf dem Boden liegen.

Dann hörte das Schwanken plötzlich auf. Die Tür zur Kutsche wurde aufgerissen und ein kräftiger, dunkelhaariger Mann steckte den Kopf herein. Er sah furchterregend aus. Ein schwarzes Tuch verdeckte seinen Mund und über sein linkes Auge zogen sich drei rote Farbstreifen, die eine Art Kriegsbemalung zu sein schienen.

Ich presste mich an die Rückwand der Kutsche, aber er streckte eine schmutzige, raue Hand nach meinem Fußknöchel aus und zog daran. Obwohl ich strampelte und nach ihm trat, gelang es mir nicht, mich zu befreien. Ich wollte schreien, aber meine Kehle war wie zugeschnürt. Malachi griff nach meinen Armen und wir klammerten uns aneinander, während der Mann laut lachte. Es war ein irres Lachen, das mich bis in meine Albträume verfolgen würde.

»Ezlyn!«

Als der Mann mit einem erneuten Ruck an meinem Bein zerrte, fiel Malachi auf die Knie. Er hatte die Zähne aufeinandergepresst. Mein Blick fiel auf den Dolch an seinem Gürtel, den er offenbar völlig vergessen hatte.

Ich zwang mich, durchzuatmen und einen klaren Gedanken

zu fassen. Ich zwang mein hektisch schlagendes Herz sich zu beruhigen.

»Wenn ich *jetzt* sage, lasst Ihr mich los!«, befahl ich Malachi leise.

Er schüttelte entsetzt den Kopf, aber uns blieb keine Zeit zu diskutieren. Was würde der Mann tun, wenn er mich aus der Kutsche gezerrt hatte? Mich ausrauben, entführen – oder Schlimmeres?

Ich nahm all meine Kraft zusammen und trat noch einmal nach meinem Angreifer. Sein Griff lockerte sich nur ein wenig, aber es gelang mir, weiter nach hinten zu rücken.

»Du wirst mir nicht entkommen, Kleine«, knurrte er und lachte wieder wie besessen. Dann packte er mich noch gröber und riss an meinen Beinen.

»Jetzt«, raunte ich Malachi zu.

Der junge Lord schüttelte noch einmal den Kopf, aber er ließ mich los, wie ich es ihm befohlen hatte.

Mein Angreifer taumelte rückwärts. Ich riss Malachis Dolch aus dem Gürtel und stürzte aus der Kutsche, um mich auf den Mann zu werfen. Kurz darauf lag er auf dem Waldboden und ich saß heftig atmend auf seiner Brust. Der Mann wirkte einen Moment lang verblüfft, doch dann brach er in schallendes Gelächter aus.

»Und was willst du jetzt tun, Kleine? Ich hab dich genau dort, wo ich dich habe wollte.«

»Halt den Mund.«

Unzählige Male hatte ich in meinem Kopf durchgespielt, wie es wäre, einen Gegner im Duell zu schlagen. In meiner Vorstellung hatte ich immer einen lockeren Spruch parat gehabt, aber nun fiel mir nichts Passendes ein. Ich hob Malachis Dolchklinge und ließ sie über den Hals meines Angreifers schweben. Meine Hand zitterte und meine Knöchel traten weiß hervor, so fest umklammerte ich den goldenen Griff des Dolches.

Der Mann war viel zu überrascht, um sich zur Wehr zu setzen.

»Tötet ihn!«, schrie Malachi mit sich überschlagender Stimme. »Tötet ihn!«

Ihm war ebenso klar wie mir, dass die Gefahr noch lange nicht gebannt war.

»Du wirst mir nichts tun«, sagte der Mann und umfasste die Dolchklinge, als wäre es ein Stock, den er entzweibrechen könnte. Blut rann zwischen seinen Finger hinab und tropfte auf sein Gesicht. Er hob den Kopf ein wenig und ich konnte seinen stinkenden Atem riechen.

»Nein, du wirst mir nichts tun«, sagte er wieder.

Ich musste ihn töten. Aber ich war nicht sicher, ob ich überhaupt dazu in der Lage war. Konnte ich einem anderen Menschen das Leben nehmen, um mein eigenes zu retten?

»Ergib dich, im Namen des Gesetzes von Alvenien!«, ertönte da plötzlich eine Stimme und ein Schwert richtete sich auf die Brust meines Angreifers.

Ich hob den Kopf und sah Graycen. Seine Lederrüstung war lädiert und an seiner Wange klaffte eine Wunde, aber ansonsten schien er unversehrt.

Plötzlich war auch Malachi an meiner Seite und zog mich auf die Beine. Er musste mich halten, denn ich drohte wieder in mich zusammenzusacken. Ich schmeckte Blut. Offenbar hatte ich mir während des Angriffs auf die Zunge gebissen.

»Wie konnte das passieren?«, blaffte Malachi den Wachmann an, während seine Hand behutsam über meinen Rücken strich.

Ich versuchte mich auf diese Berührung zu konzentrieren und meinen flatternden Herzschlag zu beruhigen. Doch es wollte mir nicht gelingen. Noch nie zuvor hatte ich in solcher Gefahr geschwebt.

»Es waren mehr, als wir erwartet hatten«, antwortete Graycen atemlos, während er den Angreifer immer noch mit seinem Schwert in Schach hielt. »Sie hatten sich in den Büschen versteckt.«

»Wie viele Tote?«

»Vier von uns, sechs von ihnen. Zwei konnten fliehen, einen haben wir gefangen genommen.«

»Sieben«, erwiderte Malachi mit harter Stimme und nickte zu dem Mann auf dem Boden, der mit weit aufgerissenen Augen dalag.

Seine Brust hob und senkte sich in hektischen Atemzügen und sein Mund war geöffnet, als wollte er um Gnade bitten. Mitleid regte sich in mir, obwohl dieser Mann es gewiss nicht verdient hatte.

»Sieben«, bestätigte Graycen, ohne auch nur mit den Mundwinkeln zu zucken.

Ihm war anzusehen, dass er nicht zum ersten Mal einen Tötungsbefehl ausführte. Ich wandte den Blick ab, als sich die Schwertspitze in den Hals des Mannes bohrte.

• • •

Nur wenig später erreichten wir den Hof von Lord Caius. Es war schon spät und ich nahm das Schloss mit seinen drei Turmspitzen, die in den blaugrauen Nachthimmel ragten, vor Müdigkeit kaum mehr wahr. Auch dem kunstvollen, mit Gold verzierten Säulengang, der vor uns lag und dessen Laternen von Motten umflattert wurden, schenkte ich kaum Beachtung.

Mein rotes Kleid war am Rücken und am Saum zerrissen, meine Finger bluteten und meine Haare waren zerzaust. Das war nicht der Anblick, den eine Todesseherin abgeben sollte, wenn sie an den Hof ihres Lords kam.

Als wir aus der Kutsche stiegen, hätte ich eigentlich den Sonnenkranz, den ich für die Reise abgelegt hatte, wieder aufsetzen und die Dienerschaft begrüßen müssen, die auf uns wartete. Die Tradition verlangte es, dass ich jedem von ihnen die Hand gab, aber ich konnte mich kaum noch auf den Beinen halten. Malachi verscheuchte die Angestellten mit einem kurzen Wink.

Er hatte mir seinen Umhang wieder um die Schultern gelegt und hielt meine Hand, was seltsam beruhigend war. Wir hatten den Rest des Weges kein einziges Wort mehr miteinander gesprochen. Der Schreck saß uns noch immer in den Gliedern, und jeder hing seinen eigenen Gedanken nach.

»Ich bringe Euch direkt auf Euer Zimmer«, sagte er jetzt. »Wenn Ihr noch etwas essen oder ein Bad nehmen wollt, klingelt einfach nach einer Dienstmagd.«

Müde schüttelte ich den Kopf. Ich wollte nur schlafen. Schlafen und vergessen.

Er führte mich durch den Säulengang über einen Abgrund, der so dunkel war, dass man sein Ende nicht erkennen konnte. Wind peitschte in Böen zwischen den Säulen hindurch.

Malachi legte schützend einen Arm um mich. Etwas warnte mich davor, zu sehr seine Nähe zu suchen. Ich rückte ein Stück von ihm ab, bereute es aber sofort, als die Wärme seines Körpers durch eisige Nachtluft ersetzt wurde. Zwei Diener huschten uns über den gepflasterten Hof voraus und öffneten eine schwere, hohe Tür aus schwarzem Holz, die in die Eingangshalle des Schlosses führte.

»Willkommen am Hof meines Vaters«, murmelte Malachi. Es klang eher gelangweilt.

Ikarus krächzte, als wir in die dämmrige Halle traten, wo ein wuchtiger Eisenleuchter von der Decke hing. Ein Diener trug den Käfig des Vogels für mich. Zwei andere hatten die Truhe mitgenommen, die eigentlich viel zu groß für meine wenigen Habseligkeiten war. Sie überholten uns und trugen mein Gepäck eine Steintreppe hinauf, die schier endlos zu sein schien. Ich schluckte. Musste ich wirklich noch all diese Stufen erklimmen, bevor ich mich auf mein Bett werfen konnte?

»Die Treppe scheint Euch mehr Angst einzujagen als der Rebell, der Euch aus der Kutsche zerren wollte«, bemerkte Malachi trocken, als er meinen entsetzten Blick sah.

»Ich schätze, es wäre zwecklos, ihr mit dem Dolch zu drohen«, seufzte ich.

Malachi schmunzelte. »Nun, ich würde Euch anbieten, Euch auf meinen Armen zu tragen. Doch ich fürchte, das könnte einen falschen Eindruck erwecken.«

»Das könnte es«, sagte ich mit fester Stimme, damit er nicht auf die Idee kam, seinen Vorschlag in die Tat umzusetzen.

Dann schleppte ich mich hinter Malachi die Stufen hinauf, an einer Vielzahl von goldgerahmten Ahnenporträts vorbei. Wir gingen zwei mit prachtvollen Gobelins geschmückte Gänge entlang, bevor Malachi eine Tür aufstieß, die in ein kleines Schlafzimmer führte. Hier gab es ein Himmelbett, einen Waschtisch, einen Sekretär und einen Sessel, der vor einem knisternden Feuer stand.

Die Truhe mit meinem Gepäck und Ikarus' Käfig waren bereits hierhergebracht worden. Ich würde meinen Feuervogel heute Nacht fliegen lassen, damit er sich ein paar Mäuse fangen konnte. Jemand hatte mir ein Tablett mit einem Krug Wasser, Brot, Wurst und einem Apfel auf den Nachttisch gestellt.

»Hier trennen sich unsere Wege«, sagte Malachi. »Habt Ihr alles, was Ihr braucht, Ezlyn?«

Ich nickte.

»Dann wünsche ich Euch eine geruhsame Nacht.«

»Mylord?« Ich räusperte mich, und Malachi drehte sich noch einmal zu mir um. Er hob fragend seine Augenbrauen.

»Ja?«

»Euer Dolch.«

Ich hielt ihm mit ausgestreckten Händen seine Waffe entgegen, auch wenn es mir widerstrebte. Mit dem Dolch hatte ich mich sicher gefühlt. Doch er war bestimmt wertvoll und ich konnte ihn dem jungen Lord nicht einfach wegnehmen.

Malachi trat einen Schritt vor und betrachtete den Dolch, als sähe er ihn zum ersten Mal. Dann schloss er sanft meine Hand um den Griff.

»Ihr dürft ihn behalten. Aber nur wenn Ihr versprecht, mich ab sofort Malachi zu nennen.«

Wieder dieser auffordernde Blick.

»Malachi«, wiederholte ich leise. Es fühlte sich viel zu intim an.

Seine grünen Augen funkelten zufrieden.

»Gute Nacht, Ezlyn.«

»Gute Nacht.«

Ich schloss die Tür hinter ihm, den Dolch noch immer in der Hand. Und zum ersten Mal an diesem Tag war ich allein.

KAPITEL 5

»Lastet das Schicksal nach nur einer Nacht an unserem Hof bereits so schwer auf Euren Schultern, dass Ihr Euch am liebsten hier hinabstürzen würdet, Ezlyn?«, sagte Malachi, der neben mir auf der steinernen Brüstung balancierte.

Ich wandte meinen Blick von dem Abgrund ab, über den Ikarus seine Kreise zog. Die Brüstung reichte mir nur bis zur Hüfte und angesichts der schwindelerregenden Höhe hielt ich gebührenden Abstand. Was Malachi tat, sah jedoch weitaus gefährlicher aus. Immer wieder lösten sich Steinchen am Rand der Brüstung und stürzten hinab in die Tiefe, wo die Morgensonne sich wie ein Teppich über das Tal ausbreitete. Fast hätte ich die Hand nach dem jungen Lord ausgestreckt und ihn von der schmalen Mauer gezogen.

»Wie es scheint, steht Ihr mir in Todeswünschen in nichts nach, Mylord«, erwiderte ich.

Tatsächlich hatte ich mit diesem Spaziergang vor dem Schloss nur meinen neuen vier Wänden entkommen wollen. Der Angriff der Rebellen und das irre Lachen des Mannes, der mich aus der Kutsche zerren wollte, hatten mich bis in meine Träume verfolgt. Als ich aufgewacht war, waren meine Bettlaken schweißnass und zerwühlt gewesen. Kalte Luft drang durch das Fenster, das ich für Ikarus einen Spaltbreit offen gelassen hatte, und ich fühlte mich so einsam wie nie zuvor. Da war keine Sybil, die im Halbschlaf vor sich hin murmelte, keine Delia, die auf der Suche nach einem Kleidungsstück durch das Zimmer wirbelte, und keine Isabeau, die sie dafür schalt. Und auch Rhiannon fehlte, die mir verschlafen zuzwinkerte, das Gesicht halb in den Kissen vergraben.

Jetzt sprang Malachi von der Brüstung auf die Brücke, die Arme hinter dem Rücken verschränkt, und schlenderte auf mich zu. Seine blonden Locken flatterten im Wind und sein Duft von Lavendel, Seife und Leder wehte mir entgegen.

»Malachi«, erinnerte er mich, »nicht *Mylord.*«

Ich nickte. »Natürlich.«

Ich wagte noch einen Blick in den Abgrund. Gestern Nacht, als wir den Säulengang durchquerten, hatte ich kaum etwas erkennen können. Jetzt sah ich eine tiefe Schlucht, die sich zwischen steil abfallenden, moosbewachsenen Felsen unter uns erstreckte. Ein Fluss rauschte zwischen Steinen und umgestürzten Baumstämmen hindurch. Weiße Gischt ging in klares, tiefblaues Wasser über. Ikarus war ein orangefarbiger Tupfer tief unter uns in der weiten Landschaft, die kein Ende zu nehmen schien.

Ich wusste, dass dieser Fluss zur Stadt Kassara floss, an der wir gestern vorbeigefahren waren. Doch ich kam mir trotzdem abgeschieden und abseits vom Rest der Welt vor. *Das ist jetzt dein Zuhause*, erinnerte ich mich und nahm einen tiefen Atemzug, um das mulmige Gefühl in meiner Brust zu vertreiben.

»Wollen wir einen kleinen Rundgang durch das Schloss machen?«, fragte Malachi. »Oder wollt Ihr Euch erst umziehen und Euer Frühstück einnehmen?«

Er musterte meine Kleidung beiläufig. Ich hatte meinen ungewöhnlichen Aufzug ganz vergessen. Da ich nicht davon ausgegangen war, in den frühen Morgenstunden jemand anderem als einer Magd oder einem Diener zu begegnen, hatte ich meine Kampfkleidung angezogen und lediglich meinen blaugrauen Umhang darübergeworfen.

»Vielleicht sollte ich mich umziehen«, begann ich zögerlich, denn ich wollte ja nicht gleich an meinem ersten Tag einen schlechten Eindruck hinterlassen. Aber Malachi winkte ungeduldig ab.

»Ach, wo wir schon einmal hier draußen sind, kann ich Euch zumindest die Außenanlage zeigen. Für alles andere bleibt später noch Zeit.«

Ich folgte Malachi am Schlosseingang vorbei über den gepflasterten Hof. Wir blieben unter meinem Fenster stehen, aus dem ich heute Morgen auf die zerklüfteten Felsen der Schlucht geblickt hatte. Es stand noch immer offen, damit Ikarus seinen Weg zurückfand, aber jetzt hatte jemand meine Bettdecke zum Lüften aus dem Fenster gehängt.

»Ihr seid im Südflügel untergebracht«, erklärte Malachi, »gemeinsam mit den engsten Vertrauten meines Vaters. Ihr werdet ihnen im Laufe der kommenden Tage sicher über den Weg laufen. Einige von ihnen sind recht unterhaltsam. Zum Beispiel der alte Lord Edric. Er ist unser Hofmarschall und hat immer einen Witz parat. Er freut sich schon sehr darauf, unsere neue Todesseherin kennenzulernen.«

»Eure neue Todesseherin? Heißt das, ich habe eine Vorgängerin?«

Malachi setzte seinen Weg fort, ohne auf meine Frage einzugehen.

»Der Festsaal und das Speisezimmer«, erklärte er und zeigte dabei auf einen länglichen Gebäudetrakt. »Dort hinten im Schlossgarten gibt es einen kleinen Pavillon, der bei den Damen sehr beliebt ist. Wahrscheinlich liegt es an dem Rosenduft. Mich kann man damit nicht locken, aber vielleicht erfreut Ihr Euch ja an solchen …«

»Bitte, erzählt mir von meiner Vorgängerin«, fiel ich ihm ungeduldig ins Wort.

Ich wusste nicht, warum, aber irgendwie erschien es mir von großer Bedeutung, was mit ihr geschehen war.

Der gepflasterte Hof ging in einen gut gepflegten Rasen über. Wacholderbüsche und Obstbäume umrahmten einen kleinen Garten, in dessen Mitte der rosenumrankte Pavillon stand. Ein Springbrunnen plätscherte munter vor sich hin. Malachi ließ seinen Blick schweifen, bevor er sich wieder mir zuwandte.

»Es ist eine tragische Geschichte, aber Ihr solltet Euch nicht zu sehr davon erschüttern lassen, Ezlyn.«

»Was ist passiert?«

Malachi schüttelte den Kopf. Eine seltsame Mischung aus Wehmut und Verachtung zeichnete sich auf seinem Gesicht ab.

»Sie war schwach. Sie hatte schon so viele Tode gesehen, und offenbar war das nicht spurlos an ihr vorbeigegangen. Ihr wisst vermutlich besser als ich, was Eure Gabe mit einem Menschen anrichten kann. Wie sie ihn verändert.«

Ich nickte. Meine Gabe trennte mich von den Menschen. Ich konnte es spüren. Immer wenn ich einen Tod vorhersagte, war ich Ungeheuer und Heilsbringer zugleich. Ich blickte für diese Menschen in den Abgrund und erzählte ihnen, wie sie den Sturz vermeiden konnten. Doch jedes Mal wenn ich es tat, wurde ich selbst ein Stück tiefer hinabgezogen.

»Eure Vorgängerin hat sich das Leben genommen. Die Götter haben sie mit einer einzigartigen Gabe gesegnet, aber sie war ihrer nicht würdig.«

Ich schluckte aufgrund der harten Worte. Schwester Caterina hätte Malachi sicherlich zugestimmt. Aber ich fühlte nichts als Mitleid für die Todesseherin, die vor mir an diesem Hof gewesen war.

»Die Schlosskapelle«, fuhr Malachi ungerührt fort, als hätten wir eben nur über das Wetter geplaudert. Er deutete auf ein kleines graues Gebäude, das direkt neben dem Haupttrakt stand. »Hier werden wir uns nachher zur Morgenandacht einfinden.«

Ich schenkte der Kirche mit den bunten Glasfenstern und dem kleinen Turm kaum Beachtung. Stattdessen blieb mein Blick an den steil abfallenden Felsen dahinter hängen. Ob meine Vorgängerin sich von einem davon hinabgestürzt hatte? So hätte ich mein Leben beendet, an diesem einschüchternden Ort, wo einen alles in die Tiefe des Tals zu ziehen schien.

»Lasst uns die Ställe aufsuchen. Ich will Euch etwas zeigen«, sagte Malachi und schritt nun rasch weiter aus.

Ein Bursche kam uns entgegen, zwei volle Wassereimer in den Händen, die gefährlich schwankten. Als er uns erblickte, senkte er schnell den Kopf und hastete weiter. Eine Schar Hühner stolzierte über einen kleinen Kiesweg. Sie wirkten weniger verschreckt. Ihr Gackern begleitete uns bis zu einem länglichen Gebäude, das von den ersten Sonnenstrahlen des Tages in ein goldenes Licht getaucht wurde. Der Geruch von Stroh und Pferdemist stieg mir in die Nase, und schon von Weitem konnte man das Scharren und Stampfen von Hufen hören.

Wir traten durch ein weit geöffnetes Scheunentor und gingen an polierten Sätteln, Heuballen und Pferdeboxen vorbei. Die Tiere streckten neugierig ihre Hälse nach uns. Vielleicht hofften sie auf eine Karotte oder einen Apfel. Es waren edle Pferde mit glänzendem Fell und wachen Augen. Malachi blieb vor einem kräftigen schwarzen Hengst stehen, der mich mit angelegten Ohren misstrauisch beobachtete.

»Das ist Sturmwind. Er ist das schnellste Pferd am Hof, aber er lässt sich nur von mir reiten.«

Malachis Miene verriet mir, dass er stolz darauf war. Sturmwind war sicher genauso gefährlich wie mein Feuervogel. Und sein Hengst würde noch da sein, lange nachdem es Ikarus nicht mehr gab. Ich schauderte bei dem Gedanken an die Sommersonnenwende – den Tag, an dem ich mich von meinem treuen Begleiter würde trennen müssen. Ikarus würde durch meine Hand sterben, wie es die Tradition verlangte. Es war ein Zeichen der Demut, eine Opfergabe, die wir Todesseherinnen den Göttern darbringen mussten. Noch schien dieser Tag in weiter Ferne zu liegen, dabei waren es kaum mehr als zwei Monate, die mich von dem schrecklichen Ereignis trennten.

»Ein schönes Tier«, sagte ich, während ich Malachi dabei zusah, wie er seinen Hengst mit einem Büschel Heu fütterte.

»Ja, nicht wahr? Ich habe ihn selbst zugeritten. Es geht doch nichts über die Freuden, ein wildes Wesen zu zähmen.«

Wie zur Bekräftigung fegte eine Böe durch den Gang zwischen den Pferdeboxen, wirbelte Stroh auf und ließ das Scheunentor quietschend ins Schloss fallen. Sturmwind warf den Kopf zurück und tänzelte nervös hin und her.

Ich spürte es, noch ehe ich das Klappern der Hufe und die raschen Schritte hörte: Malachi und ich waren nicht mehr allein. Jemand näherte sich uns. Und ich hatte plötzlich das unbestimmte Gefühl, dass etwas Finsteres seine gierigen Klauen nach mir ausstreckte.

»Arcane.« Malachi verzog das Gesicht zu einem verächtlichen Grinsen, während er dem Mann zunickte, der hinter mir stehen geblieben war. Ein dunkles Räuspern vibrierte in meinem Körper.

»Mylord.«

Die Stimme klang distanziert, fast ein wenig gelangweilt. Malachi verschränkte die Arme vor der Brust. Seine Körpersprache verriet mir, dass er gern einen Schritt zurückgewichen wäre, sich diese Schwäche aber nicht eingestehen wollte.

»Darf ich Euch unsere Todesseherin vorstellen? Lady Ezlyn Davarin. Ezlyn, das ist Dorian Arcane, der Auftragsmörder meines Vaters.«

Nachtschwarze Augen musterten mich kalt, als ich mich zu dem Mann mit dem Dreitagebart und den dunklen Locken herumdrehte. Der Geruch von Fichtennadeln und Regen stieg mir in die Nase und für einen Moment fühlte ich mich wie benommen.

Dieses Gesicht ...

Ich taumelte keuchend einen Schritt zurück. Mir war, als wäre ich in einem Albtraum gefangen. Mein Körper wollte mir nicht mehr gehorchen. Ein Zittern ging durch meine Beine und ich spürte, wie sie unter mir nachgeben wollten.

Das konnte nicht sein.

Das durfte nicht sein.

Ich hätte ihn unter Tausenden wiedererkannt. Jeder einzelne seiner Gesichtszüge hatte sich in mein Gedächtnis gebrannt. Die stechenden Augen, in denen ein verborgenes Feuer loderte. Die lange Narbe, die sich über seine rechte Wange zog. Die schmalen, aufeinandergepressten Lippen.

Malachi schnaubte amüsiert, als er meine Reaktion sah.

»Ich wette, das ist nicht das erste Mal, dass Ihr einer hübschen Frau Angst einjagt. Habe ich recht, Arcane? Aber Ihr braucht Euch nicht zu sorgen, Ezlyn. Er handelt einzig und allein auf Befehl meines Vaters.«

Ein stummes Nicken war alles, was ich zustande brachte, und es kostete mich all meine Kraft. Ich war auf diesen Tag vorbereitet. Jahrelang hatte ich jede Nacht mein Schwert geschwungen, um ihm entgegentreten zu können.

Dem Angelus Mortis, der mir eines Tages mein Leben nehmen würde.

Und nun konnte ich es nicht. Trotz aller Vorbereitung waren mir die Hände gefesselt.

Ich spürte Malachis Dolch im Schaft meines Stiefels, wo ich ihn sicher verborgen hielt. Es wäre so leicht gewesen, nach ihm zu greifen und ihn an die Kehle des Mannes zu setzen, der mir nun seine Hand zur Begrüßung entgegenstreckte. Aber es wäre gleichzeitig mein Todesurteil gewesen, wenn ich den Schattenkrieger meines Lords getötet hätte. Dorian Arcane genoss sicher ein hohes Ansehen am Hof von Lord Caius – und ein Vertrauen, das ich mir noch verdienen musste.

»Er beißt nicht. Ich verspreche es Euch, Ezlyn«, flüsterte Malachi in mein Ohr.

Er klang eine Spur zu begeistert für meinen Geschmack, während er darauf wartete, wie ich als Nächstes reagieren würde. Ich wünschte, ich könnte seinen Worten Glauben schenken.

Dieser Mann wird mich töten, wenn ich ihm nicht zuvorkomme.

Arcane hielt seine Hand in dem schwarzen fingerlosen Lederhandschuh noch immer ausgestreckt. Ich wartete auf ein teuflisches Grinsen oder ein verräterisches Funkeln in seinen Augen. Irgendetwas, das verriet, dass er mich ebenfalls erkannt hatte. Aber da war nichts.

Natürlich nicht.

Wahrscheinlich hatte er in diesem Moment nicht die geringste Absicht, mir etwas anzutun. Wenn er tatsächlich nur auf Lord Caius' Befehl hin handelte, dann war es wohl der Lord, der mein künftiges Todesurteil fällen würde. Und der Schattenkrieger würde es vollstrecken.

Mir blieb nichts anderes übrig, als Arcanes Hand zu ergreifen. Mein Herz klopfte wild und jeder Muskel meines Körpers spannte sich an, obwohl ich wusste, dass diese Berührung mir nichts anhaben konnte. Es war nur die bloße Hand eines Schattenkriegers, die man fürchten musste. Und er trug zum Glück seinen Handschuh.

Arcanes Finger waren warm auf meiner Haut. Sie hielten mich einen Moment zu lange fest, tasteten beim Loslassen über die Schwielen meiner Hand, die ich mir beim Training mit dem Schwert zugezogen hatte. Ich konnte sehen, wie es in ihm arbeitete. Wie er meine Kleidung registrierte. Wie sein Blick zu meinem Stiefel und der Ausbuchtung des Dolches darin glitt. Wie er meinen sicheren Stand, den Kova mir beigebracht hatte, analysierte.

»Eine Kämpferin«, sagte er schließlich anerkennend und schnalzte mit der Zunge.

Ich hob mein Kinn etwas höher. Eine zitternde Ruhe legte sich über mich, als ich seinen durchdringenden Blick erwiderte.

»Schon möglich.«

»Ezlyn weiß sich zur Wehr zu setzen. Und sie hat bereits einen kühlen Verstand bewiesen. Ich würde ihr nicht zu nahe kommen, Arcane«, scherzte Malachi.

Er spielte auf den gestrigen Überfall auf unsere Kutsche an. Wäre doch heute noch etwas von meinem kühlen Verstand übrig. Aber ich fühlte mich in die Ecke gedrängt wie ein Reh, das gejagt wurde.

»Da bin ich mir sicher.«

Der Schattenkrieger lächelte nicht. Er nahm seine graue Stute bei den Zügeln und führte sie an uns vorbei in eine der hinteren Boxen. Die Absätze seiner schwarzen Stiefel klapperten auf dem Boden, der Stoff seiner dunklen Tunika raschelte. Ich nahm jede seiner Bewegungen überdeutlich wahr, allzeit bereit zur Flucht. Verstohlen spähte ich hinüber zu dem geschlossenen Scheunentor. *Weg von hier, nur weg.* Aber Malachi machte keine Anstalten, den Stall zu verlassen. Er lehnte sich mit dem Rücken an einen Holzbalken und beobachtete, wie Arcane sein Pferd mit geübten Handgriffen absattelte.

»Wie ich hörte, war mein Vater höchst unzufrieden mit Euch«, sagte er zu dem Auftragsmörder.

»So?« Arcane hob nur kurz die Brauen. Er machte sich nicht die Mühe, Malachi anzusehen. Mit einem Ruck löste er den Sattelgurt.

»Ihr habt einen der Rebellen, die wir gestern Nacht gefangen genommen haben, getötet, noch bevor wir ihn verhören konnten«, fuhr der junge Lord unbeirrt fort.

Der Schattenkrieger hielt kurz in seiner Bewegung inne, wuchtete dann den Sattel auf den Rand der Pferdebox und starrte zu Malachi hinüber. Pure Verachtung lag in seinen markanten Gesichtszügen.

»Dieses elende Pack verdient es nicht, zu leben«, knurrte er.

Obwohl ich keine Sympathien für die Rebellen hegte, zuckte ich bei Arcanes unverhohlenem Hass zusammen. So konnte nur jemand reden, dem ein Menschenleben nicht mehr wert war als das eines Insektes, das unter der Sohle eines Stiefels zerquetscht wurde.

»Nun, nicht Ihr entscheidet, wer lebt und wer stirbt, Arcane, sondern mein Vater«, sagte Malachi. »Ihr seid nur sein

Vollstrecker, vergesst das nicht. Ein Werkzeug, das meiner Meinung nach viel zu gut bezahlt wird.«

Das war der Unterschied zwischen Dorian Arcane und mir. Ich war Lord Caius' Eigentum. Er jedoch war ein Angestellter des Lords – frei, zu gehen, wann immer es ihm beliebte. Und dennoch blieb der Schattenkrieger hier und führte seine Befehle aus. Er beendete Menschenleben im Auftrag eines anderen. Ich verachtete ihn.

Statt etwas zu erwidern, schnaubte Arcane nur. Ein abfälliges Lächeln huschte über sein Gesicht. Ich konnte förmlich spüren, wie der Zorn in Malachi brodelte. Aber er schien davor zurückzuschrecken, den Schattenkrieger bis zur Weißglut zu reizen. Stattdessen wandte er sich wieder mir zu.

»Ihr seht ein wenig blass aus, Ezlyn. Wir sollten uns um Euer Frühstück kümmern.«

Ich nickte, dankbar dafür, endlich von hier wegzukommen. Weg von dem Mann, der mir den Tod bringen würde.

KAPITEL 6

Bei der Morgenandacht fiel es mir schwer, mich auf etwas anderes zu konzentrieren als die Blicke, die ich in meinem Rücken spürte. Der Priester, der die Predigt hielt, sprach in einem dramatischen Singsang, während seine kleinen dunkelbraunen Augen immer wieder wohlwollend auf mir ruhten. Er trug eine dunkle Robe mit weiten Ärmeln und einer doppelten Reihe Knöpfen, die im Licht der Kerzen golden schimmerten. Seine langen grauen Haare hatte er streng zurückgekämmt. Während er von der glücklichen Fügung sprach, die mich an Lord Caius' Hof geführt hatte, fragte ich mich, ob Dorian Arcane ebenfalls in der Schlosskapelle war. Ob er wohl in den Schatten lauerte und auf meine kniende Gestalt starrte wie all die anderen.

Ich war eine kleine Sensation. Vermutlich harrten die Höflinge in angespannter Erwartung, dass ich ihnen die Zukunft las. Aber zunächst würden wir im Gebet vereint den Göttern danken, wie der Priester in seiner Predigt betonte. Hoffentlich würde sie nicht mehr allzu lange dauern. Meine Knie schmerzten, weil ich den harten Steinboden trotz des roten Kissens unter mir überdeutlich spürte.

Um mich abzulenken, ließ ich meinen Blick durch die Kapelle schweifen und prägte mir jede Einzelheit ein. Die Kerzen in den roten Glaskugeln, die links und rechts des Altars standen, in ihrer Mitte das Buch des Lebens. Den Duft des Weihrauchs, der in einem grauen Schleier bis hinauf in die mit Heiligenbildern bemalte Kuppel zog. Die Wandteppiche mit den Abbildungen der drei Götter. Vor jedem stand eine große goldene Schale, damit die Betenden Geld spenden konnten. Auch einige Essensgaben lagen davor. Äpfel und Eier, Pasteten und Küchlein – alles, was die Gläubigen entbehren konnten.

Es wunderte mich nicht, dass in einer der drei Schalen mehr Münzen lagen als in den anderen. Die Menschen zogen den Gott der Güte den anderen beiden Göttern vor. Gerechtigkeit und Weisheit waren offenbar nicht ganz so erstrebenswert.

Ich wandte mich im Gebet meist an den Gott der Gerechtigkeit. Aber heute konnte ich nur an die Stunde der Voraussage denken, die mir in wenigen Minuten bevorstand. Zum ersten Mal würde ich vor die Bewohner des Schlosses treten und Lord Caius' Beratern, seinen engsten Vertrauten und Angestellten die Zukunft voraussagen. Ich fürchtete mich vor den Bildern, die mich dann heimsuchen würden. Schwester Caterina hatte versucht, uns im Tempel darauf vorzubereiten. Aber das Bevorstehende beunruhigte mich und war mir unheimlich. So unheimlich wie der Gedanke an Arcane …

»Mit Demut und Dank«, wiederholte die Gemeinde die letzten Worte des Priesters und riss mich damit aus meinen Grübeleien.

Leise schloss ich mich ihnen an und murmelte den Dankspruch. Dann ergriff ich die Hand des Priesters, der zu mir getreten war und mir auf die Beine half.

»Ihr seht nervös aus, meine Tochter.«

Konnte er mich nicht einfach *Lady Ezlyn* nennen wie alle anderen? Ich mochte es nicht, auf diese Weise angesprochen zu werden. Und ich wollte ihn auch nicht *Vater* nennen, also schenkte ich ihm statt einer Antwort ein entschuldigendes Lächeln.

»Es gibt nichts, wovor Ihr Euch zu fürchten braucht«, sagte der Priester. »Ihr seid ein Werkzeug der Götter und ein Geschenk für diese Gemeinde.«

Seine Worte sorgten dafür, dass meine Kehle ganz trocken wurde. Während wir uns nebeneinander vor den Altar stellten, musterte ich die Menschen um mich herum. Sie hatten eine lange Reihe gebildet, die sich irgendwo draußen vor der Kapelle verlor. Lord Caius' gesamter Hof hatte sich hier versammelt. In den Augen der Männer und Frauen stand Furcht. Furcht vor dem, was ich sehen würde.

Furcht vor meiner Macht.

Ein kleiner Teil von mir begann dieses Ereignis trotz aller Anspannung zu genießen. Ich war an Lord Caius verkauft worden und wie ein wildes Tier in Gefangenschaft – sie sollten sich davor hüten, meine Käfigtür allzu weit zu öffnen.

»Gesegnet seid Ihr!«, grüßte der Priester den älteren Herrn, der ganz vorn in der Reihe stand.

Bestimmt war der Mann von hohem Rang. Sein Gang war aufrecht und seine Kleidung äußerst kostbar. Dennoch senkte er demütig das Haupt, als er vor den Priester und mich trat und ihm seine Hand reichte. Der Priester griff nach einer goldenen Nadel, die hinter ihm auf dem Altar lag, und stach dem Mann in die Kuppe seines Zeigefingers. Ein Tropfen Blut perlte auf der faltigen Haut, und der Priester hielt den heiligen Kelch der Götter unter die Hand, um ihn aufzufangen. Das rote Blut rann an der Innenseite des ziselierten Kelches hinab. Damit hatte der Mann den Göttern sein Blutopfer dargebracht. Er küsste das Auge der Vorsehung auf meinem mittleren Fingerknöchel, bevor er mir die Hand reichte, damit ich nun in seine Zukunft sah.

Es war nicht schön für mich, all diese Tode vorauszusehen. Und noch nie waren es so viele auf einmal gewesen. Friedliche und brutale. Tode von jungen Menschen, die viel zu früh aus dem Leben schieden, und von alten, die vom Tod erlöst wurden. Einige der Männer und Frauen küssten mir dankbar die Hände, nachdem ich ihnen von ihrem Schicksal erzählt hatte. Andere wichen vor mir zurück, als wäre ich selbst für das Leid verantwortlich, das ich ihnen beschrieb. Ich erklärte ihnen, dass meine Voraussagen nicht in Stein gemeißelt waren. Dass sie sich ändern konnten, besonders jetzt, da die Betroffenen um ihr Schicksal wussten. Aber meine Worte verursachten dennoch verängstigte Gesichter und bebende Schultern.

»Sie möchte wissen, ob es wehtun wird.«

Die dunkelhaarige Frau, die vor mir stand, hatte die Lippen zu einem schmalen Strich zusammengepresst. An ihrer Hand hielt sie ein blasses, ausgemergeltes Mädchen, das aussah, als könnte es jeden Moment in Ohnmacht fallen.

Ich schluckte. Die Kleine war vielleicht sechs Jahre alt, aber der Tod lag schon wie ein zarter Schleier über ihrem Gesicht. Sie hielt dem Priester stumm ihren ausgestreckten Zeigefinger entgegen und er nahm ihr Blutopfer entgegen. Dann legte sie ihre Hände vertrauensvoll in meine.

Tränen stiegen mir in die Augen, als ich die Bilder sah, aber ich drängte sie zurück. Die Götter würden nicht gnädig mit dem Mädchen sein. Ich sah sie husten und Blut spucken. Ich sah sie weinen und flehen und schreien. Vorsichtig löste ich mich von der Kleinen und streichelte ihre Wange. Ihre Haut war weich und glühend heiß.

»Es wird alles gut werden«, sagte ich mit belegter Stimme. Mein Blick begegnete dem ihrer Mutter.

Wir wussten beide, dass das nicht stimmte.

• • •

Ich wartete schon viel zu lange. Die Sonne war gewandert, während ich in Lord Caius' Arbeitszimmer saß, und der Lichtstreifen, der durch das bogenförmige Fenster fiel, wurde immer schmaler. Es musste mittlerweile später Nachmittag sein. Durfte ich den Raum ohne Erlaubnis verlassen? Ich wusste es nicht, aber langsam war ich versucht, es einfach zu tun.

Lord Caius hatte mich hergebeten, damit ich ihm seinen Tod vorhersagte. Natürlich mischte er sich dafür nicht unter die Höflinge, doch er war bisher nicht in seinem Zimmer aufgetaucht. Dabei saß ich hier nun schon eine halbe Ewigkeit vor der dunklen Tischplatte, auf der sich Bücher und Unterlagen stapelten.

Zuerst hatte ich ins Leere gestarrt und meinen Gedanken nachgehangen. Die Begegnung mit Dorian Arcane ging mir nicht aus dem Kopf. Ich hatte meinem zukünftigen Mörder in die Augen geblickt. Und im Gegensatz zu mir hatte er keine Ahnung von dem, was ihm bevorstand. Noch war er unschuldig. So unschuldig, wie es ein Schattenkrieger eben sein konnte. Ich schauderte bei dem Gedanken daran, wie leicht es ihm fallen musste, eine andere Person umzubringen. Eine kurze Berührung – mehr brauchte es nicht. Sollte ich ihn töten, bevor er mir zuvorkam? Dann müsste es wie ein Unfall aussehen, denn der Verdacht durfte nicht auf mich fallen. Oder sollte ich stattdessen Lord Caius' Hof verlassen und versuchen unterzutauchen?

Als mein Kopf vom vielen Grübeln schon ganz schwer geworden war, wandte ich mich den Porträts zu, die in goldenen Rahmen an den Wänden hingen. Ein Reiter auf einem Pferd. Ein kleiner Junge mit blonden Locken, der ernst dreinschaute – vermutlich Malachi. Ein Mädchen in meinem Alter, das die Hand eines Mannes in einem Pelzmantel und einer von silbernen Fäden durchwirkten Tunika hielt. Sie trug einen Sonnenkranz und ein rotes Kleid. Also war sie eine Todesseherin wie ich. Mit konzentriertem Blick und gebeugtem Haupt kniete sie vor ihrem Herrn. Das war vermutlich meine Vorgängerin, die sich das Leben genommen hatte.

»Ezlyn, so schnell sehen wir uns wieder.«

Ich hob überrascht die Augenbrauen, als Malachi zur Tür hereintrat. Die Spitzen seiner Haare waren feucht, genau wie seine Kleidung. Auf seinen Stiefeln erkannte ich Schlammspritzer und seine Wangen waren leicht gerötet.

»Ein wilder Ritt durch die Virida«, erklärte er, als er meinen überraschten Blick bemerkte. »Vielleicht nehme ich Euch beim nächsten Mal mit. Wir müssen nur ein passendes Pferd für Euch finden.«

Virida hieß die Schlucht, die sich rund um das Schloss erstreckte, wie ich mittlerweile erfahren hatte. Ich stellte mir vor, wie Malachi auf Sturmwind an den schroffen Felsen entlanggaloppierte, sich einen Weg durch das Flussbett, über Schotterwege und grüne Hügel bahnte.

»Mein Vater lässt sich entschuldigen. Sein Rat tagt länger als erwartet. Ihr sollt stattdessen mir die Zukunft lesen.«

Malachi ließ sich auf den Stuhl seines Vaters fallen, als wäre es sein eigener, schlug die Beine übereinander und lehnte sich zurück. Er musterte mich forschend.

»Vor einem Tod habt Ihr mich mit Eurer Voraussage ja

schon bewahrt. Nicht wahr, Ezlyn? In der Falknerei des Ordens wäre um ein Haar ein Unglück passiert.«

Mein Herz setzte bei dem Gedanken an den jungen Lord, der sich aufgrund meiner fälschlichen Warnung Stufe für Stufe die Treppe der Falknerei hinuntergequält hatte, einen Schlag aus. Zog Malachi mich nur auf, oder war er immer noch verärgert wegen dem, was geschehen war?

»Ich habe nur getan, was ich für richtig hielt«, erwiderte ich, die Augen starr auf die Tischplatte gerichtet.

»Dessen bin ich mir sicher.« Malachi schnaubte amüsiert und streckte seine Hand über dem Tisch nach mir aus. »Ich bin gespannt, vor welchem Unglück Ihr mich diesmal bewahren werdet.«

Heute hatte ich so viele Hände gehalten und dennoch zögerte ich. Wir waren allein im Raum und die Berührung schien mir ungebührlich. Malachi beugte sich ein Stück vor und befeuchtete seine Lippen. Meine Finger zuckten, aber ich konnte mich einfach nicht dazu aufraffen, nach seiner Hand zu greifen, um die Bilder seines Todes zu sehen.

Sei nicht albern. Das ist deine Aufgabe. Nur deshalb bist du hier.

»Nun? Auf einmal so schüchtern? Mache ich Euch etwa nervös, Ezlyn?«

Malachi grinste breit.

Abrupt griff ich nach seiner Hand, zog sie ein Stück zu mir heran und erwiderte sein Grinsen.

»Nicht wirklich, Mylord.«

Sein Gesicht verschwamm vor meinen Augen, als die Bilder ihren Weg in meinen Geist fanden. Ich schloss die Lider, um mich besser konzentrieren zu können.

Baumkronen, durch die das goldene Licht der Sterne leuchtet. Winzige Tropfen hängen an den Blättern.

Er greift an seinen Hals, wo das Blut in Strömen fließt, spürt, wie seine Beine unter ihm nachgeben. Der Waldboden ist noch feucht vom Regen. Und weich, so weich.

Einer der Angreifer beugt sich über ihn. Seinem boshaften Lächeln fehlen ein paar Zähne. Drei rote Farbstreifen ziehen sich über sein linkes Auge. Blut tropft von der Schneide seines Beils.

»Es ist Zeit, von der Welt Abschied zu nehmen, kleiner Lord.«

Die gehässige Stimme dringt wie Gift in seine Glieder, und er weiß, dass sein Angreifer recht hat: Es ist Zeit, Abschied zu nehmen.

Für eine Sekunde sieht er sich selbst auf dem Erdboden liegen. Er schwebt zwischen den Baumkronen, zwischen den Sternen. Dort unten gibt es nichts mehr für ihn zu tun. Da ist nur Blut und Leid und der Glanz in seinen eigenen Augen, der langsam verglimmt.

Und dann ist es vorbei.

Malachi und ich fuhren beinahe gleichzeitig von unseren Stühlen hoch. Er rieb sich die Hand, als hätte ich ihn mit einer Nadel gestochen, dabei hatte er kein Blutopfer darbringen müssen.

»Verdammt, so fühlt sich das also an. Was habt Ihr gesehen?«

Mein Mund war mit einem Mal ganz trocken. Ich versteckte meine bebenden Hände hinter dem Rücken.

»Ezlyn?« Malachis Stimme klang warnend. »Was ist los? Redet! Und diesmal will ich die Wahrheit hören. Keine Streiche, habt Ihr mich verstanden? Nur die Wahrheit.«

Ich holte tief Luft, bevor ich den Kopf hob und mich zwang, ihn anzusehen.

»Sie wird Euch nicht gefallen.«

»Das möchte ich selbst entscheiden.«

Ich war froh, dass die Tischplatte zwischen uns war, als ich ihm von meiner Voraussage erzählte. Es gab immer friedliche Tode und brutale. Dieser hier zählte eindeutig zur zweiten Kategorie. Aber das war nicht das Schlimmste. Das Schlimmste war, dass Malachi in meiner Vision noch sehr jung gewesen war. Wir teilten ein gemeinsames Schicksal, unseren baldigen Tod.

KAPITEL 7

»Beschreibt es mir genauer!«

Noch ehe ich Malachi seinen Tod in allen Einzelheiten schildern konnte, wurde er zu einem Bankett gerufen und ließ mich mit einem Berater im Zimmer seines Vaters allein zurück, einem alten Höfling, der mich nun an seiner Stelle inständig drängte. Ich versuchte mir immer wieder den Angreifer und den Ort, an dem Malachi zu Tode kommen würde, ins Gedächtnis zurückzurufen. Mein Kopf hämmerte vor Schmerzen und ich hatte schrecklichen Hunger. Doch immer wenn ich um eine Pause bitten wollte, stand mir Malachis bleiches Gesicht vor Augen. Wenn meine Vision ihn irgendwie retten sollte, musste ich mich jetzt an jedes Detail erinnern.

Ich zuckte die Schultern.

»Es sind Bäume. Sie sind hochgewachsen, haben lange knochige Äste und grüne Blätter … Nein, Moment. Die Blätter des einen Baumes sahen anders aus. Im Mondlicht konnte ich es nicht gut erkennen, aber sie schienen silbrig grau zu schimmern.«

»Waren sie spitzer als die anderen?«

Ich überlegte kurz, dann nickte ich.

»Ein wenig.«

Der Berater verschränkte die Hände vor seinem dicken Bauch und nickte zufrieden. Ich versuchte, nicht auf seine grauen Haare zu starren. Sie standen in alle Richtungen von seinem Kopf ab. Seine Augen waren immer kleiner geworden, je länger wir hier saßen. Doch nun schien er wieder ein wenig wacher zu werden.

»Das könnte der Silberne Dornblättler gewesen sein. Die Bäume wachsen westlich der Virida. Ich werde dem jungen Lord ausrichten, dass er sich von dieser Gegend fernhalten soll.«

Der alte Mann schien erleichtert. Ich konnte förmlich sehen, wie ihm eine Last von den Schultern genommen wurde. Mein Unbehagen ließ sich dagegen nicht so schnell vertreiben. Was, wenn der Angreifer nicht zufällig auf Malachi getroffen war? Was, wenn er ihm aufgelauert hatte? Er gehörte eindeutig zu den Rebellen, das hatten die drei Farbstreifen an seinem linken Auge verraten.

Der Berater erhob sich mit einem tiefen Seufzen.

»Es ist schon spät, Lady Ezlyn. Ihr solltet Euch ein wenig Schlaf gönnen.«

»Aber …«

Ich konnte nicht glauben, dass das alles gewesen sein sollte. Wir mussten doch etwas unternehmen. Noch nie hatte ich den Tod einer Person vorausgesagt, die mir so nahestand wie Malachi, mein neuer Herr. Es war ein furchtbares Gefühl.

»Kein Aber. Der junge Lord ist vorerst in Sicherheit.«

Der Berater tätschelte mir die Hand, als wäre ich ein kleines Kind, das einen Albtraum gehabt hatte. Dann wandte er sich zur Tür. Ich blieb, fassungslos über seine Gleichgültigkeit, sitzen.

Sicherheit – was für ein trügerisches Wort.

• • •

Ich hatte nicht erwartet, Malachi so bald wiederzusehen. Aber als ich am nächsten Morgen mein Zimmer verließ, wartete er bereits auf mich. Er hatte sich in eine der Fensternischen gesetzt, ein Bein angewinkelt, das andere baumelte lässig über dem Boden. Auf seinem Oberschenkel lag ein aufgeschlagenes, in dunkles Leder gebundenes Buch. Er sah auf, als ich aus der Tür trat, und schüttelte lächelnd den Kopf.

»So kann ich Euch leider nicht mitnehmen, Ezlyn. Geht und zieht Euch etwas weniger Damenhaftes an! Ich bin sicher, eine Frau wie Ihr besitzt auch die ein oder andere Reithose.«

Ich besaß tatsächlich eine. Ich hatte sie selbst genäht, weil Schwester Caterina die Ansicht vertrat, eine Todesseherin brauche keine Reithose, sondern gehöre in einen Damensattel – eines der schlimmsten Folterinstrumente unserer Zeit.

»Ihr wollt mit mir ausreiten?«, fragte ich überrumpelt.

Malachi klappte sein Buch zu und stand auf.

»Wieso nicht? Ihr habt die Stadt noch nicht gesehen, und ich habe Euch einen Ausritt durch die Virida versprochen. Keine Sorge, der Westen ist tabu. Wir reiten gen Norden.«

Über sein Gesicht huschte ein Schatten, offenbar dachte er an meine Vision. Ich überlegte, ihn darauf anzusprechen. Doch was sollte ich sagen? *Wähnt Euch nicht zu früh in Sicherheit, Mylord*? Irgendwie kam mir diese Warnung übergriffig vor. Und so kehrte ich eilig in mein Zimmer zurück, um mich umzuziehen.

Die Reithose passte noch, aber einige Nähte waren schon ein wenig ausgefranst. Mein Körper kribbelte vor Aufregung. Als Malachi gestern seinen Ausritt durch die Virida erwähnt hatte, hatte es nach einem Abenteuer geklungen. Nach Freiheit, die ich so nicht kannte. Im Tempel hatten wir nur gelernt, auf einem Pferd zu sitzen, zu lächeln und einen sittsamen Anblick abzugeben. Schwester Caterina hätte uns niemals erlaubt, durch die Landschaft zu galoppieren.

Die Pferde warteten bereits im Hof des Schlosses. Malachi hatte mir eine kleine braune Stute satteln lassen, die mich zur Begrüßung keck mit dem Kopf anstupste. Ein Stallknecht half mir in den Sattel. Es tat gut, den warmen Pferderücken unter mir zu spüren und die Sonnenstrahlen auf meinen Wangen. Ich hatte schon lange nicht mehr im Sattel gesessen und so klammerte ich mich am Anfang etwas unbeholfen an die Mähne meines Pferdes, als wir den holprigen Abstieg in die Virida begannen.

Malachi führte uns über einen schmalen Pfad hinab, an der steil abfallenden Felskante entlang. Sturmwind schien den Weg zu kennen und wollte immer wieder in den Trab verfallen, aber Malachi zwang ihn langsamer zu gehen. Er nahm Rücksicht auf mich, was ich dankbar zur Kenntnis nahm. Und er hatte mir ein gutmütiges Tier gegeben, das gemächlich vor sich hin trottete.

»Ich hoffe, Eure Vision über meinen Tod hat Euch nicht in Angst und Schrecken versetzt, Ezlyn. Es ist nicht das erste Mal, dass mir jemand nach dem Leben trachtet.«

Wir hatten das Tal erreicht und Malachi hielt sein Pferd an, damit ich aufholen konnte. Unsere Tiere hatten Mühe, auf dem steinernen Untergrund Halt zu finden, der immer wieder von kleinen Wasserläufen unterbrochen war.

»Welches Ziel haben diese Rebellen?«, fragte ich, während ich meiner Stute beruhigend den Hals klopfte.

»Es sind Unruhestifter, nichts weiter. Lasst Euch von niemandem etwas anderes einreden.«

Ich runzelte die Stirn.

»Aber sie müssen doch irgendwelche Beweggründe haben. Warum sollten sie sonst …?«

»Warum tut jemand etwas? Warum tötet Arcane Menschen?«

Bei der Erwähnung des Schattenkriegers zuckte ich zusammen, doch Malachi schien es nicht zu bemerken. Er wirkte verärgert.

»Weil er es kann«, beantwortete er seine eigene Frage. »Und weil es ihm gutes Geld einbringt. Diese Rebellenschweine sind kein Stück besser.«

»Ihr seid nicht gut auf den Schattenkrieger Eures Vaters zu sprechen«, stellte ich fest.

»Arcane? Er ist ein mieser Dreckskerl. Ich war dabei, als er im Auftrag meines Vaters getötet hat. Es war eine junge Rebellin, die ein Kind unter dem Herzen trug. Ich kann diese Menschen ebenso wenig leiden wie alle anderen hier. Aber Arcane hat es genossen, dieser Frau die Hand aufzulegen und ihr das Leben zu nehmen. Ich habe den Ausdruck auf seinem Gesicht gesehen, als er es tat. Es war grausam.«

Und mit mir würde er das Gleiche machen, wenn ich es zuließ. Ich zwang mich, tief ein- und auszuatmen, um die aufkommende Panik zu vertreiben.

»Haltet Euch lieber von ihm fern, Ezlyn. Das ist mein gut gemeinter Rat.«

Nichts würde ich lieber tun als das. Doch ich bezweifelte, dass ich so meinem nahenden Tod entgehen konnte. Malachi mochte seinem Schicksal trotzen, solange er die westliche Virida mied. Aber Dorian Arcane würde mich nicht so leicht gehen lassen. Er war ein Bluthund, der Lord Caius' Befehlen mit Vergnügen gehorchte.

Inzwischen war die raue zerklüftete Felslandschaft in grüne saftige Wiesen übergegangen, und ich trieb meine Stute an, um meinen Gedanken an den Schattenkrieger davonzugaloppieren.

»Lust auf ein kleines Wettrennen?«, rief ich Malachi über die Schulter hinweg zu.

Bei diesen Worten hätte Schwester Caterina sicher einen Herzanfall bekommen.

Malachi lachte.

»Als ob Ihr auch nur die geringste Chance gegen Sturmwind und mich hättet!«

Und dann flogen wir dahin. Über grüngelbe Wiesen, in denen die Hufe unserer Pferde versanken, vorbei an friedlich grasenden Schafen und schwarzen Vögeln, die aufstoben, wenn wir zu nah an sie heranritten. Ich schob alles beiseite – jeden traurigen Gedanken über den Verlust meiner Freundinnen, die nagende Angst wegen Arcane und die wachsende Sorge um Malachi, der die Vision seines Todes nicht ernst zu nehmen schien. Ich fühlte mich frei und schwerelos. Und ich wurde erst langsamer, als sich in der Ferne die Silhouette der Stadt abzeichnete.

Es waren zwei- und dreistöckige Fachwerkhäuser mit spitzen Giebeln, größer, als ich sie je zuvor gesehen hatte. Sie ragten über der Stadtmauer auf. Nun konnte ich auch den runden Torbogen erkennen, der ins Innere von Kassara führte. Menschen schienen aus allen Richtungen herbeizuströmen. Einige von ihnen führten Esel am Strick, die Wagenladungen voller Obst, Gemüse und Getreide hinter sich herzogen.

»Heute ist Markttag in Kassara«, erklärte Malachi, der vorangeritten war, sich nun aber wieder zu mir gesellte. »Ich werde gut auf Euch achtgeben müssen, damit Ihr mir zwischen all den Menschen nicht verloren geht.«

Ich lächelte, doch das Lächeln war nicht aufrichtig. Obwohl ich Malachi mehr und mehr vertraute, rückte der Gedanke an Flucht in greifbare Nähe. Ich musste weg von Lord Caius. Weg von seinem Handlanger, dem Schattenkrieger.

Wir saßen von unseren Pferden ab und gingen über einen gepflasterten Weg, vorbei an zwei Wachmännern, die Malachi mit einem förmlichen Kopfnicken grüßten. Auch einige der Umstehenden blickten verstohlen zu uns herüber. Ich sah, wie sie hinter vorgehaltenen Händen tuschelten.

»Ihr seid ja eine richtige Attraktion, wie mir scheint«, flüsterte ich.

Malachi warf mir ein schiefes Grinsen zu.

»Nicht ich bin die Attraktion, sondern Ihr seid es. Mich sieht man immer wieder in der Hauptstadt, aber eine Todesseherin ist selbst in diesen Teilen des Landes eine Seltenheit.«

»Wie meint Ihr das? In diesen Teilen des Landes?«

»Schaut Euch um«, Malachi machte eine weit ausholende Geste, »wir leben hier vom Handel mit Erz, Salz und Silber. In keiner anderen Provinz von Alvenien herrscht ein solcher Wohlstand. Und dennoch können sich auch hier nur wenige Lords eine Todesseherin leisten.«

Tatsächlich war der Reichtum der Stadt hier überall zu erkennen – an den sauberen Gehwegen, den bunt verglasten Fenstern und den goldenen Wappen, die über jeder Tür hingen. Berittene Stadtwachen patrouillierten auf den Straßen. Ihre Rüstungen glänzten im Sonnenlicht, ihre Blicke waren ernst und einschüchternd. Die Menschen waren hier auch in besseres Tuch gekleidet, als ich es von zu Hause gewohnt war, und ich kam mir in meiner selbst genähten Reitkleidung beinahe schäbig vor.

Malachi führte mich durch mehrere enge Gassen, in denen sich die Leute drängten. Wäsche hing zwischen den Häusern hoch über unseren Köpfen an Leinen. Hinter einem der Fenster drückte sich ein kleiner Junge neugierig die Nase platt. Überrascht stellte ich fest, dass man hier den Nachttopf offenbar nicht auf die Straße leerte, sodass ich meinen Kopf jedes Mal umsonst einzog, wenn ein Fenster geöffnet wurde. Und die Wasserfässer zum Löschen von Bränden enthielten keinen Abfall und hungrige Fliegen wie bei uns zu Hause. Rhiannon und ich hatten uns auf den Streifzügen durch unser Dorf immer über den bestialischen Gestank auf den Straßen lustig gemacht und uns mit übertriebenen Gesten die Nase zugehalten.

»Ein hübsches Fleckchen, nicht wahr?«, fragte Malachi, der mein Staunen bemerkt hatte.

»Das ist es.«

»Dort hinten können wir die Pferde anbinden.«

Wir gaben unsere Tiere bei einem Stallknecht ab, den Malachi mit ein paar Münzen bezahlte, damit er den Pferden Wasser und Heu gab. Dann traten wir auf einen sonnigen Marktplatz, der auf allen Seiten von prächtigen Fachwerkhäusern eingerahmt war.

Es war laut und voll auf dem Platz. Bunte, dreieckige Tücher spannten sich über den Ständen. Um einen davon hatte sich eine Menschentraube versammelt. An einem anderen stritt eine Frau mit einem Händler über die Echtheit seines Silberschmucks. Ein Verkäufer pries seinen fangfrischen Fisch an und ein Bauer versuchte sein Zugpferd von der Stelle zu bewegen, das auf den gepflasterten Weg äpfelte. Malachi zog mich an einem Spieltisch vorbei, der am Rand des Markts aufgebaut worden war, und hinein in das bunte Treiben. Der Geruch von allerlei Gewürzen stieg mir in die Nase, während wir an den Ständen vorbeischlenderten.

»Sagt mir, was Ihr begehrt, Lady Ezlyn!«, forderte Malachi mich auf. »Ein Tuch, um Euren schlanken Hals zu bedecken? Ein Duftwässerchen? Oder einen Apfel, so rot wie Eure Wangen?«

Der junge Lord ging mit ausgebreiteten Armen zwischen den Marktständen entlang, musterte die Waren und schnappte sich dann drei Äpfel, mit denen er jonglierte. Er zog die Aufmerksamkeit der Umstehenden auf sich, und eine Marktfrau klatschte begeistert in die Hände. Zwei hübsche junge Frauen gesellten sich dazu. Aus ihren geröteten Wangen, dem verführerischen Augenaufschlag und dem scheuen Kichern schloss ich, dass sie ganz genau wussten, wer Malachi war. Ich musste unwillkürlich lachen, als er sich theatralisch vor ihnen verbeugte.

»Nun?« Er blieb dicht vor mir stehen. Seine Augen funkelten und ich nahm wieder den Geruch nach Leder, Seife und Lavendel wahr, der von ihm ausging und uns beide einhüllte. »Was begehrt Euer Herz, Ezlyn?«

Seine Frage verwirrte mich. Ein Teil von mir genoss die Aufmerksamkeit, die er mir schenkte, und das kribbelnde Gefühl, das er in mir auslöste. Ein anderer warnte mich davor, sich auf dieses Spiel einzulassen.

Ich trat einen Schritt zurück.

»Ihr solltet die Äpfel bezahlen, Malachi.«

Seine Augen verengten sich. Er hob einen der Äpfel an seinen Mund und biss ein großes Stück davon ab. Während er kaute, sah er mich unverwandt an.

»Natürlich.«

Die anderen zwei Äpfel drückte er mir in die Hand, dann wandte er sich der Marktfrau zu und legte zwei Kupfermünzen auf ihren Tresen. Sie bedankte sich mit gesenktem Haupt.

»Wo wollen wir als Nächstes hingehen? Vielleicht zu den Kanarienvögeln? Ezlyn? – Ezlyn?«

Malachis Stimme drang plötzlich nur noch gedämpft an mein Ohr. Ein kurzer Moment, ein Blick in die andere Richtung und schon schien mich die Vergangenheit einzuholen. Ich traute meinen Augen nicht und betete dennoch zu den Göttern, es möge wahr sein.

»Ezlyn, was ist los?«

Malachi berührte mich sanft an der Schulter und ich war gezwungen, mich abzuwenden. Er durfte nicht wissen, was ich gesehen hatte – *wen* ich gesehen hatte. Es war uns verboten, miteinander zu reden. Ein solches Vergehen konnte mit dem Tod bestraft werden. Und ich fürchtete, dass sie ohnehin nur ein Hirngespinst war. Eine Ausgeburt meiner Fantasie, in der verzweifelten Hoffnung, nicht länger allein zu sein. Aber während Malachi und ich uns weiter einen Weg durch die Stände bahnten, drehte ich mich noch einmal um, und da stand sie tatsächlich. Dunkelblonde wirre Haare, ein blaugrauer Umhang und ein kleines verschwörerisches Lächeln auf den Lippen.

Rhiannon.

KAPITEL 8

Es war nicht leicht, Malachi abzuschütteln. Dass es mir dennoch gelang, hatte ich einem Waffenschmied zu verdanken, der den jungen Lord für seine Ware begeistern wollte. Ich täuschte tödliche Langeweile vor, während sich die beiden Männer unterhielten, und behauptete, einen Stand mit Schmuck und allerlei anderem Tand aufsuchen zu wollen. Als ich sicher war, dass Malachi genügend abgelenkt war, ging ich zu der Stelle zurück, wo ich Rhiannon gesehen hatte. Mein Herz raste vor Aufregung. Würden wir eine Gelegenheit bekommen, miteinander zu sprechen? Und wie war es meiner Freundin in der Zwischenzeit ergangen?

Aber sie war nicht mehr da.

Die Erkenntnis traf mich wie ein Schlag. Vielleicht hatte sie nicht daran geglaubt, dass ich mich davonstehlen konnte. Oder vielleicht war sie auch gezwungen gewesen weiterzugehen.

Ich bewegte mich so unauffällig wie möglich zwischen den Marktständen, suchte meine Umgebung mit den Augen ab, während ich so tat, als ob ich mich für die Waren interessieren würde. Mein Blick schweifte über den Stand mit den Kanarienvögeln, den Malachi erwähnt hatte. Daneben hatte ein Schlachter zwei tote Schweine über einem großen Bottich aufgehängt. Er hatte bereits einige Fleischstücke herausgeschnitten, sodass man die Rippen sehen konnte. Blut tropfte in den Bottich und zog zahlreiche Fliegen an, die summend um die Tierkadaver kreisten. Bei dem Anblick wurde mir flau im Magen.

Noch einmal ging ich dorthin zurück, wo Rhiannon gestanden hatte. Doch da war nichts als eine graue Steinmauer und ein Stand mit Weidenkörben, dessen Besitzerin mir freundlich zulächelte. Ich sah, wie ihr Blick zu der Tätowierung auf meinem mittleren Fingerknöchel wanderte, wie sie das Zeichen der Todesseherinnen erkannte und ihr Lächeln noch ein wenig breiter wurde. Sie entblößte eine Reihe schiefer gelber Zähne.

»Interessiert Ihr Euch für meine Waren? Wenn Ihr meine Zukunft lest, könnte ich Euch einen Preisnachlass gewähren«, sagte sie mit kratziger Stimme.

Hastig schüttelte ich den Kopf und wollte gerade weitergehen, als etwas meine Aufmerksamkeit erregte. Es sah aus wie ein Stück Pergament, das zwischen den Steinen der Mauer steckte. Am liebsten hätte ich sofort danach gegriffen, aber die alte Händlerin betrachtete mich immer noch neugierig.

»Kann ich den großen Korb dahinten mal sehen?«, fragte ich und zeigte auf einen der Weidenkörbe in der hintersten Ecke ihres Stands.

Die Alte hatte einen Klumpfuß. Sie würde einen Augenblick brauchen, bis sie mir den Korb gebracht hatte. Sobald sie zwischen ihrer Ware verschwunden war, nutzte ich den günstigen Moment, um das Pergament aus dem Spalt zu holen. Der Zettel steckte fest zwischen den Steinen und es dauerte eine Weile, bis ich ihn endlich zu fassen bekam. Rasch ließ ich ihn unter meinem Umhang verschwinden.

»Hier ist er, meine Liebe.« Die Händlerin hielt mir den Korb unter die Nase. Ihre schwarzen Augen funkelten mich erwartungsvoll an. »Echte Handwerkskunst und mit viel Liebe gemacht. Ich habe ein Lied hineingeflochten, das mir auf den Lippen lag.«

Sie begann vor sich hin zu summen und wiegte dabei den Kopf hin und her. Ich drehte den Korb zwischen den Händen, lehnte dann aber mit einem Lächeln ab.

»Wie dumm von mir. Jetzt fällt mir ein, dass ich ja gar kein Geld bei mir trage«, sagte ich.

Es tat mir leid, die Alte abweisen zu müssen. Aber sie ließ sich nicht entmutigen. Statt den Weidenkorb zurückzunehmen, hob sie nur abwehrend die Hände.

»Behaltet den Korb! Ein Blick in meine Zukunft wäre mir Lohn genug.«

»Vielleicht ein andermal«, erwiderte ich, stellte den Korb wieder auf den Boden und machte mich rasch davon. Das Pergament brannte wie Feuer in meiner Hand. Ich hoffte, dass es eine Nachricht von Rhiannon enthielt.

»Vorsicht!« Keuchend prallte ich mit Malachi zusammen, der mich an den Schultern packte. »Seit wann seid Ihr so stürmisch, Ezlyn?«

Meine Hand schloss sich fester um das Pergament. Hatte er mitbekommen, was ich in der Mauer gefunden hatte?

»Ich habe Euch überall gesucht«, stammelte ich wenig überzeugend.

»Nun, ich habe mich die ganze Zeit mit dem Schmied unterhalten. Aber wo wart Ihr?«

Ich konnte das Misstrauen in seiner Stimme förmlich spüren. Zögernd zuckte ich mit den Schultern und lächelte scheinbar unschuldig.

»Inmitten all dieser schönen Dinge muss ich Euch wohl aus den Augen verloren haben. Verzeiht mir!«

Er glaubte mir nicht, das war eindeutig. Doch er hakte nicht nach. Auf dem Rückweg zum Schloss blieb er schweigsam und ich ebenso. Ich hielt das Pergament fest in meiner Hand. Ein Geheimnis, das ich um jeden Preis wahren musste.

• • •

Zurück im Schloss suchte ich schnellstmöglich mein Zimmer auf. Ich vergewisserte mich, dass meine Tür fest geschlossen war, bevor ich mich auf mein Bett setzte und die Botschaft mit klopfendem Herzen öffnete. Sie war tatsächlich von Rhiannon. Ich hatte keine Ahnung, wo sie so schnell Feder und Pergament hergezaubert hatte, aber es war eindeutig ihre Handschrift: *Wie geht es Dir?* Angesichts der Banalität der Frage hätte ich beinahe laut gelacht. Ich wollte Rhiannon so viel erzählen. Von Malachi und dem Schloss. Davon, wie es sich anfühlte, meine Gabe auszuüben. Und von Dorian Arcane.

Vor allem von ihm.

Doch es war zu gefährlich. Wenn jemand meine Botschaft an Rhiannon entdeckte, durfte er sie nicht zu mir zurückverfolgen können. *Mir geht es gut. Aber er ist hier,* schrieb ich nach langem Überlegen auf die Rückseite des Zettels. Rhiannon würde wissen, wer gemeint war. *Und wie geht es Dir?,* fügte ich noch hinzu.

In Schwester Caterinas Unterricht hatten Rhiannon und ich manchmal Nachrichten auf Zettelchen ausgetauscht. Doch das hier war etwas anderes. Es war gefährlich. Wenn Lord Caius davon erfuhr, konnte es mich mein Leben kosten.

Ich stand kurz davor, meine Nachricht an Rhiannon zu

zerreißen, aber ich brachte es nicht übers Herz. Sie hatte eine Hand nach mir ausgestreckt und ich konnte es unmöglich ignorieren. *Unsere Botschaften sind harmlos*, versuchte ich mir einzureden. Aber ich wusste, dass es nicht stimmte.

Ein Klopfen an der Tür ließ mich hochschrecken. Hastig verstaute ich Rhiannons Zettel mit meiner Antwort unter Ikarus' Käfig.

»Pass gut darauf auf!«, wisperte ich meinem schlafenden Feuervogel zu, der den Kopf unter das orange Gefieder gesteckt hatte. »Herein.«

Meine Dienstmagd Anna schob die Tür einen Spalt weit auf und linste ins Zimmer. Sie war ein blasses, schmales Mädchen, das lieber auf den Boden als in die Augen ihres Gegenübers sah und viel zu leise sprach. Ich mochte sie, auch wenn es mir bisher noch nicht gelungen war, mehr als ihren Namen in Erfahrung zu bringen. Sie war geschickt darin, Fragen auszuweichen.

»Der junge Lord wartet draußen auf Euch. Er möchte Euch zum Abendessen geleiten.«

»Oh nein, das Bankett.« Ich schlug die Hände vor den Mund. Über der Botschaft von Rhiannon hatte ich vollkommen vergessen, dass ich heute Abend an der Seite von Lord Caius und seinen Vertrauten speisen sollte. »Schnell, hilf mir mit dem Kleid!«

Anna eilte zu meiner Kleidertruhe und zog ein dunkelgelbes Gewand hervor, das erst vor Kurzem für mich angefertigt worden war. Um die Taille war ein Gürtel mit winzigen weißen Perlen geschlungen. Schnell zog ich meine Reitkleidung aus und schlüpfte hinein. Der Stoff kratzte ein wenig auf der nackten Haut, aber es passte wie angegossen.

»Setzt Euch dort auf den Stuhl! Ich kümmere mich rasch

um Euer Haar«, sagte Anna. Mit flinken Fingern flocht sie meinen Zopf neu und puderte meine Wangen. Als sie fertig war, drängte sie mich zur Tür. »Und jetzt beeilt Euch!«

Mir blieb keine Zeit, mich zu bedanken, in den Spiegel zu schauen oder auch nur einmal tief Luft zu holen. Wobei das Kleid für Letzteres ohnehin nicht geeignet war. Schon stand ich auf dem Flur und wäre fast in Malachi hineingelaufen. Er lehnte lässig an der gegenüberliegenden Wand und musterte mich. Unter seinem bewundernden Blick wurde mir seltsam warm.

»Ah, Ezlyn, ohne Eure Reitkleidung und die sturmverwehten Haare hätte ich Euch fast nicht wiedererkannt«, scherzte er.

»Das Gleiche könnte ich von Euch sagen.«

Malachi trug eine dunkelblaue Tunika mit goldener Borte. Seine schwarzen Stiefel waren auf Hochglanz poliert und ließen nichts von unserem Ausritt erahnen. Seine blonden Locken hatte er streng nach hinten gekämmt.

»Ich hoffe, meine Erscheinung ist zu Eurer Zufriedenheit, Mylady?«

Er deutete eine kleine Verbeugung an und ich musste grinsen.

»Ich kann mich nicht beschweren.«

»Gut«, sagte Malachi. Er hakte sich bei mir unter und zwinkerte mir verschwörerisch zu. »Zu einer so hübschen Dame gehört nämlich ein adretter Herr.«

Ein adretter Herr? Ich runzelte die Stirn.

»Glaubt Ihr etwa, Ihr könntet mich mit solchen Komplimenten um den Finger wickeln?«

Malachi zuckte die Schultern.

»Ich bin sicher, das könnte mir gelingen. Oder wollt Ihr etwas anderes behaupten?«

Ich unterdrückte ein Grinsen, während ich an Malachis Seite den Flur entlangschritt.

»Nun ja …«

»Ihr brecht mir das Herz, Lady Ezlyn. Wie könnt Ihr bloß so erbarmungslos sein?«

»Nicht erbarmungslos, nur ehrlich.«

»Dann will ich ebenfalls ehrlich zu Euch sein.« Das Lächeln auf seinem Gesicht war schlagartig verschwunden und einem Ausdruck gewichen, den ich nicht deuten konnte. »Ihr seht atemberaubend aus.«

Malachis Atem streifte meinen Nacken, als er in mein Ohr flüsterte, und ein kleiner wohliger Schauer überlief mich.

»Aber jetzt sollten wir uns beeilen, bevor mein Vater ungeduldig wird.«

Gemeinsam gingen wir durch den Südflügel, die Treppe hinab und durch den großen Festsaal mit seinen zahlreichen Spiegeln an den Wänden, die festlich im Kerzenlicht schimmerten. Der Holzboden knarrte unter unseren Füßen. Aus dem angrenzenden Speisezimmer waren Stimmen, Gelächter und das helle Klirren von Gläsern zu hören.

»Keine Sorge, es ist nur eine kleine Runde«, beruhigte Malachi mich.

Ich hatte mich wohl fester als beabsichtigt an seinen Arm geklammert. Wenn ich eines hasste, dann war es, vorgeführt zu werden. Und dieses Abendessen diente offenbar nur dem Zweck, dass Lord Caius mich als seine neue Todesseherin präsentieren konnte.

Als Malachi und ich den Raum betraten, verstummten die Gespräche. Interessierte Gesichter wandten sich uns zu. Einige davon waren mir bereits bekannt. Ich hatte ihre Tode am Tag zuvor vorhergesagt. Andere hatte ich noch nie gesehen. Da war ein älteres Paar, das die faltigen Hälse reckte und sich über die gedeckte Tafel lehnte, wobei sie fast das Geschirr vom Tisch fegten. Zwei junge Frauen steckten die Köpfe zusammen und fingen an zu tuscheln. Ihre abfälligen Blicke glitten über mein gelbes Kleid, verweilten kurz auf meinem Gesicht und huschten dann zwischen Malachi und mir hin und her.

»Da ist ja unser Ehrengast!«

Lord Caius, der am Kopf der Tafel saß, nickte mir zu, und ich versank in einen unsicheren Knicks.

Malachi und ich hatten in den vergangenen Tagen zu etwas vertrauteren Umgangsformen gefunden, aber sein Vater war mir immer noch fremd. Ich hatte ihn seit meiner Ankunft am Hof nicht mehr zu Gesicht bekommen. Schwester Caterinas Unterricht kam mir in Erinnerung. Wir hatten ihre Lektionen nur widerwillig über uns ergehen lassen, aber jetzt dankte ich ihr im Stillen für die gute Erziehung, die sie uns Mädchen zuteilwerden ließ.

»Ich danke Euch für die Einladung, Lord Caius. Es ist mir eine Ehre, an Eurer Seite speisen zu dürfen«, sagte ich förmlich.

Malachi neben mir unterdrückte ein Prusten. Am liebsten hätte ich ihm den Ellbogen in die Seite gerammt, aber das wäre wohl wenig damenhaft gewesen. Lord Caius' Miene blieb ausdruckslos.

»Die Ehre ist ganz meinerseits, Lady Ezlyn«, erwiderte er. »Bitte, nehmt doch Platz!«

Ein livrierter Diener geleitete Malachi und mich zu unseren Stühlen, zu beiden Seiten von Lord Caius. Während ich die lange Sitzreihe entlangschritt, betrachtete ich verstohlen den Raum. Er war gut fünfzehn Meter lang, mit einem massiven Kronleuchter, der von der holzvertäfelten Decke hing und ein warmes Licht auf das Silbergeschirr und die festlich gekleideten Gäste warf. An den Wänden hingen Hirschköpfe und Ahnenbilder. Hinter Lord Caius befand sich ein Kamin, in dem ein munteres Feuer prasselte. Mein Sitznachbar erhob sich abrupt, als ich an meinen Platz trat, wobei sein Stuhl lautstark über die Holzdielen schleifte.

»Bitte, Ihr müsst nicht …«, begann ich, doch die Worte blieben mir im Hals stecken.

Vor mir stand Dorian Arcane.

Für einen kurzen Augenblick starrten wir uns nur an. Ich hielt mich an der Lehne meines Stuhls fest, unfähig, etwas zu sagen.

»Lady Ezlyn.«

Er nickte mir kurz und ruckartig zu, während seine nachtschwarzen Augen mich prüfend musterten.

Da erhob Lord Caius seine Stimme. »Was habe ich doch für ein Glück. Eine Todesseherin und ein Angelus Mortis zur selben Zeit an diesem Hof zu haben – das hat es schon seit vielen Jahren nicht mehr gegeben.«

Die Gäste applaudierten höflich.

»Trotzdem verstehe ich nicht, warum er mit uns an einem Tisch sitzen muss«, zischte der ältere Herr, der zuvor noch den Hals nach mir gereckt hatte, seiner Frau zu.

Die beiden bedachten Arcane mit misstrauischen Blicken. Ich war offenbar nicht die Einzige, die sich in der Gegenwart des Schattenkriegers unwohl fühlte.

Arcane wartete, bis ich Platz genommen hatte, bevor er sich selbst setzte. Langsam wurden die Tischgespräche wieder aufgenommen. Die Diener trugen Platten und Schalen voller Wild und Geflügel, Bohnen, Brot, Rüben und verschiedene Fleischeintöpfe auf. Wein wurde ausgeschenkt. Das alles geschah, ohne dass ich es richtig mitbekam. Ich war wie in Watte gepackt. Die Geräusche drangen nur gedämpft an mein Ohr.

Ein Mann, der mir schräg gegenübersaß, sagte etwas und prostete mir lachend zu. Ich prostete zurück, ohne seine Worte verstanden zu haben. Meine Finger klammerten sich um eines der Messer, die neben meinem Teller lagen. Das kühle Silber schmiegte sich beruhigend in meine Handinnenfläche. Doch ich spürte immer noch die Blicke auf mir, fühlte die Gegenwart des Schattenkriegers. Ich sehnte mich nach einem Zufluchtsort, an dem ich mich verstecken konnte, bis ich mich von meinem Schrecken erholt hatte. Nach Dunkelheit, Stille und Einsamkeit.

»Ich weiß nicht, wem Ihr nach dem Leben trachtet, aber Ihr tätet gut daran, es weniger auffällig zu tun«, raunte mir Arcane mit dunkler Stimme zu.

Er klang ein wenig gequält, als wäre ihm die Situation ebenso unerträglich wie mir. Ertappt zog ich meine Hand zurück und ließ dabei das Messer fallen. Es landete klirrend auf dem Boden. Als ich mich hinunterbeugen und es aufheben wollte, legte der Schattenkrieger seine Finger auf mein Handgelenk. Es war keine schnelle Bewegung und er trug noch immer seine Handschuhe, dennoch zuckte ich unter seiner Berührung zusammen.

»Die Lady braucht ein neues Messer«, sagte er leise zu einem der Diener, der gerade sein Weinglas füllte.

Dann ließ er mich los und griff nach einer Servierplatte mit Truthahnfleisch, die herumgereicht wurde. Ich registrierte, dass auch die ältere Dame zu seiner Rechten einer Berührung mit dem Schattenkrieger auswich. Fast hätte sie die dampfende Platte fallen lassen. Arcanes Blick verdüsterte sich.

»Lady Ezlyn, erzählt uns doch ein wenig von Euch. Wie war

es, in einem Tempel aufzuwachsen? Ich stelle mir das exotisch und aufregend vor«, sagte die ältere Dame zu mir, deren funkelndes Diamantcollier jedem Kronleuchter Konkurrenz gemacht hätte.

»Aufregend und exotisch«, wiederholte ich ihre Worte verständnislos.

Ich konnte mich immer noch nicht auf die Unterhaltungen um mich herum konzentrieren. Arcanes Gegenwart war zu überwältigend, seine Nähe zu erschreckend. Ich zwang mich, die Servierplatte von ihm entgegenzunehmen, und legte mir etwas von dem Truthahnfleisch auf meinen Teller, obwohl mein Magen schon beim Anblick der Speisen revoltierte.

»Ach, ist sie nicht ein Herzchen?« Die alte Dame klatschte in die Hände, als hätte ich einen besonders guten Witz gemacht, und ich lächelte verhalten.

»Lord Caius, Ihr habt den Tempel besichtigt, als Ihr Lady Ezlyn ausgesucht habt«, fuhr sie fort. »Ist er so beeindruckend, wie man sich erzählt?«

»Das ist er, sonst würde sich der Kaiser wohl kaum die Mühe machen, durch das halbe Land zu reisen, um ihm noch in diesem Sommer einen Besuch abzustatten.«

»Ich habe gehört, er will eine vierte Todesseherin in seine Dienste aufnehmen.«

»Und ich habe gehört, er will mit den ehrwürdigen Schwestern über die Erziehung der Mädchen sprechen. Es gibt wohl noch einige antiquierte Unterrichtsinhalte, die er für überflüssig hält. Warum zum Beispiel sollten die Mädchen lesen und schreiben können?«

Obwohl ich mich über diesen Klatsch und Tratsch ärgerte, war ich froh, dass niemand mehr auf mich achtete. Nur Malachi sah mit hochgezogenen Augenbrauen zu mir herüber. Ihm war nicht entgangen, wie verwirrt ich war. Vermutlich schob er es auf die vielen fremden Leute, denen ich hier ausgesetzt war. Sollte er das doch denken.

Ich zuckte mit den Schultern und warf ihm einen Blick zu, der sagte: *Ich weiß auch nicht, was mit mir los ist.* Dann griff ich nach meinem Glas und nahm einen kräftigen Schluck. Der rote Gewürzwein legte sich süß und schwer auf meine Zunge. Der Geschmack war mir fremd. Im Tempel hatten wir nie Alkohol trinken dürfen.

»An Eurer Stelle wäre ich damit vorsichtig«, sagte Arcane und nickte in Richtung meines Glases. »Ihr tätet gut daran, Eure fünf Sinne beisammenzuhalten.«

Sollte das eine Warnung sein? Ich nahm einen weiteren Schluck von meinem Wein. Dann stellte ich mein Glas so nah neben Arcanes Hand, dass meine Finger seine streiften. Er wollte mir Angst machen. Er setzte darauf, dass ich vor seiner Berührung zurückschreckte, und innerlich tat ich das auch. Aber Kova hatte mich nicht das Kämpfen gelehrt, damit ich meinen Gegner in mir lesen ließ wie in einem offenen Buch.

»Keine Sorge, meine Sinne sind scharf. Ich hoffe, Ihr könnt von Euch das Gleiche sagen, Arcane«, erwiderte ich bissig.

Es waren nur Worte, aber es klang wie eine Herausforderung. Arcanes Mundwinkel zuckte. Fast sah es aus, als wollte er lächeln.

»Nennt mich Dorian.«

Das würde ich ganz bestimmt nicht tun. Ich hatte nicht die Absicht, auch nur ein weiteres Wort mit diesem Mann zu wechseln.

»Lady Ezlyn ist ganz begeistert von unserer schönen Hauptstadt«, sagte Malachi mir gegenüber zu seinem Vater. »Ich habe sie mit hinunter zum Markt genommen und sie bekam ganz große Augen bei all den Ständen dort. Fast wäre sie mir in dem Trubel verloren gegangen. War es nicht so, Ezlyn?«

Der Markt.

Rhiannons Zettel.

Ich kam mir vor wie ein Fährmann auf tosender See, der eine Klippe nach der anderen umschiffen musste.

Lord Caius zog die Stirn in Falten. Seine langen blonden Haare glänzten im Feuerschein.

»Ich hoffe, du gibst gut auf meine Todesseherin acht, Malachi. Es wäre unverzeihlich, wenn unserem Hof eine solche Kostbarkeit verloren ginge.«

Neben mir stieß Arcane jenes Schnauben aus, das ich zu unterdrücken versuchte. Ich war doch keine hübsche Halskette. Ich war ein Wesen aus Fleisch und Blut. Mit einem eigenen Willen und einem wachen Verstand, den ich einzusetzen gedachte. Und wenn ich Lord Caius dann *verloren ging*, wie er es nannte, wäre das sicher nicht auf eine Unachtsamkeit von Malachi zurückzuführen.

»Keine Sorge, Vater. Ich werde Ezlyn nicht aus den Augen lassen.«

»Was für ein Glück«, sagte ich bitter und schenkte Malachi und seinem Vater ein liebliches Lächeln.

»Nicht nur wegen unserer lieben Lady Ezlyn sollten die Wachposten in der Stadt verstärkt werden«, mischte sich der Mann mit dem faltigen Hals in die Unterhaltung ein. »Neulich sah ich einen verkrüppelten Jungen auf der Straße betteln. Es ist eine Schande, dass solches Gesindel hier einfach herumlaufen darf.«

Die Lords und Ladys nickten einhellig. Am liebsten hätte ich dem Alten meinen Wein ins Gesicht gekippt. Wie konnte er so reden und sich den Mund mit all diesen kostbaren Speisen vollstopfen, während der arme Junge vermutlich jeden Tag um sein Überleben kämpfte?

»Auf Dauer wird sich dieses Problem hoffentlich von selbst lösen«, sagte Lord Caius beschwichtigend. »Ich würde es jedenfalls begrüßen, wenn Lady Ezlyn immer in deiner Nähe bliebe, wenn ihr das Schloss verlasst, Malachi.«

Der junge Lord wirkte nachdenklich. Vielleicht fragte er sich, wo ich mich während seiner Unterhaltung mit dem Schmied herumgetrieben hatte. Um ihn davon abzulenken, brachte ich das Gespräch auf unseren Ritt durch die Virida. Ich schwärmte von der felsigen Landschaft, den weiten grünen Feldern und der frischen Luft. Als ich auf Sturmwinds beeindruckende Kraft und Geschwindigkeit zu sprechen kam, schepperte und klirrte es plötzlich neben mir.

Noch ehe ich begriff, was geschehen war, sprang Arcane von seinem Stuhl auf. Roter Wein ergoss sich über den Tisch, bahnte sich einen Weg zwischen Tellern und Besteck hindurch und tropfte auf den Holzboden. Auch mein gelbes Kleid hatte ein paar Spritzer abbekommen, doch das war nichts gegen Arcanes Tunika, die so feucht war, dass man sie hätte auswringen können.

»Es … Es tut mir leid, Mylord«, stammelte die Dame mit dem Diamantcollier, die neben Arcane saß. Sie war leichenblass geworden. Offenbar hatte sie den Tonkrug fallen lassen, als sie einer Berührung von Arcane ausgewichen war.

»Schon gut, Lady Atarah. Es ist ja nichts Schlimmes passiert«, beschwichtigte Lord Caius sie, als wäre er derjenige, der den Wein abbekommen hatte.

Arcane presste die Lippen fest zusammen. Sein säuerlicher Gesichtsausdruck brachte mich fast zum Lachen. Schadenfreude erfüllte mich. Der Schattenkrieger hatte es nicht anders verdient.

»Entschuldigt mich, Mylord.«

Arcane verließ das Speisezimmer mit langen Schritten. Seine schwarzen Stiefel polterten über die Dielen.

»Es war wirklich nicht meine Absicht …«, begann Lady Atarah erneut und verstummte dann.

Unglücklich sah sie zwischen Lord Caius und dem Rotwein-Desaster hin und her. Sie schien besorgt darüber, den Lord verärgert zu haben, doch der winkte ab.

»Lassen wir uns nicht die Laune verderben, meine Liebe.«

Mein Blick wanderte zur Tür, die hinter Arcane ins Schloss gefallen war. Ich fühlte mich unbehaglich. Den ganzen Abend wartete ich darauf, dass Arcane zurückkehren würde. Doch der Platz neben mir blieb leer.

KAPITEL 9

Ich gewöhnte mich bald an meinen neuen Alltag im Schloss. An die wöchentlichen Morgenandachten, die Zusammenkünfte mit Lord Caius, bei denen ich Malachi und ihm die Zukunft las, und die prunkvollen Bankette. Mir blieb mehr Freizeit als im Tempel, wo unser Tag durch die Ausbildung zur Todesseherin getaktet gewesen war. Und obwohl Schwester Caterina uns ermahnt hatte, unsere Zeit für religiöse Studien zu nutzen, tat ich dies nur selten. Ich wandelte stattdessen im Schloss umher, erkundete die Gärten und die umliegende Landschaft.

Doch nicht nur mein Alltag veränderte sich: Nach Wochen, in denen ich Hände hielt und Todesarten vorhersagte, nahm ich kaum noch Anteil an dem, was ich sah. Manche Schicksale wurden danach verändert, manche Menschen, deren Zukunft ich gesehen hatte, kamen nicht wieder. Nur einige wenige starben. Neue kamen an den Hof, Günstlinge von Lord Caius, die besonders hohe Prämien zahlten, damit ich sie vor dem Tod bewahrte.

Arcane lief ich in diesen Tagen kein einziges Mal über den Weg, und ich war froh darüber. Doch auch Malachi bekam ich kaum zu Gesicht. Ich begann, ihn zu vermissen. Nicht nur weil ich auf eine Gelegenheit hoffte, mit ihm in die Stadt zu reiten und meine Nachricht an Rhiannon dort zu verstecken. Sondern weil ich ihn gern um mich hatte. Sehr gern, wie ich mir eingestehen musste. Rhiannon hätte gesagt: *Pass bloß auf, dass deine Gedanken Schwester Caterina nicht ins Grab bringen.*

Die Ordensschwester hatte mit Adleraugen darüber gewacht, dass wir Mädchen keine Liebeleien anfingen. Schließlich liefen wir Gefahr, unsere Gabe zu verlieren, wenn wir uns auf einen Mann einließen. Delia war einmal dabei erwischt worden, wie sie einen der Stallburschen küsste. Dreißig Rutenschläge hatte sie zur Strafe ertragen müssen. Beim Anblick ihrer aufgeplatzten blutigen Handflächen waren wir Mädchen uns einig gewesen, dass es das unmöglich wert sein konnte. Zumal der Kuss feucht und unbeholfen gewesen war, wie Delia uns versicherte.

Aber Schwester Caterina war nicht hier. Und ich ertappte mich bei dem Gedanken, wie es sich wohl anfühlen würde, wenn sich Malachis Lippen auf meine legten. Es war ein verbotener Gedanke, aber wenn ich nachts in der Dunkelheit meines Zimmers lag, ließ ich ihn zu, auch wenn ich mich ein wenig schämte.

• • •

Ich hatte nicht damit gerechnet, ihm an diesem Nachmittag zu begegnen. Aber als ich aus der Schlosskapelle trat, die Hände voller Schweiß von all den fremden Berührungen und meine letzten Todesahnungen noch vor Augen, stand Malachi im Schatten eines Apfelbaumes im Garten und wartete auf mich.

»Heute ist Markttag. Wie wäre es mit einem Ausritt?«, rief er mir zu, als er mich sah, die Augen groß und grün und strahlend.

Ich schlenderte langsam zu ihm hinüber und bemühte mich, meine Begeisterung zu unterdrücken. Ich wusste nicht, wem sie tatsächlich galt: Freute ich mich, vielleicht Kontakt zu Rhiannon aufnehmen zu können, oder einfach darüber, Zeit mit Malachi zu verbringen?

»Das wäre eine willkommene Abwechslung, die ich nicht ablehnen werde«, sagte ich.

»Und ich fürchtete schon, die vielfältigen Arten des Sterbens wären Euch Unterhaltung genug.«

Malachis Augen huschten neugierig zur Schlosskapelle, aus der noch immer Menschen drängten. Ich hörte das Schluchzen einer Frau, doch als ich mich zu ihr umdrehte, konnte ich mich nicht mehr erinnern, was ich ihr vorhergesagt hatte. Es waren zu viele Menschen gewesen. Zu viele Todesarten.

»Eure Furcht ist unbegründet«, erwiderte ich. »Manchmal lasse ich mich auch gerne mit den Lebenden ein.«

»So? Ihr wollt Euch also mit mir einlassen?«

Malachi zog die Augenbrauen hoch und brachte mich damit zum Erröten. Schnell wandte ich mich von ihm ab.

»Ich ziehe mich rasch um. Treffen wir uns bei den Stallungen?«

»Euer Wunsch ist mir Befehl, Mylady.«

Ich lächelte breit, als ich zu meinem Zimmer hinaufstieg, um meine dunkelrote Robe gegen meine Reitkleidung zu tauschen und die Botschaft an Rhiannon zu holen.

Wenig später schwangen Malachi und ich uns auf die Pferde und ritten durch die Virida in Richtung Stadt.

Diesmal war ich auf die vielen Menschen, die bunten Stände und die marktschreierischen Händler vorbereitet. Auch die Alte mit den Weidenkörben hatte ihren Stand wieder an derselben Stelle wie beim letzten Mal aufgebaut. Als Malachi und ich an ihr vorbeigingen, senkte ich schnell den Kopf, damit sie mich nicht erkannte.

»Wollen wir uns die Weidenkörbe ansehen? Bei unserem letzten Besuch schien es mir, als würdet Ihr Euch ganz besonders dafür interessieren.«

Ertappt biss ich mir auf die Unterlippe. Malachi hatte also mitbekommen, dass ich mich mit der alten Frau unterhalten hatte. Wusste er auch von Rhiannons Nachricht? Zumindest hatte er es die ganze Zeit über mit keinem Wort erwähnt.

»Die Körbe sind hübsch geflochten«, antwortete ich ausweichend. »Aber ich habe kein Geld.«

Zwischen uns entstand eine kurze, unangenehme Pause. Dann schnippte Malachi eine Münze in die Höhe und fing sie wieder auf.

»Daran soll es nicht scheitern. Sucht Euch einen Korb aus. Ich will ihn Euch schenken.«

In seiner Stimme war kein Argwohn zu hören. Dennoch zögerte ich, zu der Händlerin zu gehen. Sie kam mir schließlich zuvor und winkte mir schon aus der Ferne eifrig zu.

»Habt Ihr Euch doch noch entschieden, mir die Zukunft zu lesen, meine Liebe?«

Die Alte humpelte mir entgegen und umschloss meine Hände mit festem Griff. Ich spürte ihre faltige Haut und nahm den Geruch von Kräutern und Schweiß wahr, der von ihr ausging. Sanft, aber bestimmt löste ich mich von ihr und trat einen Schritt zurück. Für den heutigen Tag hatte ich eindeutig genug Todesarten vorhergesagt.

»Die Gabe unserer Seherin lässt sich nicht mit Körben aufrechnen, alte Frau«, sagte Malachi mit strenger Stimme.

Obwohl ich ihm dankbar war, dass er die Diskussion beendete, gefiel es mir nicht, wie er mit der Alten sprach. Herablassend, als wäre ihre Arbeit nichts wert. Als wäre sie selbst nichts wert. Ich dachte an das Bankett von Lord Caius und daran, wie die Lords und Ladys sich einig gewesen waren, dass die Stadt von Bettlern gereinigt werden musste. Malachi war mit diesen Überzeugungen aufgewachsen.

»Aber ich würde gern einen deiner Körbe kaufen, wenn du es mir erlaubst«, sagte ich eilig. »Vielleicht den großen, den ich schon bei meinem letzten Besuch bewundert habe.«

Die Händlerin sah leicht verstimmt aus, wandte sich aber von uns ab, um den Korb zu holen. Malachi folgte ihr ein Stück, und das war der Augenblick, in dem ich meinen Zettel hervorholte. *Lass es bleiben,* warnte mich eine Stimme in meinem Inneren, *es ist zu gefährlich.* Doch wann bot sich wohl die nächste Gelegenheit hierherzukommen?

Ich streckte meine zitternde Hand aus. Aber die Lücke … Ich konnte die Lücke zwischen den Steinen nicht mehr finden. Meine Finger tasteten hektisch über die raue Wand.

»War es der hier?« Malachi drehte sich mit einem Korb in der Hand zu mir herum und die Händlerin grinste mir zu. Im letzten Moment hatte ich meine Hand zurückziehen können. Mein Herz pochte gegen meine Rippen.

»Nein, der daneben«, stieß ich hervor. Meine Stimme klang unnatürlich hoch. Ich betete zu den Göttern, dass es Malachi nicht auffiel.

Er bückte sich nach dem Korb, auf den ich gezeigt hatte, und die Händlerin eilte ihm zu Hilfe. Sie erzählte ihm ausführlich, wie liebevoll diese Weidenkörbe angeblich hergestellt wurden. Darüber, wie viel Zeit und Hingabe in jedem einzelnen von ihnen steckte. Und dann hatte ich die winzige Nische endlich gefunden und den Zettel sicher verstaut – kurz bevor Malachi sich aufrichtete und mir einen fragenden Blick zuwarf. Am liebsten hätte ich vor Erleichterung laut aufgelacht. Ich hatte es geschafft. Jetzt musste Rhiannon meine Nachricht nur noch finden.

Ich gesellte mich zu Malachi und der Händlerin und nahm den Korb mit einem strahlenden Lächeln entgegen.

»Er ist wunderschön«, versicherte ich der Alten, die fröhlich in die Hände klatschte. Mit einem Lächeln entblößte sie ihre gelben, schiefen Zähne. »Ihr werdet viel Freude damit haben, ganz bestimmt, Mylady. Ich danke Euch.«

Malachi gab der Händlerin sechs Kupfermünzen. Dann setzten wir unseren Weg fort, schlenderten an den Ständen entlang und hielten, wo immer es etwas Spannendes zu entdecken gab. Bei einem Schattentheater und Ständen mit herrlich duftenden Blumen oder seidenen Tüchern in allen Farben des Regenbogens.

Es war bereits später Nachmittag, als wir die Stadt verließen. Die Sonne stand tief und tauchte den Marktplatz in ein goldenes Licht. Die Händler packten ihre Waren zusammen und begannen die Stände abzubauen. Als wir an der Stelle vorbeikamen, wo die Händlerin mit den Weidenkörben gestanden hatte, riskierte ich einen letzten Blick zu der Mauer.

Mein weißes Zettelchen mit der Nachricht an Rhiannon war fort.

• • •

Von da an nahm Malachi mich immer öfter mit in die Stadt. Und immer öfter gelang es mir, Nachrichten mit Rhiannon auszutauschen. Wir begegneten uns und nickten einander zu, wenn wir uns unbeobachtet wähnten, doch wir trauten uns nicht miteinander zu sprechen. Rhiannon war häufig in Begleitung eines Mannes. Es war ein Bursche mit dunklen Haaren, der die Einkäufe für sie trug und sie keine Sekunde aus den Augen ließ. Ganz anders als Malachi, der mich absichtlich allein zu lassen schien, damit ich Zeit für mich hatte. Vielleicht ahnte er etwas.

Ich überlegte, ihm von Rhiannon und den Botschaften zu erzählen. Schließlich waren Malachi und ich einander mittlerweile vertraut. Es fühlte sich falsch an, Geheimnisse vor ihm zu haben. Aber da war eine Stimme in meinem Kopf, die mich davor warnte, mir meiner Freundschaft mit dem jungen Lord allzu sicher zu sein. Wir stammten aus verschiedenen Welten. Für seinen Vater war ich nur ein Werkzeug. Ein Mittel zum Zweck, genau wie Arcane eines war. Aber was war ich für Malachi? Eine Freundin? Eine Gesandte der Götter? Oder ein Feuervogel ohne Flügel?

Rhiannons zweite Nachricht war länger als die erste gewesen und weniger belanglos. Sie schrieb, dass es ihr bei ihrem neuen Herrn gut gehe.

Aber ich hasse es, meine Gabe ausüben zu müssen. All diese Tode. Dieses Grauen. Ich weiß nicht, wie lange ich das noch ertrage …

Mein Lord ist gut zu mir. Er lässt mich allein in die Stadt gehen, wo ich Besorgungen für ihn erledige. Wir hatten eine Dienstmagd, die sich darum gekümmert hat. Doch sie ist sehr schwer krank geworden und nun sind wir nur noch zu dritt. Die Köchin, ein Diener und ich. Wenn ich nicht in die Zukunft blicke, helfe ich im Haushalt. Es gibt viel zu tun, aber das macht mir nichts aus. Wenigstens kann ich mich so von meiner Tätigkeit als Seherin ablenken.

Es war merkwürdig, dass der Haushalt von Rhiannons Lord nur so wenige Bedienstete umfasste. Vielleicht war der Lord ja verarmt oder ein seltsamer Eigenbrötler. Aber warum war meine Freundin nicht näher darauf eingegangen?

Natürlich teilte Rhiannon meine Sorge, was den Schattenkrieger an Lord Caius' Hof betraf:

Ich kann nicht glauben, was Du schreibst. Du bist ihm wirklich begegnet? Am Hof Deines Lords? Bitte, sei vorsichtig. Ich könnte es nicht ertragen, wenn Dir etwas passiert.

Ich spielte meine Angst herunter und gab vor, meinen eigenen Tod schon lange nicht mehr gesehen zu haben. Dabei quälten mich die Visionen mittlerweile jede Nacht. Ich sah die Hand an meiner Wange und die dunklen Schatten, die sich nach mir ausstreckten, das getrocknete Blut an meinem Hals und die stechenden nachtschwarzen Augen des Mannes, dessen Namen ich nun kannte: Dorian Arcane.

Doch Rhiannon konnte nichts tun, um mir zu helfen, und ich wollte nicht, dass sie sich meinetwegen den Kopf zerbrach. Stattdessen erzählte ich ihr von Malachi und unseren Ausritten durch die Virida. Ich fragte sie nach dem jungen Mann, mit dem ich sie auf dem Markt gesehen hatte. Sie hatten zusammen gelacht. Ich hatte Rhiannon noch nie so glücklich gesehen.

Du meinst Eugene? Schwarze Haare, strahlend blaue Augen? Er ist der Diener meines Lords. Ich wüsste nicht, was ich ohne ihn machen würde. Er ist mir der liebste Mensch hier am Hof.

Danach hörte ich nichts mehr von Rhiannon. Ich schrieb eine Antwort und die verschwand aus unserem gemeinsamen Versteck in der Mauer, aber es kam keine Nachricht zurück. Vielleicht war etwas vorgefallen. Vielleicht war sie erwischt worden. Doch es war ebenso gut möglich, dass Rhiannon einfach keine Zeit mehr fand, um in die Stadt zu gehen, versuchte ich mich zu beruhigen.

Ich schrieb ihr noch ein weiteres Mal: *Ist alles in Ordnung?* Aber auch dieser Zettel verschwand, ohne dass ein neuer auftauchte. Ich konnte nur warten, bis meine Freundin sich wieder bei mir meldete. Aber mit jedem Tag wurde ich unruhiger. Und ein ums andere Mal überlegte ich, Malachi um Hilfe zu bitten.

• • •

Eines Nachts, nachdem mich meine Todesvision wieder einmal geweckt hatte, zog ich meinen Umhang über mein Nachtgewand und schlich mich aus dem Schloss.

Der Sommer lag in der Luft, schwer und süß und blumig. Meine Füße trugen mich wie im Traum zu dem Rosenpavillon hinter dem Schloss. Hier hatte ich schon viele Sonnenstunden damit verbracht, mich von der Sorge um Rhiannon abzulenken. Doch heute war ich nicht allein.

Ich bemerkte es erst, als es bereits zu spät zum Umkehren war. Er lehnte an einem der rosenumrankten Holzpfeiler und schälte sich aus der Dunkelheit, als ich den kleinen Pavillon betrat. Seine Bewegungen ähnelten denen einer Raubkatze – elegant und kräftig. Unter seinem schwarzen Leinenhemd zeichneten sich die Muskeln ab.

»Lady Ezlyn«, sagte Arcane mit rauer, dunkler Stimme.

Der Schreck fuhr mir in die Glieder und ließ mich erstarren. Statt etwas zu erwidern, wich ich einen Schritt zurück und wäre fast über einen Blumentopf gestolpert. Arcane packte mich fest am Arm und bewahrte mich vor dem Sturz. Mein ängstlicher Blick war auf seine Hand gerichtet wie auf eine giftige Spinne. Erst als er mich losließ, atmete ich erleichtert auf und spürte, wie das Leben in meinen Körper zurückkehrte.

Er wird mir nichts tun. Nicht solange Lord Caius es ihm nicht befiehlt.

»Für eine Kämpferin besitzt Ihr erstaunlich wenig Gleichgewichtssinn«, sagte der Schattenkrieger trocken, während er gelangweilt seine Hände betrachtete, die in den fingerlosen Handschuhen steckten.

Jetzt hätte ich wegrennen können. Aber ich tat es nicht. Trotz meiner Furcht war ich plötzlich wütend. Was fiel diesem Mann ein, ein solches Urteil über mich zu fällen?

»Und für einen Schoßhund von Lord Caius besitzt Ihr erstaunlich wenig Manieren«, platzte es aus mir heraus, ehe ich über meine Worte nachdenken konnte.

Ich musste verrückt sein, so mit dem Schattenkrieger zu reden.

Arcane senkte schmunzelnd den Kopf, als würden ihn meine Worte amüsieren. Seine nachtschwarzen Augen blitzten gefährlich im Licht des Vollmonds.

»Wer sagt, dass ich Lord Caius' Schoßhund bin?«

»Ist es nicht so?«

Der Abstand zwischen uns schien mit jeder Sekunde kleiner zu werden. Ich spürte das Pochen meines Herzens, spürte jeden angespannten Muskel in meinem Körper.

»Ich bin mein eigener Herr.«

»Dann macht es Euch also Spaß, zu töten?«, erwiderte ich.

Was zur Hölle redest du da, Ezlyn?

Mein Dolch lag in meinem Zimmer unter der Matratze. Aber selbst wenn ich ihn bei mir gehabt hätte, hätte er mich vor Arcanes tödlicher Berührung nicht schützen können. Es war bestimmt keine gute Idee, den Schattenkrieger herauszufordern.

Arcane wandte sich von mir ab und trat zu einer der Rosen. Sanft strich er über eines der blassrosa Blütenblätter, die im Mondlicht schimmerten.

»Niemand sollte Spaß am Töten haben«, sagte er und es klang fast ein wenig traurig. Ich fragte mich unwillkürlich, was ihn wohl zu dem rücksichtslosen Mörder gemacht hatte, der er heute war.

»Warum tut Ihr es dann?«

Er zuckte mit den Schultern.

»Vielleicht weil ich dazu geboren wurde. Vielleicht weil meine Berührung niemals etwas anderes hervorrufen wird als Grauen und Angst.«

Schaudernd sah ich dabei zu, wie das Blütenblatt unter seiner Hand zu Staub zerfiel. Ich hatte nicht bemerkt, wie er seinen Handschuh ausgezogen hatte. Langsam streifte er ihn wieder über und kam auf mich zu. Eine dunkle Haarsträhne fiel ihm in die Stirn. Ich musste an die schwangere Rebellin denken, die Arcane angeblich getötet hatte, und dass er es genossen hatte.

»Glaubt Ihr, es könnte jemals anders sein, Lady Ezlyn?«

Seine Finger berührten mein Kinn und hoben es ein wenig an. Ich zuckte vor der Berührung zurück. Alles in mir schrie nach Flucht. Ich musste so viel Raum wie möglich zwischen den Schattenkrieger und mich bringen. Ich merkte, wie mir heiße Tränen der Angst in die Augen traten. Da war nichts mehr von der mutigen Kämpferin in mir zu spüren. Nur noch blankes Entsetzen. Während ich mich all die Jahre im Schwertkampf geübt hatte, hatte ich mir nur etwas vorgemacht. Diesem Gegner war ich nicht gewachsen. Ich würde wie das Blütenblatt unter seinen Fingern zu Staub zerfallen.

»Nein«, flüsterte ich mit heiserer Stimme.

Arcane nickte mit grimmiger Miene und ließ seine Hand nach unten sinken, als wäre sie mit einem Mal unwahrscheinlich schwer geworden. »Das hatte ich auch nicht angenommen.«

Ich machte einen Schritt rückwärts, und dann noch einen. Als ich den Ausgang des Pavillons endlich erreicht hatte, drehte ich mich um und wollte gerade losrennen, als Arcanes dunkle Stimme mich zurückhielt.

»Lady Ezlyn?«

»Ja?«

»Eure Sommersprossen …«

Meine Hand fuhr instinktiv an meine Wange. Normalerweise deckte ich meine Sommersprossen mit Puder ab. Sie waren ein Makel, den ich nur ungern offenbarte. Doch heute Nacht hatte ich nicht mit Gesellschaft gerechnet.

»Was ist damit?«

»Sie sind wunderschön. Wie eine Sternkarte.«

Ich stürmte davon, ohne mich noch einmal umzusehen.

Seine Worte pochten in meinem Herzen. Eindringlich und unerwartet. Ich wollte sie abschütteln, wie lästige Schneeflocken, die sich auf meine Schultern gelegt hatten und jetzt meine Kleidung durchnässten. Aber es gelang mir nicht. Die Worte verfolgten mich bis hinauf in mein Zimmer. Und sie blieben auch, als ich vor den kleinen Kupferteller an der Wand trat, der mir als Spiegel diente.

Wie eine Sternkarte.

Meine Mutter hatte die gleichen Sommersprossen gehabt. Ich erinnerte mich dunkel daran, dass ich sie mit dem Finger berührt hatte, als wären es geheime Muster, die ich erst begreifen musste. Sterne, die, wenn ich sie miteinander verband, ein Bild ergaben. Sie hatte gelacht, weil es kitzelte, und versucht meine Hand einzufangen. Und jetzt hatte Arcane mich mit der gleichen Faszination betrachtet wie ich damals meine Mutter.

Ausgerechnet er.

Mein Herz flatterte bei dem Gedanken daran, wie nahe er mir gewesen war. Und ich hatte es zugelassen. Hatte zugelassen, dass mein Mörder vor mich trat, zu mir sprach und mein Kinn hielt. *Nie wieder,* schwor ich mir, *nie wieder werde ich mich ihm derart ausliefern.*

Bevor ich unter die Bettdecke schlüpfte, vergewisserte ich mich, dass mein Dolch noch immer an Ort und Stelle lag. Ich hob die Matratze und sah die silberne Klinge im Kerzenlicht schimmern. Der Anblick beruhigte mich ein wenig. Doch kein Dolch der Welt würde mich vor meinen Träumen schützen können.

Beklemmende Träume, in denen Dorian Arcane seine Hand an mein Kinn legte und mich küsste. Und wie das Blütenblatt im Pavillon zerfiel ich unter der zarten Berührung unserer Lippen zu Schatten und Staub.

KAPITEL 10

Irgendetwas war seltsam an diesem Tag.

Ich merkte es an der Art, wie die Dienstmagd ihre Füße auf der steinernen Treppe aufsetzte – ganz vorsichtig und leise, als hätte sie Angst, jemanden aufzuschrecken. Auch das Klappern von Geschirr, die Gespräche und das Gelächter, die mir sonst aus der Küche entgegenhallten, waren heute verhaltener. Es schien, als nähmen die Bediensteten Rücksicht auf einen unerwarteten Besucher.

Für gewöhnlich aß ich morgens allein in meinem Zimmer oder in dem kleinen Raum neben der Küche. Deshalb war ich überrascht, als Malachi mir heute Gesellschaft leistete. Er saß am Tisch und hatte ein Buch vor sich liegen, das er beiseitelegte, als ich den Frühstücksraum betrat. Er betrachtete mich mit kühlem Blick.

»Setzt Euch, Ezlyn.«

Die Art, wie er es sagte, ließ mich wachsam werden. Ich setzte mich neben ihn auf den einzigen Platz, der eingedeckt war. Wir warteten schweigend, bis eine Dienstmagd mein Essen auftrug. Haferbrei mit Zucker und frischen Früchten, eine Scheibe Brot und geräucherten Schinken, der würzig duftete.

Normalerweise liebte ich dieses Essen. Im Orden hatten wir unseren Haferbrei ohne Zucker und Früchte essen müssen. Und geräucherten Schinken gab es dort nur an Festtagen. Heute hatte ich jedoch einen Knoten im Hals, der mit jeder Minute unseres Schweigens wuchs.

»Wollt Ihr gar nichts essen?«, fragte ich Malachi schließlich und zwang mich zu einem zaghaften Lächeln.

»Mir ist der Appetit vergangen.«

Malachi blickte stur an mir vorbei, während er sein Buch zu mir herüberschob. Es war derselbe Lederband, den er auch in den Händen gehalten hatte, als er mich zu unserem ersten Ausritt einlud. *Altalvenische Kriegsstrategien*, las ich auf dem Einband, während ich nach meiner Teetasse griff.

»Ist das Buch so schlecht?«

Noch während ich das fragte, fiel mir der Zettel auf, der zwischen den Seiten steckte. Es war Pergamentpapier – eine von Rhiannons und meinen handgeschriebenen Nachrichten. Ich konnte nur einzelne Buchstaben erkennen, aber sie sorgten dafür, dass mir der Atem stockte. Meine Hand erstarrte mitten in der Bewegung, die Tasse auf halbem Weg zu meinen Lippen.

»Es liegt nicht an meinem Buch, sondern an dem Lesezeichen«, sagte Malachi leise.

Sein Gesicht blieb ausdruckslos, aber ich wusste, er fühlte sich belogen und hintergangen. Es war uns Todesseherinnen streng verboten, Botschaften untereinander auszutauschen. Und ich hatte es trotzdem getan.

Es war mir ein Rätsel, wie er an den Zettel gelangt war. Hatte er mich auf dem Markt beobachtet? Hatte jemand anders ihn gefunden und Malachi davon in Kenntnis gesetzt?

Mit zitternden Händen setzte ich meine Tasse wieder ab. Sie klapperte unangenehm laut auf der Untertasse.

»Das ist nicht …«

»… wonach es aussieht? Ich denke, schon, Ezlyn.«

Endlich sah er mich an. Ernst und unzufrieden. Ich krallte meine Finger in das Sitzpolster meines Stuhls. Mein ganzer Körper fühlte sich taub an. So hatte ich mir diese Unterredung nicht vorgestellt. Ich hatte auf Malachis Verständnis gehofft, wenn er von den Zetteln erfuhr. Warum hatte ich ihm nicht schon früher von meinem Geheimnis erzählt? Aber ganz gleich, was er nun tun würde, ich konnte es ihm nicht verübeln.

»Eigentlich wäre ich verpflichtet, das meinem Vater zu melden. Es ist Todesseherinnen untersagt, sich untereinander auszutauschen. Das Wohl unserer Untertanen hängt davon ab, dass Ihr Stillschweigen bewahrt, wie Ihr wisst. Schließlich besitzt Ihr sehr privates Wissen über unsere Adligen – über ihre gesundheitliche Konstitution und darüber, wer ihnen nach dem Leben trachtet. Könnt Ihr Euch vorstellen, was diese Informationen in den falschen Händen anrichten könnten?«

Der junge Lord rieb sich die Stirn, er wirkte unentschlossen. Sein Blick ging zum offenen Fenster, das auf einen kleinen Kräutergarten im Hof hinausführte. Der Duft von Rosmarin und Salbei wehte herein und vermischte sich mit dem faden Geschmack des Verrats auf meiner Zunge, den ich begangen hatte.

»Wir haben uns nie über die Belange des Adels ausgetauscht«, versicherte ich Malachi mit bebender Stimme.

Ich hatte gewusst, was auf dem Spiel stand. Und trotzdem war ich unvorsichtig gewesen. Unvorsichtig und dumm. Tausend Entschuldigungen fielen mir ein, aber ich wusste bereits, dass es keine triftige Entschuldigung dafür gab. Es würde kindisch klingen, wenn ich es versuchte.

»Ich weiß«, sagte Malachi. Er zog den Zettel zwischen den Seiten hervor und las: *»Strahlend blaue Augen? Ich hoffe, du verliebst dich nicht in ihn. – Als ob es bei dir und deinem jungen Lord anders wäre …«*

Das Blut schoss mir in die Wangen. Rhiannon hatte mich mit ihrem Kommentar nur necken wollen, doch jetzt erschien er mir ganz und gar unpassend.

Malachi faltete den Zettel wieder zusammen und hob die Augenbrauen.

»Ich weiß ehrlich gesagt nicht, was ich davon halten soll«, sagte er.

Ich fühlte mich wie ein Kind, das man beim Stehlen von Süßigkeiten ertappt hatte. Nur dass mein Vergehen weitaus schlimmer war.

»Werdet Ihr es Eurem Vater sagen?«, fragte ich vorsichtig.

Der junge Lord seufzte und griff nach meiner Hand. Sein Daumen strich über meine verkrampften Finger, dort wo das Dreieck mit dem Auge prangte. Ich konnte die Anspannung von seinem Gesicht ablesen.

»Wie könnte ich? Ich habe keine Ahnung, was er mit Euch machen würde, wenn er davon erfährt.«

Malachi würde mich also nicht an Lord Caius ausliefern. Erleichterung durchflutete mich wie eine warme Welle.

»Ich danke Euch.«

Der junge Lord nickte, aber seine Miene war wie versteinert. Er sah mich an, als wäre ich eine Fremde, vor der man sich in Acht nehmen musste. Er hatte mich noch nie so angeschaut.

»Ich hoffe, Ihr wisst, dass das ein Ende haben muss. Ihr habt mich damit in eine unangenehme Lage gebracht und das darf sich auf keinen Fall wiederholen.«

Obwohl ich es bereits kommen sah, fühlte sich Malachis Antwort wie eine Ohrfeige an.

»Natürlich«, erwiderte ich, bemüht, möglichst gleichgültig zu klingen.

Vorsichtig löste ich mich von ihm, schob meinen Stuhl zurück und ging auf zittrigen Beinen zur Tür. Tränen stiegen mir in die Augen, aber ich hielt sie zurück.

Nicht hier.

Nicht jetzt.

Die Freude darüber, Rhiannon wiedergefunden zu haben, war noch frisch. Aber jetzt würde ich meine Freundin erneut verlieren. Es würde keine Nachrichten und keinen Kontakt mehr geben. Wir würden uns höchstens auf dem Markt begegnen, aneinander vorbeilaufen und uns zulächeln. Mehr nicht. Aber ich war noch einmal davongekommen und das war alles, was zählte. Zumindest redete ich mir das ein.

Allerdings hatte ich damit auch Malachis Vertrauen verloren.

• • •

»Ich verlasse mich darauf, dass Ihr gut auf meinen Sohn achtgebt«, sagte Lord Caius und strich über den Hals meiner Stute.

Wir standen im Schlosshof. Die Pferde schnaubten ungeduldig, während die Stallburschen um sie herumliefen, damit beschäftigt, die Zeltplanen an den Sätteln zu festzuzurren.

Das alles war keine gute Idee, aber meine Einwände waren auf taube Ohren gestoßen. Malachi hatte vor, den Wald westlich der Virida zu durchqueren. Den Teil, in dem er in meiner Vision den Tod durch einen Rebellen finden würde. Es war die Einladung zu einer Versammlung am Hof von Lord Alistair, die ihn zu diesem Entschluss gebracht hatte. Der Lord war ein mächtiger Mann, dem man nur ungern etwas ausschlug. Und Malachi hielt nichts davon, sich länger vor den Rebellen zu verstecken. Ich hatte Zweifel an der Reise geäußert, aber Lord Caius hatte darauf bestanden, dass ich seinen Sohn begleiten sollte. Schließlich war ich die Einzige, die den tödlichen Angriff gesehen hatte und den Tatort sofort wiedererkennen würde.

Malachi brachte sein Pferd neben mir zum Stehen. Seit dem Vorfall mit der geheimen Botschaft hatten wir nur wenige Worte miteinander gewechselt. Jetzt zwinkerte er mir zu, als wäre all das nie passiert, und beugte sich näher zu mir.

»Keine Sorge, Ezlyn. Uns wird nichts geschehen. Ich war schon öfter in solch gefährlichen Situationen. Außerdem reiten wir in bester Gesellschaft, wie Ihr gleich sehen werdet.«

Malachi klang eine Spur zu ironisch, als dass ich mir keine Sorgen gemacht hätte. Und wie auf ein Zeichen trabte Dorian Arcane auf seiner grauen Stute auf den Hof.

»Mylord. Lady Ezlyn.«

Er hatte nicht mehr als ein mürrisches Nicken für uns übrig, doch es genügte, um mein Herz schneller schlagen zu lassen. Wir hatten einen Zweitagesritt vor uns. Zwei Tage Seite an Seite mit dem Schattenkrieger, und nur eine dünne Zeltwand würde uns nachts voneinander trennen.

»Arcane.« Malachi schien sich von der düsteren Stimmung des Schattenkriegers geradezu angestachelt zu fühlen. »Ein herrlicher Tag für einen gemütlichen kleinen Ausritt, nicht wahr? Bei einem solchen Wetter sollte es Euch nicht allzu schwer fallen, mein Leben zu schützen.«

Arcane blinzelte in die strahlende Sonne und zuckte die Schultern. Sein Umhang wallte über den Rücken des Pferdes.

Er war trotz des warmen Wetters von Kopf bis Fuß in Schwarz gekleidet.

»Gestorben wird immer. Bei Regen und bei Sonnenschein«, erwiderte er.

»Was habt Ihr doch für ein heiteres Gemüt«, sagte Malachi. »Ich kann es gar nicht erwarten, noch mehr von Euren Weisheiten zu hören. Wir werden zusammen viel Spaß haben. Denkt Ihr nicht auch, Ezlyn?«

Arcane trieb sein Pferd an, sodass mir eine Antwort erspart blieb. Wir folgten ihm den schmalen Pfad hinunter, den Malachi und ich schon so oft hinabgestiegen waren und der mir mittlerweile vertraut war. Mit dem Gepäck auf dem Rücken der Tiere war es dennoch eine Herausforderung. Als meine Satteltasche an der Felswand entlangschrammte und sich dabei ein paar Steine lösten, begann meine Stute an den Zügeln zu zerren und nervös zu tänzeln.

»Ruhig!«, redete ich ihr gut zu.

Arcane warf einen Blick über seine Schulter.

»Eure Unruhe überträgt sich auf das Pferd«, stellte er trocken fest.

»Hoffentlich überträgt sich Eure miese Laune nicht auf das Eure.«

Es waren die einzigen Worte, die wir für lange Zeit wechselten. Bald wurde der Weg breiter. Ich hörte Ikarus schreien, der über uns kreiste. Es tat gut, ihn in meiner Nähe zu wissen. Sobald die ersten Bäume in Sicht kamen, ließ er sich auf einem der Äste nieder und beobachtete uns mit schief gelegtem Kopf.

»Er wacht über Euch«, stellte Malachi fest und blickte ehrfürchtig zu dem Feuervogel hinauf.

»Das tut er. Ich bin sicher, er würde jedem die Augen auskratzen, der mir zu nahe kommt.«

Meine Warnung richtete sich an Arcane, aber der schien mich nicht gehört zu haben. Er war viel zu sehr damit beschäftigt, die Umgebung nach potenziellen Gefahren abzusuchen.

In meiner Vision von Malachis Tod war es Nacht gewesen. Ich machte mir also keine allzu großen Sorgen, dass ausgerechnet jetzt etwas geschehen könnte. Stattdessen konzentrierte ich mich auf den Weg vor mir. Auf den Waldboden, der unter den Hufen unserer Pferde staubte, auf die surrenden Insekten und das Rascheln der Blätter. Irgendwo in der Ferne plätscherte ein Bach. Ein Hase stob, aufgeschreckt von unserer Anwesenheit, durch das Unterholz. Seine langen braunen Ohren, die schwarzen Augen und die zuckende Nase tauchten kurz zwischen den Zweigen eines umgestürzten Baumes auf, dann war er verschwunden.

»Wir könnten ein Lied singen«, schlug Malachi vor, dem die Stille zwischen uns wohl allmählich unangenehm wurde. »Ich bin sicher, Euch liegt eine fröhliche Melodie auf den Lippen. Habe ich recht, Arcane?«

»Wollt Ihr diese Reise überleben oder wollt Ihr mir lieber auf die Nerven gehen und den ganzen Wald mit Euren Albernheiten aufschrecken?«, blaffte der Schattenkrieger, der an der Spitze ritt. Er duckte sich unter einem tief hängenden Ast hindurch. Seine Stimme glich einem Donnergrollen.

Malachi lachte aus vollem Hals.

»Oh, ich gedenke beides zu tun«, sagte er, als er sich wieder beruhigt hatte. »Mit einem Monster wie Euch an meiner Seite kann mir doch schwerlich etwas passieren.«

Solange sich dieses Monster nicht gegen uns wandte … Ich warf Malachi einen warnenden Blick zu, aber er grinste nur.

»Was ist mit Euch, Ezlyn? Kennt Ihr ein schönes Lied?«

Ich dachte an die Melodie, die meine Mutter immer gesummt hatte. Ich wollte gerade damit beginnen, als Arcane zornig über seine Schulter sah.

»Lasst das Mädchen in Ruhe.«

»Warum? Ihre Stimme ist mit Sicherheit viel angenehmer als Eure«, spottete Malachi und nickte mir aufmunternd zu.

»Sie ist doch nur ein Spielzeug für Euch«, knurrte Arcane.

Die Töne blieben mir im Hals stecken. Ich wartete darauf, dass Malachi dem Schattenkrieger widersprach, aber das tat er nicht. Er zuckte mit den Schultern und konzentrierte sich wieder auf den Waldweg vor uns.

Nur ein Spielzeug. War ich das wirklich? Die Worte bohrten sich schmerzhaft in meinen Kopf und vergifteten meine Gedanken. Malachi und ich kamen gut miteinander aus, aber würde er sich jemals für mich einsetzen, wenn es schwierig wurde – würde er etwas für mich riskieren? Er hatte seinem Vater die geheimen Zettel verschwiegen, doch was wäre geschehen, wenn Lord Caius sie zuerst entdeckt hätte? Wäre Malachi für mich eingetreten oder hätte er jede Strafe akzeptiert, die sein Vater über mich verhängt hätte? Selbst meinen Tod?

Die Fragen beschäftigten mich, während der Tag voranschritt. Wir hielten ein paarmal an, um uns und unseren Pferden eine Rast zu gönnen. Arcane entfernte sich bei diesen Gelegenheiten, als könnte er unsere Gesellschaft nur schwer ertragen. Er rieb seine graue Stute ab, tränkte und fütterte sie, bevor er zwischen Bäumen und Büschen verschwand. Mir war es recht, obwohl ich sicher war, dass der Schattenkrieger uns keinen Moment aus den Augen ließ. Er lauerte irgendwo hinter dem Grün, beobachtete uns und lauschte jedem unserer Worte.

Gegen Abend kühlte die Luft ab. Der Wind rüttelte an den Zweigen der Birken und Eichen, und noch bevor wir unsere Zelte aufgestellt hatten, setzte ein leichter Nieselregen ein.

Malachi riss fluchend an seiner Zeltplane, die sich nicht richtig verankern ließ. Arcane, dessen Zelt bereits stand, blickte mit finsterer Miene in den Himmel.

»Sieht so aus, als könnte es heute Nacht ein Gewitter geben.«

Ich schluckte. Blitze und Donnergrollen waren schon unangenehm genug, wenn man ein Dach über dem Kopf hatte. Aber hier draußen waren wir dem Unwetter völlig ausgeliefert.

»Na also!« Endlich hatte Malachi es geschafft, sein Zelt aufzubauen. Zufrieden klopfte er sich die feuchte Erde von den Händen. »Soll ich Euch zur Hand gehen, Lady Ezlyn?«

Arcane hob die Augenbrauen. Er sah zu Malachis Zelt, das seltsam schief wirkte. Einer der Heringe löste sich bereits aus dem Boden.

»Ich kümmere mich darum«, sagte er rasch, schnappte sich mein Zeltbündel und trug es zu einer freien Stelle, schräg gegenüber von Malachis und seinem eigenen Zelt. Mit dem Fuß schob er Laub und Steine beiseite.

»Ihr braucht mir nicht zu helfen«, erwiderte ich, trat zu ihm und wollte ihm das Bündel aus der Hand nehmen. Die Vorstellung, dass der Schattenkrieger die Zeltwand aufrichtete, die mein einziger Schutz vor ihm sein würde, war mir unerträglich. Arcanes Augen wurden schmal.

»Was, wenn ich Euch helfen will?«

»Ich habe Euch nicht darum gebeten.«

»Ihr braucht nicht zu bitten.«

»Lasst los!«

Wir starrten uns wütend an. Schiefergrau traf auf Nachtschwarz. Es war albern, aber plötzlich schien es mir, als hinge mein Leben davon ab, dass ich dieses Zelt ohne seine Hilfe aufbaute.

»Gebt es auf, Arcane! Ihr könnt Lady Ezlyn umwerben, so viel Ihr wollt. Sie wird immer das Monster in Euch sehen, das Ihr seid«, rief Malachi zu uns herüber.

»Ist das so?«

Arcanes Stimme war so leise, dass nur ich sie hören konnte. Er blickte in mein blasses Gesicht und fand die Bestätigung in meinen Augen. Ich presste die Kiefer aufeinander und wagte kaum zu atmen. Malachi entfernte sich kichernd. Vermutlich ging er hinunter zum Fluss, um seinen Trinkschlauch aufzufüllen. Der Schattenkrieger ließ das Zeltbündel so plötzlich los, dass ich unter dem Gewicht beinahe in die Knie ging. Dann wandte er sich ab und verschwand ebenfalls im Wald.

Eine Weile stand ich nur verwirrt da und versuchte zu ergründen, was gerade zwischen Arcane und mir geschehen war. Ich atmete den Geruch der nassen Erde ein und spürte die kühlen Regentropfen, die sich auf meine glühenden Wangen legten. Dann machte ich mich daran, mein Zelt aufzubauen.

• • •

Der Wind peitschte über mein Zelt hinweg. Die dunkelgrüne Plane hielt stand, aber sie bog sich bedenklich unter der Last des Regens.

Malachi, Arcane und ich hatten es gerade noch geschafft, unser Abendessen zu uns zu nehmen, bevor der Himmel seine Pforten geöffnet hatte. Der Wolkenbruch hatte unser Lagerfeuer in sich zusammenfallen lassen, bis nur noch eine schmale Säule Rauch übrig geblieben war, und wir hatten Schutz in unseren Zelten gesucht.

An Schlaf war nicht zu denken. Immer wieder wurde es hell im Zelt, wenn Blitze über den Himmel zuckten. Es folgte ohrenbetäubender Donner, danach horchte ich jedes Mal in das gleichmäßige Rauschen des Regens. Ich wartete darauf, dass ein Baum knackte und fiel oder dass ein schwerer Ast herabstürzte. Ich fragte mich, ob es Malachi und Arcane genau wie mir erging. Ob sie sich in diesem tosenden Unwetter auch verloren fühlten.

Fröstelnd zog ich meine Decke bis ans Kinn und tastete nach meinem Dolch, der an der Zeltwand neben mir lag. Gegen das Gewitter würde er nichts ausrichten können, aber falls der Schattenkrieger hier auftauchte, war ich bereit. Ich hoffte, dass Ikarus einen trockenen Unterschlupf gefunden hatte. Doch wahrscheinlich musste ich mir um den Feuervogel keine Sorgen machen. Er schlief nicht zum ersten Mal unter freiem Himmel, und auch Regen und Donner waren ihm vertraut.

Als ich jünger war, hatten Gewitter mir schreckliche Angst eingejagt. Ich war dann zu Rhiannon ins Bett geklettert. Wir hatten uns aneinandergekuschelt und die Decke über unsere Köpfe gezogen. Manchmal hatten wir die Sekunden zwischen Blitz und Donner gezählt, um festzustellen, wie weit das Gewitter noch entfernt war. Genau das versuchte ich jetzt auch. Doch als der nächste Blitz über den Himmel jagte, gefror mir das Blut in den Adern.

Dort draußen neben meinem Zelt stand jemand. Eine Gestalt, deren Schatten sich auf der Plane abzeichnete. Ich sah sie nur kurz, bevor alles wieder in vollständige Dunkelheit getaucht wurde. Zitternd lag ich da, die Hand an meinem Dolch, und wartete darauf, dass sich etwas an der Zeltplane bewegte. Doch ich hörte nur das Tropfen des Regens.

Hatte ich mir den Schatten nur eingebildet? Oder war es Arcane, der dort draußen um mein Zelt schlich? Nervös wartete ich auf den nächsten Blitz, der mir Gewissheit verschaffen würde. Mein Atem ging laut und schnell. Ich war sicher, wer auch immer sich auf der anderen Seite der Zeltplane befand, musste mich hören. Er musste wissen, wie angespannt ich war.

Und dann wurde es wieder hell. So gleißend, dass ich blinzeln musste. Ich erkannte die Gestalt, die ich wenige Sekunden zuvor gesehen hatte. Sie war keine Einbildung. Daneben bewegten sich eine zweite und eine dritte. Sie mussten näher gekommen sein. Eine leise Stimme war durch das Prasseln des Regens zu hören. Sie war mir vertraut. Ich hatte ihren gehässigen Tonfall schon einmal vernommen.

In meiner Vision.

Und was sie sagte, ließ mich stocksteif werden.

»Wir nehmen uns den jungen Lord als Ersten vor. Und wehe, einer von euch zögert. Wir machen keine Gefangenen.«

KAPITEL 11

Ich ließ mir nur kurz Zeit, um einmal tief durchzuatmen. Dann befreite ich mich von meiner Decke und kroch leise zum Zelteingang. Das Unwetter und die Dunkelheit boten mir unerwartete Deckung. Als ich das Zelt leise öffnete und nach draußen lugte, konnte ich die Gestalten schemenhaft im Mondlicht erkennen. Sie hatten sich nur wenige Schritte von meinem Zelt entfernt und standen neben ein paar Büschen, an denen der Wind zerrte.

Es waren drei Männer, alle groß und breitschultrig. Sie trugen braune Umhänge mit Kapuzen, die vom Regen durchnässt waren. Zwei von ihnen hielten Messer in den Händen, der dritte hatte ein Beil, das er mit beiden Händen umklammert hielt – und mit dem er Malachi den Schädel spalten würde, wenn ich nichts unternahm.

Arcanes Zelt war keine zwei Meter von meinem entfernt. Zum Glück stand es so, dass mein eigenes Zelt mich verdecken würde, sobald ich den Eingang erreicht hatte. Wenn es mir irgendwie gelang, die Männer abzulenken, konnte ich es unbemerkt dorthin schaffen. Ich brauchte Arcanes Hilfe. Allein würde ich es mit diesen Verbrechern nicht aufnehmen können.

Ich wartete den nächsten Donner ab, um einen schrillen Pfiff auszustoßen. Er ging in dem Lärm unter, aber mein Feuervogel würde ihn trotzdem hören. Mit angehaltenem Atem wartete ich ab, bis endlich Ikarus' Schrei gellte.

»Was war das?«, fragte einer der Männer laut.

Der mit dem Beil stieß ihm warnend den Ellbogen in die Seite.

»Still!«

Als Ikarus erneut schrie, suchten die Männer den Himmel ab. Ich wusste, dass mein Feuervogel irgendwo dort oben seine Kreise zog. Vielleicht würde er sie als Feinde erkennen und auf sie herabstoßen, aber vorerst genügte es mir, dass sie abgelenkt waren. Beim nächsten Donnergrollen kletterte ich aus meinem Zelt und schlich in geduckter Haltung zu dem von Arcane hinüber. Die Plane war verschnürt. Hektisch begann ich an den Knoten zu zerren. Die Männer konnten jeden Moment ihren Standort wechseln und mich vor dem Zelt hocken sehen. Hier draußen war ich ihnen schutzlos ausgeliefert.

»Da ist das verdammte Vieh wieder.«

»Still, habe ich gesagt!«

Die Stimmen drangen nur noch gedämpft zu mir. Meine Kleidung klebte mir nass und kalt am Körper. Ein Blitz fuhr vom Himmel und schlug krachend irgendwo ein.

Verdammt, verdammt, verdammt.

Sie würden mich finden und kurzen Prozess mit mir machen. Ich fühlte schon das Messer an meiner Kehle. Fühlte, wie es in mein Fleisch drang. Und dann fiel mir mein Dolch wieder ein. Ich hatte ihn neben mir abgelegt, um Arcanes Zeltplane zu öffnen, und in der Hast völlig vergessen.

Mit bebenden Händen gelang es mir endlich, die Schnüre zu durchtrennen, und ich kletterte ins Innere des Zeltes. Hier war es finster und stickig. Draußen hörte ich Ikarus krächzen. Näher diesmal und drohender. Einer der Männer stieß einen erschrockenen Laut aus.

Auf dem Boden konnte ich die Gestalt des Schattenkriegers umrisshaft erkennen. Er lag auf dem Rücken, ein Bein angewinkelt und die Augen geschlossen. Sein nackter muskulöser Oberkörper hob und senkte sich von regelmäßigen Atemzügen. Auf allen vieren kroch ich zu ihm und beugte mich über sein Gesicht, das im Schlaf ganz entspannt aussah – beinahe friedlich. Regentropfen fielen aus meinen Haaren auf ihn hinab und liefen über seine blasse Haut.

»Arcane?«

Meine Stimme war ein zaghaftes Flüstern, aber es verfehlte seine Wirkung nicht. Arcane schoss so schnell in die Höhe, dass ich erschrocken keuchte. Seine Hand fuhr an meinen Hals, packte mich und hielt mich mit eisernem Griff umklammert. Sein Atem kam schnell und abgehackt, während ich nach Luft rang. Unsere Blicke begegneten sich, seine nachtschwarzen Augen waren weit aufgerissen, aber er schien durch mich hindurchzusehen, als wäre er noch gar nicht wach.

»Arcane«, krächzte ich und griff verzweifelt nach seinem Handgelenk.

Meine Finger tasteten nach dem Dolch, den ich hatte fallen lassen. Ich hatte panische Angst. Das hier war nicht wie in meiner Vision. Da war kein Blut, das an meinem Hals klebte, und Arcane trug seine Handschuhe, die er sogar im Schlaf nicht abzulegen schien. Doch es fühlte sich einen Herzschlag lang so an, als stünde ich auf der Schwelle zwischen Leben und Tod.

»Lady Ezlyn.«

Endlich zeichnete sich Erkennen auf Arcanes Zügen ab. Hastig ließ er von meiner Kehle ab.

»Was macht Ihr hier? Ich hätte Euch töten können«, sagte er mit rauer Stimme.

Ich schluckte, bemüht meine Fassung wiederzuerlangen. Fast wäre ich auf den Boden gesunken. Aber ich musste mich zusammenreißen. Malachi brauchte unsere Hilfe.

»Dort draußen sind Männer. Sie wollen …«

Arcane ließ mich nicht aussprechen. Er schob mich einfach zur Seite, als wäre ich irgendein Gegenstand, der ihm den Weg versperrte, und kroch zum Zeltausgang. Von einem Moment auf den anderen war er völlig verändert. Der friedliche Schlaf war Wachsamkeit gewichen. Jeder Muskel seines Körpers schien angespannt. Ich betrachtete die Tätowierungen auf seinem Rücken. Dunkle Schwingen, die sich über seine Schulterblätter ausbreiteten, von Schatten umwölkt. Sie waren das Gegenstück zu meinem Tanwir. Das Zeichen des Angelus Mortis – des Engels, der den Tod brachte.

»Wie viele habt Ihr gesehen?«, flüsterte Arcane, ohne mich anzuschauen. Im Geiste schien er bereits seinen Angriff zu planen.

»Drei.«

»Haltet Euch im Hintergrund! Und kommt mir nicht zu nahe.«

Er streifte seine Handschuhe ab wie eine Schlange, die sich häutete. Gefährlich. Tödlich. Die Männer hatte keine Chance gegen ihn. Dann glitt er hinaus in den Regen.

• • •

Ikarus hatte seine Sache gut gemacht. Als wir das Zelt verließen, stieß er gerade auf einen der Männer herab, der schützend seine Arme hochriss. Die Krallen meines Feuervogels bohrten sich tief in seine Haut. Der Mann ließ sein Messer fallen, taumelte rückwärts und fiel in den Schlamm. Er stieß einen gurgelnden Schmerzensschrei aus. Ikarus flatterte wild mit den orangefarbenen Flügeln und krächzte, während er sich erneut auf den Mann stürzte.

»Das Mistvieh werde ich töten«, rief der Mann mit dem Beil und holte aus.

Doch noch ehe die Waffe auf Ikarus niedersausen konnte, erblickte der Angreifer Arcane und erstarrte in der Bewegung.

»Der Schattenkrieger!«

Die Furcht in seiner Stimme war unverkennbar.

Arcane bewegte sich wie ein Raubtier. Langsam und geschmeidig. Seine Schritte waren so sachte, dass sie keinen Laut auf dem Waldboden verursachten. Der Regen verfing sich in seinen dunklen Locken und perlte über seinen nackten Oberkörper, der im Mondlicht schimmerte. Er war eine angsteinflößende Erscheinung. Dunkel. Mächtig. Und auf seltsame Weise wunderschön.

Er war der Tod.

»Gebt auf seine Hände acht!«, rief der Mann mit dem Beil.

Er holte mit der Waffe aus, als wollte er sie nach uns schleudern. Aber dann schien ihm bewusst zu werden, dass er danach keine Möglichkeit zur Verteidigung mehr hätte. Er machte einen unsicheren Schritt rückwärts, weg von Arcane.

Ein weiterer Blitz zuckte über den Himmel, beleuchtete dürre Äste und Regenpfützen und tauchte den Wald in ein schauerliches Licht. Arcane hob die Hände. Schatten drangen aus seinen Fingerspitzen und tanzten um seine Unterarme, sie schmiegten sich an ihn wie die sanfte Liebkosung einer Geliebten. Ikarus ließ von dem Mann ab und stieg schreiend in den Himmel. Er hatte dem Angreifer die Kapuze vom Kopf gerissen. Darunter kam ein schmerzverzerrtes, zerkratztes Gesicht zum Vorschein, das voller Furcht war.

Ich wollte wegsehen und konnte es nicht. Eine eigenartige Faszination hatte von mir Besitz ergriffen. Ich fragte mich, ob Malachi wach war. Ob er durch den Schlitz in seiner Zeltplane spähte und sah, was ich sah. Und ob er die gleiche dunkle Faszination empfand.

Mit gebührendem Abstand schritt ich hinter Arcane her. Ich fühlte seine Macht wie einen unsichtbaren Schutzschild vor mir. Der Dolch in meiner Hand war plötzlich mehr als nur eine Klinge. Er war die Verlängerung meines Arms. Er war tödlich – genau wie ich.

Der Mann mit dem Beil umklammerte seine Waffe mit bebenden Händen. Sein Blick huschte zwischen Malachis Zelt und dem Schattenkrieger hin und her. Hoffte er wirklich noch darauf, den jungen Lord töten zu können?

Arcane war stehen geblieben, er hielt seine Hände noch immer ausgestreckt. Vielleicht wollte er den Männern die Chance geben zu verschwinden. *Niemand sollte Spaß am Töten haben*, hallten seine Worte in meinem Kopf. Aber ein kleiner Teil von mir hoffte darauf, dass die Männer nicht flohen. In meiner Vision hatte ich gesehen, was der Mann mit dem Beil Malachi antun wollte. Es war grausam und brutal gewesen. Ich wollte, dass er dafür mit seinem Leben bezahlte. Ich wollte sehen, wie die Schatten ihn verschlangen.

»Glaubst du, wir haben Angst vor dir, Schattenkrieger?«, rief der Mann mit dem Messer, den Ikarus verschont hatte. Er schob seine Kapuze aus dem Gesicht. »Wir wissen, wer du bist. Und wir fürchten uns nicht.«

Der Regen benetzte sein schmales Gesicht und verwischte die roten Linien, die sich über sein linkes Auge zogen. Aus seinem braunen Pferdeschwanz hatten sich ein paar Strähnen gelöst, die nun wild in alle Richtungen abstanden.

Arcane antwortete nicht. Er stand nur da und wartete, dass die Rebellen vor ihm zurückwichen. Ich fuhr mit der Spitze meines Dolches über die Rinde eines Baumes – eine stumme Drohung.

Und dann passierte alles gleichzeitig. Der Mann mit dem Beil stieß zwischen den Fingern einen lauten Pfiff aus. Im Gebüsch bewegte sich etwas und im selben Moment, in dem Malachi die Plane seines Zeltes zurückschlug und den Kopf nach draußen streckte, legte sich von hinten eine Hand auf meinen Mund. Sie erstickte meinen überraschten Schrei. Jemand presste mich an seinen Körper. Ich roch Schweiß und den säuerlichen Geruch von Alkohol.

»Ganz ruhig, Mädchen. Wenn du dich nicht bewegst und tust, was ich dir sage, wirst du das vielleicht überleben.«

Ich zählte fünf weitere Männer, die hinter Bäumen und Büschen hervortraten. Sie waren flink und wirkten organisiert. Langsam begannen sie Arcane wie ein wildes Tier zu umkreisen, das es einzufangen galt. Sie trugen Messer und Armbrüste bei sich, achteten aber genau darauf, genügend Abstand zu dem Schattenkrieger zu halten.

Malachi reagierte schnell. Er stürzte aus seinem Zelt und rannte los. Der Mann mit dem Beil und der mit dem Pferdeschwanz nahmen die Verfolgung auf. Die Nacht verschluckte sie wie ein großes dunkles Maul.

Der Pfeil einer Armbrust schoss auf Arcane zu. Er fing ihn mit einer Hand und brach ihn entzwei. Als Nächstes kam ein Messer geflogen. Im Mondlicht konnte ich die Klinge blitzen sehen. Erst dachte ich, sie hätte ihr Ziel getroffen, doch der Schattenkrieger blieb unverletzt. Nur Sekunden später traf ihn ein Pfeil an der linken Schulter, genau in dem Moment, als ich meinem Angreifer in die Hand biss.

»Du Miststück.«

Schreiend und fluchend ließ der Mann mich los. Ich fuhr zu ihm herum und riss die Klinge meines Dolches hoch. Sie schlitzte seinen Bauch auf. Blut quoll aus der Wunde und er ging in die Knie. Alles ging unglaublich schnell. In einem Moment hatte ich mich nur zur Wehr setzen wollen, hatte gehofft, meinem Angreifer zu entkommen. Im anderen sackte er röchelnd auf dem Waldboden zusammen.

Ich wich zurück und spuckte aus, um den Geschmack des Blutes auf meinen Lippen loszuwerden.

»Kümmere dich um sie!«, schrie einer der Rebellen.

Gegen einen zweiten Angreifer war ich nicht gewappnet. Ich spürte, wie meine Beine weich wurden, und meine Arme fühlten sich plötzlich schwer an. Doch ich würde keine Verschnaufpause bekommen. Ich hörte, dass Arcane nur wenige Meter von mir entfernt verbissen kämpfte. Gegen so viele Männer schien sogar der Schattenkrieger machtlos.

Ein finster dreinblickender Typ mit Glatze und aufgeplatzter Lippe löste sich aus dem Kreis, den sie um Arcane gebildet hatten, und stapfte auf mich zu. Er wollte nach mir greifen, aber ich tauchte unter seinem Arm hindurch und rollte mich auf dem Boden ab. Als ich wieder auf die Füße kam, war meine Kleidung nass und voller Schlamm. Der Glatzkopf machte einen Schritt nach vorn und stach mit dem Messer nach mir. Ich wich ihm aus und hob meinen Dolch. Meine Bewegungen waren unkontrolliert und kraftlos. Es gelang mir, sein Armgelenk zu streifen, doch er bekam mich am Oberarm zu fassen und stürzte sich auf mich.

Wir gingen beide zu Boden. Als sein schwerer Körper auf

mich fiel, wurde alle Luft aus meinen Lungen gepresst. Mir wurde schwarz vor Augen. Ich stemmte mich mit all meiner Kraft gegen ihn und zog an meinem Dolch, der unter meinem Körper eingeklemmt war. Ich merkte, wie mir die Klinge ins eigene Fleisch schnitt, spürte das Blut warm und klebrig an meinem Oberschenkel, aber ich zog und zerrte weiter. Meine Kräfte ließen allmählich nach, doch ich kämpfte tapfer. Tränen traten mir in die Augen.

»Du bist tot«, raunte mir der Glatzkopf ins Ohr. Immer und immer wieder. »Du bist tot.«

Er packte mich am Hals und drückte mir die Luft ab. Mit meinem letzten Atemzug versuchte ich nach Ikarus zu rufen. Er würde mir helfen. Er würde kommen und diesem Kampf ein Ende setzen.

Meine Lungen brannten und ich merkte, wie mir die Sinne schwanden. Meine Finger krallten sich in den Waldboden. Vergebens versuchte ich irgendwo in dieser Welt Halt zu finden. Ich würde sterben. Nicht durch Arcanes Hand, sondern durch die eines Rebellen. Wie hatte ich mich nur so täuschen können? Wie hatte ich …?

Plötzlich wurde alles schwarz um mich herum.

Ich hatte das Gefühl, in ein bodenloses Loch zu fallen. Eiseskälte kroch über meine Haut. Das Gewicht, das mich eben noch zu Boden gedrückt hatte, verschwand. Die Hände um meinen Hals schienen sich in nichts aufzulösen. Ich rang nach Luft.

Und atmete. Atmete. Atmete.

Noch nie hatte sich etwas so schmerzhaft und befreiend zugleich angefühlt. Dann wich die Finsternis zurück und ich blinzelte benommen. Meine Augen brannten und tränten. Meine Sicht war verschwommen. Etwas rieselte auf mich herab – kleine schwarzgraue Fetzen. Ich begriff, dass es Asche war. Die Asche des Mannes, der eben noch über mir gekniet hatte, seine Finger um meine Kehle.

Über mir stand Arcane, die Hand ausgestreckt. Schatten schlängelten sich um seinen Arm. Seine Schultern hoben und senkten sich mit jedem erschöpften Atemzug. Aus seiner Schulter ragte ein abgebrochener Pfeil. Blut rann aus der Wunde. Er stand aufrecht da, aber so, wie er aussah, würde er es nicht mehr lange durchhalten.

Der Schattenkrieger hatte mich gerettet.

KAPITEL 12

»Ihr seid tatsächlich eine Kämpferin«, sagte Arcane.

Ich schnaubte erschöpft, ohne den Blick von seinen Händen abzuwenden. Die Dunkelheit, die ihn umgab, schäumte und brodelte.

»Der Kerl hätte mich umgebracht, wenn Ihr nicht gewesen wärt«, erwiderte ich schwach.

Meine Stimme klang heiser und fremd und ich fühlte mich immer noch ganz benommen. Er hatte mich gerettet. Ich konnte es kaum fassen. Der Mann, der mich eines Tages töten würde, hatte mir das Leben gerettet.

»Ich habe nicht behauptet, dass Ihr eine gute Kämpferin seid«, sagte Arcane und schmunzelte. Doch dann schien der Schmerz ihn zu überwältigen und er verzog gequält das Gesicht. Seine Hand fuhr an seine Schulter.

»Verdammt, tut das weh.«

»Sollte ein Mann wie Ihr das nicht verkraften?«

Vorsichtig setzte ich mich auf. Die Bäume um mich herum schienen sich zu drehen und ich hielt mir den Kopf. Mein Schädel brummte. Aber wenigstens hatte das Gewitter aufgehört und der Regen ließ langsam nach.

»Ein Mann wie ich? Sehe ich etwa aus, als wäre ich aus Stahl?«

Arcane betastete vorsichtig seine Wunde. Es sah nicht aus, als würde der Pfeil tief stecken.

»Ich vergaß«, sagte ich zynisch. »Normalerweise lasst Ihr Eure Gegner nicht lange genug am Leben, dass sie Euch Wunden zufügen könnten.«

Ächzend kam ich auf die Beine. Mir tat alles weh. Meine Muskeln hatten sich während des Kampfes so sehr verkrampft, dass ich mich fühlte, als wäre ich kilometerweit gerannt. Mein Hals war trocken und rau, die Wunde an meinem Oberschenkel schmerzte.

Arcane wandte sich von mir ab. Ich hatte ihn offenbar beleidigt. Dabei hatte ich nur die Wahrheit gesagt. Was er mit meinem Angreifer gemacht hatte … Es war alles so furchtbar schnell gegangen. In einem Moment war er da und im nächsten fort, als hätte er nie existiert. Arcane hatte den Mann ausgelöscht.

Ist es jetzt endlich vorbei?, wollte ich ihn fragen. Doch bevor ich den Mund öffnen konnte, ließ uns ein zorniger Schrei herumfahren. Er durchschnitt die Luft wie eine scharfe Klinge. Kampfgeräusche hallten durch den Wald.

»Malachi!«

Wie hatte ich ihn auch nur eine Sekunde lang vergessen können? Schuldgefühle übermannten mich, während ich hinter Arcane durch den Wald rannte. Ich sah, wie sich die Muskeln unter seiner dunklen Tätowierung bewegten, sah seine Kraft und Stärke, aber auch Zeichen von Ermüdung. Wir waren beide angeschlagen. Mir war schwindelig und der Schattenkrieger wurde zwischendurch immer wieder langsamer und hielt sich die verletzte Schulter. Als ich über eine Baumwurzel stolperte, wäre ich fast gefallen, doch ich fing mich im letzten Augenblick.

Wir folgten den Kampfgeräuschen und plötzlich war es, als würde mich meine Vision einholen. Der feuchte Waldboden unter unseren Füßen. Baumkronen, durch die das silberne Mondlicht leuchtete. Lange knorrige Äste und die Blätter des Silbernen Dornblättlers, an denen winzige Regentropfen hingen.

Ich betete, dass wir noch rechtzeitig kamen. Dass sich der letzte Teil meiner Vision nicht erfüllen würde und wir Malachi nicht mit durchtrennter Kehle vorfanden.

»Dort«, flüsterte Arcane und nickte zu einem ausladenden Eichenbaum, unter dem der junge Lord stand.

Der Schattenkrieger hatte so ruckartig angehalten, dass ich beinahe gegen ihn geprallt wäre. Wir standen im Schutz einiger Büsche und sahen auf die Szene vor uns, die so unwirklich wie ein Theaterstück auf mich wirkte. Malachi hielt sein Kurzschwert mit beiden Händen umklammert, schaute wachsam zwischen dem Mann mit dem Pferdeschwanz und dem anderen mit dem Beil hin und her. Offenbar war er unverletzt bis auf ein paar Kratzer, die er sich bei seiner Flucht durch das Unterholz zugezogen hatte. Panik und Wut flackerten über seine Gesichtszüge.

»Gebt mir Deckung!«, befahl Arcane leise.

Ich hob meinen Dolch, umklammerte den Griff so fest, dass meine Knöchel weiß hervortraten, und blickte mich um. Noch einmal würde ich mich nicht von den Rebellen überraschen lassen. Auch Arcane schien den Männern keine weitere Fluchtmöglichkeit geben zu wollen. Er trat mit langen, schnellen Schritten auf sie zu.

Der Mann mit dem Pferdeschwanz hatte keine Chance. Die

Schatten griffen nach ihm, ehe er auch nur sein Messer heben oder einen Laut von sich geben konnte. Ich sah dabei zu, wie sein Körper sich langsam auflöste. Wie er zu Asche wurde, die im Wind davontrieb. Es war faszinierend und schrecklich zugleich.

Malachi wich zurück, bis der Baum in seinem Rücken ihm den Weg versperrte. Alle Kraft schien aus seinen Gliedern gewichen zu sein. Aber es war noch nicht vorbei. Ich sah, wie der zweite Mann mit seinem Beil ausholte und auf Arcane zielte, und reagierte instinktiv. Mit drei Schritten war ich bei ihm und stach zu. Doch mein Dolch schnitt nur durch die Luft, dort, wo der Mann eben noch gestanden hatte. Arcanes Schatten hatten ihn ebenfalls vernichtet.

Der Schattenkrieger nickte mir zu. Ich glaubte, grimmige Dankbarkeit in seinem Blick zu erkennen. Doch ich wandte mich schnell von ihm ab. Es gefiel mir nicht, dass wir Seite an Seite standen. Dass wir uns gegenseitig das Leben gerettet hatten, obwohl mir die Vision von meinem Tod eine ganz andere Geschichte erzählte. Gleichzeitig wurde mir bewusst, dass Arcane acht Männer getötet hatte, ohne größere Verletzungen davonzutragen. Wie sollte ich es jemals mit ihm aufnehmen?

»Ihr habt Euch Zeit gelassen«, keuchte Malachi, der sich erschöpft die Seite hielt. Er warf sein Schwert achtlos auf den Waldboden, wo es in der Asche seines Angreifers liegen blieb. Der junge Lord wirkte verstimmt. Vielleicht war es auch Furcht, die sich hinter seinem Vorwurf verbarg. Um ein Haar wären Arcane und ich zu spät gekommen.

»Ihr habt es überlebt«, erwiderte der Schattenkrieger müde, ehe er Malachi und mich stehen ließ und zum Lager zurückging.

• • •

»Ich danke Euch«, sagte ich.

»Wofür?« Arcane hatte ein Feuer entzündet. Mir war es schleierhaft, wo er trotz des Wolkenbruchs trockenes Holz aufgetrieben hatte, aber nun saß er vor den knisternden Scheiten und stierte in die Flammen.

»Ihr habt mein Leben gerettet.«

Anstatt zu antworten, beugte er sich vor und warf einen dicken Ast in die Glut. Aber die Bewegung war zu heftig gewesen. Er zog vor Schmerz scharf die Luft ein. Seine Hände ballten sich zu Fäusten.

»Ist es Eure Schulter? Soll ich einen Blick darauf werfen?«, fragte ich.

»Ihr schuldet mir nichts.«

»Seid nicht albern. Ihr habt den Pfeil herausgezogen, aber Ihr könnt die Wunde nicht selbst versorgen. Vielleicht muss sie genäht werden.«

Die Verletzung an meinem Oberschenkel war zum Glück nicht tief. Ich hatte mir nicht einmal die Mühe gemacht, sie zu verbinden, nachdem ich meine regennasse Reithose ausgezogen hatte und in eine andere geschlüpft war.

»Und Ihr wisst, wie das geht?« Er runzelte so misstrauisch die Stirn, dass ich schmunzeln musste.

»Die Ordensschwester war nicht immer zufrieden mit meinen Handarbeitskünsten«, gab ich zu, »aber für Eure Schulter sollte es reichen.«

Ein Lächeln huschte über sein Gesicht. Es ließ ihn beinahe freundlich wirken und ich fragte mich unwillkürlich, wie er wohl aussah, wenn er richtig lachte. Sein Blick verweilte einen Moment auf meinen Sommersprossen, und meine Wangen glühten, obwohl der Feuerschein ganz bestimmt nicht dafür verantwortlich war.

Schließlich nickte Arcane. »Na schön. Ich lege mein Leben in Eure Hände.«

Er zog sich das Hemd über den Kopf, und das Licht der Flammen färbte seine Haut golden. Ich wurde verlegen beim Anblick seines nackten durchtrainierten Oberkörpers. Mit einem Mal wünschte ich, ich wäre nicht allein mit dem Schattenkrieger. Malachi hatte sich ohne ein weiteres Wort in sein Zelt verzogen. Er war keine drei Meter von uns entfernt, aber vielleicht schlief er schon.

»Nun? Wollt Ihr Euch meine Wunde anschauen oder wollt Ihr mich nur anstarren?«, fragte Arcane unwirsch.

Mit fahrigen Bewegungen machte ich mich daran, seinen provisorischen Verband zu lösen. Das Blut hatte den Stoff durchtränkt. Seine Haut brannte unter meinen Fingerkuppen. Als ich den Verband endlich abgenommen hatte, atmete ich tief durch. Die Wunde war tiefer als erwartet. Ein Holzsplitter steckte noch darin.

»Das sieht nicht gut aus«, stellte ich fest.

Arcane zuckte die Schultern.

»Eine Narbe mehr oder weniger spielt keine Rolle. Ich werde nicht daran sterben.«

»Nein, das überlasst Ihr anderen.«

Ich hatte es unbedacht vor mich hin gemurmelt, aber ich konnte spüren, wie sich bei meinen Worten alles in ihm verkrampfte.

»Ihr mögt mich für ein Ungeheuer halten, Lady Ezlyn. Doch Ihr seid keinen Deut besser. Ihr richtet über Leben und Tod genau wie ich. Und Ihr tötet genau wie ich.«

Der wütende Blick aus seinen nachtschwarzen Augen

durchbohrte mich förmlich. Ich trat einen Schritt zurück, um etwas Abstand zwischen uns zu schaffen. Zweige knackten unter meinen Stiefelsohlen.

»Das ist nicht wahr. Ich rette Leben«, stammelte ich.

Wie konnte er es wagen, meine Gabe mit seiner zu vergleichen? Ich war von den Göttern beschenkt worden, während seine dunklen Kräfte nur aus der Hölle stammen konnten.

Arcane stieß ein zischendes Lachen aus. Dann schüttelte er den Kopf. »Seid Ihr wirklich so unwissend oder einfach naiv? Ihr rettet keine Leben, Ihr trickst den Tod nur aus. Und das auf Kosten derer, die sich nicht selbst beschützen können. Was glaubt Ihr, warum uns diese Männer angegriffen haben? Aus Wut und Verzweiflung. Weil Ihre Angehörigen und Freunde sterben und weil sie nicht wissen, wie sie es verhindern können.«

Unwissend. Naiv. Das waren Worte, mit denen ich definitiv nicht bedacht werden wollte. Mein Stolz regte sich. Obwohl nichts von dem, was er sagte, für mich einen Sinn ergab, streckte ich ihm kämpferisch mein Kinn entgegen.

»Diese Männer töten, um an Geld zu gelangen«, wiederholte ich Malachis Worte. »Sie glauben, für soziale Gerechtigkeit einzutreten, indem sie den Reichen ihr Hab und Gut nehmen und es unter den Armen aufteilen. Dabei sind sie nur gewöhnliche Räuber.«

»Ihr seid ein verwöhntes Kind, das alles glaubt, was ihm ein hübscher, reicher Lord erzählt«, sagte Arcane bitter.

Er schüttelte enttäuscht den Kopf, was mir den Wind aus den Segeln nahm. Tatsächlich hatte ich Malachis Worte nie hinterfragt. Warum auch? Die Rebellen hatten mich nun schon zum zweiten Mal angegriffen. Sie wollten mich sicher entführen und töten, um Lord Caius Schaden zuzufügen.

»Ihr kennt mich nicht gut genug, um so über mich zu urteilen«, erwiderte ich und verschränkte die Arme vor der Brust. Trotz des Feuers war mir plötzlich kalt geworden.

Arcane beobachtete mich aufmerksam, als überlegte er, ob es sich lohnte, diese Unterhaltung fortzuführen.

»Ihr kennt mich ebenso wenig. Und die Männer, die uns überfallen haben, auch nicht. Trotzdem habt Ihr Euch ein Urteil gebildet. Vergebt mir also, wenn Eure Worte bei mir auf taube Ohren stoßen.«

»Im Gegensatz zu Euch und diesen Männern habe ich nie jemandem etwas getan«, erwiderte ich.

Doch dann musste ich an den Rebellen denken, den ich vor Kurzem getötet hatte, und mir drehte sich der Magen um. *Das war Notwehr,* versuchte ich mir einzureden. Aber ich spürte sein Blut noch immer an meinen Händen, obwohl ich es längst fortgewaschen hatte.

»Wenn Ihr das wirklich glaubt, kennt Ihr Euch selbst nicht«, murmelte Arcane und ich glaubte so etwas wie Mitleid in seinem Tonfall zu hören. »Ihr seid verantwortlich für großes Leid.«

»Klärt mich auf – wie ist das zu verstehen?«

Ich wollte gleichgültig klingen, aber meine Stimme zitterte. Was, wenn es wirklich etwas gab, wovon die Schwestern im Orden mir nichts erzählt hatten? Ich hatte den geschützten Raum des Tempels nie verlassen. Was wusste ich über die Welt da draußen? Ich wusste ja nicht einmal etwas über die Armen, die Lord Caius' Höflinge so abschätzig betrachteten.

Arcane stand vom Feuer auf, trat dicht vor mich und sah auf mich herab. Ich starrte auf seine nackte Brust. Er war so nah, dass ich seine Wärme spürte und seinen Duft nach Fichtennadeln und Regen einatmete.

»Ihr kennt sicher die Geschichte von Eira und den drei Göttern.«

Es war keine Frage, aber ich nickte dennoch.

»Dann wisst Ihr auch, dass der Tod niemals verschont. Er sucht sich ein neues Opfer, das denjenigen ersetzt, der eigentlich sterben sollte. Eira war dem Tod immer einen Schritt voraus. Aber Eure Macht endet an den Grenzen von Lord Caius' Hof, Lady Ezlyn. Habt Ihr Euch nie gefragt, was jenseits dieser Mauern geschieht?«

Ich musste an die alte Händlerin auf dem Markt denken. Sie wollte mir einen Weidenkorb geben, im Austausch für eine Vision. Ich hatte ihn abgelehnt und die Frau ihrem eigenen Schicksal überlassen. Mir wurde ganz schlecht bei dem Gedanken daran.

»Was glaubt Ihr, wie viele Goldmünzen Lord Caius für Euch bezahlt hat? Zehn? Fünfzehn?«, fuhr Arcane bitter fort. »Denkt Ihr, irgendein einfacher Landarbeiter besitzt so viel Geld? Die Armen können sich nicht schützen, wie die reichen Lords es tun. Deswegen holt sie sich der Tod zuerst.«

Er war immer lauter geworden und ich warf einen beunruhigten Blick auf Malachis Zelt. Solche Worte in den falschen Ohren konnten schlimme Folgen haben.

»Ihr solltet Euch beruhigen«, flüsterte ich.

Der Schattenkrieger musterte mich von Kopf bis Fuß, als versuchte er abzuschätzen, ob er mir trauen konnte.

»Nein, Lady Ezlyn«, murmelte er schließlich. »Ihr solltet endlich Eure Augen öffnen.«

KAPITEL 13

Als ich am nächsten Tag aus dem Zelt trat und in den stillen Morgen blinzelte, erinnerte nichts an die blutige Nacht. Die Toten waren zu Asche zerfallen und die Sonne war bereits dabei, die letzten Spuren des Regens zu beseitigen. Ikarus saß auf einem Ast und blickte aus wachsamen Augen auf mich herab.

Alles sah aus wie am Tag zuvor und doch hatte sich so viel verändert. Mein Mörder war zum Retter geworden. Und meine Gabe, die ich all die Jahre für ein Instrument der Barmherzigkeit gehalten hatte, erschien mir plötzlich nur noch wie ein Werkzeug des Todes. Wie konnte ich weiterhin die Hände der Adligen halten in dem Wissen, dass jedes gerettete Leben ein anderes kosten würde?

Am liebsten hätte ich meine Augen vor dieser Erkenntnis verschlossen. Natürlich zweifelte ich an Arcanes Worten. Vielleicht wollte er mich nur verunsichern. Aber je länger ich darüber nachdachte, desto überzeugender kam es mir vor. Die Wahrheit war sogar im Buch des Lebens festgehalten. Nur hatte ich seine Worte nie für bare Münze genommen: *Der erste Gott gab Eira das Versprechen, ein Menschenleben zu verschonen, wenn ein anderes dafür geopfert würde.*

Ich opferte die Armen zugunsten der Reichen. Und jetzt verstand ich auch Lord Caius' Äußerung beim Bankett. Er hatte gesagt, das Problem mit der armen Bevölkerungsschicht würde sich auf Dauer von selbst lösen.

Dank mir.

Die Erinnerung daran hinterließ einen sauren Geschmack in meinem Mund.

»Was für eine furchtbare Nacht.« Malachi kletterte gähnend aus seinem Zelt. Seine blonden Haare waren zerzaust und seine Augen klein vom Schlaf. Als er mich sah, grinste er. »Wir sollten es Arcane zum Vorwurf machen. Anstatt über unser Lager zu wachen und uns vor diesen Wilden zu beschützen, hat er tief und fest geschlafen.«

»Wir sollten aufbrechen.«

Malachi runzelte, irritiert über meinen kühlen Ton, die Stirn. Aber mir war nicht danach, über den Schattenkrieger herzuziehen. Überhaupt kam es mir plötzlich so vor, als würden Welten zwischen Malachi und mir liegen. Er hatte die Rebellen als nichtsnutzige Bastarde bezeichnet, die den Reichen ihr Geld abnahmen, anstatt dafür zu arbeiten. Dabei kannte er ihre wahren Beweggründe sicherlich und verschwieg sie mir.

Der junge Lord musterte mich überrascht, doch dann zuckte er nur die Schultern.

»Gut«, sagte er. »Wo ist der todbringende Griesgram?«

Wie auf Befehl trat Arcane zwischen den Bäumen hervor. Er hatte unsere Trinkschläuche am Fluss aufgefüllt. Ohne Malachi oder mich eines Blickes zu würdigen, warf er sie auf den Boden und begann sein Zelt abzubauen. Ich schloss mich ihm an und suchte mein Hab und Gut zusammen. Das war weitaus einfacher, als mich mit Malachi oder Arcane zu unterhalten.

Ich hatte nicht das Gefühl, einem Gespräch mit ihnen im Augenblick gewachsen zu sein.

»Ezlyn?«

Ich wandte mich zu Malachi um, der über den verkohlten Holzscheiten des Lagerfeuers stand und sie mit dem Stiefel anstieß. Sein Zelt lag als Bündel neben ihm auf dem Boden.

»Ja?«

»Ihr solltet mir noch einmal die Zukunft lesen. Nur um sicherzugehen, dass uns keine weiteren bösen Überraschungen erwarten.«

Ich strich meine Hände, die mit Staub und Erde bedeckt waren, an den Hosenbeinen ab und ging zu ihm hinüber. Mir war elend bei dem Gedanken, schon wieder jemandem die Zukunft lesen zu müssen. Wer war gestorben, damit Malachi leben konnte? Hatte der Tod sich mit einem der Rebellen zufriedengegeben, die Arcane getötet hatte? In diesem Fall hielten sich meine Schuldgefühle in Grenzen.

Malachi zog an den Fingern seiner Lederhandschuhe, um sie abzustreifen, während er mich lächelnd und mit schief gelegtem Kopf musterte.

»Ist es Euch unangenehm?«

»Was denn?«

»Meine Hände zu halten.«

Er griff nach meinen Fingern und strich mit dem Daumen über meinen Handrücken. Ein sanftes Schaudern ergriff mich. Einerseits wollte ich von ihm abrücken und ihm deutlich machen, dass er solche Annäherungen unterlassen sollte. Auf der anderen Seite spürte ich trotz meiner Wut über die Dinge, die er mir verschwiegen hatte, das Verlangen, ihm näherzukommen. Warum war da immer noch diese Anziehungskraft in seiner Nähe?

»Eure Haut ist ganz weich«, stellte Malachi fest. Ein verzückter Ausdruck huschte über seine Lippen.

»Ich sollte mich auf meine Vision konzentrieren«, murmelte ich und schloss meine Augen.

Arcane beobachtete uns. Ich spürte es förmlich, während ich Malachis Hand hielt und die Bilder willkommen hieß, die auf mich einstürmten.

»Ich wusste immer, dass Ihr es sein würdet.«

Es sind seine letzten Worte, bevor sich die Klinge in seinen Rücken bohrt. Es geht ganz schnell. Er sinkt gegen den Angreifer, der hinter ihm steht, fällt, während dieser zurückweicht und durch die geöffnete Tür verschwindet. Er hört seine Schritte, die sich eilig auf dem Steinboden entfernen.

Sein Geist trennt sich von seinem Körper. Er kann es spüren. Es fühlt sich an, als würden Fäden gelöst werden, die sein Ich zusammenhielten. Etwas zieht ihn nach unten und trägt ihn zugleich gen Himmel. Er sieht auf sich selbst hinab, auf das grimmige Lächeln in seinem Gesicht.

Licht wird zu Dunkelheit, Dunkelheit zu Licht.

Es ist das Ende und der Anfang.

Malachi hatte älter ausgesehen als jetzt. Nicht wesentlich, aber irgendetwas an seinem Gesicht war anders gewesen. Es hatte härter gewirkt. Kälter.

Diesmal hatte ich seinen Angreifer nicht sehen können. Aber offenbar kannte er ihn. *Ich wusste immer, dass Ihr es sein würdet.*

»Und? Was habt Ihr gesehen? Sind wir in Sicherheit?«, fragte Malachi unruhig.

»Vorerst.«

Etwas in mir sträubte sich dagegen, dem jungen Lord von meiner Vision zu erzählen. Ich konnte nicht benennen, was es war. Als er mich fragend anschaute, wich ich seinem Blick aus und ging zu den Pferden, um sie für die Weiterreise vorzubereiten.

• • •

Wir erreichten Lord Alistairs Hof, kurz bevor die Sonne den Horizont streifte. Das Schloss war noch größer, als ich es mir vorgestellt hatte. Es thronte auf einer Klippe über dem Meer. Wellen peitschten so hoch, dass sie beinahe die grauen Burgmauern berührten. Möwen kreisten über dem runden Turm, auf dem eine grün-weiße Flagge mit dem Bild eines Löwenkopfes flatterte. Der Wind zog an meinen geflochtenen Haaren und ich schmeckte das Salz des Meeres auf meinen Lippen.

»Da wären wir«, sagte Malachi.

Der junge Lord wirkte ein wenig nervös. Er saß stocksteif auf seinem Pferd. Arcane und ich hatten uns etwas zurückfallen lassen. An diesem Abend waren wir nicht viel mehr als Schatten des jungen Lords. Bedienstete, die sich im Hintergrund hielten.

Wir mussten unsere Waffen am Schlosstor abgeben. Arcane wurde von den Wachen mit misstrauischen Blicken bedacht. Ich war sicher, sie hätten ihn am liebsten wieder fortgeschickt. Er war tödlicher als jedes Schwert, jeder Dolch und jede Armbrust. Und dennoch verlangte es die Höflichkeit, dass Malachis Lakai eingelassen wurde.

Während der junge Lord den Hof überquerte, um den Gastgeber zu begrüßen, saßen Arcane und ich von unseren Pferden ab. Zwei Diener begleiteten uns zu den Ställen, wo die Tiere gefüttert und gestriegelt wurden. Wie es schien, mussten noch andere Pferde versorgt werden. Stallknechte eilten mit Sätteln und Zaumzeug umher und rieben verschwitzte Pferderücken trocken. In dem Trubel beachtete man Arcane und mich kaum, nur wenn wir im Weg standen.

Der Schattenkrieger schien nicht zum ersten Mal am Hof von Lord Alistair zu sein. Nachdem unsere Pferde einen Platz gefunden hatten, nahm er einen der Stallknechte beiseite.

»Ist Cress in den Küchen?«, fragte er ihn.

Bevor der Bursche antworten konnte, stürzte ein rotblonder Wirbelwind in blauer Dienstmädchentracht auf Arcane zu und fiel ihm um den Hals.

»Ist sie nicht. Sie hat den ganzen Tag auf dem Hof herumgelungert und auf ihren großen Bruder gewartet.« Die junge Frau grinste. »Wie schön, dass du endlich da bist!«

Arcane schloss sie fest in die Arme. Cress war nur wenig jünger als er, groß und schlank, und wohl kaum jemand hätte vermutet, dass die beiden Geschwister waren. Arcane wirkte dunkel und grimmig, Cress dagegen strahlend und voller Lebensfreude.

»Es tut so gut, dich endlich wiederzusehen. Wie geht es dir?«, sagte sie. »Du musst mir unbedingt erzählen, wie es dir ergangen ist. Lässt Lord Caius dich immer noch Rebellen töten? Und dieser Malachi …«

Arcane löste sich von seiner Schwester und warf ihr einen warnenden Blick zu, während er sich räusperte. Sie verstummte sofort.

»Cressida, das ist Lady Ezlyn Davarin, die neue Todesseherin von Lord Caius. Lady Ezlyn, meine Schwester, Cressida Arcane.«

Ich nickte Cress zu und wollte ihr gerade die Hand zur Begrüßung reichen, als sie mich auch schon ebenso herzlich in die Arme schloss wie ihren Bruder.

»Wie schön, Euch kennenzulernen. Ich hoffe, mein Bruder hat sich auf der Reise hierher anständig benommen. Er neigt dazu, den großen bösen Wolf zu spielen.«

Sie verzog das Gesicht zu einer düsteren Miene, die Arcanes in der Tat nicht unähnlich sah. Dann brach sie in Gelächter aus. Ich musste mir auf die Lippe beißen, um nicht einzustimmen.

»Cress!« Arcane verschränkte die Arme vor der Brust und funkelte seine Schwester wütend an. Sein Tonfall war drohend.

»Seht Ihr? Genau das meine ich«, sagte sie und hakte sich bei mir unter. »Kommt, wir machen es uns in der Küche gemütlich. Bestimmt können wir ein paar Köstlichkeiten von den Servierplatten für die Lords stibitzen. Und Ihr müsst mir alles über Euch erzählen, Lady Ezlyn. Ihr habt bestimmt eine aufregende Zeit hinter Euch, wenn Ihr erst vor Kurzem an Lord Caius' Hof gekommen seid.«

Bevor ich wusste, wie mir geschah, zog Cress den Schattenkrieger und mich aus den Stallungen hinaus auf den gepflasterten Hof. Ich sah Ikarus, der es sich auf einer hohen Mauer bequem gemacht hatte und sein orangefarbenes Gefieder putzte. Er würde während meines Aufenthalts im Schloss hier draußen bleiben.

Wir senkten die Köpfe, als eine Reihe vornehmer Herren auf braunen Pferden durch das Schlosstor ritt. Sie schenkten uns keine Beachtung und wir eilten durch einen Kräutergarten zu einer Steintreppe seitlich des Schlosses, die zu den Küchen hinunterführte. Schon von Weitem stieg mir der Geruch von gebratenem Fleisch und frischem Brot in die Nase. Mein Magen knurrte, ich hatte seit Stunden nichts mehr gegessen.

Cress führte uns durch einen langen Kellerraum, der fast zur Gänze von einem riesigen Holztisch ausgefüllt war. Der Tisch bog sich unter der Last von Servierplatten und Schalen voller Obst und Käse, Brot, Geflügel und Fleisch sowie diverser Soßen. An den Wänden hingen Kochtöpfe, Kräuter und geräucherte Würste. Von einer großen Feuerstelle am Ende des Raumes ging eine wohlige Wärme aus. Ein Kessel Suppe kochte über den glühenden Kohlen.

»Cressida, da bist du ja! Du sollst mir zur Hand gehen und nicht jedes Mal verschwinden, wenn es Arbeit gibt.«

Eine gedrungene Frau mit weißer Haube wischte sich die mehligen Hände an ihrer Schürze ab und stemmte sie in die Hüfte. Ihr Kopf war rot von der schweißtreibenden Arbeit und der dampfenden Hitze, die in der Küche herrschte.

»Tut mir leid, ich kann jetzt nicht«, sagte Cress, und bevor die Frau etwas erwidern konnte, war sie schon durch die Tür am anderen Ende der Küche verschwunden. Arcane und ich folgten ihr. Ich fühlte mich plötzlich an meine Zeit im Tempel erinnert. An die Tage, als Rhiannon und ich vor unseren Pflichten geflohen waren, während Schwester Caterina lauthals hinter uns herschimpfte.

»Du bist unmöglich«, murrte Arcane, als Cress endlich stehen blieb.

Wir befanden uns in einem Raum, der offenbar als Frühstückszimmer diente. Die Holzvertäfelungen an den Wänden waren kunstvoll verziert und an einigen Stellen sogar vergoldet. Lord Alistair schien seinen Reichtum gern in kostbaren Details zur Schau zu stellen.

Cress hielt eine silberne Servierplatte mit Obst, Käse und Marmelade in der Hand, die sie im Vorbeigehen aus der Küche mitgenommen haben musste.

»Ich bin lebenstüchtig«, sagte sie zu ihrem Bruder. »Das ist ein Unterschied, Dorian.«

Cress stellte die Servierplatte auf einen Tisch, ließ sich auf den Stuhl davor fallen und griff nach einem Stück Käse, während sie neugierig zwischen Arcane und mir hin und her sah.

»Ich wette, er mag Euch«, sagte sie zu mir und grinste.

Ihre Unverblümtheit trieb mir das Blut in die Wangen. Ich musste daran denken, wie mich Arcane in der Nacht im Pavillon angesehen hatte. *Eure Sommersprossen … Sie sind wunderschön.*

Der Schattenkrieger wandte sich ab und durchmaß den Raum. An der Tür blieb er stehen. Es schien, als wären Cress' Worte gar nicht zu ihm durchgedrungen. Oder vielleicht fand er sie so albern und banal, dass er nicht darauf eingehen wollte.

»Weißt du, was es mit der Versammlung der Lords auf sich hat?«, fragte er sie stattdessen. »Der junge Lord hat sein Leben aufs Spiel gesetzt, um heute dabei sein zu können.«

»Oh, mein Bruder mag Euch wirklich. Er versucht vom Thema abzulenken.« Cress zwinkerte mir spitzbübisch zu. Dann wandte sie sich an Arcane. »Ich weiß es nicht, aber ich bin sicher, sie schmieden irgendwelche Ränke. Es wird wohl kein Zufall sein, dass Lord Cavanagh als Einziger nicht eingeladen wurde.«

Arcane rieb sich nachdenklich die Hände.

»Meinst du, wir können etwas mehr darüber in Erfahrung bringen?«

Cress lachte. »Natürlich können wir das. Das weißt du doch, Dummkopf. Ich bin nicht nur eine Meisterin im Käsestibitzen, ich kenne auch jeden einzelnen Geheimgang in diesem Schloss. Ich bin wie eine Maus, die durch die Gänge huscht.«

»Solange du dich vor den Fallen in Acht nimmst …«

Arcane sah besorgt aus und ich spürte, wie mein Bild von ihm allmählich in sich zusammenfiel. Ein Leben lang war der Mann aus meiner Vision das große dunkle Monster für mich gewesen, dem ich eines Tages entgegentreten musste. Doch er hatte mich vor dem Tod bewahrt. Und nun stand er hier bei seiner Schwester, die er liebte, und ich musste mir wieder einmal eingestehen, dass es nicht nur Schwarz und Weiß gab, sondern viele Facetten dazwischen. Facetten, die ich gerade erst zu erahnen begann.

Cress sprang auf die Beine und leckte sich einen Käsekrümel von den Fingern.

»Entschuldigt, Lady Ezlyn, ich hätte zu gern noch länger mit Euch hier gesessen und geplaudert, aber wie es scheint, hat mein Bruder andere Pläne mit uns.«

»Sie kann hierbleiben«, sagte Arcane schnell und warf mir einen strengen Seitenblick zu.

Doch ich dachte gar nicht daran. Wenn der Schattenkrieger durch irgendwelche Geheimgänge schlich, um Malachi und die Lords hier im Schloss zu belauschen, dann würde ich natürlich dabei sein. Ich hatte lange genug im Dunkeln getappt und nie wirklich Fragen gestellt – jetzt wollte ich mehr über die Lords und womöglich auch über die Rebellen erfahren.

»Ich komme mit«, sagte ich entschlossen.

Aber Arcane verschränkte die Arme vor der Brust. »Das ist ausgeschlossen.«

»Ach ja? Und wie wollt Ihr mich daran hindern?«

Ich blickte ihn trotzig an. Er würde mich ja wohl kaum töten, nur weil ich mich weigerte, es mir in dem kleinen Frühstückszimmer mit der Käseplatte gemütlich zu machen.

Arcane zog die Brauen hoch. Seine nachtschwarzen Augen funkelten gefährlich.

»Ihr vergesst, wer ich bin, Lady Ezlyn.«

Ich trat einen Schritt auf ihn zu und betrachtete ihn von oben bis unten.

»Nein«, sagte ich mit ruhiger Stimme. »Ich glaube, ich fange gerade erst an zu begreifen, wer Ihr seid, Dorian.«

Überraschung legte sich auf sein markantes Gesicht, als ich ihn beim Vornamen nannte. Einen Wimpernschlag lang zögerte er, dann nickte der Schattenkrieger.

»Also gut, einverstanden.«

• • •

Die geheimen Gänge, durch die wir liefen, waren eng und dunkel. Ich tastete mich an der staubigen Mauer entlang und versuchte den Schein der Kerze, die Cress vor sich hertrug, nicht aus den Augen zu verlieren. Immer wieder versperrte mir Dorians Rücken den Blick darauf, dann stolperte ich in völliger Finsternis vorwärts. Ab und zu drangen gedämpfte Stimmen durch die Mauer, und ich hielt nervös den Atem an, obwohl die Lords ja nicht ahnen konnten, dass wir uns hinter den Wänden bewegten.

Cress schien genau zu wissen, wo sie hinging. Nur ein einziges Mal hielt sie inne, um uns zu einer schmalen Treppe zu führen, deren Stufen teilweise weggebrochen waren. Winzige Steinchen rieselten bei jedem Schritt hinab, und ich hatte Angst, zu stürzen und diesem seltsamen Abenteuer damit ein Ende zu bereiten.

Was hatte ich mir überhaupt dabei gedacht? Ich war keine Spionin. Es ging mich nichts an, was die Lords zu besprechen hatten. Und warum war dieses Wissen für Dorian und seine Schwester überhaupt von Bedeutung? Oder waren sie nur neugierig, was auf der anderen Seite dieser Wände besprochen wurde?

Wir hörten die Bediensteten leise murmeln. Irgendwo jenseits unseres Geheimgangs traf ein verspäteter Gast ein. Dann vernahm ich einige Zeit lang nichts mehr, bis Cress einen falschen Schritt machte und eine Holzdiele laut unter ihren Füßen knarrte. Sie drehte sich zu Dorian und mir herum, legte ihren Zeigefinger an den Mund und bedeutete uns zu schweigen, als wären wir diejenigen gewesen, die das Geräusch verursacht hatten. Wir hielten an und lauschten in die Dunkelheit.

Zuerst waren es nur Gesprächsfetzen, die an mein Ohr drangen. Doch je genauer ich hinhörte, umso deutlicher wurden die Unterhaltungen. Wir mussten uns unmittelbar neben dem Versammlungszimmer von Lord Alistair befinden. Ich erkannte Malachis Stimme, den amüsierten Klang seiner Worte.

»Mein Vater bedauert es sehr, heute nicht hier sein zu können, Lord Alistair. Diese Sache betrifft uns alle. Und niemand ist darüber erfreut, wie sich die Dinge gerade entwickeln.«

Geschirr klirrte leise. Lord Alistair brummte zustimmend und jemand erkundigte sich nach dem Befinden seiner Frau. Dann wurden Belanglosigkeiten ausgetauscht. Dorian lehnte sich neben mir gegen die Wand und schloss die Augen. Er wirkte genervt und auch ein wenig erschöpft. Ich musste unwillkürlich an die Wunde an seiner Schulter denken. Er hatte kein einziges Mal darüber geklagt, aber bestimmt machte sie ihm immer noch zu schaffen.

»… Lord Cavanagh …«

Ich wurde hellhörig. Das war der Name, den Cress zuvor erwähnt hatte.

»Er wird zum Problem.«

»Jemand sollte ihn daran erinnern, wem seine Loyalität gilt.« Das war Malachi, der da sprach.

Ein tiefes Lachen war die Antwort. »Ich fürchte, dafür ist es schon zu spät, mein Junge. Cavanagh hat sich bereits für die andere Seite entschieden. Und er schmiedet Pläne gegen uns, genau wie wir es gegen ihn tun sollten.«

»Ihr denkt daran, ihn aufzuhalten, Lord Alistair?«

Eine unangenehme Stille senkte sich über den Raum. Ich hörte nur noch das Klopfen meines Herzens und Dorians Atem neben mir. Dann schlug jemand so heftig auf den Tisch, dass Gläser klirrten.

»Ich denke, man sollte Cavanagh töten.«

Ein Raunen ging durch den Saal. Offenbar waren sich die Lords uneins, was sie von Lord Alistairs Vorschlag halten sollten.

»Das können wir nicht tun. Er ist einer von uns.«

»Wie soll man überhaupt an ihn herankommen? Ich habe gehört, der Alte ist misstrauisch und lässt niemanden in seine Nähe.«

»Es wird Zeit, dass endlich etwas passiert. Diese Angriffe …«

»Ruhe!«

Lord Alistairs Stimme gellte durch den Raum bis zu uns hinter der Wand. Ich schrak zusammen und ein unbedachter Schritt ließ das Holz unter mir ächzen. Dorian packte meinen Arm und starrte mich warnend an. Cress' Augen waren erschrocken geweitet. Die Lords hatten gerade einen Mordkomplott gegen einen der Ihren geschmiedet. Nicht auszudenken, was passieren würde, wenn einer von ihnen erfuhr, dass wir alles mit angehört hatten.

»Lasst uns alle gemeinsam darüber entscheiden«, fuhr

Alistair nun fort. »Nach dem Essen wird jeder seine Stimme abgeben. Und dann werden wir über das weitere Vorgehen beraten.«

»Gehen wir, ich habe genug gehört«, zischte Dorian.

Er wirkte grimmig, als wäre jetzt schon klar, zu welchem Ergebnis die Lords kommen würden. Ich fragte mich, ob Dorian Lord Cavanagh kannte. Vielleicht war er ja deshalb so zornig über Lord Alistairs Vorschlag, weil er die Entscheidung der Lords am Ende würde vollstrecken müssen.

Auf dem Weg zurück ins Frühstückszimmer wagte ich kaum zu atmen. Es schien mir, als lastete ein Geheimnis auf meinen Schultern, das ich niemals hätte erfahren dürfen. Wie sollte ich Malachi nur je wieder in die Augen sehen, jetzt da ich ihn belauscht hatte?

»Das hatten wir doch schon längst kommen sehen«, seufzte Cress, als wir den Geheimgang endlich verlassen hatten. »Meinst du, es könnte ein Problem werden, wenn wir ...?«

Dorian schüttelte den Kopf. »Lass uns ein andermal darüber sprechen.«

Es war eindeutig, dass er mich nicht in diese Diskussion miteinbeziehen wollte. Dorian und Cress verheimlichten etwas. Mich beschlich ein mulmiges Gefühl. *Ich glaube, ich fange gerade erst an zu begreifen, wer Ihr seid,* hatte ich vor Kurzem zu dem Schattenkrieger gesagt. Jetzt war ich mir nicht mehr sicher, ob ich wirklich begriff – oder ob ich nur an der Oberfläche kratzte.

KAPITEL 14

Wir verbrachten die Nacht auf Lord Alistairs Schloss, doch an Schlaf war nicht zu denken. Cress hatte eine Flasche Wein organisiert und schenkte uns immer wieder nach. Während Dorian stumm vor sich hin brütete, merkte ich, wie mir der Alkohol langsam zu Kopf stieg. Alle Anspannung fiel von mir ab und ich machte mich über die Käseplatte her, als hätte ich seit Tagen nichts mehr zu essen bekommen.

»Also? Wie ist er so, wenn ich nicht in der Nähe bin?«, fragte mich Cress völlig unvermittelt.

Sie saß im Schneidersitz auf einem Stuhl, was in ihrem blauen Rock geradezu ein Kunststück war.

»Wer?«

Ich schaute irritiert von meinem Glas auf, in dem der Wein rötlich schimmerte. Das Frühstückszimmer lag mittlerweile im Dunklen, nur durchbrochen vom schummrigen Licht des Kerzenleuchters, der in der Mitte des Esstisches stand.

»Na, mein Bruder.«

Sie kicherte und ich stimmte ein. Der Wein ließ die Worte ungehemmt aus meinem Mund sprudeln.

»Er ist wie eine dunkle missgelaunte Fledermaus.«

In Cress' Prusten mischte sich Dorians empörtes Schnauben.

»Ich glaube, du hast Lady Ezlyn genug eingeschenkt«, sagte er zu seiner Schwester.

Aber Cress streckte ihm nur die Zunge heraus.

»Jetzt stell dich nicht so an. Lady Ezlyn wird denken, mit dir kann man gar keinen Spaß haben. Dabei stimmt das nicht.« Sie tippte mit den Fingern nachdenklich gegen ihre Wangen. Dann strahlte sie. »Ich könnte ihr davon erzählen, wie wir als Kinder in den Hühnerstall eingebrochen sind, weil du unbedingt einen Hahn haben wolltest. Am Ende warst du über und über mit Federn bedeckt und …«

»Schluss jetzt!« Dorians Mundwinkel zuckten belustigt, aber sein Gesichtsausdruck blieb ernst, als er sich mir zuwandte. »Wir sollten schlafen gehen. Schließlich steht uns morgen ein langer Tag bevor.«

Die Rückreise – mir graute davor. In meinem Kopf herrschte Chaos. Ich wusste nicht mehr, ob ich Malachi noch trauen konnte. Und Dorian war mir ohnehin ein Rätsel. Zwei Tage mit den beiden durch den Wald zu reiten, schien mir wenig erstrebenswert. Cress' Gesellschaft hingegen war mir äußerst angenehm. Es war fast, als hätte ich eine neue Freundin gefunden.

»Kommt, ich bringe Euch auf Euer Zimmer«, sagte Dorian zu mir und öffnete die Tür, die in die dunklen Gänge des Schlosses führte.

Ich wünschte Cress eine gute Nacht, die protestierend die halb leere Weinflasche schwenkte, und folgte Dorian eine Treppe hinauf und durch einen langen Flur, der im Licht der Kerzen lag. Der dunkelrote Teppich schluckte unsere Schritte. Auf dem ganzen Weg begegneten wir keiner Menschenseele. Wahrscheinlich waren die Diener und Mägde allesamt mit der

Verköstigung der Lords beschäftigt. Der Schattenkrieger lief schweigend vorneweg und ich fragte mich, was ihm wohl gerade durch den Kopf ging.

»Das mit der Fledermaus war nicht so gemeint«, platzte es schließlich aus mir heraus.

Er lachte leise vor sich hin. »Doch, das war es.«

»Und warum amüsiert es Euch?«

Ich konnte mir seine plötzliche Heiterkeit nicht erklären. Schließlich waren meine Worte nicht gerade schmeichelhaft gewesen.

Dorian drehte sich zu mir um. Seine Gesichtszüge wirkten ungewöhnlich weich im Kerzenschein.

»Es ist mir lieber, Ihr macht Euch über mich lustig, als dass Ihr mich fürchtet.«

»Ich fürchte Euch nicht.«

Die Lüge kam mir reflexartig über die Lippen. Dorian musterte mich forschend. Sein Blick war unergründlich.

»Ihr wäret wahnsinnig, wenn Ihr es nicht tätet.«

Langsam hob er die Hand und strich mir eine Haarsträhne aus dem Gesicht. Mir lief eine Gänsehaut über den Rücken, aber ich wich nicht zurück. Ich konnte mir selbst nicht erklären, warum. Und noch weniger, warum ich an nichts anderes mehr denken konnte, nachdem ich die Tür zu meiner Kammer hinter mir geschlossen hatte.

• • •

»Was für eine langweilige Versammlung. Da war auf unserem kleinen Ausflug durch den Wald doch einiges mehr los.«

Malachi kam uns gähnend entgegen. Offenbar hatte sich das Treffen der Lords noch bis tief in die Nacht hineingezogen.

Sein Pferd wartete bereits gestriegelt und gesattelt auf ihn. Dorian und ich hatten uns um unsere eigenen Stuten selbst kümmern müssen. Aber das hatte uns Gelegenheit gegeben, noch ein wenig Zeit mit Cress zu verbringen, die sich wieder vor der Küchenarbeit drückte. Dorians Schwester hatte uns unzählige Male umarmt, bevor sie uns schließlich gehen ließ. Und sie hatte ihrem Bruder das Versprechen abgenommen, dass wir uns bald wiedersahen.

Nun, als langweilig würde ich das Planen eines Mordkomplotts nicht gerade bezeichnen, dachte ich und mein Blick huschte zu Dorian, der damit beschäftigt war, den Sattelgurt nachzuziehen. Ikarus saß auf einem Balken über uns und trat unruhig von einem Fuß auf den anderen, als könnte er es gar nicht erwarten, dass es endlich losging.

»Ich hoffe, Euer Abend war vergnüglicher, Lady Ezlyn«, fuhr Malachi fort, der neben mich getreten war. »Arcane hat doch bestimmt für Eure Unterhaltung gesorgt, oder etwa nicht?«

»Aber gewiss doch«, erwiderte ich schnippisch.

Langsam hatte ich Malachis Sticheleien satt. Er schien es ebenfalls zu merken, denn er runzelte die Stirn. Dann saß er auf und trieb sein Pferd an.

Dorian und ich hatten Mühe, ihm zu folgen. Bald schon hatten wir das Schloss hinter uns gelassen. Das Rauschen des Meeres und das Kreischen der Möwen wurden leiser und der Wald kam in Sicht – grün und dicht und voller Leben. Ich musste unwillkürlich an die Männer denken, die hier ihren Tod gefunden hatten. Rebellen, die den Lords nach dem Leben trachteten. Und nun schmiedeten die Adligen ihrerseits Mordpläne. Wie hatte ich nur all die Jahre meine Augen derart verschließen können? Ich war eine Seherin und doch war die Fehde zwischen Arm und Reich vor mir verborgen geblieben.

Ihr tätet gut daran, Stillschweigen über das zu bewahren, was Ihr erfahren habt, hatte Dorian mich gestern gewarnt. Ich hatte nur genickt. Doch jetzt wollte ich nichts lieber, als den jungen Lord mit dem, was ich wusste, zu konfrontieren.

• • •

Unser Ritt wurde zur Qual. Nicht nur weil das Schweigen zwischen Malachi, Dorian und mir allmählich unerträglich wurde, sondern auch weil es erneut zu regnen und zu stürmen begann. Grauviolette Wolken schoben sich über den Himmel, die Bäume bogen sich im Wind und wir mussten herabstürzenden Ästen und Zweigen ausweichen. Einmal war es Ikarus' Kreischen, das mich im letzten Augenblick warnte. Mein Feuervogel flog dicht über unseren Köpfen, als wäre er sich der Gefahr bewusst und wollte gut auf mich achtgeben.

Gegen Abend waren wir alle durchgefroren und nass vom Regen und ein Feuer wollte sich einfach nicht entzünden lassen. Also kletterte ich vor Kälte zitternd in mein Zelt und schälte mich aus meinen Kleidern.

»Ezlyn?«

Es war Malachi, der vor meinem Zelt stand und nach mir rief.

»Einen Moment«, rief ich, kramte eilig ein trockenes Unterkleid aus meiner Satteltasche und warf es mir über. Dann öffnete ich die Zeltplane.

»Oh. Ich wusste nicht …«

Malachis Augen wurden groß, als er mich sah. Das Unterkleid war mir bis zu den Knien hinaufgerutscht und entblößte meine nackten Beine. Hastig strich ich es nach unten. Die Röte stieg mir ins Gesicht.

»Was gibt es?«, fragte ich unwirsch.

Malachi streckte mir ein Bündel Stoff entgegen. Auch er war ein wenig rot geworden.

»Ich dachte, Ihr könntet noch eine zusätzliche Decke gebrauchen. Es wird heute Nacht kalt werden.«

»Danke«, stotterte ich, überrascht, dass er an mich gedacht hatte.

Aber warum auch nicht? Wir waren Freunde. Wir sorgten füreinander. Wir vertrauten einander. Oder etwa nicht?

»Warum habt Ihr mir nichts von den wahren Beweggründen der Rebellen erzählt?«, fragte ich ihn.

»Wie bitte?« Malachi schien irritiert.

Ich wartete, ließ ihm Zeit, meine Frage zu begreifen. Schließlich runzelte er die Stirn.

»Arcane hat es Euch erzählt, habe ich recht? Der Mistkerl ist doch sonst so schweigsam. Was mischt er sich jetzt in Angelegenheiten, die ihn nichts angehen?«

»Also ist es wahr?«, hakte ich nach, ohne auf seine Frage einzugehen. »Weil ich Euer Leben und das der Menschen am Hof Eures Vaters rette, müssen andere sterben?«

Der junge Lord nickte zögernd.

»Aber das ist nicht gerecht«, sagte ich und Tränen brannten mir in den Augen. Ich wollte nicht, dass Malachi sie sah, aber ich konnte es nicht verhindern. Bis eben hatte ich noch gehofft, er würde es abstreiten und Dorians Worte Lüge strafen.

»Nein, das ist es nicht«, gab Malachi zu und zuckte mit den Schultern.

Der junge Lord stand immer noch vor meinem Zelt im Regen. Von seinen Locken fielen Wassertropfen und rannen über sein Gesicht. Ich glaubte leise Verzweiflung in seinem Blick zu erkennen. War es, weil er sich der Ungerechtigkeit ebenfalls bewusst war? Oder weil ich nun die Wahrheit kannte?

»Wie kann ich meine Gabe weiter ausüben, wenn dadurch Menschen sterben?«

Meine Frage klang erstickt. Malachi ergriff meine zitternden Hände. Trotz des Regens war seine Haut warm.

»Menschen sterben – mit oder ohne Euer Zutun, Ezlyn.«

»Aber ich treffe eine Wahl, jedes Mal wenn ich einen von ihnen rette. Ich bestimme, wer lebt, und bringe dadurch einem anderen den Tod«, sagte ich und entzog mich Malachis Griff. Schützend schlang ich die Arme um meinen Körper.

»Deshalb wollte ich, dass Ihr nie davon erfahrt. Arcane hätte es Euch nicht erzählen dürfen.«

Aber er hatte es getan. Und nun musste ich mit diesem Wissen leben. Denn eines war klar: Lord Caius würde darauf bestehen, dass ich auch weiterhin meine Gabe ausübte. Und ich war sicher, er würde Mittel und Wege finden, mich zu zwingen, wenn ich mich weigerte.

• • •

In dieser Nacht träumte ich.

Ich lag auf dem Waldboden und versuchte mich ganz klein zu machen, in mir selbst zu verschwinden. Doch es half nichts. Unzählige Hände streckten sich nach mir aus, zerrten an meiner Kleidung und kratzten über meine Haut. Ich hörte ihre Schreie und wollte mir die Ohren zuhalten, aber sie bekamen mich zu fassen und rissen an meinen Armen. Blut tropfte auf mich herab, lief über meine Wangen und bahnte sich einen

Weg zu meinem Mund. Der metallische Geschmack klebte auf meinen Lippen.

»Geht weg!«, wollte ich rufen. »Ich kann euch nicht helfen.« Aber ich hatte Angst, dass mir noch mehr Blut in den Mund rinnen würde, wenn ich diese Worte sprach. Also presste ich meine Lippen ganz fest zusammen und krallte meine Hände in die feuchte Erde, auf der ich lag.

Über mir heulte der Sturm, Blitze zuckten über einen dramatischen Himmel, und immer wenn ich aufsah, schlugen sie krachend ein und rissen die Menschen, die an mir zogen, in den Tod. Ihre ausgezehrten, entsetzten Gesichter verwandelten sich in Asche und Staub, bis nur noch einer von ihnen übrig blieb.

Es war der Rebell, den ich getötet hatte. Blut quoll aus der Wunde in seinem Bauch, und in seinen Augen glomm der Wahnsinn. Ich roch seinen Schweiß und den säuerlichen Geruch von Alkohol, der von ihm ausging, und die Angst fuhr mir in die Glieder.

»Du bist tot, Miststück«, raunte er, während sich seine Hand um meinen Hals legte. »Du bist tot.«

Ich wollte schreien, aber ich konnte nicht. Tränen brannten mir in den Augen, während ich nach Luft rang. Da war niemand, der mir helfen konnte. Abgrundtiefe Verzweiflung übermannte mich und ich wimmerte leise. Ich war allein.

Ganz allein.

»Ezlyn. Wacht auf!«

Jemand kniete über mir. Seine Hände lagen stark und warm auf meinen Schultern. Keuchend stemmte ich mich gegen eine nackte Brust und versuchte die Gestalt von mir wegzuschieben. Noch immer schmeckte ich Blut auf meinen Lippen. Noch immer hörte ich den Sturm heulen.

»Ihr habt nur geträumt.«

Dorian sprach leise und beruhigend, aber ich wusste nicht, was mir mehr Furcht einjagte: die Bilder aus meinem Traum, die ich noch immer vor meinem inneren Auge sah, oder die Tatsache, dass sich mein künftiger Mörder mit mir in einem Zelt befand. Und dann war da noch die Scham, die ich empfand, als ich begriff, dass meine Hände auf seiner nackten Brust lagen. Hastig zog ich sie zurück.

»Ich bin in Ordnung«, beeilte ich mich zu sagen, während ich mir mit einer Hand über das Gesicht fuhr.

Meine Haut war schweißnass. Als ich mit dem Finger meine Lippe betastete, klebte Blut daran.

»Ihr müsst Euch im Schlaf auf die Lippe gebissen haben«, stellte der Schattenkrieger fest und musterte mich prüfend.

»Ich bin in Ordnung«, wiederholte ich, mehr um mich selbst zu beruhigen als ihn.

Langsam nahm er die Hände von meinen Schultern, als hätte er Angst, ich könnte jeden Moment anfangen zu schreien oder um mich zu schlagen.

»Wollt Ihr darüber reden?«

»Nein.«

Alles, nur das nicht.

»Dann werde ich Euch jetzt weiterschlafen lassen.«

Das Heulen des Sturmes wurde lauter, als er die Zeltplane zurückschlug. Ich erhaschte einen Blick auf seine dunkle Tätowierung. Am liebsten hätte ich die Hand nach Dorian ausgestreckt, um die schwarzen Linien auf seinem Rücken mit dem Finger nachzuziehen. Anscheinend war ich noch nicht ganz wach, dass solche Gedanken durch meinen Kopf spukten. Ich überlegte, mich bei ihm dafür zu bedanken, dass er mich aufgeweckt hatte, aber da war er schon weg.

Vielleicht war er auch nur ein Traum gewesen, dachte ich und bettete den Kopf zurück auf mein Lager.

• • •

Als wir am nächsten Nachmittag an Lord Caius' Hof zurückkehrten, war von dem Unwetter nichts mehr zu sehen. Die Sonne brannte vom Himmel, und als wir durch den Säulengang ritten, der mit Blumen und Blütenzweigen festlich geschmückt war, beschlich mich ein ungutes Gefühl. Ich hatte die Zeit aus den Augen verloren. Und mit ihr ein Ereignis, das ich lange erfolgreich verdrängt hatte.

»Welcher Tag ist heute?«, fragte ich Malachi mit gedämpfter Stimme.

Er warf mir einen mitleidigen Blick zu.

»Wir haben die Mitte des Jahres erreicht. Morgen ist es so weit.«

Die Sommersonnenwende.

Ich schluckte. Unwillkürlich hielt ich nach Ikarus Ausschau, der vermutlich irgendwo über der Schlucht segelte. Der Tag war mir immer so weit entfernt erschienen. Ich hatte gehofft, dass er niemals eintreffen würde. Aber jetzt …

»Vater veranstaltet ein großes Fest«, sagte Malachi. »Es wird getanzt und gegessen und …« Er stockte. »Ich werde nicht zulassen, dass Ikarus etwas geschieht, Ezlyn. Das verspreche ich.«

»Danke.«

Meine Stimme bebte, aber Malachis Versprechen gab mir ein wenig Hoffnung. Obwohl es eine alte Tradition war, hielten manche Lords sie mittlerweile für antiquiert und ließen die Todesseherinnen ihre Feuervögel behalten. Zumal die Tiere wirklich eindrucksvoll waren. Vielleicht würde Lord Caius

Ikarus ja tatsächlich verschonen. Seinem Sohn zuliebe, nicht meinetwegen. Da machte ich mir keine Illusionen.

Ich stellte mir Schwester Caterinas Gesicht vor, wenn sie davon erfuhr. Sie hielt es für einen Frevel gegenüber den Göttern, mit dieser Tradition zu brechen. Ich sah sie noch immer vor mir, wie sie uns in den zeremoniellen Ablauf der Sommersonnenwende einweihte.

Im Jahr eurer Auswahl, am längsten Tag des Jahres werdet ihr euch von euren treuesten Gefährten trennen müssen, hatte sie gesagt. Der Feuervogel ist ein Symbol für die Unausweichlichkeit des Todes. Eine Erinnerung daran, dass alles Leben endlich ist. Vielleicht glaubt ihr, eure Gabe würde euch zu den Göttern emporheben. Aber dem ist nicht so. Indem ihr euren Feuervogel opfert, beweist ihr Demut.

Ich hatte Rhiannons Augen feucht glitzern sehen und mir war ebenfalls ganz eng ums Herz geworden. Ikarus war an meiner Seite gewesen, seit ich zehn Jahre alt war. Ihn aufzugeben war für mich undenkbar.

»Ezlyn?«

Wir hatten die Stallungen erreicht. Malachi hatte abgesessen und hielt die Zügel meines Pferdes. Er sah mich fragend an.

»Es geht mir gut«, sagte ich.

»Nein, das glaube ich nicht.«

Mir traten die Tränen in die Augen. Er hatte recht. Wie sollte es mir auch gut gehen? Ich wollte Ikarus nicht verlieren. Er war alles, was mir aus meiner Vergangenheit geblieben war.

Ich ließ mich aus dem Sattel gleiten und wollte mich von Malachi abwenden, doch er ergriff mich an den Schultern und musterte mich nachdenklich. Dann strich er über meine tränenfeuchten Wangen.

»Ich werde mit meinem Vater sprechen. Ikarus wird nichts geschehen«, versprach er noch einmal.

Ich nickte dankbar und führte meine Stute zu ihrer Box, wo sie ihren Kopf in einen vollen Futtertrog versenkte.

Dorian war bereits verschwunden. Ohne ein Wort des Abschieds oder des Trostes. Ich spürte ein Ziehen in der Brust und die Enttäuschung darüber, dass er einfach gegangen war. Irgendwie hatte ich mehr von ihm erwartet.

KAPITEL 15

Der Tag der Sommersonnenwende kam und ich hatte die ganze Nacht davor kein Auge zugetan. Jedes Mal wenn ich wegdämmern wollte, sah ich Ikarus vor mir, wie er mit schief gelegtem Kopf den drei schlimmsten Worten lauschte, die jemals über meine Lippen kommen würden: *Ich entlasse dich.* Und wie er danach zu Staub und Asche zerfiel.

Ein Symbol der Unausweichlichkeit des Todes.

Ein Beweis meiner Demut.

Was für ein ausgemachter Unsinn!

Wie konnte jemand von mir verlangen, Ikarus zu töten, den Vogel, der mich mein Leben lang begleitet und beschützt hatte?

Im Morgengrauen stand ich auf und zog mein rituelles Gewand an. Man hatte es dem Anlass entsprechend für mich geschneidert. Es war orange wie das Gefieder meines Feuervogels, mit goldenen Federn, die das Oberteil des Kleides schmückten.

Es schien, als wollte Lord Caius ein großes Spektakel aus Ikarus' Tod machen. Manche Lords begingen die Sommersonnenwende nur im kleinen Kreis, aber aus den emsig umhereilenden Dienern und Mägden schloss ich, dass es an diesem Hof nicht so war.

Schon bei unserer Ankunft am gestrigen Nachmittag hatte ein reges Treiben geherrscht. Junge Männer hatten Wassereimer und Körbe voller Äpfel und Eier über den Hof getragen und aus den Küchen hatte es wunderbar nach Essen geduftet. *Das ganze Dorf ist eingeladen,* hatte Malachi erzählt, als ich ihn gefragt hatte, wer alles zu dem Fest erscheinen würde.

Ich streichelte Ikarus, der in seinem Käfig auf einer Stange saß, und öffnete das Fenster einen Spalt. Kalte, neblige Morgenluft drang herein.

»Na, willst du noch ein paar Runden durch die Virida drehen?«

Seine schwarzen Augen sahen mich aufmerksam an, als wüsste er, was der heutige Tag für ihn bereithielt. Ich wünschte, er würde einfach davonfliegen und nie zurückkehren. Dann wäre er wenigstens in Sicherheit. Aber ein Feuervogel war seiner Todesseherin treu ergeben. Er würde mir nie von der Seite weichen, selbst wenn ich ihn fortgeschickt hätte.

Rhiannon hatte das versucht – gleich nachdem Schwester Caterina uns über den Tag der Sommersonnenwende aufgeklärt hatte. Ich sah sie vor mir, wie sie einen Stein nach dem anderen packte und ihn nach ihrem Feuervogel warf. *Geh weg! Hau ab!,* hatte sie mit Tränen in den Augen gerufen. Sie wollte ihn retten, indem sie ihn verscheuchte, aber er war immer zu ihr zurückgekehrt. Die Feuervögel hatten ihr Schicksal, so wie wir unseres hatten, und sie waren die treuesten Gefährten, die man sich vorstellen konnte.

Ich ließ Ikarus auf meinen Arm klettern, stellte mich ans Fenster und bedeutete ihm zu fliegen. Nachdem er sich in die Lüfte erhoben hatte, sah ich ihm noch eine Weile nach.

Dann ging ich hinunter in den Hof. Ich schlenderte durch den Garten, vorbei an den Obstbäumen und am Pavillon, und sah den Dienern dabei zu, wie sie das Lagerfeuer für die abendliche Feier vorbereiteten. Eigentlich wäre jetzt Zeit für ein Frühstück gewesen, aber ich bezweifelte, dass ich auch nur einen Bissen hinunterbekommen würde. Stattdessen hoffte ich darauf, Malachi zu begegnen.

Oder Dorian.

Ich wusste nicht, warum, aber die Nähe des Schattenkriegers war mir nicht mehr unangenehm. Im Gegenteil, ich sehnte sie herbei. Ein verwirrendes Gefühl, das ich nicht richtig einordnen konnte. Vielleicht lag es daran, dass er mich vor den Rebellen im Wald gerettet hatte. Oder dass er mich aus meinem schaurigen Traum geweckt hatte. In jenen Momenten hatte ich eine Art Sicherheit verspürt, die ich mir jetzt mehr als alles andere wünschte.

»Lady Ezlyn, da seid Ihr ja!«, rief eine Stimme. Ich drehte mich um und sah Anna über die Wiese auf mich zueilen. Sie blieb neben mir stehen und schüttelte ihren Putzlappen aus, während sie weitersprach: »Lord Caius erwartet Euch im Festsaal für die Generalprobe.«

Ich sah sie so ungläubig an, dass sie schnell den Blick senkte und einen Schritt zurücktrat. Wollte Lord Caius dieses grausame Spektakel etwa wie ein Schauspiel mit uns einstudieren?

Kopfschüttelnd folgte ich meiner Dienstmagd zurück ins Innere des Schlosses, unfähig auch nur einen klaren Gedanken zu fassen. Wir gingen an Mägden vorbei, die Obstschalen und Kuchenplatten trugen. Diener waren damit beschäftigt, die Kronleuchter und Spiegel im Festsaal zu polieren. Am Ende des Raums standen Malachi und Lord Caius sich gegenüber. Der junge Lord hatte die Hände zu Fäusten geballt. Eine Zornesfalte zeichnete sich auf seiner Stirn ab.

»Das kannst du nicht machen«, herrschte er seinen Vater an.

»Es ist eine altehrwürdige Tradition, mein Sohn«, erwiderte dieser streng. »Ich werde nicht damit brechen.«

Lord Caius' Stimme war ruhig, obwohl man ihm anmerkte, dass es in seinem Inneren brodelte. Als die beiden Lords mich kommen sahen, strafften sie ihre Rücken und lächelten mir zu.

»Lady Ezlyn. Wie schön, dass Ihr uns beehrt«, sagte Lord Caius. »Ich möchte Euch bitten, den Ablauf der heutigen Zeremonie einmal mit uns durchzugehen.«

»Vater …«

Lord Caius hob seine Hand und brachte seinen Sohn mit einer entschlossenen Geste zum Schweigen. Malachi war anzusehen, dass ihm die Worte noch auf den Lippen brannten, aber vor mir würde er sich mit seinem Vater sicherlich nicht streiten.

»Bitte setzt Euch auf diesen Stuhl«, wandte sich der Lord an mich.

Erst jetzt fiel mir das Podest hinter den beiden Männern auf. Drei Holzstühle standen darauf. Der in der Mitte war etwas größer als die beiden anderen und seine Rückenlehne mit Blumenornamenten verziert. Vermutlich war er für Lord Caius bestimmt. Der Stuhl rechts daneben war ebenfalls verziert, aber lange nicht so kunstvoll. Und der linke … Ich erkannte es erst, als ich näher trat. Jemand hatte aus dem Holz der Rückenlehne einen Feuervogel mit ausgebreiteten Flügeln geschnitzt.

»Ihr dürfte zu meiner Linken sitzen«, sagte Lord Caius und legte mir eine Hand in den Rücken, um mich auf das hölzerne Ungetüm zuzuschieben.

»Welch eine Ehre«, murmelte ich. Es klang unaufrichtig, aber er schien es nicht zu bemerken.

»Und dort werden wir Ikarus präsentieren.« Er deutete in die Mitte des Raumes. »Sein Käfig sollte rechtzeitig angeliefert werden. Ich habe dem Schmied ausrichten lassen, dass es eine Sache von höchster Dringlichkeit ist. Schließlich sollen sich unsere Gäste auch in Sicherheit wiegen, wenn sie das Tier bewundern.«

Ich nickte schwach, obwohl mich ein Schauder überlief. Lord Caius hatte diese Vorstellung bis ins kleinste Detail geplant.

»Wenn ich Euch ein Zeichen gebe, möchte ich, dass Ihr vortretet und die entscheidenden Worte sprecht. Denkt daran, Eure Stimme zu erheben. Dieser Saal ist groß. Ich möchte, dass man Euch auch in der letzten Reihe hört. – Lasst es uns einmal ausprobieren.«

Wie konnte er nur? In meiner Kehle bildete sich ein dicker Kloß, als Lord Caius mich zu meinem Platz geleitete. Malachi hatte die Lippen aufeinandergepresst. Sein Kiefer mahlte, aber er sagte keinen Ton.

»Und nun – bitte, fangt an!«

Ich fühlte mich wie eine Marionette, deren Fäden Lord Caius in der Hand hielt. Auf sein Signal hin stolperte ich vorwärts und trat an die Stelle, wo heute Abend Ikarus' Käfig stehen würde.

»Ich entlasse dich«, murmelte ich die schrecklichen Worte.

»Lauter, bitte!«, forderte Lord Caius mich auf und verschränkte die Hände vor der Brust, während er mich kritisch beobachtete. »Und vergesst die entsprechende Handbewegung nicht.«

Ich schloss die Augen und kämpfte gegen meine Tränen an. Es gelang mir nur mit Mühe, aber Lord Caius war unerbittlich. Er ließ mich die ganze Prozedur unzählige Male wiederholen, zwang mich die Worte zu sprechen, meine Arme auszustrecken, sie über meinem Kopf zusammenzuführen und in die Hände zu klatschen.

»Genug«, sagte Malachi irgendwann laut.

Sein Vater runzelte verärgert die Stirn. »Was sagst du?«

»Ich denke, Lady Ezlyn weiß, was sie zu tun hat. Ich sehe keinen Grund, sie unnötig zu quälen«, rief er unwillig.

Lord Caius schien einen Moment lang zu überlegen, dann nickte er.

»Na schön. Ruht Euch ein wenig aus, meine Liebe. Schließlich sollt Ihr heute Abend frisch und munter sein.«

Ich hatte nicht einmal mehr die Kraft, mich höflich zu verabschieden. Alles, was ich wollte, war, möglichst viel Abstand zwischen Lord Caius und mich zu bekommen. Und von diesem grässlichen Stuhl, der eigens für die Sommersonnenwende angefertigt worden war. Was für eine Geschmacklosigkeit!

Draußen auf dem Hof holte ich tief und zitternd Luft. Ich ging einige Schritte und versuchte, mich zu beruhigen. Die Sonne schien unerbittlich herab und es stand keine einzige Wolke am Himmel. Dabei hätten Gewitterwolken viel besser zu meiner Stimmung gepasst.

Ich ging zu dem Säulengang, der sich über die Virida erstreckte, und suchte das Tal nach Ikarus ab. In der Ferne konnte ich ihn mit weit ausgebreiteten Flügeln durch die Lüfte segeln sehen. *Aber nicht mehr lange.* Der Gedanke pochte schmerzhaft in mir.

»Ezlyn …«

Ich hatte Malachi nicht kommen hören, aber nun stand er hinter mir und legte eine Hand auf meine Schulter.

»Es tut mir leid, ich habe versucht mit ihm zu reden.«

»Ich weiß.«

Die Tränen, die ich die ganze Zeit zurückgehalten hatte, liefen mir jetzt über die Wangen und ich schluchzte laut. Malachi zog mich an sich, in eine sanfte Umarmung, die vertraut nach

Leder, Seife und Lavendel roch. Seine Hand strich beruhigend über meinen Rücken.

»Aber ich werde nicht aufgeben. Ikarus gehört an Eure Seite, egal was mein Vater denkt.«

Malachis Worte kamen mir vor wie ein dünner Strohhalm, an den ich mich klammerte. Die Hoffnung aufzugeben schien mir unerträglich. Ich zog ihn dichter an mich, spürte sein Herz an meinem schlagen, fand Trost in seiner Nähe. Nach einer gefühlten Ewigkeit löste sich Malachi von mir und lächelte mich entschuldigend an.

Ich versuchte sein Lächeln zu erwidern, aber mir gelang nur eine schiefe Grimasse.

Nachdem er im Schloss verschwunden war, stand ich noch lange da und beobachtete Ikarus beim Fliegen – vielleicht würde es das letzte Mal sein.

• • •

»Ihr müsst mit uns tanzen, Ezlyn«, verlangte Malachi, als ich im orangefarbenen Licht der Abendsonne in den Schlossgarten trat. »So verlangt es die Tradition.«

Die junge Frau, die seine rechte Hand hielt, kicherte übermütig. Sie trug eine Fuchsmaske, die mit Blüten und Blättern verziert war. Wir alle hatten Masken aufgesetzt. Meine war auf Lord Caius' Anweisung aus echten Feuervogel-Federn angefertigt worden. Ich wollte gar nicht wissen, wo er sie aufgetrieben hatte. Malachis Maske erinnerte vage an das Gesicht eines Elfenprinzen. Hätte ich mich nicht so unendlich elend gefühlt, hätte ich vielleicht genauer nachgefragt, was er darstellen wollte, aber so zog ich nur meine Schuhe aus und ergriff seine Hand, um mich in den Reigen einzufügen.

Wir tanzten barfuß um das Lagerfeuer, das in unserer Mitte knisterte und knackte. Harfenmusik begleitete unsere Schritte und ich versuchte, nicht daran zu denken, was als Nächstes geschehen würde. Die junge Frau an Malachis Seite lachte laut und albern. Bestimmt war sie ganz entzückt darüber, die Hand des jungen Lords halten zu dürfen.

»Ich werde nachher Blumen pflücken gehen«, sagte sie und zwinkerte ihm zu. »Vielleicht träume ich heute Nacht ja von Euch, Mylord.«

Ich unterdrückte ein entnervtes Stöhnen. Hatte sie nichts Besseres zu tun, als sich Malachi so offensichtlich an den Hals zu werfen? Natürlich kannte ich den Brauch, in der Nacht der Sommersonnenwende sieben Blumen zu pflücken und sie sich unter das Kopfkissen zu legen. Unverheiratete Mädchen träumten dann angeblich von ihrem zukünftigen Ehemann. Aber vielleicht war ich ja nur eifersüchtig. Darauf, dass Malachi ihr Aufmerksamkeit schenkte. Darauf, dass es vermutlich einen künftigen Ehemann für sie geben würde, von dem sie träumen konnte. Und darauf, dass sie sich mit solch belanglosen Dingen beschäftigen konnte, während meine Gedanken um Ikarus kreisten.

»Wäre Euer Zukünftiger nicht sehr enttäuscht, wenn Ihr Eure wunderbaren Träume an mich verschwenden würdet statt an ihn?«, fragte Malachi und drückte aufmunternd meine Hand.

Die junge Frau lachte, bis sie begriff, dass er ihr einen Korb gegeben hatte. Dann verstummte sie augenblicklich. Malachi zog mich aus dem Kreis der Tanzenden und wir gingen durch den Garten. Das Gras kitzelte unter meinen Fußsohlen. Der Wind zauste sanft in meinem Haar.

»Es wäre ein wunderbarer Abend, wenn ich nicht wüsste, was mir noch bevorsteht«, sagte ich leise.

»Ich weiß«, entgegnete Malachi. »Aber wir müssen jetzt nach drinnen gehen. Es ist bald so weit.«

Ihm war anzumerken, wie bedrückt er war.

In diesem Moment baten die Diener auch alle anderen Gäste in den Festsaal. Ich erkannte Dorian, der eine Rabenmaske trug und sich ohne ein Wort zu uns gesellte.

Der festlich geschmückte Saal erstrahlte in üppiger Blütenpracht. Überall waren Girlanden mit blühenden Zweigen aufgehängt worden. Ihr Duft hing süß und schwer im Raum. Im Speisesaal, dessen zweiflügelige Tür weit geöffnet war, bog sich der Tisch unter Holunderküchlein, Johannisbeeren, Apfelkuchen, Stachelbeerpasteten, süßem Wein und vielen anderen Leckereien. Die Kronleuchter funkelten mit den goldenen Stuckornamenten an der Decke um die Wette.

Den Mittelpunkt bildete ein großer goldener Käfig, der ebenfalls mit Blumengestecken verziert worden war. Auf Lord Caius' Befehl hin hatte ich Ikarus vor Beginn der Feierlichkeiten da hineingesetzt. Dem Vogel schien sein neues Gefängnis nicht zu gefallen, denn er flatterte wild, riss an den Blumen und schlug mit dem Schnabel an die Käfigstäbe.

Lord Caius, der sich gerade mit zwei anderen Lords unterhalten hatte, trat zu uns.

»Unternehmt etwas, damit das Tier sich beruhigt!«, zischte er mir zu.

Ich stand da wie angewurzelt und versuchte den Blicken der Gäste auszuweichen, die nach und nach in den Saal kamen und mich neugierig musterten. Dorian wartete dicht hinter mir. Ich konnte seine Anwesenheit in meinem Rücken spüren.

»Ihr solltet tun, was Lord Caius sagt«, raunte er mir zu.

Am liebsten hätte ich ihn angeschrien, dass er nicht das Recht hatte, mir solche Befehle zu geben. Doch ich fühlte mich benommen und taub. Alles um mich herum fühlte sich falsch und unwirklich an.

Mühsam setzte ich mich in Bewegung und trat an den Vogelkäfig. Ein Raunen ging durch die Menge, als ich meine Hand durch die Gitterstäbe streckte und Ikarus an dem weißen Fleck an seinem Bauch kraulte. Er beruhigte sich augenblicklich.

Ein Bild schoss mir durch den Kopf. Ein Bild, wie ich Ikarus aus seinem Käfig befreite und ihn auf die gaffende Menge scheuchte. Sie alle waren heute hier, um sich vom Schauspiel seines Todes unterhalten zu lassen. Sie hätten es nicht anders verdient. Aber es würde nicht nur Ikarus, sondern auch mich das Leben kosten.

»So ist es gut«, sagte Lord Caius, als ich zu ihm und Malachi zurückging.

Am liebsten hätte ich ihm in sein zufriedenes Gesicht gespuckt. Stattdessen nahm ich seine Hand, die er mir anbot, und ließ mich zu meinem Platz führen. Der junge Lord und Dorian folgten uns.

Das Gemurmel verstummte, als Lord Caius auf das Podest trat und die Arme in einer einladenden Geste ausstreckte. Alle Augen richteten sich auf ihn. Ein kleines Mädchen mit einer Schmetterlingsmaske, das auf Ikarus zeigte und aufgeregt flüsterte, wurde von seiner Mutter ermahnt, still zu sein.

»Was für ein wunderbarer Tag, um Euch heute an meinem Hof willkommen zu heißen und mit Euch gemeinsam die Sommersonnenwende zu begehen«, begann Lord Caius. Er machte eine Pause und ließ seinen Blick über die Menge gleiten, als erwartete er Applaus. Als niemand sich rührte, fuhr er fort: »Wie Ihr wisst, hat eine neue Todesseherin den Weg an unseren Hof gefunden – Lady Ezlyn Davarin.«

Er bedeutete mir aufzustehen und ich gehorchte. Diesmal

klatschten die Anwesenden begeistert. Es kam mir vor, als würde der Applaus wie eine Lawine auf mich herabstürzen und mich unter sich begraben.

»Wie es die Tradition will, wird Lady Ezlyn heute ihren Feuervogel opfern, um den drei Göttern ihre Demut zu beweisen«, sagte Lord Caius. »Ich hoffe, jeder von Euch hat die Gelegenheit genutzt, um dieses außergewöhnliche Tier noch einmal eingehend zu betrachten, bevor wir uns von ihm verabschieden müssen.«

Oh, wie ich meinen Herrn in diesem Moment hasste. Er verhielt sich wie ein talentierter Marktschreier. Seine Augen glitzerten stolz über das Spektakel, das er den Menschen bieten konnte. Einige Wagemutige traten näher an den Käfig heran, um Ikarus ein letztes Mal zu sehen. Keiner von ihnen wirkte, als hätte er Mitleid mit dem Feuervogel. Sie wollten ihn verglühen sehen, wollten sehen, wie er zu Staub und Asche zerfiel.

»Lady Ezlyn, darf ich Euch bitten vorzutreten!«, sagte Lord Caius.

Ich konnte das nicht tun. Meine Beine fühlten sich auf einmal bleischwer an. Aus den Augenwinkeln sah ich, wie Malachi seinem Vater ein verzweifeltes »Bitte!« zuraunte. Doch Lord Caius beachtete ihn nicht.

»Geht!« Dorians Stimme klang schroff und unbarmherzig in meinem Rücken. »Macht es nicht schlimmer, als es ohnehin schon ist.«

Ich zuckte zusammen wegen der Kälte seiner Worte, aber sie brachten mich dazu, aufzustehen und Schritt für Schritt auf den Käfig zuzugehen. Ich blendete alles um mich herum aus. Dorian. Lord Caius. Malachi. Die neugierigen Zuschauer, die ihre Hälse reckten, um besser sehen zu können.

Da war nur noch Ikarus.

Mein Feuervogel, der so viele Jahre an meiner Seite gewesen war. Der mir beim nächtlichen Kampftraining Gesellschaft geleistet hatte. Der über unseren Köpfen gekreist war, wenn wir Mädchen gemeinsam im Brunnen tanzten. Und der mit mir herangewachsen war.

Ich erinnerte mich an sein blassrotes Gefieder, als er noch ein Vogeljunges gewesen war. An seine unbeholfenen ersten Flugversuche. Wie er anfangs nach mir gepickt hatte und später zahm geworden war.

Ein letztes Mal streckte ich meine Hand durch das Gitter und strich über sein Gefieder. Ikarus schmiegte seinen Kopf in meine Handinnenfläche und fuhr mit dem Schnabel zärtlich über meine Haut. Es war, als ob er wüsste, dass das hier ein Abschied war.

»Leb wohl«, flüsterte ich.

Ich wollte meinen Kopf an sein Gefieder schmiegen, aber die Gitterstäbe machten es unmöglich. Also trat ich einen Schritt zurück. Ein Teil von mir wartete darauf, dass ich einfach zusammenbrach. Dass ich weinend in mich zusammensackte. Aber das geschah nicht. Stattdessen murmelte ich die Worte.

»Ich entlasse dich.«

Meine Stimme war leise. Viel zu leise, als dass mich irgendjemand gehört hätte. Lord Caius war bestimmt nicht zufrieden mit meiner Vorstellung. Aber als ich in die Hände klatschte, ging ein ehrfürchtiges Raunen durch die Menge.

Ikarus' Gefieder begann von innen her zu glühen und fing schließlich Feuer. Er breitete seine Flügel aus und von einer Sekunde auf die andere wurde es gleißend hell im Raum. Dann rieselte Asche herab, dort wo mein Feuervogel eben noch auf seiner Stange gesessen hatte.

Im nächsten Moment war alles vorbei.

Wütend blickte ich mich in dem Festsaal um. Ich sah weit aufgerissene Augen und offen stehende Münder. Ich sah das zufriedene Lächeln auf Lord Caius' Lippen. Er hatte bekommen, was er wollte. Eine dramatische Darbietung, die allen Anwesenden den Atem geraubt hatte.

Ich ließ ihn keinen Moment aus den Augen, als ich mich verbeugte. Die Zuschauer brachen in Applaus aus, als hätte ich gerade ein großartiges Bühnenstück vorgeführt. Sie spürten meinen Zorn nicht. Sie erkannten nicht den bitteren Zynismus in meiner Verbeugung.

KAPITEL 16

»Ihr seid wütend auf mich.«

Dorian stand neben mir im Stall, während ich mit verkniffener Miene den Sattelgurt meines Pferdes festzog. Ich hatte nicht vor, ihn auch nur eines Blickes zu würdigen.

»Ich wollte Euch mit meinen Worten bei der Sommersonnenwende nicht wehtun, Lady Ezlyn. Ich fürchtete nur, Ihr würdet Euch Lord Caius' Befehl verweigern.«

Ich stieß ein abfälliges Schnauben aus. »Ja, das wäre schlimm gewesen, nicht wahr? Wenn ich ihm nicht gehorcht hätte.«

»Das wäre es.« Dorian nickte. »Und am Ende hätte es Euch schlimmer getroffen als ihn.«

Ich wusste, dass er recht hatte. Seine unwirsche Äußerung hatte mich davor bewahrt, einen großen Fehler zu begehen. Aber ich wollte es mir nicht eingestehen. Und ich wollte es ihm gegenüber nicht zugeben.

»Wenigstens hätte ich dann aufrichtig gehandelt und nicht das einzige Wesen an diesem Hof getötet, das mir wirklich etwas bedeutet hat.«

Ikarus hatte mir vertraut. Und ich hatte ihn einfach seinem Schicksal überlassen. Schlimmer noch – ich hatte es besiegelt.

Erneut stiegen mir Tränen in die Augen, aber ich drängte sie zurück. Ich hatte genug geweint.

Dorian räusperte sich. Er streckte seine Hand unbeholfen nach meiner Schulter aus, als wollte er mich berühren und trösten, doch dann zog er sie wieder zurück.

»Ich verstehe, dass Ihr trauert, aber seid nicht töricht, Lady Ezlyn. Sich offen gegen Lord Caius zu stellen, wäre ein Fehler. Außerdem ist er nur ein kleiner Akteur im großen Spiel.«

»Euer Spiel interessiert mich nicht«, zischte ich aufgebracht.

Ich wartete schon darauf, dass er mir wieder etwas über intrigante Lords und bemitleidenswerte Rebellen erzählen würde. Dabei war die einzige Person, die momentan zu bemitleiden war, ich selbst. Ich hatte einen Menschen getötet. Ich hatte Ikarus verloren. Und irgendwie schien es mir, als wäre das ganze Elend damit noch nicht vorbei. Seit ich am Hof von Lord Caius war, fiel ich in einen dunklen Abgrund, der kein Ende nehmen wollte.

Dorian schwieg. Ihm war anzusehen, dass ihn meine harschen Worte verärgert hatten. Es war mir gleich. Er hatte nichts getan, um Ikarus zu retten. Ganz im Gegenteil.

Als ich nach den Zügeln meiner Stute griff und aufsteigen wollte, schnellte seine Hand plötzlich nach vorn und umfasste mein Handgelenk. Seine Nasenflügel bebten. Ich konnte seinen heißen Atem an meiner Wange spüren.

»Na schön, dann spaziert eben weiter mit Eurem jungen Lord durch die Gärten und tanzt ums Lagerfeuer, als würde Euch das alles nichts angehen«, sagte er zornig. »Lasst Euch von ihm wie die unschuldige Wohltäterin behandeln, die Ihr nicht seid. Aber wenn Euch doch noch etwas anderes interessieren sollte als Ihr selbst, lasst es mich wissen. Auch wenn es dann vielleicht schon zu spät ist.«

Seine Stimme zitterte vor Wut und ich bekam Angst. Die Bilder aus meiner Vision tauchten vor meinem inneren Auge auf und ließen mich zurückweichen, bis ich den warmen Pferdekörper hinter mir spürte.

Dorian griff in die Tasche seiner schwarzen Tunika. Kurz dachte ich, er würde eine Waffe hervorholen, aber in Wirklichkeit war ja er selbst diese Waffe. Dann drückte er mir ein gefaltetes Pergament in die Hand.

»Nehmt das. Wer weiß, wofür es gut ist.«

Sein Zorn schien zu verrauchen und auch ich beruhigte mich allmählich. Benommen führte ich meine Stute an Dorian vorbei aus dem Stall, ohne den Schattenkrieger noch einmal anzusehen. Erst als ich im Sattel saß, erlaubte ich mir, einen Blick auf das Pergament zu werfen.

Es sah mitgenommen aus. Das Papier war eingerissen und die Tinte an einigen Stellen so verschmiert, dass ich die Schrift kaum lesen konnte. *Traktat des Kaisers über die Vormacht des Adels*, entzifferte ich.

Warum gab mir Dorian so etwas? Warum war es ihm wichtig, dass ich mich mit irgendwelchen politischen Belangen beschäftigte? Gegebenheiten, an denen ich doch nichts ändern konnte. Am liebsten hätte ich das Pergament zusammengeknüllt und weggeworfen. Doch irgendwie konnte ich es nicht. Ich beugte mich nach hinten und schob es in meine Satteltasche. Dann trieb ich meine Stute an.

• • •

Malachi hatte mir erlaubt, ohne ihn in die Stadt zu reiten. Vielleicht hatte er gespürt, dass ich ein wenig Zeit für mich brauchte. Ich trug einen Zettel bei mir. Für Rhiannon.

Ich hatte dem jungen Lord versprochen, dass es keinen Kontakt mehr mit ihr geben würde, doch nach allem, was geschehen war, sehnte ich mich nach meiner Freundin. Hatte sie das Gleiche durchstehen müssen wie ich? Hatte sie ihren Feuervogel ebenfalls verloren? Oder hatte ihr Lord Gnade walten lassen? Und was würde sie sagen, wenn ich ihr erzählte, welchen Schaden unsere Gabe in Wirklichkeit anrichtete? Ich war nicht einmal sicher, ob ich ihr überhaupt davon berichten sollte. Sie würde nur die gleichen Schuldgefühle empfinden wie ich.

Auf dem kleinen Pergamentstück, das ich im Ärmel meiner Robe versteckt hielt, standen nur drei Worte: *Ikarus ist tot.* Rhiannon würde meinen Schmerz verstehen. Sie wusste, was eine Todesseherin und ihren Feuervogel verband, weil sie es am eigenen Leib erfahren hatte. Diesen Schmerz mit ihr teilen zu können, würde es mir leichter machen, dessen war ich mir sicher.

Heute war Markttag und ich hoffte, ihr endlich wieder zu begegnen. Der Mauerspalt, den wir für unsere Botschaften genutzt hatten, war kein sicheres Versteck mehr, seit Malachi ihn entdeckt hatte, aber vielleicht konnte ich ihr die Nachricht auf andere Weise zuspielen. Vielleicht gelang es uns sogar irgendwie, miteinander zu reden.

Während ich durch die Virida galoppierte, dachte ich an nichts anderes. Das Gefühl der Freiheit, das mich früher bei meinen Ausritten immer begleitet hatte, war verschwunden. Stattdessen verspürte ich eine sture Entschlossenheit. Sie konnten mich einsperren. Sie konnten mir alles nehmen, was mir lieb und teuer war. Aber sie würden mich nicht kleinkriegen.

• • •

Auf dem Markt herrschte noch mehr Treiben als sonst. Menschenmassen schoben sich aneinander vorbei und ich hatte das Gefühl, zwischen ihnen zu ersticken. Nur den berittenen Stadtwachen gelang es, sich einigermaßen unbehelligt einen Weg durch die Menge zu bahnen. Einer von ihnen saß ab, um einen Bettler, der sich neben dem Stand mit den Kanarienvögeln niedergelassen hatte, auf die Beine zu zerren und fortzuscheuchen. Er war grob zu dem zerlumpten alten Mann, der sich kaum aufrecht halten konnte. Ich überlegte zu ihm zu gehen und einzugreifen, doch da war er schon zwischen den Marktständen verschwunden und ich verlor ihn aus den Augen.

»Eine Schauspieltruppe ist in der Stadt«, sagte der Stallbursche, bei dem ich mein Pferd unterstellte. »Sie haben einen tanzenden Bären dabei und führen allerlei Kunststücke auf. Die Leute kommen aus allen Ecken des Landes, um sie zu sehen. Heute Nachmittag geben sie auf dem Marktplatz eine Kostprobe.«

Mir war nicht nach einer Kostprobe zumute. Stattdessen marschierte ich, einem plötzlichen Impuls folgend, schnurstracks zu dem Stand mit den Weidenkörben. Als die Besitzerin mich sah, setzte sie ein schiefes Lächeln auf, das etwas müde wirkte.

»Na, meine Liebe? Seid Ihr hier, um noch einen Korb zu kaufen?«

Ich schüttelte entschieden den Kopf und griff nach ihren Händen. Ihre Augen wurden groß, als sie begriff, was ich vorhatte. Ich ließ die Bilder auf mich einprasseln wie Regen auf ein Dach und sah, wie die Alte eine Holztreppe hinunterstürzte. Wie sie mit dem Kopf aufschlug. Wie sie in dem kurzen Moment vor ihrer Bewusstlosigkeit um Hilfe rief, aber kein Mensch kam.

»Du bist vielleicht vier oder fünf Jahre älter als jetzt«, fasste ich hastig zusammen, »du fällst eine schmale Holztreppe hinunter und landest auf einem kalten Steinboden. Da hängt ein Bund Knoblauch und in einem Sack liegen Äpfel. Es sieht aus wie eine Vorratskammer. Gib acht auf deine Schritte, dann wirst du überleben.«

Was ich tat, war verboten. Ohne Lord Caius' Erlaubnis durfte ich niemandem seinen Tod vorhersagen. Aber es war mir egal. Ikarus' Tod hatte mich an den Rand einer Klippe getrieben und ich war bereit zu springen.

Die Alte drückte meine Hand so fest, dass es wehtat.

»Danke. Ich danke Euch. Wie kann ich Euch das bloß vergelten?« Sie griff in den Beutel ihrer Schürze, kramte einige Münzen heraus und hielt sie mir hin, ihre Handfläche war schmutzig und wettergegerbt. »Es ist nicht viel, aber alles, was ich habe.«

Ich schloss ihre Hand mit den Münzen darin.

»Behalte dein Geld. Du bist mir nichts schuldig.«

Dann ging ich davon.

Ich hatte gedacht, dass ich mich danach anders fühlen würde, leichter und befreit. Doch Ikarus' Tod lastete noch genauso schwer wie zuvor auf meinen Schultern.

Ohne etwas um mich herum wahrzunehmen, lief ich an den Ständen vorbei. Ich hielt nach Rhiannons dunkelblondem Schopf Ausschau, hoffte sie irgendwo zu sehen. Doch der Tag verging, ohne dass sie auftauchte. Ich hörte die Marktbesucher jubeln, als die Schauspieltruppe auftrat, und erhaschte einen Blick auf ein großes Tier mit braunem Fell, das ich noch nie zuvor gesehen hatte. Das musste der tanzende Bär sein, von dem der Stallbursche gesprochen hatte. Das Tier verschwand hinter den Rücken unzähliger Schaulustiger.

Normalerweise wäre ich ebenfalls neugierig gewesen, aber heute war es mir egal. Mein Magen knurrte und da ich den ganzen Tag noch nichts gegessen hatte, beschloss ich, an einem Obststand einen Apfel zu kaufen. Der Händler war bereits dabei, seine Waren einzupacken. Doch er hielt inne, als er mich sah.

»Was darf es sein, Mylady? Ein Apfel? Oder eine süße Birne?«

Stumm griff ich nach einem der Äpfel und hielt ihm eine Kupfermünze hin.

»Nicht erschrecken«, wisperte da eine Stimme neben mir.

Ich erkannte sie sofort. Unauffällig wandte ich den Kopf und erblickte meine Freundin. Fast hätte ich einen kleinen Freudenschrei ausgestoßen, aber ich biss mir fest auf die Lippe und zwang mich, ruhig zu bleiben.

Rhiannon wirkte blass um die Nase und ein wenig erschöpft. Hatte sie die Arbeit am Hof ihres Lords so angestrengt? Oder hatte sie sich ebenfalls von ihrem Feuervogel trennen müssen?

Sie nickte mir zu und bedeutete mir, ihr zu folgen. Während wir an den Marktständen vorbeischlenderten, taten wir so, als ob wir zufällig denselben Weg teilten. Wenn uns jemand beobachtete, waren wir nur zwei harmlose Marktbesucher.

Wie geht es dir?, wollte ich fragen, aber Rhiannon kam mir zuvor. Sie senkte den Kopf und starrte auf den gepflasterten Weg vor sich.

»Du siehst mich heute vielleicht zum letzten Mal«, sagte sie traurig.

Ihre Worte kamen hastig, als hätte sie lange darüber nachgedacht und wollte sie nun endlich loswerden.

»Wie meinst du das?«

Rhiannon sah sich unauffällig nach allen Seiten um. Sie wirkte verschreckt und gleichzeitig irgendwie aufgedreht.

»Ich muss von hier fliehen, Ezlyn. Es ist etwas passiert und jetzt …«

Sie brach ab. Eine Hand wanderte zu ihrem Bauch und blieb dort liegen.

»Was ist passiert? Sag mir, was los ist!«

Ich wurde von Panik ergriffen. Hatte Malachi etwa doch mit Rhiannons Lord gesprochen und ihm von unseren Botschaften erzählt?

»Erinnerst du dich an den Diener, mit dem du mich auf dem Markt gesehen hast? Eugene?«

Ein Lächeln huschte über Rhiannons Gesicht. Verwirrt sah ich zu ihr hinüber, bevor ich mich daran erinnerte, dass niemand unsere Unterhaltung mitbekommen durfte.

Wir hielten an einem Stand und gaben vor, die ausgestellten Silberketten und Armreifen zu bewundern. Rhiannon machte der Händlerin ein Kompliment für ein besonders schönes Stück. Am liebsten hätte ich sie fortgezogen, irgendwohin, wo wir uns ungestört unterhalten konnten. Aber so einen Ort schien es für uns nicht mehr zu geben.

»Was ist mit ihm?«, fragte ich, als wir endlich außer Hörweite der Händlerin waren.

»Ich erwarte sein Kind.«

Sie sagte es, als wäre es das Selbstverständlichste der Welt. Eine Todesseherin, die schwanger war.

Ich erinnerte mich an die Abbildung in einem Buch, das Schwester Caterina uns einmal gezeigt hatte. Eine schwangere Seherin, die zum Tode verurteilt vor einem Angelus Mortis kniete und auf die Vollstreckung wartete. *So wird es euch auch ergehen, wenn ihr euch einem Mann nähert,* hatte sie gedroht. *Erst verliert ihr eure Gabe und dann euer Leben.*

Mein Blick wanderte zu Rhiannons Bauch. Ihr Gewand

war weit und verriet nichts, aber in ihr wuchs Leben heran. Der Gedanke erschreckte mich so sehr, dass ich keuchend Luft holte.

»Wie konnte das geschehen?«, fragte ich. Meine Stimme klang ungewöhnlich schrill.

Rhiannon lächelte. »Muss ich dir das wirklich erklären?«

»Aber, warum hast du …?«

Ich schüttelte den Kopf, um die Bilder zu vertreiben, die mich unwillkürlich überfielen. Ich sah Rhiannon und Eugene vor mir, wie sie einander küssten und berührten, und das waren Dinge, die ich mir auf keinen Fall vorstellen wollte.

»Ich liebe ihn, Ezlyn.«

Rhiannon blieb stehen und sah mich ernst an.

Wir waren mittlerweile weit genug von den Ständen entfernt, sodass wir uns diesen kurzen Moment erlauben konnten. Jetzt, da ich ihr ins Gesicht blickte, erkannte ich noch eine andere Rhiannon. Sie war blass und erschöpft, aber gleichzeitig entschlossen und irgendwie – glücklich. Sie hatte etwas gefunden, wofür es sich zu kämpfen lohnte. Ich nickte kurz, zum Zeichen, dass ich verstanden hatte, dann setzten wir unseren Weg fort.

»Hast du deine Gabe verloren?«, fragte ich meine Freundin.

»Schon vor einer Weile. Es war ein Segen, Ezlyn. Ich konnte die Bilder nicht mehr ertragen. Die vielen Tode. Als es endlich vorbei war, habe ich vor Freude geweint.«

Sie verstummte, als ein Mann an uns vorbeispazierte. Kurz dachte ich, er würde uns ansprechen oder aufhalten, aber dann ging er einfach weiter.

»Es war gar nicht schwer. Ich habe mir einfach etwas ausgedacht, wenn ich zu meinem Lord gerufen wurde. Oder behauptet, es hätte sich nichts verändert und ich würde immer noch dieselben Bilder sehen. Aber jetzt … Ich kann mein Geheimnis nicht länger für mich behalten. Es wächst mit jedem Tag.«

Noch einmal strich sie über ihren Bauch. Das Lächeln auf ihrem Gesicht war schön und unheimlich zugleich.

»Eugene und ich müssen fliehen«, sagte sie schließlich. »Aber wir wissen nicht, wie. Uns fehlen die Mittel, um von hier fortzukommen.«

Ich dachte an die wenigen Kupfermünzen, die ich bei mir trug. Sie würden nicht helfen. Rhiannon und Eugene konnten sich nicht einfach zwei Pferde schnappen und davonreiten. Sie brauchten ein Dach über dem Kopf. Sie brauchten Essen, damit sie und das Kind überleben konnten.

Rhiannon seufzte. »Es wird nicht leicht werden.«

»Ich weiß vielleicht jemanden, der euch helfen kann«, begann ich zögerlich.

Malachi hatte mich davor gewarnt, noch einmal Kontakt zu Rhiannon aufzunehmen, aber er hatte mich nicht an seinen Vater verraten. Und er hatte sich wegen Ikarus für mich eingesetzt. Würde er mir beistehen, wenn ich ihn um Hilfe bat?

»Du sprichst von dem jungen Lord, habe ich recht?«, sagte Rhiannon und klang dabei wenig überzeugt.

Sie war Malachi damals im Tempel begegnet und hatte gleich ein ungutes Gefühl gehabt, was ihn betraf. Doch sie hatte ihn nicht kennengelernt wie ich. Sie hatte keine Zeit mit ihm verbracht, nicht mit ihm geredet und gelacht.

»Vertrau mir, er wird Verständnis für eure Situation haben«, versicherte ich ihr.

Ich wusste nicht, ob ich sie damit überzeugen wollte oder mich selbst. Rhiannon sah sich um, bevor sie kurz und verstohlen meine Hand drückte.

»Ich brauche ihm nicht zu vertrauen, Ezlyn. Ich vertraue dir. Du wirst wissen, was richtig ist.«

Erst als Rhiannon und ich getrennter Wege gingen, wurde mir die gefährliche Lage allmählich bewusst.

Meine Freundin würde ein Kind bekommen und mit ihrem Geliebten fliehen.

Und ich würde ihr dabei helfen.

KAPITEL 17

Malachi wirkte abwesend und nervös, während wir durch den Schlossgarten schlenderten. Das Wetter eignete sich eigentlich nicht für einen Spaziergang. Die Sonne kam nur selten hinter den grauen Wolken hervor und es war kühl, aber hier waren wir wenigstens ungestört. Ich hatte schon mehrere Male versucht, den jungen Lord auf Rhiannon anzusprechen, aber immer wieder den Mut verloren. Sie hatte ihr Leben in meine Hände gelegt, als sie mir erlaubte, mit Malachi zu reden. Und nun würde ich es in seine übergeben.

»Es war nicht in Ordnung, dass mein Vater Euch befohlen hat, Ikarus zu opfern«, sagte Malachi unvermittelt. »Es tut mir leid, dass ich ihn nicht aufhalten konnte.«

Die Erinnerung an Ikarus versetzte mir einen Stich, aber ich ließ es mir nicht anmerken.

»Er ist Euer Vater. Ich verstehe, dass Ihr Euch ihm nicht widersetzen konntet«, erwiderte ich verständnisvoll.

»Wirklich?«

Malachi sah mich wie ein kleiner Junge an, der nicht glauben konnte, dass man ihm so leicht vergab. Dabei traf ihn keine Schuld. Er war nicht derjenige gewesen, der meinen Feuervogel in einen goldenen Käfig gesperrt und mich dazu gezwungen hatte, ihn vor all diesen Menschen zu töten.

Ich nickte und er seufzte.

»Ich kann Euch gar nicht sagen, wie erleichtert ich bin, das zu hören. Dabei fühlt es sich an, als hätte ich Euch verraten. Wenn es etwas gibt, was ich für Euch tun kann …«

»Das gibt es tatsächlich«, platzte es aus mir heraus.

Der junge Lord runzelte die Stirn. »Sagt es mir!«

Ich atmete einmal tief durch, bevor ich nach seiner Hand griff. »Seid Ihr mein Freund?«

Malachi sah mich mit seinen grünen Augen lange und intensiv an, ohne auch nur ein einziges Mal zu blinzeln, und mein Herz schlug schneller, als hätte ich eine ganz andere Frage gestellt. Eine Frage, die viel intimer war – und viel gefährlicher.

»Natürlich bin ich Euer Freund«, sagte er schließlich.

»Dann möchte ich Euch etwas anvertrauen.«

Ich nahm all meinen Mut zusammen und erzählte ihm von Rhiannon und Eugene, von ihrer misslichen Lage und dass ich ihnen helfen wollte. Ich erzählte ohne Unterbrechung und ohne Malachi anzusehen, weil ich Angst vor seiner Reaktion hatte. Als ich fertig war, folgte eine lange Pause. Wir hatten inzwischen den Ort erreicht, wo zur Sommersonnenwende das Lagerfeuer gebrannt hatte, und mein Blick fiel auf die verkohlten Reste.

»Und?«, fragte ich in die angespannte Stille hinein.

Malachi ging zu dem Springbrunnen und ließ sich langsam auf seinem Rand nieder. Er hatte die Stirn nachdenklich in Falten gelegt.

»Rhiannon, sagt Ihr? Ich erinnere mich an sie. Und an den Lord, der sie damals erstanden hat.« Er sah mich durchdringend an. »Er wird keine Milde walten lassen, wenn er von ihrem Geheimnis erfährt.«

»Bitte, wir müssen ihr helfen!«, flehte ich.

Ich hatte bereits geahnt, dass Rhiannon bei ihrem Lord keineswegs in Sicherheit war, aber es aus Malachis Mund zu hören, machte es umso schlimmer.

»Wir werden etwas tun.« Malachi nickte entschlossen. Da war ein Glanz in seinen Augen, den ich nie zuvor bei ihm gesehen hatte. »Vertraut mir, Ezlyn. Ich werde mich um Eure Freundin kümmern.«

• • •

Ich traf Rhiannon noch ein letztes Mal auf dem Markt. Diesmal stand Malachi keine fünf Meter von uns entfernt. Wir waren drei Nachmittage hintereinander hierhergekommen, um sie zu suchen und ihr unseren Plan mitzuteilen.

Diese Stunden waren die schlimmsten in meinem ganzen Leben gewesen. Das Warten und die Angst um meine Freundin zermürbten mich und jeder Gedanke, der mir kam, war dunkel und unaussprechlich. Die getöteten Rebellen, Ikarus, der Schattenkrieger, Rhiannons Flucht – all das schwirrte in meinem Kopf herum und verfolgte mich bis in meine Träume, aus denen ich schweißgebadet und bis ins tiefste Innere erschüttert erwachte. Ich ging zur Morgenandacht und betete jeden Abend die Verse, die Schwester Caterina uns gelehrt hatte, aber es fühlte sich hohl und unecht an. War ich noch immer ein Instrument der Götter? Oder war ich nie eins gewesen? War ich in Wahrheit nur das Werkzeug der Lords?

Am schrecklichsten war die Stunde der Voraussage, die jeden Tag auf die Morgenandacht folgte. Ich hielt die Hände der

Menschen und wünschte, ich würde nicht sehen, was ich sah. Rhiannon hatte gut daran getan, sich ihrer Gabe zu entledigen. Sie kam mir inzwischen nur noch wie ein Fluch vor.

Als ich nun auf dem Marktplatz von Kassara vor meiner Freundin stand und sie in unser Vorhaben einweihte, nickte der junge Lord ihr unauffällig zu. Er war unser Verbündeter geworden und ich war ihm unendlich dankbar dafür.

»Malachi kennt einen Händler, der einmal in der Woche von Kassara ins nördliche Maris fährt. Er kann euch mitnehmen.«

Ich nannte Rhiannon Ort und Uhrzeit, zu der sie sich mit Malachi und dem Händler treffen würde. Es war eine gefährliche Aktion und ich betete zu den Göttern, dass alles glatt lief.

»Soll ich in deine Zukunft sehen?«, fragte ich Rhiannon, nachdem ich ihr alles erzählt hatte.

Sie schüttelte den Kopf.

»Nein, damit ist es vorbei. Es geht mir gut, jetzt da ich die Bilder nicht mehr sehe. Ich möchte mich nicht mehr fürchten müssen.«

»Aber es könnte dir helfen, deinem Schicksal zu entgehen …«

»Nein, Ezlyn. Ich will das nicht mehr.«

Rhiannon war so entschlossen, dass ich nicht weiter auf sie einredete. Auch wenn ich nur Stunden später, als ich aus einem meiner Albträume erwachte, wünschte, ich hätte es getan.

• • •

»So spät noch wach, Lady Ezlyn?«

Ich fuhr herum, als Dorian aus dem Schatten des Hoftores hervortrat. Er hielt die Arme hinter dem Rücken verschränkt und musterte mich misstrauisch. Hatte er mitbekommen, dass ich Malachi wenige Minuten zuvor zu den Stallungen begleitet hatte?

Der junge Lord war mittlerweile davongaloppiert. Der Vollmond stand am Himmel und leistete ihm Gesellschaft, während er zu dem Treffpunkt ritt, den Rhiannon und ich vereinbart hatten.

»Ich brauchte ein wenig frische Luft«, sagte ich zu Dorian.

»So? – Der junge Lord wohl auch. Ich sah ihn eben davonreiten.«

Er sagte es leichthin, aber ich war sicher, er ahnte, dass etwas vor sich ging.

»Wollen wir ein wenig spazieren gehen?«, fragte ich und ärgerte mich darüber, dass meine Stimme so unnatürlich hoch klang.

Ich wollte den Schattenkrieger ablenken, nur ein paar Minuten, bis Malachi außer Reichweite war. Das Traktat des Kaisers kam mir wieder in den Sinn. Hätte ich das blöde Ding doch bloß gelesen, dann könnte ich Dorian jetzt in ein Gespräch darüber verwickeln. Doch ich hatte es nach unserer letzten Begegnung nicht mehr aus der Satteltasche gekramt.

Dorian legte den Kopf schief und musterte mich. »Ich glaube, ich schließe mich lieber dem jungen Lord an. Es ist dunkel und gefährlich dort draußen. Er braucht vielleicht einen Leibwächter an seiner Seite.«

»Ich bin sicher, er kommt klar.«

In meinem Kopf überschlugen sich die Gedanken. Ich musste den Schattenkrieger irgendwie davon abhalten. Also startete ich einen neuen, verzweifelten Versuch.

»Dorian?«, sagte ich mit einem verführerischen Augenaufschlag und warf mein Haar zurück. Ich kam mir dabei idiotisch vor.

Er hob die Augenbrauen.

»Ja?«, sagte er, lauernd wie ein Raubtier.

»Meint Ihr nicht, wir könnten auch ohne den jungen Lord einen vergnüglichen Abend haben?«

Bei allen Göttern, das klang wie in einem schmutzigen Liebesroman. Ich überwand meine Beklommenheit, ging auf Dorian zu und trat so nahe an ihn heran, dass ich meinen Kopf in den Nacken legen musste, um ihn anzusehen. Seine nachtschwarzen Augen schienen noch dunkler zu werden. Ich glaubte, Verlangen in seinem Blick zu erkennen.

»Lady Ezlyn?«

Er ging auf mich zu und drängte mich gegen die Rückwand der Stallungen. Sein muskulöser Brustkorb hob und senkte sich unter seinen unregelmäßigen Atemzügen.

»Ja?«, wisperte ich und mein Herz schlug wie wild. Am liebsten wäre ich davongelaufen, aber der Schattenkrieger hatte seine Hände rechts und links von mir gegen die Wand gestemmt. An Flucht war nicht zu denken. Eine Haarsträhne fiel ihm ins Gesicht, als er sich zu mir herunterbeugte. Seine Lippen waren nur Zentimeter von meinen entfernt und das Blut rauschte in meinen Ohren.

Würde er mich küssen? Der Gedanke machte mir Angst. Aber gleichzeitig fühlte ich ein Kribbeln, das mir tief unter die Haut kroch. Dass ein Teil von mir diesen Kuss herbeisehnte, war ebenso erschreckend wie die Gewissheit, dass ich mich nur ein winziges Stück vorlehnen musste, um seine Lippen auf meinen zu spüren. Ich rührte mich nicht, wagte kaum zu atmen.

»Ihr solltet kein Spiel spielen, dem Ihr nicht gewachsen seid«, sagte er leise.

»Wer behauptet, dass ich das nicht bin?«, erwiderte ich atemlos.

Ich musste ihn küssen, wenn ich ihn davon überzeugen wollte, dass es mehr als ein Spiel war. Wenn ich ihn von Malachi ablenken wollte.

Doch mein kurzes Zögern reichte aus, dass er sich von mir abwandte und mit langen, schnellen Schritten auf den Stall zuging. Panik ergriff mich, als er seine Stute aus der Box holte. Er machte sich nicht einmal die Mühe, sie zu satteln, streifte ihr nur das Zaumzeug über.

»He!«, rief ich, aber er beachtete mich gar nicht.

Ich hatte den Dolch in meinem Stiefel versteckt. Bislang hatte ich es nicht gewagt, ihn gegen den Schattenkrieger zu erheben. Aber das hier war etwas anderes. Es stand nicht nur mein Leben auf dem Spiel. Ich dachte an Rhiannon und Eugene und ihr ungeborenes Kind. Ich dachte an Malachi, der dort draußen war und alles für uns riskierte.

»Dorian.«

Er stand noch neben seinem Pferd, als ich hinter ihn trat. Ich wartete, bis ich ihm ganz nah war. Dann zog ich die Klinge und setzte sie an seine Kehle. Schnell und gefährlich. Er wandte sich widerwillig zu mir um.

»Seid Ihr sicher, dass Ihr das tun wollt?«

Seine dunkle Stimme vibrierte in meinem Inneren.

»Ich werde tun, was nötig ist«, antwortete ich, entschlossener, als ich mich fühlte.

Dorian seufzte, als hätte er es mit einem aufmüpfigen Kind zu tun. »Ich würde Euch ungern wehtun, Lady Ezlyn.«

»Leider kann ich nicht dasselbe von mir behaupten.«

Meine Klinge streifte seinen Hals und hinterließ eine dünne Blutspur auf seiner blassen Haut. Ich drückte ein wenig fester zu, doch im selben Moment spürte ich Dorians Ellbogen in meinem Bauch und mir blieb die Luft weg. Mir wurde schwarz vor Augen und ich taumelte einen Schritt zurück. Der Schattenkrieger nutzte die Gelegenheit und schlug mir den Dolch aus der Hand. Er landete klirrend auf dem Steinboden.

»Es tut mir leid«, flüsterte Dorian. Er fing mich auf, noch bevor ich auf dem Boden aufschlug. »Aber Ihr könnt mir glauben, dass nicht alles so ist, wie es zu sein scheint.«

Vorsichtig legte er mich auf die Erde. Ich streckte meine Hand aus, versuchte sein Bein zu packen, doch es war nur ein schwacher Versuch, ihn aufzuhalten. Mir fehlte die Kraft. Ich hatte versagt.

Unter flackernden Lidern beobachtete ich, wie er auf sein Pferd stieg und es antrieb. Malachi hatte nur wenig Vorsprung. Der Schattenkrieger konnte ihn noch einholen. Und ich wollte mir nicht ausmalen, was dann geschah.

KAPITEL 18

Reiß dich zusammen, verdammt!

Meine Hände zitterten so sehr, dass es mir nur mühsam gelang, den Sattel auf den Rücken meiner Stute zu heben. Ich war eine unerfahrene Reiterin und konnte nicht wie Dorian ungesattelt reiten. Jede meiner Bewegungen kostete mich wertvolle Zeit. Zeit, die ich brauchte, um den Schattenkrieger noch einzuholen und aufzuhalten. Wie mir das gelingen sollte, wusste ich nicht. Darüber würde ich mir Gedanken machen, wenn es so weit war. Ich war nur froh, dass Dorian mir meinen Dolch gelassen hatte.

»Ruhig, meine Süße«, sagte ich zu meinem Pferd.

Die Stute spürte meine Anspannung. Ich brauchte drei Versuche, bis ich mich in den Sattel gezogen hatte, weil sie immer wieder von mir wegtänzelte. Doch schließlich ritt ich los, durch die mondbeschienene Nacht, die plötzlich viel unheimlicher war als noch wenige Minuten zuvor. Der steinige Weg hinunter in die Virida war schon bei Tageslicht eine Herausforderung. In der Dunkelheit klaffte der Abgrund neben mir wie ein finsteres Loch, von dem ich mich so weit wie möglich fernhielt.

Dorian musste in einem atemberaubenden Tempo geritten sein. Ich konnte ihn weder sehen noch hören. Nur der Wind heulte durch das Tal, begleitet vom Plätschern des Flusses und dem Schrei einer Eule, der durch die Nacht hallte. Ich zitterte vor Kälte, weil ich keinen Umhang trug. Als ich Malachi zu den Stallungen gebracht hatte, hatte ich nicht damit gerechnet, ebenfalls durch die Virida reiten zu müssen. Eigentlich wollte ich danach zurück auf mein Zimmer gehen und auf ihn warten. Daran war jetzt nicht mehr zu denken.

Malachi, Rhiannon und Eugene wollten sich jenseits der Stadtmauer von Kassara am Meeresstrand treffen. Ich beschloss, direkt dorthin zu reiten. Wenn ich den Schattenkrieger auf meinem Weg traf, würde ich ihn aufhalten. Andernfalls konnte ich die drei vielleicht noch rechtzeitig warnen.

Nachdem ich den steilen Abhang hinter mir gelassen hatte, trieb ich mein Pferd zu einem gehetzten Galopp an. Die Welt um mich herum verschwamm in einem grauen Blau, während ich vorwärtspreschte. Nur manchmal hielt ich inne, wenn ich meinte, den Schatten eines anderen Reiters vor mir auf dem Weg zu erkennen. Aber ich begegnete weder Malachi noch Dorian.

Wenig später erreichte ich die Stadt, die gespenstisch still vor mir lag. Eine kleine graue Katze strich vor den Toren herum. Es war keine Menschenseele zu entdecken.

Ich umrundete die Stadtmauer, die mächtig in den Himmel ragte, bis der Strand in Sicht kam. Wellen brandeten in sanfter Gleichmäßigkeit auf das Land, Mondlicht glitzerte auf dem Wasser und die kleinen Kieselsteine knirschten unter den Hufen meines Pferdes. Nirgends war eine Spur von Rhiannon und den beiden Männern zu finden. War ich zu spät? War es Malachi bereits gelungen, die anderen in Sicherheit zu bringen?

Ich wollte die Erleichterung nicht zulassen, die mich überkam. Irgendetwas fühlte sich falsch an.

Geräuschlos ließ ich mich aus dem Sattel gleiten und ging mit gezogenem Dolch den Strand entlang, während ich nach dem Licht einer Fackel suchte und auf Stimmen lauschte. Ein umgestürzter Baumstamm lag mir mitten im Weg. Algen hingen an seinen toten Ästen. Das Skelett eines Fisches hob sich weiß von den grauen Steinen ab. Ich machte einen Bogen darum und trat dabei in eine Kuhle, in der sich Meerwasser gesammelt hatte.

»Ihr wart schnell.«

Die kalte Stimme ließ mich zusammenfahren. Plötzlich stand Dorian vor mir. Er musste hinter dem Baumstamm gekauert und wie ein Raubtier auf seine Beute gelauert haben. Hastig hob ich meinen Dolch und streckte ihm die zitternde Spitze entgegen. Der Schattenkrieger trug noch immer seine Handschuhe, ich hatte also eine Chance gegen ihn.

Das glaubst du nicht wirklich. Er hat dich in den Stallungen in Sekundenschnelle überwältigt.

Fieberhaft dachte ich darüber nach, was ich als Nächstes tun sollte. Weglaufen? Malachi, Rhiannon und Eugene waren nicht hier, also war ihnen die Flucht vielleicht geglückt.

Oder er hat sie getötet.

Der Gedanke ließ mich einen Schritt zurückweichen, den Dolch immer noch auf Dorian gerichtet. Seine Augen wurden schmal.

»Aber Ihr wart nicht schnell genug«, fügte er hinzu.

Mein Blick folgte seinem zu einem Bündel, das auf dem Boden lag. Es sah aus wie ein vor Schmerz zusammengekrümmtes Tier.

»Was ist das?«, fragte ich argwöhnisch.

Dorian trat beiseite, damit ich es genauer sehen konnte. Ich wagte mich langsam vor, bemüht, ihn nicht aus den Augen zu lassen.

Einen Schritt … dann noch einen … Dann blieb ich abrupt stehen.

Das war kein Tier.

Das Blut stockte mir in den Adern, als ich begriff, was da vor mir lag. Ich schlug die Hand vor den Mund, versuchte den Schrei zu ersticken, der aus meiner Kehle drang. Meine Knie gaben nach und ich fiel auf den Strand, robbte rückwärts, um vor dem grausigen Anblick zu fliehen. Mein Dolch blieb auf dem Boden liegen. Ich hatte keine Kraft mehr, ihn zu halten, obwohl er meine einzige Waffe gegen den Schattenkrieger war.

»Was habt Ihr getan?«, flüsterte ich entsetzt.

Dorian knurrte verärgert. Er packte mich am Kragen und zerrte mich vorwärts, bis ich vor der zusammengekrümmten Gestalt kniete.

Es war kein Tier, sondern ein Mensch.

Ich hatte diesen Mann nur ein einziges Mal gesehen, doch ich erkannte ihn sofort. Fassungslos starrte ich in die blauen Augen, die ihren Glanz verloren hatten. Auf das dunkle Haar, auf dem sich eine Blutkruste gebildet hatte.

Eugene.

»Hätte ich ihn ermordet, dann wäre jetzt nur noch Asche von ihm übrig«, sagte Dorian grimmig. »Ich lasse keine Leichen herumliegen. – Aber seht selbst. Sein Körper ist noch warm.«

Ich wusste, warum er das sagte. Solange der Geist den Körper eines Menschen noch nicht endgültig verlassen hatte, blieb mir die Möglichkeit, seinen Tod zu sehen. Die letzten Bilder, die an seinen Augen vorbeigezogen waren, würden auch an meinen vorbeiziehen. Doch ich wagte es nicht, meine Hand zu heben.

»Ihr könnt Euch nicht ewig vor der Wahrheit verstecken«, sagte Dorian, griff nach meinem Arm und riss mich unsanft nach vorn. Meine Hand strich über Eugenes Wange. Sie war tatsächlich noch warm. Seine Bartstoppeln kratzten über meine Haut und ich wollte zurückweichen. Aber Dorian hielt mich unerbittlich fest, während die Bilder ihren Weg in meinen Geist fanden.

»Wo ist er? Ihr habt gesagt, der Händler würde hier auf uns warten.«

Er sah sich misstrauisch nach allen Seiten um. Rhiannon schien dem jungen Lord zu vertrauen, aber etwas an der Art, wie er sie beide ansah, machte ihn nervös.

»Ganz richtig. Das habe ich gesagt.« Der junge Lord nickte. »Aber auf Worte ist selten Verlass.«

Er wollte nach Rhiannon greifen, wollte sie von ihm fortziehen, aber der junge Lord kam ihm zuvor. Seine Lippen verzogen sich zu einem dämonischen Grinsen, als er sein Kurzschwert zog.

»Bitte … nicht … Das Baby …«

Sie waren ihrem gemeinsamen Glück so nahe gewesen und jetzt zerbarst es in unzählige Scherben. Er spürte die Klinge kaum, die sich in seinen Leib bohrte. Er dachte an Rhiannon und das Baby. Daran, dass er sie vor diesem Monster beschützen musste – bis zu seinem letzten Atemzug.

Doch dafür war es bereits zu spät.

»Nein …«

Ich kroch von Eugenes Leiche weg. Meine Hände schrammten über die Steine. Die Haut riss auf, aber ich spürte es kaum. Tränen flossen mir über die Wangen.

Er konnte das unmöglich getan haben.

Nicht Malachi.

»Erzählt es mir!«, bat Dorian.

Seine Stimme war jetzt sanfter. Er ging neben mir in die Knie, doch er berührte mich nicht, als spürte er, dass ich das nicht ertragen hätte. Ein Schluchzer schüttelte meinen Körper.

»Er wollte ihnen helfen … Ich verstehe das nicht … Warum …?«

Schwach und verloren klangen die Worte in der Dunkelheit. Ich hatte Malachi vertraut. Ihm nicht nur mein eigenes Leben anvertraut, sondern auch Rhiannons und Eugenes. Es war meine Schuld, dass Eugene nun hier lag. Meine Schuld, dass Rhiannon fort war.

»Wo ist sie?«

Ich sah mich hektisch nach einem zweiten Bündel um, das möglicherweise am Strand lag.

»Wer?«

Dorian folgte meinem Blick, aber auch er schien nichts zu finden, was seine Aufmerksamkeit erregte. Als ich ihm nicht antwortete, packte er mich an den Schultern und schüttelte mich.

»Wer, Ezlyn? Sagt es mir!«

Durch den Tränenschleier sah ich ihn leicht verschwommen. Seine nachtschwarzen Augen bohrten sich in meine.

»Ich kann nicht …«, antwortete ich verzweifelt.

Mit einem Mal fühlte ich mich schrecklich müde. So müde,

dass ich auf dem Strand zusammensacken und schlafen wollte. Das Salz des Meeres auf meinen Lippen vermischte sich mit dem meiner Tränen und ich konnte nicht aufhören zu zittern.

»Reißt Euch zusammen«, knurrte Dorian. »Es geht hier nicht um Euch. Ihr seid stärker als das.«

Ich hatte nicht damit gerechnet, dass er mir Trost spenden würde, aber sein Tadel ließ mein Schluchzen augenblicklich verstummen. Mit dem Handrücken wischte ich meine Tränen fort.

»Woher wollt Ihr das wissen?«, fragte ich ihn.

»Ich habe Euch kämpfen gesehen«, fuhr er ruhig fort. »Ich habe gesehen, wie Ihr Euch nach Ikarus' Tod vor Lord Caius verbeugt habt. Das war eine Kampfansage und ich habe Euch insgeheim applaudiert. Glaubt mir, Ihr seid stärker als alles, Ezlyn. Ihr wisst es nur noch nicht.«

Eine seltsame Ruhe legte sich über mich. Er hatte recht: Ich war stark. Ich musste stark sein – jetzt mehr denn je.

»Rhiannon«, stieß ich hervor. »Sie war bei ihm. Sie ist schwanger.«

Und dann erzählte ich Dorian alles. Es brach ungehemmt aus mir hervor. Teile davon musste er bereits geahnt haben, aber er unterbrach mich nicht. Als ich geendet hatte, senkte er ergeben den Kopf.

»Ich wusste, der junge Lord würde eine Möglichkeit finden, an Lord Cavanagh heranzukommen.«

»An Lord Cavanagh?«

Verständnislos schüttelte ich den Kopf. Den Namen hatte ich schon einmal gehört, als ich mit Dorian und Cress durch die Geheimgänge von Lord Alistairs Schloss geschlichen war. Die Lords hatten ihn als Verräter beschimpft und Mordpläne gegen ihn geschmiedet. Aber was hatte Cavanagh mit alldem zu tun? Ich war nicht mehr in der Lage, mir einen Reim darauf zu machen. Hinter meinen Schläfen pochte ein höllischer Schmerz.

»Rhiannon ist Eure Freundin. Hat sie Euch nie erzählt, für wen sie arbeitet?«

Nein, das hatte sie nicht. Rhiannon und ich hatten nie irgendwelche Namen genannt, aus Angst, jemand könnte unsere Botschaften finden und unsere Identität aufdecken. Aber ich erinnerte mich daran, was sie über ihren Lord geschrieben hatte. Er hatte nur wenig Personal an seinem Hof angestellt. Und ich erinnerte mich an die Worte eines Lords, den wir am Hof von Lord Alistair belauscht hatten: *Ich habe gehört, der Alte ist misstrauisch und lässt niemanden in seine Nähe.*

»Lord Cavanagh«, murmelte ich.

»Deswegen hat sich der junge Lord so schnell bereit erklärt, Euch und Eurer Freundin zu helfen«, schloss Dorian grimmig. »Das war seine Möglichkeit, sich Lord Cavanagh zu nähern. Er sucht einen Weg, ihn zu töten.«

Ich hatte Malachi Rhiannon und Eugene wie auf einem Silbertablett serviert.

»Was habe ich getan?«, flüsterte ich voller Entsetzen.

Der Schattenkrieger blickte auf das Meer hinaus und auf die Wellen, die an den Strand brandeten. Plötzlich wünschte ich mir nur noch, dass er mich in den Arm nehmen und mir versichern würde, alles werde wieder gut werden. Aber das wäre eine Lüge gewesen.

Und er gab mir etwas Besseres.

Er gab mir Hoffnung.

»Es ist gut möglich, dass Eure Freundin noch lebt«, sagte er. »Sie ist eine Seherin. Sie weiß mehr über die Leute an Lord Cavanaghs Hof als jeder andere. Und sie trägt ein Kind unter ihrem Herzen. Um seinetwillen wird sie dem jungen Lord jede Information geben, die er haben will. Vermutlich hat er sie mitgenommen und irgendwo eingesperrt, weil er hofft, möglichst viel von ihr zu erfahren.«

»Wir müssen sie finden.«

Verzweifelt klammerte ich mich an Dorians Arm, wie eine Ertrinkende an einen rettenden Ast. Ich wollte es nicht, doch er war mein einziger Halt. Er erstarrte unter meiner Berührung, dann legte er behutsam eine Hand auf meinen Rücken. Die Wärme, die von ihm ausging, war unendlich tröstlich.

»Es dürfte nicht allzu schwer sein, Rhiannon ausfindig zu machen. Malachi hat nichts zu befürchten. Er handelt im Sinne seines Vaters und aller anderen alvenischen Lords. Wahrscheinlich sperrt er Eure Freundin einfach in einem Verlies am Hof seines Vaters ein.«

»Wir können sie befreien«, sagte ich hoffnungsfroh. »Ihr könnt sie aus dem Verlies holen. Und wenn sich Euch jemand in den Weg stellt …«

Ich sah die Rebellen vor mir, die unter Dorians Hand zu Asche zerfallen waren. Er könnte das Gleiche mit Lord Caius' Leibwächtern tun. Und mit Malachi.

Der Schattenkrieger schüttelte den Kopf. Seine Hand löste sich von meinem Rücken.

»Es sind zu viele Männer, mit denen ich es aufnehmen müsste. Ich mag ein Monster sein, Lady Ezlyn, aber auch Monster kann man töten. Und ich hänge an meinem Leben. Ebenso wie an meiner Anstellung an Lord Caius' Hof.«

»Dann wollt Ihr gar nichts unternehmen?«

Meine Stimme zitterte vor Wut und Verzweiflung. Mein Kampfgeist regte sich. Ich hatte Rhiannon in diese Lage gebracht und ich würde sie auch daraus befreien – mit oder ohne

Dorians Hilfe. Aber ich bezweifelte, dass ich allein weit kommen würde.

»Habt Geduld. Wir werden etwas unternehmen«, sagte Dorian. Er stand auf und verschränkte die Arme vor der Brust. »Doch zunächst müssen wir Ruhe bewahren.«

Ich bezweifelte, dass mir das gelingen würde. In meinem Kopf herrschte so viel Chaos, dass es sich anfühlte, als könnte er jeden Moment platzen.

»Wir gehen jetzt zurück an den Hof und Ihr werdet Euch in Euer Bett legen und so tun, als wäre nichts gewesen«, sagte der Schattenkrieger langsam und eindringlich, als wollte er einem verwirrten Kind etwas begreiflich machen.

Zurück in die Höhle des Löwen – ich schauderte bei dem Gedanken.

»Und Malachi?« Sein Name versengte meine Zunge wie glühende Kohlen.

Dorians Kiefer spannte sich. »Er hat Euch ein gelungenes Schauspiel geboten, als er Hilfsbereitschaft vortäuschte. Wie wäre es, wenn Ihr jetzt den Spieß umdreht, Lady Ezlyn?«

KAPITEL 19

Am liebsten hätte ich ihn getötet. Ihm die Klinge meines Dolches an die Kehle gesetzt und dabei zugesehen, wie das Blut seinen Hals hinablief. Langsam, ganz langsam. Ich wollte die Furcht in seinen Augen sehen, wenn er begriff, dass er nur noch wenige Atemzüge zu leben hatte. Stattdessen eilte ich auf ihn zu, mit besorgtem Blick und weit aufgerissenen Augen.

»Ist alles gut gegangen? Ich habe die ganze Nacht kein Auge zugetan.«

»Keine Sorge.« Malachi legte mir lächelnd eine Hand auf die Schulter. »Ich habe mich um alles gekümmert.«

Und wie er das hatte …

»Den Göttern sei Dank.«

Es kostete mich all meine Kraft, meine Scharade aufrechtzuerhalten, aber ich tat es um Rhiannons willen. Ich fiel ihm sogar um den Hals, als wäre er mein Ritter in glänzender Rüstung. Und ich hakte mich bei Malachi unter und spazierte mit ihm durch den sonnenbeschienenen Schlossgarten, obwohl mir jede seiner Berührungen zuwider war. Es war das Mindeste, was ich für meine Freundin tun konnte, nachdem sie durch meine Schuld in seine Falle geraten war.

»Was würde ich bloß ohne Euch tun?«, säuselte ich und meine Frage klang so unaufrichtig, dass ich sicher war, Malachi würde es bemerken. Hatte ich ihm wirklich noch vor wenigen Tagen rückhaltlos vertraut? Ich erinnerte mich an Dorians Worte nach dem Angriff der Rebellen: *Ihr seid nur ein verwöhntes Kind, das alles glaubt, was ihm ein hübscher, reicher Lord erzählt.* Wie richtig hatte er damit gelegen! Ich hatte mich nach Malachis Aufmerksamkeit, seiner Nähe und Freundschaft, ja sogar nach mehr gesehnt. Ein bitterer Geschmack breitete sich in meinem Mund aus und mir wurde schrecklich übel.

»Wir ergänzen uns gut, Ezlyn. Ich wüsste auch nicht, was ich ohne Euch tun sollte.«

Malachi zwinkerte mir zu und ich fragte mich, ob die Doppeldeutigkeit seiner Worte beabsichtigt war. Ohne mich wäre er nie an Rhiannon und Eugene herangekommen. Ohne mich säße meine Freundin jetzt nicht in irgendeinem dunklen Verlies.

»Rhiannon und ihr Geliebter werden jetzt sicher schon auf dem Weg nach Maris sein«, sagte ich beiläufig und zwang mich im Gleichtakt mit Malachi zu gehen.

»Eine schöne Stadt«, erwiderte er, las einen Kieselstein auf und ließ ihn in den Schlossbrunnen fallen. Der Stein zog immer größer werdende Kreise auf der Wasseroberfläche. »Sie werden sich dort wohlfühlen. Und es ist weit genug von Lord Cavanaghs Einflussbereich entfernt. Er wird ihnen nichts mehr antun können.«

Ich versuchte einen Anflug von Falschheit in seinen Augen zu erkennen, aber da war keiner. Ich rief mir Dorians Bitte ins Gedächtnis, Ruhe zu bewahren. Wir mussten den jungen Lord in Sicherheit wiegen. Nur dann konnte es uns gelingen, ihn zu überraschen und Rhiannon zu befreien. Der Schattenkrieger hatte mir versprochen, sie zu finden. Er kannte jeden Winkel des Hofes und wusste, wo sich die Verliese befanden. Ich vertraute ihm nicht ganz, aber mir blieb nichts anderes übrig, als seinen Plan zu befolgen. Also lächelte ich mit Malachi um die Wette, während in meinem Inneren ein düsterer Sturm tobte.

Der junge Lord schüttelte seufzend den Kopf. »Eine schwangere Todesseherin … Ich kann kaum glauben, dass Eure Freundin ihre Gabe einfach so weggeworfen hat.«

»Das hat sie nicht.« Ich musste mich beherrschen, um ihn nicht wütend anzuzischen. Meine Finger krampften sich in den Rock meines Kleides und ich merkte, wie mein Atem schneller ging.

»Ach, nein?«, fragte Malachi überrascht.

»Sie war verliebt«, presste ich hervor.

Ruhig, Ezlyn, ganz ruhig! Er darf nichts merken.

Malachis Augen wurden schmal. »*War*? Ich hoffe, sie ist es noch.«

Verdammt! Ich musste besser auf meine Wortwahl achten, wenn ich den jungen Lord überzeugen wollte.

»Sie bekommt sein Kind. Ich fürchte, ihr bleibt gar nichts anderes übrig, als ihn zu lieben.«

Ich verzog das Gesicht, als wäre ich der Meinung, dass Rhiannon einen großen Fehler begangen hatte. Das Misstrauen aus Malachis Blick wich einem verstehenden Lächeln.

»Nun, ich bin froh, dass Ihr das so seht, Ezlyn. Es wäre nicht auszudenken, wenn Euch Eure Freundin Flausen in den Kopf gesetzt hätte.«

Flausen.

Flausen, die nun tot am Strand von Kassara lagen. Malachi

hatte sich nicht einmal die Mühe gemacht, Eugenes leblosen Körper zu beseitigen. Aber warum auch? Wir lebten in einer Welt, in der sich niemand um einen toten Diener scherte.

»Ganz bestimmt nicht«, versicherte ich ihm. Dann drehte ich Malachi den Rücken zu, bevor er den Zorn in meinen Augen flackern sah, und suchte den Schatten der Obstbäume.

• • •

»Es scheint, als wäre Eure Freundin noch am Leben«, sagte Dorian, als ich den Pavillon betrat. Ich erinnerte mich daran, wie wir uns das letzte Mal hier begegnet waren. Damals dachte ich, er wäre mein größter Feind. Jetzt war alles anders, denn es gab etwas, das ich noch mehr fürchtete als meinen eigenen Tod: Rhiannon zu verlieren. Und das durch meine eigene Schuld. Ich konnte nur erahnen, welche Angst sie gerade ausstehen musste und wie sehr sie unter Eugenes Tod litt.

»Wo ist sie?«, fragte ich und hätte den Schattenkrieger am liebsten gepackt und die Worte aus ihm herausgeschüttelt.

Er wandte sich zu mir um und musterte mich von oben bis unten.

»Ihr werdet doch nichts Dummes tun, wenn ich es Euch verrate?«

»Nur wenn es dumm ist, seine Freundin retten zu wollen.«

Der Schattenkrieger nickte, als hätte er diese Antwort erwartet. Wie konnte er bloß so ruhig bleiben?

»Ihr solltet nicht ohne einen vernünftigen Plan nach vorn preschen«, erwiderte er.

»Sie hat Angst. Sie leidet. Und wir wissen nicht, wie viel Zeit uns bleibt. Wenn Malachi feststellt, dass sie für ihn nicht mehr von Nutzen ist …« Meine Stimme brach. Ich wagte es nicht, die Worte auszusprechen. Er würde sie töten, wenn wir nicht bald etwas unternahmen. »Wo ist sie, Dorian?«

Der Schattenkrieger lehnte sich gegen einen Holzpfeiler des Pavillons und verschränkte die Arme vor der Brust. Ich sah ihm an, dass er mit sich rang, und ich verstand sein Zögern. Er kannte Rhiannon nicht. Sie war eine Fremde für ihn. Und er riskierte sein Leben für sie, sollte unser Versuch, sie zu befreien, scheitern. Es war rätselhaft, warum er mir überhaupt half. Vielleicht hatte er Mitleid oder er verfolgte eigene Pläne.

»Kennt Ihr die Krypta unter der Schlosskapelle?«, fragte er schließlich.

»Ja, ich weiß, wo sie sich befindet.«

Natürlich war ich selbst nie dort unten gewesen. Mir genügte es, in die Augen der Lebenden zu sehen und ihre Todesarten vorherzusagen. Ich musste mich nicht auch noch mit den Verstorbenen beschäftigen. Aber ich ging jeden Morgen in die Kapelle, um zu den drei Göttern zu beten, wie es die Tradition verlangte. Und die steinerne Treppe, die hinunter in die Krypta führte, war mir schon öfter aufgefallen. Es schien mir immer, als würde die kalte, feuchte Luft aus den Gräbern nach oben dringen.

»Die Gänge dort unten sind weit verzweigt. Lord Caius nutzt diese Gruft, um Verbrecher und Verräter gefangen zu halten. Ich bin ihm heute bei einer peinlichen Befragung zur Hand gegangen.« Der Schattenkrieger verzog das Gesicht bei diesen Worten nicht, obwohl völlig klar war, was er meinte: Er hatte im Auftrag von Lord Caius jemanden gefoltert. »In einem der Verliese sitzt ein Mädchen, wie Ihr es mir beschrieben habt.«

»Seid Ihr ganz sicher?«

Ich sah ihn durchdringend an. Dorian seufzte.

»Ezlyn, wir müssen äußerst bedachtsam vorgehen, wenn

wir Eure Freundin retten wollen. Dort unten gibt es jede Menge Wachen. Ihr dürft jetzt nicht den Kopf verlieren.«

Ich wusste, dass er recht hatte, aber in meinem Kopf hämmerte nur ein Gedanke: *Es ist meine Schuld.* Ich würde wahnsinnig werden, wenn ich noch länger untätig blieb. Und wenn ich Malachi nur noch einmal anlächeln müsste, als wäre er mein Freund.

»Also? Was schlagt Ihr vor?«, fragte ich.

Dorian rieb seinen Dreitagebart und stellte meine Geduld erneut auf die Probe. Nervös zupfte ich an einem Rosenblatt, das längst verwelkt war.

»Ich kenne jemanden, der uns helfen kann«, sagte er. »Ich werde Kontakt zu ihm aufnehmen.«

Ich sollte also abwarten und auf Hilfe hoffen. Rhiannons Leben in die Hand eines anderen legen. Das hatte ich schon einmal getan und es war schiefgegangen. Sollte ich diesen Weg erneut gehen? An der Seite eines Mannes, der mich – wie ich ja wusste – bald töten würde?

»In Ordnung«, murmelte ich, obwohl ich insgeheim schon längst einen anderen Beschluss gefasst hatte.

Ich würde Rhiannon helfen.

Ich würde sie aus diesem Verlies holen.

• • •

Die Nacht war so klar, dass es schien, als müsste man nur die Hand ausstrecken, um einen Stern vom Himmel zu pflücken. Ich hatte auf Wolken gehofft, die sich vor den Mond schoben und mir genügend Deckung boten, dass ich unentdeckt an den Felsen entlang zur Schlosskapelle huschen konnte. Aber die Götter waren mir heute nicht gewogen.

Mein Plan war übereilt und unausgereift. Das wurde mir von Minute zu Minute klarer. Weder wusste ich, was mich in der Krypta erwartete, noch hatte ich eine Fluchtroute ausgearbeitet. Aber ich fürchtete um Rhiannons Leben. Sie war Malachi ausgeliefert und wer wusste schon, wie weit er gehen würde, um wichtige Informationen von ihr zu erhalten.

Vorhin hatte ich zwei Wachen patrouillieren sehen. Sie hatten eine Runde um die Kapelle gedreht und waren dann in ihrem Inneren verschwunden. Sie hatten nicht sehr aufmerksam gewirkt, eher als wollten sie sich nur kurz die Beine vertreten. Aber das konnte täuschen.

Ich musste wachsam bleiben und ihren nächsten Kontrollgang nutzen, um mir Zugang zu der Kapelle zu verschaffen. Doch damit das gelang, musste ich erst einmal näher an das Gebäude herankommen. Dabei hatte ich das Gefühl, dass der Mond auf mich herabschien wie die Kerzen in einem riesigen Kronleuchter.

Irgendwo weit oben im Schloss wurde ein Fenster geöffnet. Ich zog mich schnell hinter einen Baum zurück. Aus der Ferne konnte ich beobachten, wie jemand einige Sekunden lang am Fenster verharrte und dann wieder verschwand.

Also los!

Dieser Augenblick war so gut wie jeder andere. Wenn mich jemand erwischte, konnte ich immer noch behaupten, ich wollte nur etwas Luft schnappen. Auch wenn meine Reitkleidung und der Dolch in meiner Hand nicht unbedingt darauf hindeuteten. Man könnte sich außerdem fragen, warum ich mir für meinen Spaziergang nicht einen lauschigeren Ort als die Kapelle ausgesucht hatte, die wie ein spitzer Zacken an den zerklüfteten Felsen der Virida hing.

In geduckter Haltung und mit angehaltenem Atem schlich

ich vorwärts. Das Mondlicht schimmerte auf den grauen Steinen und ich konnte meinen Schatten sehen. Mit ein wenig Glück würde es nachher zwei davon geben. Ich hatte Pferde für Rhiannon und mich gesattelt, die in den Stallungen auf uns warteten. In meiner Satteltasche hatte ich etwas Geld, das Malachi mir im Laufe der Zeit gegeben hatte, jedes Mal wenn wir den Markt besuchten. Es war nicht viel, aber es musste genügen.

Ich fand ein Versteck hinter einem großen Stein, keine zwanzig Meter von der Schlosskapelle entfernt, kurz bevor die zweiflügelige Tür ein weiteres Mal aufging. Die beiden Wachen blieben im Eingang stehen. Der eine, ein breitschultriger Mann mit Bart, holte ein Messer hervor und nutzte die Spitze, um den Dreck unter seinen Fingernägeln hervorzupulen. Der andere, ein junger schlaksiger Kerl, legte den Kopf in den Nacken und betrachtete die Sterne.

»Diese Nacht ist eigentlich viel zu schön, um sich die Beine in den Bauch zu stehen«, seufzte er.

»Du denkst an deine Kleine«, stellte der andere gelangweilt fest.

»Ob sie wohl noch wach ist?«

Der Bärtige verdrehte die Augen.

»Ich muss mal pissen«, sagte er dann.

Er ging einige Schritte in meine Richtung. Ich duckte mich noch tiefer hinter meinen Stein und machte mich so klein wie möglich. Wenn er mich entdeckte, musste ich schnell sein und ihn niederstechen. Ich dachte an den Rebellen im Wald, dessen Bauch ich aufgeschlitzt hatte. Es war ein Reflex gewesen, als ich die Klinge hochriss. Ich musste mich verteidigen. Diesmal wäre es anders. Diesmal musste ich diejenige sein, die angriff.

Die Schritte des Wachmanns stoppten. Er konnte nicht

mehr weit von mir entfernt sein. Mit klopfendem Herzen lauschte ich. Kleidung raschelte, dann hörte ich ein Plätschern. Er schien mich nicht bemerkt zu haben.

»Komm, wir drehen eine Runde«, sagte er zu seinem Kameraden, sobald er wieder an der Kapelle angelangt war.

Ich konnte mein Glück kaum fassen, als die beiden Männer endlich verschwanden. Die Tür zur Schlosskapelle stand noch immer offen. Auf Zehenspitzen lief ich zu ihr hinüber und schlüpfte hindurch.

Die Bänke und der Altar mit dem Buch des Lebens waren in der Finsternis nur schemenhaft zu erkennen. Die bunten Heiligen in den Glasfenstern schauten auf mich herab. Ich senkte schnell mein Haupt und ließ meinen Dolch sinken. Es kam mir frevelhaft vor, an diesem heiligen Ort mit einer Waffe herumzulaufen. Doch schließlich war nicht ich diejenige gewesen, die im Keller dieser Kapelle ein Gefängnis eingerichtet hatte.

Die Treppe, die zur Krypta hinunterführte, lag in kompletter Dunkelheit. Ich tastete mich die Stufen hinab und ignorierte die feuchte Kälte, die nach mir zu greifen schien. Ich trat nur leise auf, doch ich hatte das Gefühl, dass meine Schritte durch das ganze Gebäude hallten. Wenn die beiden Wachen zurückkommen und mich hier finden würden, dann würden sie mich ebenfalls in eines der Verliese sperren. Der Gedanke ließ mich schneller gehen. Ich übersah eine Stufe und geriet ins Stolpern. Meine Hände schrammten an der rauen Steinwand entlang und suchten Halt. Dann hatte ich schließlich das Ende der Treppe erreicht.

Die Tür zur Krypta war schwer. Ich musste mich mit aller Kraft dagegenstemmen, bis es mir gelang, sie einen Spaltbreit zu öffnen.

Das Innere des Gemäuers war von Fackeln beleuchtet, die

an den Wänden hingen. Es roch modrig und die Ruhe des Todes legte sich über mich, als ich den länglichen, von Säulen gestützten Raum betrat. Ich schenkte den weißen Marmorsärgen, die zu beiden Seiten in Mauernischen standen, keine Beachtung.

Dorian hatte gesagt, dass es im hinteren Teil der Krypta eine Tür gab, die zu den Verliesen führte. Ich huschte durch den Raum und fand sie sofort, sie war klein und unauffällig.

Weit über mir knarrte eine weitere Tür. Wahrscheinlich waren die Wachmänner von ihrem Kontrollgang zurück. Ich nahm nicht an, dass sie in die Krypta hinuntersteigen würden, um die Verliese zu kontrollieren. Aber Rhiannon und ich würden auf unserem Rückweg irgendwie an ihnen vorbeikommen müssen.

Vorsichtig drückte ich die Klinke hinunter und war erstaunt, dass sich die Tür zu den Verliesen so leicht öffnen ließ. Tiefe Schwärze kam mir entgegen. Der modrige Geruch verstärkte sich, begleitet von einem beißenden Beigeschmack, den ich nicht zuordnen konnte.

Ich nahm eine brennende Fackel aus einer der Halterungen an der Wand und setzte meinen Weg fort. Die Gänge wurden hier unten immer enger. Meine Schultern streiften erdige Wände, der Boden war uneben. Hier hatte man sich nicht die Mühe gemacht, Putz anzubringen oder einen Steinboden zu verlegen. Etwas tropfte auf meinen Kopf. Ich sah ein Insekt vor dem Schein meiner Fackel in die Dunkelheit fliehen. Am liebsten hätte ich umgedreht und so schnell wie möglich das Weite gesucht. Aber das ging nicht. Ich musste jetzt an Rhiannon denken.

Ein Husten war aus dem Gang vor mir zu hören. Dann sah ich das schwache Glimmen von Licht. Ich erstarrte. Ob hier unten wohl noch ein weiterer Wachmann postiert war? Schnell löschte ich das Feuer meiner Fackel mit etwas Erde. Voller Angst vor dem, was mich erwartete, ging ich vorwärts, jeder Schritt vom Pochen meines Herzens begleitet. Der beißende Geruch wurde stärker, je näher ich dem Lichtschein kam. Ich unterdrückte ein Würgen.

Der Gang wurde breiter und öffnete sich schließlich zu einer Art Kellergewölbe. Ich blieb ganz dicht an der Wand, damit niemand mich sehen konnte. Doch vor mir lag nur eine Reihe von Zellen. Ausbuchtungen in der Wand, die durch Gitterstäbe abgetrennt waren. Das schummrige Licht kam von einer Kerze am Ende des Raumes.

Ich trat in die Mitte des Kellers und spähte in die Zellen hinein. Die ersten beiden waren leer. In der dritten lag ein älterer Mann auf einer Pritsche. Er hatte mir den Rücken zugewandt. Er war es, den ich hatte husten hören. In der Zelle gegenüber lag eine Frau mit verfilzten Haaren auf dem Rücken und schlief. Sie sah so ausgemergelt aus, dass ich mir die Hand vor den Mund halten musste, um ein Keuchen zu unterdrücken.

Jetzt waren nur noch zwei Zellen übrig. In einer davon musste Rhiannon sein. Ich betete, dass ihr in der Zwischenzeit nichts passiert war.

Die Zelle zu meiner Rechten stand ebenfalls leer. In der letzten sah ich eine Gestalt auf einem Stuhl sitzen.

»Rhiannon«, flüsterte ich erleichtert.

Ich wollte zu ihr laufen, meine Hände um die Gitterstäbe legen, aber ich hielt jäh inne. Die Zellentür war nur angelehnt. Und die Gestalt, die dort in der Finsternis saß, sah nicht aus wie Rhiannon. Sie war größer und hatte breite Schultern.

»Kommt näher, Ezlyn. Nur keine falsche Scheu.«

Ein Streichholz flammte auf und beleuchtete Malachis

blonde Locken und seine ebenmäßigen Gesichtszüge. Auf seinem Schoß lag ein in Leder gebundenes Buch, das ich schon unzählige Male bei ihm gesehen hatte. *Altalvenische Kriegsstrategien.*

»Ihr dachtet wohl, Ihr könntet mich mit Eurem liebreizenden Lächeln darüber hinwegtäuschen, dass Ihr meinem kleinen Spiel auf die Schliche gekommen seid …?«

KAPITEL 20

Meine Hand fuhr nach vorn, um die Zellentür zuzuwerfen und Malachi einzusperren. Doch er war schneller. Mit einem Satz hechtete er zu mir und umfasste mein Handgelenk mit dem Dolch mit eisigem Griff.

»Bemüht Euch nicht, Liebes. Ich habe einen Schlüssel. Und Eure Freundin werdet Ihr auf diese Weise auch nicht retten können.«

Als er meinen entsetzten Gesichtsausdruck sah, legte er den Kopf in den Nacken und lachte. Seine weißen Zähne blitzten in dem dämmrigen Licht.

»Oh bitte, seht mich nicht so an, Ezlyn«, fuhr er verächtlich fort. »Ich wusste, dass etwas nicht stimmt, als Ihr Rhiannons herzzerreißende Liebesgeschichte so verächtlich niedergemacht habt. Ich war mir sicher, dass Ihr versuchen würdet, sie zu befreien. Und da habe ich mir diese kleine Inszenierung für Euch überlegt. Wie mir scheint, ist die Überraschung gelungen.«

Der Raum um mich herum begann sich zu drehen. Es kam mir vor, als kämen die Wände unaufhaltsam näher. Als schlösse sich eine ungeheure Kraft um meinen Brustkorb und quetschte ihn zusammen.

Malachi quittierte mein stummes Entsetzen mit einem Schulterzucken.

»Es ist mir allerdings schleierhaft, wie Ihr mir überhaupt so schnell auf die Schliche kommen konntet. Hat Arcane Euch erzählt, dass er Eure kleine Todesseher-Freundin hier gesehen hat? Er ist nicht sonderlich gesprächig, aber vielleicht hat er für Euch ja eine Ausnahme gemacht. Ich hoffe nur, Ihr habt ihn für diese Information nicht unter Euren Rock gelassen? Ich denke, *eine* schwangere Todesseherin, die ihre Kräfte für eine Liebschaft verloren hat, ist schon Schande genug, meint Ihr nicht auch?«

»Lasst mich los!«, stieß ich zwischen zusammengepressten Zähnen hervor.

Ich hatte erwartet, dass Malachi zornig werden würde. Dass ich seinen ganzen Hass zu spüren bekäme. Aber sein Blick wurde sanft, als er mir eine Hand an die Wange legte.

»Ich verstehe, warum Ihr das tut, Ezlyn. Ihr glaubt noch immer, dass Euer Leben und das der anderen Frauen euch selbst gehört. Doch so ist es nicht. Und je eher Ihr das begreift, desto schneller werdet Ihr Euch hier am Hof zu Hause fühlen. Denn das ist es jetzt, Euer Zuhause. Und Euer Leben liegt ganz in meinen Händen.«

Ich bog meinen Kopf nach hinten, um seiner Berührung zu entkommen, aber seine Hand glitt in meinen Nacken und zog mich näher zu sich heran, bis ich seinen widerlichen warmen Atem auf meiner Haut spürte. Er zwang mich, meine Stirn an seine zu legen. Ich begann unkontrolliert zu zittern, als meine verschwitzte, heiße Haut auf seine kühle, glatte Stirn traf.

»Wisst Ihr, Sturmwind war genau wie Ihr. Immer wenn ich in den Sattel stieg, versuchte er sich zu wehren«, flüsterte er, und ich hörte unverhohlenes Entzücken in seinem Tonfall. »Er stieg und bockte, aber es ist ihm kein einziges Mal gelungen, mich abzuwerfen. Irgendwann hat er begriffen, dass ich der Stärkere bin.«

Malachis Gesicht verzerrte sich zu einem abscheulichen Grinsen.

»Es gibt nichts Erhabeneres, als ein wildes Wesen zu zähmen. Und ich freue mich auf den Tag, an dem Ihr mir aus der Hand fressen werdet, genau wie Sturmwind es tut.«

»Auf diesen Tag könnt Ihr lange warten«, zischte ich wütend.

Ich nahm all meine Kraft zusammen, riss mich los und spuckte Malachi ins Gesicht. Er grinste noch immer, während meine Spucke ihm über die Wange lief. Und er machte keine Anstalten, sie wegzuwischen.

»Nur zu, wehrt Euch! Ihr glaubt ja gar nicht, wie sehr ich das genieße.«

Sein zynisches Gelächter ertönte, als ich vor ihm zurückwich, gegen das Gitter der gegenüberliegenden Zelle prallte und in die Knie ging. Ich richtete mich rasch wieder auf und stolperte auf den dunklen Gang zu, durch den ich hierhergekommen war.

»Kein Grund zur Eile, Ezlyn. Es gibt keinen Ort, wohin Ihr fliehen könntet«, rief Malachi mir hinterher.

Er folgte mir nicht, und er versuchte nicht, mich aufzuhalten. Warum sollte er auch? Ohne Rhiannon würde ich Lord Caius' Hof niemals verlassen. Und wenn ich es dennoch versuchte, würde man mich einfangen und wie ein wildes Tier in einen Käfig sperren. Ich konnte Malachi töten. Aber das wäre mein Ende gewesen. Und dann hätte ich nie erfahren, wo er Rhiannon hingebracht hatte.

Die beiden Wachen kamen mir auf der Treppe entgegen, die

zur Krypta führte. Offenbar waren sie in Malachis Plan eingeweiht gewesen. Ich sah keine Überraschung auf ihren Gesichtern. Der Bärtige verbeugte sich mit einem schäbigen Grinsen, als er mir die Tür aufhielt.

»Mylady.«

Zornig packte ich seine Hand, zog ihn näher zu mir heran und starrte in seine braunen Augen.

»Ich prophezeie dir einen langsamen und qualvollen Tod«, zischte ich.

Sein ängstlicher Blick verschaffte mir grimmige Genugtuung, während ich die steinernen Stufen hinaufstapfte.

Vielleicht konnte ich nicht fliehen – aber ich konnte kämpfen. Und wenn Malachi glaubte, er wüsste, wie man ein wildes Wesen zähmt, hatte er mich nicht erlebt. Ich hatte das Monster in meinem Inneren noch nicht entfesselt.

• • •

In den Stunden bevor die Sonne aufging, wanderte ich in meinem Zimmer auf und ab. Ich fühlte mich rastlos vor Panik und Wut. Wie hatte ich Malachi erneut in die Falle gehen können? Hatte ich wirklich geglaubt, einfach so mit Rhiannon aus dem Verlies spazieren zu können? Mein Blick fiel auf Ikarus' leeren Käfig. Ihn hatten sie mir bereits entrissen. Ich würde nicht zulassen, dass das Gleiche auch mit Rhiannon geschah.

Als es zu dämmern begann, legte ich mein Gewand an, deckte meine Sommersprossen ab und machte mich auf den Weg zur Morgenandacht. Meine Anwesenheit kam einer Kampfansage gleich. Malachi würde mich kaum dort erwarten. Aber ich wollte nicht zusammengekrümmt und weinend in meinem Zimmer sitzen, sondern aufrecht und stolz in der

Kapelle, nur wenige Meter von dem Ort entfernt, wo er mich in einen Hinterhalt gelockt hatte.

»Was für ein wunderschöner Morgen«, säuselte Malachi, als er mich vor der Kapelle entdeckte. »Habt Ihr gut geschlafen, Ezlyn?«

Er hakte sich bei mir unter, als hätte es die vergangene Nacht nicht gegeben. Ich fletschte die Zähne und hielt meinen Blick auf die Wiese vor uns gerichtet. Die Höflinge strömten bereits in die Kapelle. Einige von ihnen standen in Grüppchen beisammen und unterhielten sich. Auch Lord Caius war unter ihnen. Er hatte uns den Rücken zugekehrt. Seine langen blonden Haare waren mit einer Spange zusammengebunden. Der grüne Stein daran blitzte in der aufgehenden Sonne. Malachi straffte sich, als er seinen Vater bemerkte.

»Weiß Lord Caius eigentlich, dass Ihr fremde Seherinnen entführt?«, fragte ich, ohne auf Malachis Sticheleien einzugehen.

»Natürlich weiß er das«, erwiderte er und schlug die Augen zum Himmel. »Es geschah in seinem Auftrag. Aber bei der ganzen Sache geht es wirklich nicht um Eure Freundin, Ezlyn. Sie ist nur eine Spielfigur. Es geht um politische Angelegenheiten, die Ihr nicht begreift und aus denen Ihr Euch besser heraushalten solltet.«

Er tätschelte meine Hand, als versuchte er eine nervöse Stute zu beruhigen, der man ihr Fohlen weggenommen hatte.

Oh, ich hatte versucht, mich aus den politischen Angelegenheiten herauszuhalten. Schwester Caterina hatte uns immer davor gewarnt, uns einzumischen. Aber hier ging es um Rhiannon. Und für mich war es eine ganz persönliche Sache.

»Was habt Ihr mit ihr getan? Wo habt Ihr sie hingebracht?«

Ich sprach so laut, dass sich einige Höflinge neugierig zu

uns umdrehten. Doch Malachi brachte sie mit einem verärgerten Stirnrunzeln schnell dazu, sich wieder mit ihren eigenen Anliegen zu beschäftigen.

»Macht es Euch doch nicht schwerer, als es ohnehin schon ist. Ihr wisst, dass ich es Euch nicht sagen kann.«

Sein Mitleid klang täuschend echt. Ich riss mich von ihm los und marschierte auf den Eingang der Kapelle zu. Bevor ich sie betrat, warf ich einen letzten drohenden Blick in seine Richtung.

»Ich werde zum Gott der Gerechtigkeit beten«, knurrte ich.

Diesmal lächelte Malachi nicht.

Der Geruch von Weihrauch schlug mir entgegen. Einzelne Sonnenstrahlen fielen durch die buntverglasten Fenster und wärmten den Raum. Aber alles, was ich spürte, war die feuchte Kälte, die aus der Krypta heraufzog.

• • •

»Ihr habt *was*?« Dorian schüttelte fassungslos den Kopf. »Ist Euch klar, was Ihr damit angerichtet habt? Wir wussten, wo sich Rhiannon befindet. Jetzt könnte er sie überall hingebracht haben.«

Ich hatte den Schattenkrieger in den Stallungen gefunden, wo er gerade dabei war, sein Pferd zu striegeln. Wie es aussah, traf man ihn oft hier. Vielleicht weil das Gebäude weit genug vom Schloss entfernt war.

Hilflos warf ich die Hände in die Luft.

»Malachi hat Rhiannon fortgebracht, lange bevor ich versucht habe, sie zu befreien. Er hat Verdacht geschöpft, Dorian. Offenbar bin ich keine so gute Schauspielerin, wie wir beide geglaubt haben.«

Der Schattenkrieger legte den Striegel beiseite und stemmte erzürnt die Hände in die Hüfte. »Ihr seid ein störrisches Weib, das ohne Sinn und Verstand handelt«, sagte er und seine Nasenflügel bebten.

»Wenigstens handele ich und stehe nicht nur herum und schaue grimmig in die Gegend, als hätte man der missgelaunten Fledermaus den Balken weggenommen, von dem sie sonst herabhängt.«

Ich war wütend. Auf Malachi, der mich getäuscht hatte und nun glaubte, er besäße Macht über mich. Auf mich, weil ich schon wieder in eine Falle gelaufen war. Und auf Dorian, weil er mich außen vor ließ, anstatt mich in seine Pläne einzuweihen. Hätte er das getan, wäre ich sicher nicht vorgeprescht und allein in die Verliese gegangen.

Aber dann wären wir wohl gemeinsam auf die List des jungen Lords hereingefallen.

»Immerhin wissen wir jetzt, dass wir vor Malachi auf der Hut sein müssen«, fügte ich etwas versöhnlicher hinzu.

Es half nichts, mit ihm zu streiten. Wir mussten neue Pläne schmieden.

Dorian schnaubte. »Ich freue mich, dass Ihr solch erhellende Einsichten gewonnen habt.«

Er hob den Striegel wieder auf, um ihn an der Stallwand auszuklopfen. Ich griff nach seinem Arm, damit er innehielt und mich ansah.

»Zu wem wollt Ihr Kontakt aufnehmen, Dorian? Ihr habt gesagt, dass Ihr jemanden um Hilfe bitten wollt? Wer ist es?«

»Das geht Euch nichts an.«

Dorians Stute wieherte leise. Er strich ihr sanft über die Nüstern, bevor er sie in ihre Box führte.

»Es geht mich sehr wohl etwas an«, erwiderte ich. »Rhiannon ist meine Freundin. Und ich werde alles tun, um sie zu retten. Aber ich werde mich nicht länger auf die Worte anderer verlassen.«

Dorian schloss die Box hinter seinem Pferd und drehte sich zu mir um. Einen Moment lang starrten wir uns nur stumm an. Schließlich nickte er.

»In Ordnung. Aber, Ezlyn, hier geht es um mehr als nur um Eure Freundin. Wenn ich Euch in meine Pläne einweihe, müsst Ihr bereit sein mit uns zu kämpfen. Nicht nur gegen Malachi, sondern gegen alles, wofür er steht. Gegen die Unterdrückung. Gegen die Ungerechtigkeit. Gegen die herrschende Ordnung.«

Ich schluckte trocken. Offenbar war mir das Wesentliche bislang verborgen geblieben. Dorian ging es nicht um eine einzelne Todesseherin. Er wollte die ganze Welt in Trümmer legen. Und es gab andere, die an seiner Seite standen.

Der Schattenkrieger war gefährlich – doch auf eine andere Art, als ich immer angenommen hatte.

»Ihr sprecht von Rebellion«, wisperte ich und sah mich nach allen Seiten um, aus Angst, jemand könnte mich hören.

Rebellion. Allein das Wort jagte mir Furcht ein. Ich dachte an die Männer, die Malachi und mich in der Kutsche überfallen hatten, und an jene, die uns auf dem Weg zu Lord Alistairs Schloss angegriffen hatten. Auf keinen Fall wollte ich mich mit solchen Leuten verbünden. Aber es blieb mir gar nichts anderes übrig, wenn ich Rhiannon retten wollte.

Der Schattenkrieger nickte. Seine nachtschwarzen Augen funkelten unheilvoll.

»Ja, und ich spreche von einer neuen Welt.«

Und so folgte ich Dorian. Nicht ins strahlend helle Licht – sondern mitten in die Dunkelheit.

KAPITEL 21

Wir ritten schon seit Stunden durch den Wald. Im Mondlicht wirkten die Bäume, als wollten sie ihre schmalen, zittrigen Äste nach uns ausstrecken. Nebel kroch über den Waldboden.

Vielleicht bringt er mich nur hierher, um mich zu töten, jetzt, wo ich seine aufrührerischen Ansichten kenne.

Der Gedanke huschte durch meinen Kopf, bevor ich ihn eilig fortscheuchte. Wenn der Schattenkrieger das wollte, würde er sich nicht die Mühe machen, mitten in der Nacht mit mir durch den Wald zu galoppieren. Der Tod, den er brachte, war leise und hinterließ keine Spuren. Trotzdem wäre mir mit Ikarus an meiner Seite jetzt sehr viel wohler gewesen. Aber wo einst sein Krächzen und Flügelschlagen zu hören war, herrschte nun traurige Stille.

Rebellion. Das Wort spukte mir noch immer unheilvoll im Kopf herum. Würde ich wirklich in Kürze auf die Leute treffen, die mich schon zweimal angegriffen hatten? Und wie passte das alles zusammen? Dorian hatte die Männer verteidigt, die uns im Wald überfallen hatten. Er hatte mir ihre Beweggründe erläutert und mich naiv genannt, weil ich nicht begriff, warum sie das taten. Und doch hatte er sie getötet. Genau wie die schwangere Rebellin, von der Malachi mir erzählt hatte. Oder war das auch eine Lüge des jungen Lords gewesen?

»Ist es noch weit?«, fragte ich Dorian, der sein Pferd zügelte, damit ich zu ihm aufschließen konnte.

Sein Blick glitt über mein Gesicht und meine schwarze Reitkleidung, die ich für diese nächtliche Aktion gewählt hatte. Jetzt sahen wir beide aus wie zwei dunkle Fledermäuse.

»Ihr wirkt nachdenklich«, erwiderte er. »Als wolltet Ihr eine ganz andere Frage stellen.«

»Malachi sagte, Ihr habt eine Rebellin getötet, die ein Kind unter ihrem Herzen trug«, sagte ich leise.

Dorians Miene verzog sich zu einer gequälten Grimasse.

Also hatte er es wirklich getan. Mein Herz krampfte sich zusammen.

»Warum?«

Seine Antwort kam ohne Zögern. »Weil es Schlimmeres gibt als den Tod.«

Ich fragte nicht, was er damit meinte, konnte es mir aber lebhaft vorstellen. Vielleicht hätte die Frau ohne Dorians Eingreifen Folter und Vergewaltigung erfahren und andere verraten müssen, die ihr wichtig waren.

»Ihr konntet sie nicht retten?«, fragte ich ihn.

»Ich kämpfe für mehr als das Leben einer einzelnen Person.«

Seine Lippen waren ein schmaler Strich geworden. Das Mondlicht glänzte in seinem dunklen seidigen Haar. Es musste schwer sein, ein Leben als Rebell zu führen.

Und sehr einsam.

»Werdet Ihr keinen Ärger bekommen, wenn Ihr mich in das Lager Eurer Verbündeten führt?«, fragte ich, um unser Gespräch in eine andere Richtung zu lenken.

Ich konnte mir vorstellen, dass die Anwesenheit einer Todesseherin keine Begeisterung auslösen würde. Aber statt auf mich einzugehen, hielt Dorian sein Pferd an und stieß drei schnelle Pfiffe aus. Ich sah ihn überrascht an.

»Das ist keine Antwort auf meine Frage.«

»Es sollte auch keine sein.«

In den Büschen raschelte es. Erst dachte ich, es wäre nur der Wind gewesen, aber dann sah ich, wie sich drei Gestalten durch das Unterholz näherten. Zunächst liefen sie geduckt. Doch dann schienen sie Dorian zu erkennen und richteten sich einer nach dem anderen auf.

»Kleiner Bruder, wie schön dich zu sehen. Und von dieser hübschen Dame hat Cress mir schon erzählt. Ihr müsst Lady Ezlyn sein.«

Ein breitschultriger junger Mann kam auf mich zu und hielt mein Pferd, damit ich absteigen konnte. Seine Haare waren genauso dunkel wie Dorians.

»Die bin ich«, antwortete ich überrascht.

»Sie meinte, Dorian wäre bis über beide Ohren in Euch verschossen.«

»Du wirst doch nicht alles glauben, was Cress erzählt, Jorah«, sagte Dorian, aber er klang verlegen und auch mir war die Unterhaltung ein wenig peinlich. Ich wagte nicht zu dem Schattenkrieger hinüberzusehen, während ich mich aus dem Sattel gleiten ließ.

»Nur die Dinge, die mich besonders gut unterhalten.«

Jorah zwinkerte mir zu. Er trug eine braune Lederkluft und einen dunkelgrünen Umhang. Alles an ihm sah makellos und ordentlich aus.

Die beiden anderen hielten sich im Hintergrund, es waren eine junge Frau in meinem Alter und ein Junge mit kupferfarbenen Locken. Drei rote Farbstreifen zogen sich über ihr linkes Auge. Ich wich vor Schreck einen Schritt zurück, während Dorian nur die Stirn runzelte.

»Kommt ihr von einem Auftrag, oder warum die Kriegsbemalung?«

»Marion hat uns befohlen, den Fluchtweg zu bewachen.«

»Ihr seid …?«

Ich wagte nicht, es auszusprechen, obwohl ich es schon längst wusste.

»Rebellen«, sagte Jorah und breitete die Arme aus. Er grinste schief. »Die einzig wahren. Ist es nicht so, Maila?«

Das Mädchen trat vor und löste ihr Haarband. Sie schüttelte ihre langen schwarzen Haare und musterte mich dann mit einem forschen Gesichtsausdruck.

»Genau so ist es.«

Ich hatte das Gefühl, irgendetwas sagen zu müssen, aber ich wusste nicht, was. *Herzlichen Glückwunsch, dass ihr eure Berufung im Ermorden von Adligen gefunden habt!* Das käme sicher nicht gut an. Also erwiderte ich Mailas herausfordernden Blick und überließ das Reden Dorian.

»Kürzlich waren ein paar Extremisten unterwegs, die Lady Ezlyns Kutsche überfallen und den jungen Lord angegriffen haben«, berichtete er gelassen. »Insofern steht ihr gerade nicht allzu gut da.«

Man merkte ihm sofort an, dass er sich in der Gegenwart der anderen drei wohlfühlte. Alle Anspannung schien von ihm abgefallen zu sein. Ausgerechnet hier, an diesem finsteren Ort. Hätte ich nicht auf die Unterstützung der Rebellen gehofft, wäre ich davongerannt, so schnell mich meine Füße trugen.

Jorah runzelte die Stirn. »Oh, das tut uns leid. Aber du weißt ja, es gibt genügend Splittergruppen, die sich von uns entfernt haben und einen härteren Kurs gegen den Adel fahren. Leider gehen sie nicht sehr geschickt vor.«

»Das kannst du laut sagen.« Dorian schüttelte verärgert den Kopf.

»Marion hat versucht, sie von diesen Überfällen abzubringen«, sagte der Junge, der nun aus dem Hintergrund trat.

Er musste vierzehn oder fünfzehn Jahre alt sein. Mit seinem zerzausten Haar und den großen braunen Augen hatte er noch etwas Welpenhaftes, aber sein Gesichtsausdruck war pflichtbewusst und ernst.

»Dann ist ihr das nicht sehr gut gelungen«, erwiderte Dorian. »Wo ist sie? Ich will mit ihr sprechen.«

»Überlasst Maila und mir eure Pferde! Elias wird euch ins Lager bringen«, sagte Jorah und griff nach den Zügeln von Dorians Stute. Er nickte dem Jungen zu.

Wir folgten Elias einen kleinen Abhang hinauf zwischen Büschen und Bäumen hindurch zu einer Lichtung, auf der mehrere weiße Zelte standen. Einige der Planen sahen schon reichlich zerfetzt aus. Laternen hingen über den Eingängen und schaukelten im Wind. In dem größten der Zelte brannte ein unstet flackerndes Licht. Sonst wirkte alles ruhig. Vermutlich schliefen die meisten der Rebellen um diese späte Uhrzeit. Trotzdem sah ich mich wachsam nach allen Seiten um. Mein Blick streifte einen großen grauen Hund, der neben einem der Zelte lag, eine abgebrannte Feuerstelle in der Mitte der Lichtung und eine Wäscheleine, auf der allerlei abgetragene Kleider hingen.

So ein Lager hatte ich noch nie zuvor gesehen. Es fiel schwer, sich vorzustellen, dass Leute hier lebten. Tagein, tagaus Sturm und Wetter ausgesetzt, ohne ein festes Dach über dem Kopf.

»Also sind sie nicht wie die Männer, die uns angegriffen

haben?«, fragte ich Dorian, als ich sicher sein konnte, dass Elias weit genug entfernt war und mich nicht hörte.

»Nein, sie haben größere Ziele, als ein paar Lords lästig zu werden«, entgegnete er barsch, ohne mich dabei anzusehen. Sein Blick war auf das große Zelt am Ende des Lagers gerichtet.

»Und die roten Striche?«, fragte ich. »Was hat es damit auf sich?«

Er seufzte. »Einer für die, die starben. Einer für die, die für unsere Sache sterben werden. Und einer für die, die leben werden, wenn unser Plan gelingt.«

»Welcher Plan?«, fragte ich neugierig.

Aber er blieb mir die Antwort schuldig.

Wir gingen an einem Brunnen vorbei. An einem Seil, das über eine Winde lief, hing ein Wassereimer. Irgendwo hörte ich eine Ziege meckern und der Geruch von verkohltem Holz drang mir in die Nase. In der Ferne hoben sich die Tannen wie geisterhafte Schattenwesen gegen den nächtlichen Himmel ab. Mein Herz klopfte.

»Ihr habt nichts zu befürchten«, flüsterte Dorian mir zu, der mein Unbehagen bemerkte.

»Wer ist diese Marion?«

»Unsere Anführerin.«

»Ihr seid also einer von ihnen? Ein Rebell?«, sprach ich das Offensichtliche aus. Bislang hatte ich gehofft, er wäre vielleicht nur mit einigen von ihnen befreundet. Die Vorstellung, dass der Schattenkrieger Teil von etwas so Gewaltigem war, jagte mir Angst ein.

Dorian nickte. Jetzt wirkte er fast ein wenig stolz.

»Von Geburt an«, sagte er. »Meine Eltern haben sich der Rebellion angeschlossen, noch bevor meine Geschwister und ich auf die Welt kamen. Mein Vater ist für seine Überzeugung gestorben.« Sein Mund verzog sich zu einem grimmigen Lächeln. »Und ich wäre jederzeit bereit, seinem Beispiel zu folgen.«

»Aber Ihr seid ein Schattenkrieger.«

Meine Feststellung schien ihn zu amüsieren. Dorian zog die Augenbrauen hoch.

»Und Ihr glaubt, dass ich mich blind in mein Schicksal fügen und dem Adel gehorsam dienen muss? Ein Monster in einem goldenen Käfig – so wie Ihr?«

Ich warf Dorian einen entschuldigenden Blick zu, während ich einem morschen Holzkarren auswich, der mitten in unserem Weg stand.

»Ich dachte nur …«

Er winkte ab.

»Ja, die meisten Schattenkrieger sind tatsächlich gezwungen für die Adligen zu arbeiten, die ihre Dienste als Auftragsmörder in Anspruch nehmen. Doch für mich war es auch eine gute Gelegenheit, näher an einen der einflussreichsten Lords in ganz Alvenien heranzukommen.«

»Lord Caius.«

»Genau.«

»Aber was bringt Euch Eure Stellung an seinem Hof?«, fragte ich ihn.

»Informationen.«

»Welche Informationen?«

Dorian ging einen Schritt schneller und bedeutete mir mit einem Kopfnicken, ihm zu folgen.

»Das soll Euch Marion erzählen.«

Wir warteten einige Minuten vor dem Zelt, bis Elias die Anführerin über unsere Ankunft unterrichtet hatte. Die Zeit kam mir endlos vor. Ich hatte tausend Fragen und wusste nicht, ob ich die Antworten kennen wollte. Und obwohl ich diesen Menschen ebenso wenig traute wie Malachi, rief ich mir immer wieder in Erinnerung, warum ich hier war: Vielleicht konnten die Rebellen mir ja helfen, Rhiannon zu befreien.

»Ihr könnt jetzt reingehen«, sagte Elias und verschwand ohne ein weiteres Wort.

Dorian zog die Zeltplane beiseite. Er ließ mir den Vortritt. Das Innere des Zeltes war von unzähligen Kerzen beleuchtet, die auf einem Holztisch, einer kleinen Kommode und auf dem Nachttisch eines Bettes standen. Die Zeltwände waren mit lila Tüchern verkleidet. Ich hatte nicht erwartet, dass es in einem solchen Zelt derart wohnlich sein konnte. Überrascht betrachtete ich die bunten geknüpften Teppiche auf dem Boden und das hölzerne Windspiel, das in einer Ecke des Zeltes hing. Auf einem Stuhl stapelten sich jede Menge Bücher und Schriften. Ein Lederband mit dem Titel *Altalvenische Kriegsstrategien* fiel mir ins Auge. Das gleiche Buch besaß auch Malachi.

»Dorian. Ich habe dich viel zu lange nicht mehr gesehen.«

Eine Frau, die ich auf Anfang vierzig schätzte, kam mit ausgebreiteten Armen auf den Schattenkrieger zu. Sie nahm sein Gesicht in beide Hände und strich ihm über die Wangen, küsste ihn und schloss ihn schließlich fest in die Arme. Es schien ihm etwas unangenehm zu sein, aber er wehrte sich nicht. Verstohlen musterte ich die hochgewachsene, schlanke Frau mit den langen blonden Haaren und den herben Gesichtszügen, die keineswegs unfreundlich wirkten. Sie strahlte Durchsetzungskraft und Autorität aus, doch ihre graugrünen Augen waren voller Wärme.

»Du musst Ezlyn sein«, sagte sie und ergriff meine Hände, während sie mich eindringlich musterte, was mir ein wenig peinlich war. Offensichtlich hatte sie mein Starren bemerkt. »Es freut mich, dich kennenzulernen.«

»Marion hält nicht viel von Titeln und formeller Ansprache«, erklärte Dorian und warf mir einen entschuldigenden Seitenblick zu.

»Ich glaube nicht daran, dass unsere Geburt darüber entscheiden sollte, welche Chancen wir im Leben haben«, sagte Marion. Sie zwinkerte mir zu, wandte sich dann aber ab, um zu dem kleinen Holztisch zu gehen. »Wollt ihr beide einen Tee mit mir trinken?«

Ohne eine Antwort abzuwarten, verteilte sie eine grünliche Flüssigkeit auf drei Tontassen und reichte Dorian und mir jeweils eine davon. Ich schnupperte daran. Der Tee roch angenehm nach Pfefferminze und Zitronenmelisse. Die Tasse wärmte meine kalten Hände.

»Also? Ich nehme an, du hast Ezlyn nicht ohne Grund zu uns gebracht, Dorian«, fragte Marion, nachdem sie einen Schluck getrunken hatte.

»Da liegst du richtig.«

Der Schattenkrieger berichtete in knappen Worten, was vorgefallen war, während wir an dem Holztisch saßen und unseren Tee tranken. Marion hörte aufmerksam zu und stellte immer wieder Fragen. Wenn sie überrascht von seinen Schilderungen war, ließ sie es sich zumindest nicht anmerken. Als Dorian geendet hatte, lehnte er sich auf seinem Stuhl zurück und verschränkte die Arme vor der Brust. Marion stand auf und begann im Zelt auf und ab zu gehen, während sie nachdenklich an ihrer Lippe zupfte.

»Wir wissen natürlich, dass Lord Cavanagh aufgeflogen ist. Das ist ein großer Verlust für uns. Nicht nur weil er einer unserer heimlichen Verbündeten war, der uns mit Waffen und

Nahrungsmitteln versorgt hat. Seine Informationen über die anderen Höfe waren Gold wert.«

»Habt ihr ihn außer Landes schaffen können?«, fragte Dorian.

»Ja.« Marion seufzte. »Er wird sich in Rahjos ein neues Leben aufbauen müssen. Dort muss er nicht in ständiger Angst leben.«

»Und seine Seherin? Gibt es etwas, das ihr für sie tun könnt?«

Marion trat zu dem Stuhl mit den Büchern und Schriften und begann die losen Pergamente zu sortieren. Sie schien Dorians Blick zu meiden, als sie weitersprach.

»Du weißt, für uns geht es um sehr viel mehr als nur ein einzelnes Mädchen, Dorian. Der Besuch des Kaisers, jetzt, wo wir einen Verbündeten weniger haben …«

»Ich weiß.« Dorian nickte.

Sollte das alles gewesen sein? Gab sich der Schattenkrieger mit dieser Antwort zufrieden?

Ich stand auf, umrundete den Tisch und ergriff Marions Hände, so wie sie meine ergriffen hatte. Die Bilder ihres Todes, die mich überfluten wollten, drängte ich zurück.

»Bitte! Ihr könnt sie doch nicht einfach ihrem Schicksal überlassen. Es muss einen Weg geben, Rhiannon zu helfen.«

Marion sah mich nachdenklich an, dann schüttelte sie entschieden den Kopf.

»Ich wünschte wirklich, es wäre so, Ezlyn. Aber wir haben unseren eigenen Krieg zu führen. Wir können nicht …«

»Was, wenn ich euch helfe?«

Diese Frage hatte mir die Verzweiflung in den Mund gelegt. Ich wollte die Rebellion nicht unterstützen. Ich wollte nur meine Freundin in Sicherheit wissen.

Marions Blick glitt über mich. Er war immer noch voller Wärme, aber wenn man genau hinsah, konnte man auch eine Spur Berechnung erkennen. Mein Vorschlag hatte ihr Interesse geweckt, aber sie wollte es sich offenbar nicht anmerken lassen.

»Das würdest du tun?«, fragte sie.

Ich konnte spüren, wie Dorian sich hinter mir anspannte. Es schien ihm nicht zu gefallen, in welche Richtung sich unser Gespräch entwickelte.

Entschlossen hob ich das Kinn. »Ja.«

Marion nickte. »Ich werde dein Angebot überdenken. Dorian wird dir in den kommenden Tagen mitteilen, zu welchem Entschluss ich gekommen bin.«

»Nein, das dauert mir zu lange«, erwiderte ich hastig. »Rhiannon schwebt in Lebensgefahr. Entweder du nimmst mein Angebot an, oder …«

Marions graugrüne Augen wurden schmal. Vermutlich hatte ich mich verschätzt. Warum sollten die Rebellen meine Hilfe brauchen? Damit ich ihnen die Zukunft las? Es gab bestimmt noch andere Todesseherinnen, mit denen sie in Kontakt standen. Oder etwa nicht?

»Du hast Mut, das muss man dir lassen, Mädchen.« Marion trat zu mir und strich mir eine der pechschwarzen Haarsträhnen, die sich aus meinem Zopf gelöst hatten, hinter das Ohr. »Wir können jemanden wie dich gebrauchen.«

Mit diesen Worten verließ sie das Zelt und ließ uns allein zurück.

Dorian starrte gedankenverloren in das flackernde Licht einer Kerze.

»Komm!«, sagte er nach einer Weile und erhob sich von seinem Stuhl.

»Aber …«

Ich wollte nicht gehen.

Nicht ohne dass Marion mir ihre Hilfe zugesagt hatte. Doch Dorian legte mir eine Hand auf den Rücken und schob mich sanft auf den Zeltausgang zu.

»Du hast erreicht, was du wolltest, Ezlyn. Das war Marions Art, Ja zu sagen.«

KAPITEL 22

Ich weiß nicht, was ich erwartet hatte. Vielleicht dass Marion die Rebellen zusammentrommeln und zu Lord Caius' Schloss schicken würde, wo wir Rhiannon noch immer vermuteten. Dass sie Rhiannons Freiheit mit Schwertern und Armbrüsten erkämpften. Stattdessen wurden Dorian und ich zurück zum Hof geschickt – mit einem Stück Pergament, das Marion dem Schattenkrieger mitgegeben hatte, und dem Versprechen, man werde sich um Rhiannon kümmern.

»Ihr missbilligt das Angebot, das ich den Rebellen gemacht habe«, sagte ich zu Dorian, während wir schweigend durch das fahle Licht des Waldes ritten.

Er warf mir einen düsteren Blick zu. »Ich denke, Ihr wisst nicht, was Ihr für Eure Freundin riskiert. Marion lässt Euch im Ungewissen über ihre Pläne und vertraut darauf, dass Ihr an unserer Seite kämpfen werdet, wenn der Tag gekommen ist. Aber Ihr kämpft nicht für unsere Sache, Ihr kämpft für das Leben Eurer Freundin. Und ein Leben ist äußerst zerbrechlich.«

Er sah auf seine Hand hinab, und ich wusste, dass er daran dachte, wie leicht ein Menschenleben unter seinen Fingern zu Asche zerfallen konnte.

»Glaubt Ihr wirklich, für eine Sache zu kämpfen, wäre mehr wert, als für einen anderen Menschen?«, fragte ich ihn.

Seine Lippen wurden schmal, während er nachdenklich durch die Mähne seines Pferdes strich.

»Nein. Ich hoffe nur, dass Ihr nicht enttäuscht werdet, Ezlyn.«

Ich hatte Mühe, ihm zu folgen, als er seine Stute antrieb. Der Morgen dämmerte. In der Ferne konnte ich das Schloss über der Virida aufragen sehen. Seine drei Türme, die wie Schwertspitzen in den Himmel stachen.

»Was steht auf dem Zettel, den Marion Euch gegeben hat?«, fragte ich, als wir den Hof fast erreicht hatten.

Bislang hatte ich nur an Marions Teil der Abmachung gedacht. Daran, dass sie und die Rebellen Rhiannon befreien würden. Aber welchen Preis würde ich dafür zahlen müssen?

»Es sind Namen.«

»Was für Namen?«

Dorian schwieg und ich wurde unruhig. Was, wenn es sich um eine Todesliste handelte und Marion von mir verlangte, dass ich jemanden umbrachte? Ich wusste kaum etwas über die Rebellen und ihre Ziele.

»Dorian?«

»Ihr werdet noch früh genug erfahren, worum es geht.«

Seine Worte beruhigten mich nicht.

• • •

Die Rebellen hatten Rhiannon schnell gefunden. Sie befand sich in einem alten Lagerhaus in der Stadt, das Lord Caius gehörte. Jorah hatte Kontakt zu Dorian aufgenommen und ihm davon berichtet. Er hatte uns auch Ort und Zeit für ihre Befreiung genannt. Doch bevor wir uns mit den Rebellen trafen, um unseren Plan in die Tat umzusetzen, musste ich Malachi zu einem Bankett seines Vaters begleiten. Momentan schien mir dies eine größere Herausforderung zu sein, als durch die Schatten zu schleichen und Rhiannons Wachen zu überwältigen.

»Wo versteckt sich das zauberhafte Lächeln, das Ihr sonst immer für mich übrig habt, Ezlyn?«

Malachi deutete eine galante Verbeugung an und streckte mir seine Hand entgegen. Er hatte vor meinem Zimmer gelauert, wie ein Raubtier auf seine Beute. Ich ignorierte seine Geste und marschierte an ihm vorbei durch den Flur.

»Nicht so schnell, Liebes«, rief er mir hinterher. »Was sollen die Gäste und vor allem mein Vater denken, wenn Ihr wie ein bockiges Kind vor mir herstampft?«

»Es interessiert mich nicht im Geringsten, was Euer Vater denkt«, zischte ich.

Malachi gab ein tadelndes Geräusch von sich.

»Das sollte es aber. Stellt Euch nur vor, mein Vater bekäme von Eurem Benehmen schlechte Laune. Dann würde er es an mir auslassen. Und ich müsste wiederum jemand anderen schlecht behandeln. Eure kleine blonde Freundin vielleicht.«

Rhiannon wäre rechtzeitig fort, bevor Malachi Hand an sie legen konnte, sagte ich zu mir selbst. Aber was, wenn nicht? Was, wenn irgendetwas schiefging? Dieses Risiko konnte ich nicht eingehen. Alles in mir sträubte sich dagegen, neben Malachi zu treten und seine Hand zu nehmen, die er immer noch ausgestreckt hielt. Aber ich tat es trotzdem. Für Rhiannon.

Der junge Lord seufzte zufrieden, während er mich die Treppe hinabführte.

»So ist es schon viel besser, findet Ihr nicht auch?«

»Ich werde dafür sorgen, dass Ihr für Eure Vergehen bestraft werdet, das könnt Ihr mir glauben. Ich werde selbst die Klinge führen, wenn es so weit ist«, knurrte ich.

Heiße Tränen der Wut traten mir in die Augen. Malachi schlang seinen Arm um meine Taille und zog mich eng an sich. Ich konnte jeden Muskel seines Körpers spüren, während wir am unteren Ende der Treppe in dieser gezwungenen Umarmung standen. Mein Herz klopfte wie wild gegen seine Brust.

»Macht nur weiter so, Liebes. Es gefällt mir, wenn Ihr unartig seid.«

»Mylord. Lady Ezlyn.«

Dorians Stimme klang gleichgültig, als er uns begrüßte, aber an seinen geballten Fäusten konnte ich ablesen, wie es wirklich um ihn bestellt war. Er hätte Malachi am liebsten umgebracht.

»Arcane.« Malachis Griff lockerte sich, doch seine Hand blieb auf meinem Rücken liegen. Es war wie eine stille Warnung. »Ein Wunder, dass mein Vater Euch nach dem Desaster beim letzten Abendessen noch einmal eingeladen hat. Ihr habt die arme Lady Atarah in Angst und Schrecken versetzt.«

Der junge Lord lachte gekünstelt. Dorians Kiefer mahlte, aber er antwortete nicht. Stattdessen starrte er auf den von Kerzen beleuchteten Gang vor uns. Vielleicht um nicht mit ansehen zu müssen, wie ich mich unter Malachis Berührung wand.

»Wir sollten uns beeilen«, brummte er. »Euer Vater schätzt es nicht, wenn Ihr Euch verspätet, Mylord.«

»Ganz recht. Und wisst Ihr, was er ebenfalls nicht schätzt?« Malachis Zeigefinger kreiste über meinen Rücken. »Verrat … Ihr wisst nicht zufällig, wie Lady Ezlyn von gewissen *Besuchern* in den Verliesen unter der Schlosskapelle erfahren haben könnte?«

»Ich wüsste nicht einmal, warum die Lady sich dafür interessieren sollte«, erwiderte Dorian und sein Gesicht blieb reglos.

Ich hätte ihm selbst geglaubt, hätte ich es nicht besser gewusst. Malachi musterte den Schattenkrieger. Dann nickte er.

»Gehen wir.«

• • •

Ich bekam kaum etwas von diesem Abendessen mit. Meine Gedanken waren in jeder Sekunde bei Rhiannon. Ging es ihr gut? Würde es uns gelingen, sie zu befreien?

Lord Cavanagh war kurz nach Rhiannons Entführung untergetaucht, wie Marion uns berichtet hatte. Er hatte sich in Sicherheit gebracht, bevor die Lords ihre Mordpläne verwirklichen konnten. Auch Malachi musste davon gehört haben. Er hielt meine Freundin offenbar nur am Leben, um ein Druckmittel gegen mich in den Händen zu halten. Oder weil er glaubte, sie wüsste mehr über die Rebellen. Aber gleichwie, er war in den vergangenen Tagen vermutlich nicht gerade sanft mit ihr umgegangen.

»Ezlyn?«

Dorian, der auch an diesem Abend neben mir saß, stieß mich sanft mit dem Ellbogen in die Seite. Er hatte mich bereits zweimal davor bewahrt, völlig in meine Gedanken zu versinken. Als ich diesmal aufschaute, ruhten aller Augen auf mir. Auch die von Malachi.

»Entschuldigung«, murmelte ich. »Ich war nicht ganz bei der Sache.«

»Ihr seht so blass aus. Ist Euch nicht wohl, Liebes?«

Es war ausgerechnet Lady Atarah, die nun besorgt zu mir

herüberlächelte. Sie hatte sich auf der gegenüberliegenden Seite der Tafel vor dem Schattenkrieger in Sicherheit gebracht.

»Es geht schon, danke. Ich bin immer etwas nervös, wenn ich in solch großer Runde speise. Ihr wisst ja, wie das ist.«

Ich bedachte Dorian mit einem kurzen, scheuen Blick und entschuldigte mich insgeheim bei ihm dafür, dass ich wieder so tat, als ob er ein gefährliches Monster wäre. Aber niemand durfte die wahren Gründe für mein Unwohlsein erfahren.

Lady Atarah nickte. »Oh, ich verstehe nur zu gut, Liebes.«

Dorian verkrampfte sich neben mir. Ich konnte sehen, wie sich seine Finger in seinem Schoß erneut zur Faust ballten. Dieses Gefühl, ausgestoßen zu sein, kannte ich sehr gut. Auch meine Berührung wurde von allen gemieden.

Einem plötzlichen Impuls folgend, streckte ich unter der Tischplatte meine Hand nach Dorians aus. Ich konnte seinen erstaunten Gesichtsausdruck sehen und spürte, wie sich seine Muskeln unter meiner Handfläche entspannten.

Ich sah zu Lord Caius hinüber, der sich mit einem seiner Berater über den anstehenden Besuch des Kaisers unterhielt. Malachi funkelte mich über den Rand seines Weinkelches hinweg hinterlistig an. Er wirkte, als hätte er schon wieder eine neue Bosheit im Sinn. Egal, was meine Visionen mir prophezeiten – von allen Monstern in diesem Raum war Dorian das harmloseste.

• • •

Noch in dieser Nacht ritt ich an Dorians Seite nach Kassara. Er trug einen Waffengürtel, in dem ein Dolch steckte. Heute würde er nur ein gewöhnlicher Kämpfer sein. Seine Art zu töten hinterließ keine Spuren, aber genau das hätte den Verdacht auf ihn gelenkt.

Ich hoffte, dass Malachi mittlerweile schlief. Dass er nicht in der Gegend umherstreifte und irgendwelche Pläne schmiedete. Als wir das Schloss verlassen hatten, hatte in seinem Zimmer kein Licht mehr gebrannt. Aber der junge Lord war immer für eine unangenehme Überraschung gut, und ich erwartete fast, ihn irgendwo aus einer dunklen Ecke hervorspringen zu sehen.

Als wir Kassara erreichten, gesellten sich Jorah, Elias und Maila zu uns. Sie kamen aus einer zwielichtigen Spelunke und taumelten vor uns her, als hätten sie zufällig denselben Heimweg wie wir.

»Sie sind nicht wirklich betrunken, oder?«, zischte ich Dorian zu.

Wir hatten unsere Pferde vor der Stadt angebunden und gingen nun Arm in Arm durch die mondbeleuchteten Gassen. Wer uns sah, hielt uns vermutlich für ein Pärchen. Niemand würde auf die Idee kommen, dass wir einen Überfall auf eines der Lagerhäuser planten.

Ein Grinsen huschte über Dorians Gesicht.

»Da wäre ich mir bei Maila und Jorah nicht so sicher. Die beiden lassen sich eine Gelegenheit zu trinken selten entgehen. Aber keine Sorge, sie wissen, was sie tun.«

Ich hoffte, dass er recht behielt, und im nächsten Augenblick waren die drei spurlos verschwunden.

»Wo sind sie hin?«

Mein Blick glitt suchend über die grünen Fensterläden der Häuser, über eine flackernde Laterne, die in einem Eingang hing, und ein abgebrochenes Wagenrad, das an einer Hauswand lehnte. Bevor Dorian mir antworten konnte, packte mich jemand am Ärmel meiner Tunika und zog mich in die enge

Gasse zwischen zwei Häusern. Ich fand mich zwischen Abfällen und aufgestapeltem Holz wieder.

»Ist Euch jemand gefolgt?« Das war Jorahs ganz und gar nüchterne Stimme, dicht an meinem Ohr.

Ich schüttelte den Kopf.

»Gut. Wir sind da.« Jorah zeigte zu einem angelehnten Fenster über unseren Köpfen, das offenbar zu dem Lagerhaus führte, in dem Rhiannon gefangen gehalten wurde. »Ich hoffe, Ihr könnt klettern.«

Maila beobachtete mich aufmerksam, was mich nervöser machte, als ich ohnehin schon war. Elias drehte ein Messer zwischen den Händen.

»Wie viele Wachen?«, fragte Dorian, während er den Sitz seines Schwertes überprüfte.

»Zwei«, sagte Jorah. »Sie trinken Wein und spielen Karten. Es sollte nicht allzu schwer sein, sie zu überwältigen.«

»Werdet Ihr sie töten?«, fragte ich ängstlich.

Maila verdrehte angesichts meiner naiven Frage die Augen. Vielleicht hätte es mich nicht kümmern sollen. Diese Wachen waren Malachi unterstellt und ich war fest entschlossen, gegen ihn in den Krieg zu ziehen. Aber ich empfand Mitleid mit diesen einfachen Männern. Sie taten nur das, was ihr Lord ihnen befohlen hatte.

»Wir können nicht riskieren, dass unsere Rebellion mit diesem Anschlag in Verbindung gebracht wird«, sagte Jorah und tauschte einen zögernden Blick mit Dorian.

Angst packte mich. Worauf hatte ich mich eingelassen? Der Gedanke, die Wachen zu töten, ließ die Rebellen eiskalt.

»Wir gehen zuerst rein«, bestimmte Jorah. »Dorian, du wartest auf mein Zeichen und hilfst Ezlyn hinein, damit sie Rhiannon befreien kann. Dann sicherst du unseren Rückweg.

Du darfst dort oben nicht auftauchen. Falls etwas schiefgeht, hat dich niemand gesehen.«

Der Schattenkrieger und sein Bruder nickten sich zu.

Jorah zog sich schnell und geschickt am Fenstersims hinauf und öffnete lautlos den Laden. Dann folgten Maila und kurz darauf Elias, der mir einen aufmunternden Blick zuwarf, bevor er ebenfalls im Inneren des Lagerhauses verschwand. Dorian und ich warteten und horchten auf Schreie oder Kampfgeräusche. Einmal hörte es sich an, als würde ein Stuhl umfallen, doch sonst blieb alles ruhig. Nervös reckte ich meinen Hals. Durch das Fenster konnte man nichts sehen. Was dahinter lag, klaffte wie ein dunkles Loch.

»Was, wenn sie es nicht schaffen?«, wisperte ich.

Auf einmal kam mir unser Plan vollkommen töricht vor. Malachi wusste, dass ich nicht aufhören würde, nach Rhiannon zu suchen. Bestimmt hatte er mir eine neue Falle gestellt, und Jorah und die anderen tappten geradewegs hinein.

»Keine Sorge«, erwiderte Dorian, »Jorah führt das Schwert, seit er sechs Jahre alt ist. Und Maila ist flink wie ein Wiesel. Sie schlitzt den Wachen die Kehle auf, bevor sie wissen, wie ihnen geschieht.«

Das war beruhigend, aber irgendwie auch wieder nicht.

»Ezlyn.«

Als der Schattenkrieger eine Hand an meine Wange legte und mich aus seinen nachtschwarzen Augen ansah, wurde mir mit einem Mal bewusst, dass wir ganz allein hier waren. Es war so viel geschehen, dass ich die Vision von meinem Tod längst beiseitegeschoben hatte. Doch jetzt war sie wieder da, drängte sich in meinen Geist und ließ mich erstarren.

»Es wird alles gut werden«, murmelte er.

Da tauchte plötzlich Jorahs Kopf im Fenster auf. Ich schrak

so heftig zusammen, dass ich gegen Dorians Brust taumelte. Er wartete nicht ab, bis ich wieder einen sicheren Stand hatte, sondern packte mich um die Hüfte und hob mich zu dem Fenster hinauf. Mir blieb keine Zeit zum Diskutieren. Denn schon hatte Jorah meine Arme gegriffen und zog mich nach oben – weg von Dorian.

»Keine Sorge, ich halte Euch fest«, versicherte Jorah mir.

Ich kletterte durch den Fensterrahmen und war erleichtert, als ich wieder Boden unter den Füßen hatte. Die Holzdielen knarzten unter meinen Schritten. Nur langsam gewöhnten sich meine Augen an die Dunkelheit und ich konnte Einzelheiten um mich herum erkennen. Der Raum sah aus wie eine große Abstellkammer. Hier lagerten Stühle, die mit Spinnweben überzogen waren, an der Wand stand ein riesiger Holzschrank, und daneben lehnten Schaufel, Rechen und Eimer. Staub kitzelte in meiner Nase.

»Wir müssen die Treppe hinunter.«

Jorah zeigte auf eine Öffnung im Boden, durch die schummriges Licht schien. Schnell kletterte ich durch die Luke die lange Holzleiter hinab und fand mich in einem großen Kellergewölbe wieder. Hier schien alles Mögliche gelagert zu sein. Mein Blick schweifte über Getreidesäcke, Weinfässer und Holzkisten und blieb schließlich an einem Tisch mit zwei umgekippten Weinkelchen hängen. Eine rote Lache hatte sich über die gesamte Tischplatte ausgebreitet und einige Spielkarten durchnässt und tropfte nun auf den Holzboden.

Neben dem Tisch lag eine der Wachen. Ein dicker gemütlicher Mann, der offenbar nicht einmal dazu gekommen war, seine Waffe zu ziehen. Seine Kehle war aufgeschlitzt worden. Wein und Blut vermischten sich auf dem Boden. Das musste Mailas Werk sein. Angewidert wandte ich mich ab.

»Der andere hat wohl gerade einen Kontrollgang durch den Keller gemacht. Wir haben ihn dort hinten erwischt.«

Jorah nickte zu einigen Getreidesäcken hinüber. Ich wollte nicht wissen, was sie mit dem zweiten Mann angestellt hatten. Sie hatten schnell und geräuschlos gehandelt und Jorahs Gesicht zeigte keine Reue.

Ich schluckte. »Wo ist Rhiannon?«

»Hier drüben.«

Jorah führte mich in eine Nische des Gewölbes, dessen Boden mit Stroh bedeckt war. Der metallische Geruch von Blut lag in der Luft und mischte sich mit dem beißenden Gestank von Urin. Ich entdeckte Maila und Elias, die neben einer zusammengekrümmten Gestalt knieten.

»Rhiannon!«, rief ich erleichtert und stürzte zu ihr.

Ich ließ mich neben ihr auf die Knie fallen und strich über ihr verfilztes dunkelblondes Haar. Sie wirkte so zerbrechlich unter meinen Fingern, dass ich mich kaum traute, sie anzufassen. Ihr Atem ging röchelnd und ungleichmäßig. Sie hatte die Augen geöffnet, aber ihr Blick war starr und entrückt. Sie schien mich gar nicht wahrzunehmen.

»Jetzt wird alles gut«, flüsterte ich gegen ihre Schläfe. »Jetzt wird alles gut.«

Aber als ich die Spuren der Folter sah, die Malachi an ihr hinterlassen hatte – das zugeschwollene Auge, die tiefe Wunde an ihrem Bauch –, wusste ich, dass ich ihr zu viel versprach. Rhiannon hatte Eugene verloren und wahrscheinlich auch ihr ungeborenes Kind. Und ihr eigenes Leben hing an einem seidenen Faden.

»So können wir sie nicht transportieren«, sagte Jorah und legte mir mitfühlend eine Hand auf die Schulter. »Das würde sie nicht überleben.«

»Dann müssen wir einen anderen Weg finden. Ich werde sie nicht hier zurücklassen«, erwiderte ich.

Ich presste meine Kiefer zusammen und sah Jorah und die anderen auffordernd an. Der Bruder des Schattenkriegers schüttelte langsam und müde den Kopf, aber er sagte kein Wort.

»Wir können einen der leeren Getreidesäcke nehmen und sie darauf vorsichtig tragen«, schlug ich vor.

Ich wartete nicht auf ihre Antwort, sondern zog meinen Umhang aus und bettete Rhiannons Kopf darauf. Dann stand ich auf und lief durch den Keller zu den Säcken. Die Rebellen sahen mir nach, aber keiner von ihnen kam mir zu Hilfe. Mit zitternden Händen öffnete ich einen der Getreidesäcke.

»Sie sind groß genug. Seht Ihr? Wenn jeder eine Ecke hält ...«

Irgendwie musste es uns gelingen, Rhiannon unbemerkt aus der Stadt und zu den Rebellen im Wald zu bringen. Im Lager würde es sicher jemanden geben, der sie versorgen konnte.

»Ihr solltet Euch von ihr verabschieden, Ezlyn«, sagte Jorah sanft.

»Nein.« Ich wirbelte herum und funkelte ihn zornig an. »Marion hat mir versprochen, dass Ihr sie befreien werdet. So war die Abmachung und nicht anders. Also helft mir gefälligst!«

Ich ging wieder zu Rhiannon, kniete mich neben sie und strich ihr die Haare aus dem aschfahlen Gesicht. Das Blut rauschte in meinen Ohren.

»Es wird alles gut«, flüsterte ich. »Wir bringen dich hier raus.«

»Seid nicht dumm«, fauchte Maila mich an. »Begreift Ihr nicht, dass nichts mehr von ihr übrig ist? Sie würde noch auf dem Weg aus der Stadt sterben – und zwar unter schrecklichen

Qualen. Und wir würden unser Leben für ein totes Mädchen riskieren.«

Sie hatte die Hände in die Hüfte gestemmt und wirkte beinahe wütend. Hatte sie denn gar kein Mitleid?

»Sie ist nicht tot«, schrie ich so laut, dass die Rebellen zusammenzuckten. Tränen liefen mir über die Wangen und tropften auf Rhiannons Körper hinab. *Sag etwas,* flehte ich sie still an. *Gib uns ein Lebenszeichen!*

Doch sie regte sich nicht.

»Wir müssen hier weg«, sagte Jorah und griff nach meinem Arm, aber ich schlug ihn mit aller Kraft fort.

»Ich gehe nicht ohne sie«, erwiderte ich zornig.

Seine Schultern sackten herab. Ich sah, wie er und die beiden anderen sich entmutigte Blicke zuwarfen. Vielleicht würden sie mich einfach hierlassen, wenn ich mich nur hartnäckig genug an Rhiannon festklammerte. Dann würden wir beide sterben.

»Lasst uns einen Moment allein – bitte!«, ertönte auf einmal Dorians ruhige, dunkle Stimme. Vermutlich hatte er mich schreien gehört und war nachsehen gekommen.

»Du solltest draußen warten«, zischte Jorah.

Doch ich hörte ihm die Erleichterung an, dass ich nun nicht länger sein Problem war.

»Geht!«, bat Dorian und die anderen entfernten sich.

Ich spürte, wie ich allmählich ruhiger wurde. Der Schattenkrieger hockte sich neben mich und schwieg.

»Bitte«, flehte ich ihn an. »Bitte, helft mir, sie von hier fortzubringen! Sie soll hier nicht sterben. Nicht so.«

»Meint Ihr nicht, dass sie schon genug ertragen musste?«, fragte Dorian sanft.

Ich schluchzte auf. Meine Hände klammerten sich an Rhiannons leblosen Körper, aber ich spürte, wie mich die Kräfte verließen.

»Bitte«, murmelte ich noch einmal. Doch ich wusste, dass es sinnlos war. Ich war zu spät gekommen. Und das würde ich mir niemals verzeihen.

»Ezlyn, ich kann es beenden. Es wird schnell und schmerzlos sein.«

Bei Dorians Worten ging ein Beben durch Rhiannons Körper. Ihre Augen flackerten und ihre Lippen bewegten sich. Es war offensichtlich, worum sie bat, und mein Herz wollte in tausend Stücke zerspringen. Rhiannon flehte nicht um ihr Leben, sondern um ihren Tod. Wer war ich, ihr diesen Tod zu verweigern?

Dorian sah mich unverwandt an, während er seinen rechten Handschuh auszog. Er wartete auf ein Zeichen von mir, auf eine Bestätigung. Aber ich konnte mich nicht rühren. Ich konnte nicht atmen und an nichts mehr denken …

»Es tut mir so leid«, flüsterte ich mit gebrochener Stimme.

Ich küsste Rhiannons Stirn, strich ihr noch einmal durch das Haar. Ich erinnerte mich daran, wie ich in Gewitternächten in ihr Bett gekrochen war und wir uns gegenseitig Mut gemacht hatten. Wie wir durch den Brunnen im Tempel getanzt waren – ausgelassen und frei. Und wie liebevoll und glücklich sie ausgesehen hatte, als sie von Eugene und dem Baby sprach.

Dorians linke Hand fand meine und umschloss sie, sicher und fest. Er gab mir Halt, während die Welt um mich herum zerbrach. Ich nickte ihm zu, auch wenn es mich innerlich zerriss. Und als er seine rechte Hand behutsam auf Rhiannons Wange legte, huschte ein erleichtertes Lächeln über ihr Gesicht.

KAPITEL 23

Ich hatte aufgehört zu beten. Wenn ich während der Morgenandacht mit ausdrucksloser Miene vor dem Altar kniete, murmelte ich die Verse, aber sie hatten jede Bedeutung für mich verloren. Zu welchem Gott sollte ich noch aufschauen? Dem der Güte, der Weisheit oder der Gerechtigkeit? Sie alle hatten mich im Stich gelassen. Der einzige Gott, dem ich noch vertraute, war der Gott der Rache.

Vier Tage waren seit Rhiannons Tod vergangen. Vier Tage, in denen ich mich fühlte, als würde ich schlafwandeln, während ich meinen üblichen Tätigkeiten nachging. Ich wollte aufgeben und fliehen – jeden Morgen, wenn ich mit verheultem Gesicht aufwachte und kaum die Kraft fand, aufzustehen. Wenn die Erinnerung an die Nacht im Lagerhaus wie ein undurchdringlicher Schleier auf mir lag. Und wenn die Frage, ob ich an allem schuld war, in meinem Kopf hämmerte.

Doch dann erinnerte ich mich an das, was Dorian am Strand von Kassara zu mir gesagt hatte: *Glaubt mir, Ihr seid stärker als alles, Ezlyn. Ihr wisst es nur noch nicht.* Und diese Worte schenkten mir Mut, sodass es mir schließlich doch gelang, den Tag zu überstehen.

Dorian fing mich an diesem Morgen nach der Andacht ab. Ich hatte neben der Kapelle an der Klippe gestanden und mich gefragt, wie es wohl wäre, einfach einen Schritt nach vorn zu treten und in den Abgrund zu stürzen. Meine Vorgängerin hatte sich das Leben genommen. Welche Grausamkeiten, welche Qualen hatte sie ertragen müssen, um an diesen Punkt zu gelangen, an dem es einfacher ist, die Schwelle zum Tod zu überschreiten, als sich länger ans Leben zu klammern?

Eine Windböe hatte mich erfasst und ich war eilig einen Schritt zurückgewichen – weg vom Abgrund und meinen düsteren Gedanken –, als ich Dorian im Schatten einer alten Kiefer stehen sah.

Mit einem Kopfnicken bedeutete er mir, ihm zu folgen. Ich blickte mich unauffällig um, ob wir auch unbeobachtet waren, bevor ich mich ihm anschloss.

Wenn Malachi immer noch den Verdacht hegte, dass Dorian und ich gemeinsame Sache machten, hatte er es sich in den vergangenen Tagen zumindest nicht anmerken lassen. Er hatte mir gegenüber auch kein Wort über Rhiannons Tod oder das Lagerhaus verloren, das Jorah, Maila und Elias nach unserem Einbruch abgebrannt hatten. Man hielt den Brand für einen Unfall. Es hieß, eine der Wachen müsse versehentlich eine Kerze umgestoßen haben und das Feuer habe sich rasch ausgebreitet. Von den Männern blieb jedenfalls genauso wenig übrig wie von Rhiannon.

Dorian ging den Weg hinunter ins Tal, ohne sich auch nur einmal nach mir umzudrehen. Ich ließ einige Meter Abstand zwischen uns, was nicht zuletzt daran lag, dass ich mit meinen Schuhen auf dem steinigen, abschüssigen Boden kaum Halt fand. Als wir endlich unten angekommen waren, führte er mich hinter einen Felsen am Fluss. Hier konnte man uns vom

Schloss aus nicht sehen, und auch Reiter, die auf dem Weg in die Stadt waren, würden uns nicht entdecken. Wir setzten uns auf einen großen Stein am Ufer.

»Wie geht es Euch?«, fragte er, nachdem er sich eine Weile lang wachsam umgesehen hatte.

Er klang fast ein wenig besorgt. Seine Haare flatterten im Wind. Sein Bartschatten war heute dunkler als sonst. Ich ließ gedankenverloren ein paar Kieselsteine durch meine Hand rieseln. Er sah mich abwartend an.

Wie sollte es mir schon gehen?

»Großartig!« Ich schnitt eine schiefe Grimasse, die meine wahren Gefühle überdecken sollte, und zwang mich, nicht an Rhiannon zu denken. Wenn ich dem Schattenkrieger jetzt eine ehrliche Antwort gab, würde ich vor Trauer zusammenbrechen, und diese Blöße wollte ich mir nicht geben. »Sind wir den ganzen Weg hier herunter etwa nur gegangen, damit Ihr mich das fragt?«

Dorians Schultern sanken ein wenig herab. Nein, natürlich waren wir nicht deswegen hier. Wahrscheinlich wollte er mich nur daran erinnern, dass ich meinen Teil der Vereinbarung mit den Rebellen noch nicht erfüllt hatte.

Das Leben ging erbarmungslos weiter. Es verharrte nicht, bis der Schmerz des Verlustes vorüber war. Bis ich begriffen und verwunden hatte, dass ich Rhiannon nie wiedersehen würde. Es ging einfach weiter, obwohl etwas in dieser Welt fehlte. Etwas Entscheidendes.

Rhiannon war fort.

Ich schluckte und versuchte, mich nicht an diesem Gedanken festzuklammern, der mich in eine unbarmherzige Tiefe hinabziehen wollte.

»Es geht um Marions Liste, nicht wahr?«, fragte ich und verschränkte die Arme vor der Brust.

»Ezlyn …«

Dorian sah mich unglücklich an. Es schien ihm nicht zu behagen, dass ich ihn so schnell durchschaut hatte. Aber warum kümmerte es ihn überhaupt, was ich dachte? Wir hatten eine Abmachung und an die würde ich mich halten. Auch wenn ich immer noch nicht wusste, was die Rebellen von mir verlangten.

»Zeigt mir die Liste!«, forderte ich ihn mit kühler Stimme auf.

Er fuhr sich nervös durch die Haare.

»Ihr müsst das nicht tun, Ezlyn. Ihr müsst nicht einmal hier am Hof bleiben. Es gibt eine Fluchtroute, auf der wir schon einige Todesseherinnen außer Landes gebracht haben. In Rahjos ist alles anders. Dort könntet Ihr ein freies Leben führen.«

Ein freies Leben. Wie oft hatte ich davon geträumt?

»Nach allem, was geschehen ist, kann ich nicht einfach in ein fremdes Land fliehen«, erwiderte ich. »Ich lasse Malachi nicht einfach so davonkommen. Er soll büßen für das, was er getan hat.«

Dorian holte zögernd Marions kleines Stück Pergament hervor und drehte es zwischen den Fingern. Ich machte mir keine Sorgen mehr, was darauf stand. Was immer Marion von mir verlangte, ich würde es, ohne zu zögern, tun.

»Sagt mir, was das für Namen sind, die Marion aufgeschrieben hat«, befahl ich ihm. »Und was ich für euch tun soll.«

Der Schattenkrieger schüttelte den Kopf.

»Wir planen eine Rebellion und keinen Rachefeldzug, Ezlyn. Ich verstehe, dass Ihr zornig seid, aber …«

»Ihr versteht gar nichts. Rhiannon war meine beste Freundin und Malachi hat sie mir genommen. Er hat ihr ungeborenes Kind getötet. Ihr Kind, Dorian.«

Tränen traten in meine Augen, doch ich blinzelte sie weg. Jetzt war nicht die Zeit zum Trauern. Jetzt war die Zeit, um jene zu bestrafen, die Rhiannon das alles angetan hatten. Nicht nur Malachi, obwohl ich ihm den Tod mehr als jedem anderen wünschte. Alle, die für dieses Leid verantwortlich waren, würden dafür büßen müssen. Und ich würde nicht ruhen, bis der junge Lord und seine ganze Welt in Schutt und Asche lagen.

»Ich weiß.«

Der Schattenkrieger seufzte. Sein Blick glitt über den Fluss, der schäumend an uns vorbeiströmte. Dort, wo das Flussbett flacher wurde und das Wasser ruhig dahinfloss, spiegelten sich weiße Wolken auf der Oberfläche.

»Die Namen auf dem Zettel gehören zwei Todesseherinnen. Ihr sollt sie für unsere Sache gewinnen«, erklärte Dorian, während er weiter auf das sprudelnde Wasser blickte.

»Für eure Sache? Ich weiß nicht einmal, was eure Pläne sind.«

Ich nahm einen Stein und warf ihn in die tosenden Fluten. Dorians Daumen strich unermüdlich über das gefaltete Pergament in seiner Hand.

»Wir wollen die natürliche Ordnung wiederherstellen«, sagte er zögernd. »Es soll keinen Unterschied zwischen Arm und Reich mehr geben. Jeder soll das gleiche Recht auf Leben haben. Und das gleiche Recht zu sterben.«

»Und wie wollt ihr das erreichen?«

Dorian stand auf und lief unruhig vor mir auf und ab. Er wirkte unschlüssig. Nach einer Weile blieb er stehen und sah mich an.

»Ihr solltet diese Dinge besser von Marion erfahren.«

»Aber Marion ist nicht hier.«

Ich stand ebenfalls auf. Unwillkürlich griff ich nach seinen

Händen und hielt ihn fest, bevor er mir wieder ausweichen konnte. Ich spürte das Pergament, das nun zwischen unseren Handflächen lag. Es fühlte sich rau und fragil an. Als könnte es jeden Moment zu Staub zerfallen und sein Geheimnis mit ihm.

»Erzählt es mir!«, bat ich leise.

Dorian sah auf unsere ineinander verschränkten Hände. Seine steckten noch immer in den fingerlosen Handschuhen, meine hielten ihn so fest, dass die Knöchel weiß hervortraten. Lange Zeit hatte ich diese Berührung gescheut, ja sogar gefürchtet. Aber jetzt schien sie mir Kraft zu geben – und ihm ebenfalls.

»Der Kaiser«, sagte er endlich. »Wir werden den Kaiser während seines Besuchs im Tempel töten.« Er klang so entschlossen, als wäre es bereits geschehen.

Ich starrte Dorian entsetzt an und wirre Gedanken schossen durch meinen Kopf. Im Tempel hatten wir während jeder Morgenandacht für das Wohl des Kaisers gebetet. Er war von den drei Göttern bestimmt worden, auserwählt über uns zu herrschen. Und nur der Kaiser wusste, was für sein Volk gut war. Schwester Caterina hatte streng darüber gewacht, dass nie ein schlechtes Wort über ihn gesprochen wurde. Einmal war uns ein Bild des Kaisers in die Hände gefallen und Rhiannon hatte ihn einen eitlen Gockel genannt. Ihre Worte hatten mich damals zutiefst schockiert. Was hätte ich wohl zu einem Mordanschlag gesagt?

Doch ich war nicht mehr dieselbe Ezlyn. Das Mädchen, das über Schwester Caterinas strenge Regeln die Augen verdrehte, sich aber dennoch daran hielt. Inzwischen hatte ich gelernt, alles zu hinterfragen. Und als Dorian davon sprach, den Kaiser zu töten, stellte ich mir eine Welt vor, in der es diesen

Mann nicht mehr gab. Eine Welt ohne die adligen Lords, die ihre Macht nur durch einen ererbten Titel rechtfertigen konnten. Eine Welt, in der Todesseherinnen nicht mehr ihr Eigentum waren, nur weil es die Götter angeblich so bestimmt hatten.

Dorian beobachtete jede meiner Regungen. Er schien darauf zu warten, dass ich ihn auslachte und für verrückt erklärte. Oder dass ich aufsprang und vor Schreck davonlief. Aber ich stellte nur eine einzige Frage.

»Wie wollt ihr das anstellen?«

Dorians Augenbrauen schossen überrascht in die Höhe.

»Das ist alles, was Ihr wissen wollt? Ihr habt keine moralischen Bedenken?«

Ich bückte mich nach einem weiteren Stein und schleuderte ihn mit Wucht ins Wasser.

»Moralische Bedenken?«, wiederholte ich wutschnaubend. »Dafür gibt es in dieser Welt keinen Platz, fürchte ich.«

Ich klang wie er – hart, unnachgiebig und grimmig.

Vielleicht war er nicht immer so gewesen. Vielleicht hatte das Leben an Lord Caius' Hof ihn erst dazu gemacht.

Dorian griff nach meiner Hand, bevor ich einen dritten Stein werfen konnte.

»Also gut«, sagte er. »Ich werde Euch in unseren Plan einweihen. Aber zuerst müsst Ihr mit mir in die Stadt reiten.«

Irritiert runzelte ich die Stirn. »Warum?«

»Ich möchte Euch etwas zeigen. Ihr sollt begreifen, warum wir so handeln. Wenn Ihr unsere Sache unterstützen wollt, dann um eine neue Welt zu erschaffen und nicht um für eine alte Vergeltung zu üben.«

Ich nickte. Aber in Dorians Augen standen Zweifel. Er spürte den Zorn, der in mir brodelte. Und ich konnte ihn nicht unterdrücken: Dies würde mein persönlicher Rachefeldzug werden – und dabei spielte es keine Rolle, was er mir noch zeigen oder sagen wollte.

• • •

Dennoch ging ich auf seine Bedingung ein und ritt in den frühen Abendstunden mit ihm nach Kassara. Um diese Uhrzeit war es leicht, unbemerkt aus dem Schloss zu gelangen. Ich behauptete Malachi gegenüber, ich wolle früh schlafen gehen, und schlich dann zu den Stallungen, wo Dorian mich bereits erwartete. Aus irgendeinem Grund hatte ich geglaubt, dass er mich zu dem ausgebrannten Lagerhaus bringen würde. Oder hinunter zum Strand, wo wir Eugenes Leiche gefunden hatten. Doch nachdem wir unsere Pferde in einem der Ställe untergebracht hatten, führte er mich unter einer überdachten Holzbrücke hindurch in eine schmale Gasse, die ganz anders aussah als der Rest dieser so reichen und prunkvollen Stadt.

Ich hatte das glänzende Kassara mit seinen geputzten Gehwegen und den prächtigen Fachwerkhäusern immer bewundert. Doch dieser Teil der Stadt mit seinen engen und schmutzigen Gassen gab ein ganz anderes Bild ab. Es war, als hätte man eine Schattenwelt betreten. Der beißende Geruch von Urin vermischt mit Alkohol schlug mir entgegen. Ratten huschten an den Mauern entlang, und ich hörte ein herzzerreißendes Wimmern, das aus einem der baufälligen Häuser zu kommen schien.

»Wo sind wir hier?«, fragte ich Dorian und nahm die Hand vor mein Gesicht, um den Gestank nicht weiter einatmen zu müssen.

»Könnt Ihr es Euch nicht denken?«

Dorian ergriff meinen Arm und half mir über einen Haufen Schutt hinweg, der uns den Weg versperrte. Offenbar hatte man sich nicht die Mühe gemacht, die Straße hier zu pflastern. Ein zerrupftes Huhn spazierte gackernd an uns vorbei. Ich drängte mich enger an den Schattenkrieger, als ich die hohlwangigen Gesichter bemerkte, die uns hinter den zerbrochenen Fensterscheiben der Häuser misstrauisch beobachteten. Am liebsten wäre ich schneller gegangen, aber Dorian ließ sich Zeit.

»Die Adligen interessiert es nicht, was mit diesen Stadtvierteln passiert«, raunte er mir zu. »Sie sind der Meinung, dieses *Problem* werde sich früher oder später von selbst lösen. Und Ihr würdet mit Eurer Gabe dabei nachhelfen.«

Durch ein offen stehendes Fenster blickte ich in ein dunkles Schlafzimmer. Eine ausgemergelte Gestalt, die dort auf dem Bett lag, wurde gerade in weiße Laken gewickelt. Eine schluchzende Frau beugte sich über sie und schloss ihr die leblosen Augen. Ihre stumpfen braunen Haare streiften das Gesicht der Toten.

Ein dicker Kloß bildete sich in meiner Kehle. Stumme Tränen liefen mir über die Wangen. Ich war froh, dass Dorian mich immer noch an der Hand hielt. Beim Anblick dieser armen Menschen fühlte ich mich, als würde mir der Boden unter den Füßen weggerissen. Es war etwas anderes, ihr Schicksal mit eigenen Augen zu sehen, statt nur davon zu hören.

»Während die Adligen ihr Leben durch die Hände der Seherinnen retten, haben die Menschen hier täglich mit dem Tod zu kämpfen«, fuhr Dorian in bitterem Tonfall fort. »Und niemand schert sich darum, wie viele sie zu Grabe tragen. Im Gegenteil, die Lords begrüßen es sogar, dass die armen Menschen verschwinden, die sie ohnehin nicht sehen wollen.«

Wir hielten inne, um einer kleinen Gruppe den Vortritt zu

lassen, die eine Totenbahre durch die Gasse trug. Einige, die den Trauerzug begleiteten, hielten flackernde Kerzen in den Händen.

»Können wir umdrehen?«, fragte ich mit kläglicher Stimme. Ich hatte das Gefühl, diesen Anblick nicht länger ertragen zu können. Dorian umschloss meine Hand fester, aber er ignorierte meine Bitte.

Wir folgten der Gruppe in einigem Abstand bis zu einem Friedhof. Ihre Gesänge drangen zu uns herüber. *Schlafe süß* und *In der Götter Hände.* Ich kannte diese Lieder noch aus dem Tempel. Sie wurden vom leisen Weinen der Trauernden begleitet. Eine Frau wankte und wurde von einer anderen gestützt, die sich selbst nur mühsam auf den Beinen halten konnte. Ich vermutete, dass sie die Ehefrau und die Mutter des Toten waren. Hinter uns folgte bereits der nächste Trauerzug. Sie blieben vor einem großen Erdloch stehen.

»Sie verscharren ihre Toten in Massengräbern, weil es so viele sind«, erklärte Dorian. »Nur wenige von ihnen können sich ein anständiges Begräbnis leisten.«

Er führte mich zwischen den unzähligen Gräbern entlang. Auf jedem davon lag ein Stein, in den der Name und die Lebensdaten der Toten eingeritzt waren. Am anderen Ende des Friedhofs, hinter einer Reihe von Zypressen, entdeckte ich einige große Mausoleen. Sie waren aus weißem Marmor und ragten erhaben über dem Rest des Friedhofs auf. Dahinter, weit in der Ferne, thronte Lord Caius' Schloss.

»In den Mausoleen sind die Adligen begraben. Sie sind allesamt sehr alt geworden. Aber in diesem Teil des Friedhofs …«

Ich schluckte, als ich die Jahreszahlen auf den einfachen Grabsteinen las. Kaum einer der Menschen hier war mehr als dreißig Jahre alt geworden.

Als wir wieder am Eingang des Friedhofs angelangt waren, drehte Dorian sich zu mir um und wischte mir eine Träne von der Wange.

»Versteht Ihr jetzt, warum ich Euch das zeigen musste?«

Die Erschütterung in meinem Blick schien ihm Antwort genug zu sein, denn er zog mich in seine Arme und ich barg meinen Kopf an seiner Brust. Nie zuvor hatte ich mich so sehr nach Trost gesehnt.

In dieser Nacht las ich das Traktat des Kaisers über die Vormacht des Adels, das Dorian mir gegeben hatte. Und ich begriff, dass es um weit mehr ging als nur um Rache.

Am nächsten Morgen weihte Dorian mich endlich in den Plan der Rebellen ein. Er beinhaltete ein wenig Gift bei einer feuchtfröhlichen Feier, einen toten Mundschenk und eine Todesseherin, die über sein Schicksal schwieg.

KAPITEL 24

Ich hatte meine Freundin Delia seit dem Tag der Auswahl nicht mehr gesehen. Als ich ihren Namen nun auf Marions Liste las, war das ein Schock für mich. Marion wollte, dass ich Delia davon überzeugte, sich der Rebellion anzuschließen. Ich sträubte mich dagegen, dass eine weitere meiner Freundinnen in die Sache mit hineingezogen wurde, auch wenn Dorian mir immer wieder versicherte, dass ihr nichts geschehen werde.

Der Schattenkrieger und ich machten uns sofort auf den Weg zu ihr. Die Rebellen hatten in Erfahrung gebracht, dass Delia bei einem Lord namens Kellen diente und fast jeden Nachmittag auf eine Wiese hinter seinem Schloss ging, um dort Obst zu pflücken. Doch als wir an dieser Obstwiese ankamen, musste ich nur einen Blick auf die gebräunten, muskulösen Oberkörper der Männer werfen, die hier arbeiteten, um zu wissen, dass es nicht die Apfelbäume waren, denen Delias Interesse galt.

Lord Kellens Schloss war beeindruckend. Mit seinen hohen Türmen, den weißen Mauern und den prunkvollen Kutschen, die aus dem Burgtor kamen und von edlen Rössern gezogen wurden, wirkte es wie ein Märchenschloss. Delia musste sich darin wie eine Prinzessin vorkommen.

Dorian und ich hielten uns hinter einigen dichten Büschen versteckt. Wir waren einen halben Tag lang geritten und ich hoffte inständig, dass mein Fehlen an Lord Caius' Hof nicht auffallen würde. Ich hatte erklärt, in der letzten Nacht nicht gut geschlafen zu haben, und über angebliche Kopfschmerzen geklagt. Meine Magd Anna hatte ich gebeten, mir das Frühstück ans Bett zu stellen und mich für den Rest des Tages schlafen zu lassen. Es war schon das zweite Mal in kurzer Zeit, dass ich mich vom Hof wegschlich.

»Da kommt sie«, flüsterte Dorian mir zu. »Ihr wisst, was Ihr sagen müsst?«

Ich unterdrückte ein zynisches Lachen. Delia war nicht gerade geeignet dafür, sich der Rebellion anzuschließen.

Sie hatte nie an ihrer Gabe gezweifelt oder an dem Platz, der ihr in dieser Welt bestimmt war. Und warum auch? Ihr schien es tatsächlich prächtig zu gehen. Ihr lavendelfarbenes Gewand war aus teurem Seidenstoff, in ihrem Haar funkelten Perlen, in der Hand hielt sie einen weißen Sonnenschirm aus Spitze, und das Kinn trug sie höher als je zuvor. Was würde sie sagen, wenn sie mich sah, in meiner abgetragenen Reitkleidung, mit verschwitztem Gesicht und den Worten der Rebellion auf den Lippen.

»Sie wird mir nicht zuhören«, murmelte ich verzweifelt.

Dorian zuckte die Schultern.

»Gut, dann gehen wir wieder.«

Ich warf ihm einen wütenden Blick zu. Er hatte mich mit ins Armenviertel von Kassara genommen, mir all das Elend gezeigt, und jetzt wollte er so schnell aufgeben? Die Sätze des Traktats, das ich in der Nacht zuvor gelesen hatte, gingen mir durch den Kopf:

Der Pöbel darf das Land nicht regieren, er muss dem Adel Untertan sein. Und so ist es unsere Aufgabe, seine Zahl möglichst gering zu halten, um Aufstände im gemeinen Volk zu unterbinden. Diese Aufgabe ist keine des Tuns, sondern eine des Unterlassens. Die Götter gaben unseren Seherinnen die Gabe, den Tod zu verhindern. Doch nicht jedes Leben ist lebenswert.

Diese Sätze hatten mich angewidert und ich hatte mir geschworen, alles in meiner Macht Stehende zu tun, um den Kaiser zu Fall zu bringen. Und wenn das bedeutete, dass ich Delia auf unsere Seite ziehen musste, dann würde ich es auf jeden Fall versuchen.

»Ich dachte, Ihr wärt hier, um mich zu unterstützen«, warf ich Dorian vor.

Sein Blick huschte zu mir, dann zurück zu Delia, die gerade neben einen kleinen Tisch mit Früchten, Küchlein und Wein trat, der offenbar eigens für sie aufgestellt worden war. Und noch ehe der Schattenkrieger mich davon abhalten konnte, verließ ich unser Versteck und schritt über die Wiese auf Delia zu. Dabei achtete ich darauf, im Schutz der Bäume zu bleiben, damit mich die Landarbeiter nicht sehen konnten.

Delia hatte mir den Rücken zugewandt. Eine Strähne hatte sich aus ihren hochgesteckten Haaren gelöst und wehte im Wind. Ich roch ein schweres süßliches Rosenparfüm, als ich näher kam. Es wirkte fremd an ihr. So fremd, dass ich meine Hand fast nicht nach ihr ausgestreckt hätte. Doch plötzlich drehte sie sich zu mir um, als hätte sie meine Anwesenheit gespürt.

»Ezlyn!«

Über ihr Gesicht huschte ein scheues Lächeln, das ich sofort erwiderte.

»Ich muss mit dir reden«, sagte ich mit zitternder Stimme zu ihr. »Können wir irgendwo hingehen, wo wir ungestört sind?«

Delia strich die Falten ihres Kleides glatt. Sie zögerte. Wir durften nicht miteinander sprechen. Wenn uns jemand zusammen sah, steckten wir beide in Schwierigkeiten. Doch uns verband unsere ganze Jugend und ich vertraute darauf, dass sie die Dringlichkeit in meinen Augen sah.

»Bitte.«

Delia blickte sich nach allen Seiten um. Die Arbeiter waren mit der Apfelernte beschäftigt und schienen uns nicht wahrzunehmen.

»Na schön. Dort hinten.« Delia klang unwillig, doch sie ging voran und zeigte mir den Weg zu einem Stück Wiese hinter ein paar Büschen, auf der dunkelblaue Wildblumen blühten. Ich sah einen Eichelhäher, der uns mit schief gelegtem Kopf beobachtete, aber bis auf diesen Vogel waren wir allein. Auch Dorian musste mittlerweile außer Hörweite sein und ich war froh darüber. Das Gespräch, das mir bevorstand, würde kein angenehmes werden. Delia klappte ihren Sonnenschirm zusammen und verschränkte die Arme vor der Brust.

»Ezlyn, was machst du hier? Wenn uns jemand erwischt …«

»Rhiannon ist tot.«

Ich hatte mir unzählige Arten überlegt, wie ich dieses Gespräch beginnen sollte. Rhiannons Tod war keine davon gewesen. Doch die Worte brannten mir auf den Lippen und drängten aus mir heraus, als ich vor Delia stand. Wir waren eine Familie gewesen und nun fehlte eine von uns. Meinen Schmerz darüber konnte niemand besser verstehen als Delia.

»Wie bitte?« Meine Freundin stolperte einen Schritt von mir zurück. Ich sah Unglauben und Misstrauen in ihrem Blick.

»Der Sohn meines Lords hat sie getötet«, sagte ich. »Wir müssen etwas unternehmen, Delia. Wir müssen …«

Ich griff nach ihren Händen, aber sie wich weiter zurück und fasste sich an die Schläfen.

»Nein, das verstehe ich nicht. Warum sagst du so etwas? Warum bist du hier?«

Das Gespräch entwickelte sich absolut nicht, wie ich es mir erhofft hatte. Ich bekam Panik. Würde Delia mich einfach hier stehen lassen wie eine Fremde? Würde sie ihren Lord vielleicht sogar von meinem Besuch unterrichten?

»Bitte, du musst mir zuhören«, flehte ich sie verzweifelt an.

Aber Delia schüttelte nur den Kopf. »Nein, das muss ich nicht. Und ich sollte es auch besser nicht. Wenn Lord Kellen davon erfährt …«

Sie sah sich um, als könnte er jeden Moment hier auftauchen. Ich stellte mir vor, wie ein hochgewachsener, gut aussehender Lord auf diese Wiese trat, sich bei ihr unterhakte und sie wegführte. Wie er ihre Hand tätschelte und sagte: *Regt Euch nicht auf. Alles ist gut. Esst lieber noch ein Apfeltörtchen und trinkt ein Glas Wein.*

»Ist das alles, was für dich zählt? Dieses Prinzessinnenleben? Dein Ansehen hier am Hof?« Ich wurde plötzlich wütend. »Haben wir dir so wenig bedeutet, dass du unsere gemeinsamen Jahre einfach hinter dir lässt?«

Delias Lippen wurden schmal. »Ich habe damit abgeschlossen, Ezlyn. Und das solltest du auch tun.«

Sie wandte sich zum Gehen.

»Rhiannon war schwanger«, sagte ich voller Verzweiflung. »Er hat sie gefoltert, Delia. Sie ist in meinen Armen gestorben.«

Meine letzten Worte waren tränenerstickt. Zum ersten Mal

hatte ich die schreckliche Wahrheit laut ausgesprochen. Damit wurde es real. Meine Knie gaben unter mir nach und ich sank auf die Wiese. Ich spürte das Gras unter mir, grub meine Finger in die kühle Erde.

»Wir waren wie Schwestern«, flüsterte ich. »Wir waren doch wie Schwestern.«

Ich wusste nicht, wie oft ich diesen Satz wiederholte. Nur dass Delias lavendelfarbenes Kleid irgendwann in meinem Blickfeld auftauchte. Sie war nicht gegangen. Sie stand immer noch vor mir. Schön und reglos wie eine Statue, und eine einzelne Träne lief ihr über das Gesicht. Irgendwo hoch über unseren Köpfen hörte ich einen Vogel schreien.

Einen Feuervogel.

Offenbar durfte Delia ihren alten Gefährten behalten. Sie hatte alles, was sie sich je gewünscht hatte. Reichtum und Ansehen, einen gnädigen Lord und einen Hof, an dem sie sich wohlfühlte. Und ich war in diese perfekte Welt eingedrungen, um sie zu zerstören, genau wie meine zerstört worden war.

»Ich werde dir zuhören«, sagte Delia. Sie klang erschüttert von meinen Worten. »Aber danach werde ich zu Lord Kellen zurückgehen und wir werden nie wieder ein Wort darüber verlieren.«

• • •

Doch es kam anders. Delia blieb bei mir, um meine Tränen zu trocknen, während ihre eigenen unaufhaltsam flossen.

»Es tut mir leid«, flüsterte ich, als ich geendet hatte. »Ich wollte dir nicht wehtun.«

»Ohne dich hätte ich es wohl nie erfahren«, sagte sie schluchzend.

Dann schwiegen wir eine Weile, saßen nebeneinander und lauschten dem Summen der Insekten. Der Wind strich durch das Gras. Das Laub der Obstbäume leuchtete in der Sonne und ich roch den Duft der frischen Früchte. Dieser Ort war friedlich. Am liebsten hätte ich mich auf den Rücken gelegt, die Augen geschlossen und wäre für immer hiergeblieben.

»Also? Was kann ich tun? Wie kann ich euch helfen?«, riss Delia mich aus meinen Gedanken. Jetzt zögerte ich auf einmal, Delia in das Vorhaben der Rebellen einzuweihen. Ich liebte sie. Und ich hatte immer darauf vertraut, dass wir einander niemals verraten würden. Doch ich war nicht sicher, ob das auch für die Rebellion galt. Wir wollten den Kaiser töten. Und er würde nicht der Einzige sein. Es würde Bauernopfer geben. Menschen, die sterben mussten, damit wir unseren Plan verwirklichen konnten.

Aber wir brauchten Delia. Sie würde den Tod unserer Feinde sehen. Sie würde die Hände dieser Menschen halten, die durch unser Schwert getötet werden mussten. Und sie würde sie belügen müssen, damit wir unser Ziel erreichen konnten.

In wenigen Sätzen erzählte ich ihr, was die Rebellen planten und welche Rolle sie dabei einnehmen sollte.

KAPITEL 25

»Sie hat eingewilligt«, sagte ich zu Dorian, der mich in seinem Versteck hinter dem Gebüsch erwartete.

Ich konnte es kaum glauben. Es war typisch für Delia, dass sie ein Vorhaben ablehnte, um schließlich doch noch zuzustimmen. Aber hier ging es nicht darum, am Tag der Auswahl in unseren besten Kleidern durch den Brunnen zu tanzen und eine Standpauke der Ordensschwestern zu riskieren. Hier ging es um einen Mord.

»Dann sollten wir uns jetzt auf den Heimweg machen«, erwiderte Dorian und blickte mit gerunzelter Stirn in die Sonne, deren Licht langsam an Kraft verlor.

»Wie? Ihr habt nicht einmal ein Lob für mich übrig?«

Mir war klar, dass meine Freude über diesen Erfolg völlig unangebracht war. Ich hatte meiner Freundin gerade von Rhiannons Tod erzählt. Ich hatte sie dazu angestiftet, an einem Mordkomplott gegen den Kaiser teilzunehmen. Aber sie auf meiner Seite zu wissen, ließ mein Herz zumindest leichter werden.

»Ich möchte noch einen Zwischenstopp einlegen«, erwiderte Dorian nüchtern und ohne auf meine Frage einzugehen. »Wir sollten uns also beeilen.«

Er war bereits auf dem Weg zu den Pferden, die wir an einem Baumstamm im Wald angebunden hatten. Ich musste beinahe rennen, um mit ihm Schritt zu halten. Ich ärgerte mich über den Schattenkrieger. Konnte er meinen Erfolg nicht wenigstens ein bisschen anerkennen?

»Euer Vorgehen ist wirklich gut durchdacht«, sagte ich zu ihm. »Wenn wir den Wein vergiften, sodass die Gäste bewusstlos werden, dann wird es keine Toten geben. Und damit auch keine Visionen, die ihre Seherinnen warnen könnten.«

»Nur den Mundschenk«, erinnerte mich Dorian, der heute besonders griesgrämig war.

Leider hatte er recht. Die Rebellen würden den Mundschenk töten müssen, um an den Wein zu gelangen. Da der Mann von Delias Hof kam, las sie ihm regelmäßig die Zukunft. Sie würde sehen, wie er sterben würde, aber sie hatte versprochen, darüber zu schweigen. Das Risiko, das sie dabei einging, war gering. Ich war trotzdem überrascht gewesen, dass sie uns unterstützen wollte.

»Die Wachen werden nicht von dem Wein trinken. Was wollt Ihr mit ihnen machen?«, fragte ich.

Dorian zog den kleinen zusammengefalteten Zettel hervor und hielt ihn in die Höhe.

»Darum kümmern wir uns als Nächstes.«

Der zweite Name auf der Liste, die Marion uns gegeben hatte, gehörte einer Todesseherin, die ich nur entfernt kannte. Sie kam von einem anderen Tempel, der weiter nördlich von Kassara lag. Die Rebellen-Anführerin hatte die junge Frau ausgewählt, weil sie sich wohl schon einige Male gegen ihren Lord aufgelehnt hatte und hart dafür bestraft worden war. Marion hoffte darauf, dass sie genügend Widerspruchsgeist besaß, um sich den Rebellen anzuschließen. All das erzählte mir Dorian nun, doch er ließ immer wieder Dinge aus, sodass ich das Gefühl hatte, nur Bruchstücke des Plans zu kennen.

»Und der Kaiser? Wie wollt ihr verhindern, dass er von seinem baldigen Tod erfährt? Ich habe gehört, er hat drei Seherinnen, die nicht miteinander reden dürfen und ihm unabhängig voneinander die Zukunft lesen. Es wird schwer sein, an sie heranzukommen.«

Dorian stellte seinen Fuß in den Steigbügel und zog sich in den Sattel. Mit einem Schnalzen trieb er seine Stute an.

»Das solltet Ihr unsere Sorge sein lassen, Ezlyn.«

Ich stieg ebenfalls auf mein Pferd und holte zu ihm auf. Seite an Seite ritten wir durch den Wald und ließen Lord Kellens Schloss hinter uns. Das Licht der untergehenden Sonne drang durch die Baumkronen und der trockene Waldboden staubte unter den Hufen unserer Pferde.

»Ihr wisst also, wie ihr das anstellen werdet?«, fragte ich neugierig.

»Natürlich.«

»Aber Ihr werdet es mir nicht verraten?«

»Nein.«

• • •

Wir waren nur noch eine gute Stunde von Lord Caius' Hof entfernt, als Dorian plötzlich sein Pferd anhielt. Ich bat ihn, weiterzureiten, aber er schüttelte nur den Kopf. Stattdessen warf er sich seine Satteltasche über die Schulter und schlug einen schmalen steinigen Pfad ein, der auf den Berg neben unserer Route hinaufführte.

»Wohin geht Ihr?«, fragte ich.

Dorian brummte, unwillig über meine Frage.

»Ich habe doch gesagt, ich muss noch etwas erledigen.«

Kurz überlegte ich, bei den Pferden zu bleiben. Aber ich war neugierig, was der Schattenkrieger hier draußen, mitten im Niemandsland zu erledigen hatte. Also folgte ich ihm, bis ich auf einmal das Rauschen von Wasser vernahm. Erst dachte ich, es käme von einem Fluss, doch das Geräusch wurde immer lauter. Und dann standen wir plötzlich auf halber Höhe eines Wasserfalls, der von einem hohen, moosbewachsenen Felsen herabstürzte. Die Strahlen der untergehenden Sonne ließen die Gischt in allen Farben leuchten. Die feinen Tropfen legten sich feucht auf mein Gesicht und ich genoss ihre sanfte Kälte.

»Passt auf, wo Ihr hintretet. Hier ist es rutschig«, warnte mich Dorian.

Wir stiegen über nasse graue Felsen, bis wir dem Wasserfall so nah waren, dass man sein eigenes Wort kaum mehr verstehen konnte. Ich presste mich dicht an die Felswand, um nicht völlig durchnässt zu werden.

»Was machen wir hier?«, rief ich dem Schattenkrieger zu.

Meine Worte gingen in dem Getöse unter. Er drehte sich nicht einmal zu mir um. Und dann war er plötzlich hinter dem Wasserfall verschwunden. Ich blinzelte irritiert.

Da packte mich seine Hand am Arm und zog mich ebenfalls hinter die Wand aus tosendem Wasser.

Überrascht schaute ich mich um. Hinter dem Wasserfall befand sich eine Höhle. Die Wände waren mit Moos bewachsen. Von dieser Seite aus betrachtet, schien der Wasserfall in Flammen zu stehen. Orangerote Sonnenstrahlen tauchten die Höhle in ein warmes Licht.

»Es ist wunderschön«, hauchte ich.

Dorian konnte mich bei dem Rauschen nicht verstehen, aber ich war sicher, dass er die Faszination für diesen magischen Ort in meinen Augen las. Er ging in die Hocke und zog zwei Holzbretter aus seiner Satteltasche hervor, die er mit einem Seil zu einem Kreuz verband. Auf dem kürzeren der beiden Bretter stand ein Name:

Rhiannon Sarin

Mir standen Tränen in den Augen. Dorian trat dicht an mich heran, damit ich ihn hören konnte.

»Ihr konntet Eure Freundin nicht beerdigen. Ich dachte, das hier wäre ein passender Ort, um ihrer zu gedenken.«

Mehr als ein stummes Nicken brachte ich nicht zustande. Seite an Seite standen wir da und sahen auf die Namenstafel hinunter. Es waren nur zwei Holzbretter, keine Marmorplatte im Tempel, wie es einer Todesseherin würdig gewesen wäre. Aber es war besser als nichts. Viel besser. Vielleicht hätte sogar Rhiannon selbst die freie Natur dem dunklen ehrwürdigen Bauwerk vorgezogen.

»Ihr hätte es hier gefallen«, murmelte ich, mehr zu mir selbst, während ich Rhiannon und mich vor meinem inneren Auge ausgelassen durch den Brunnen im Tempel hüpfen sah.

Dorian legte seine Hand auf meinen Rücken. *Du hattest recht, Rhiannon,* dachte ich. *Unsere Voraussagen sind nicht in Stein gemeißelt. Sie können sich ändern.*

Ich hatte keine Angst mehr vor dem Schattenkrieger. Jetzt sah ich nur noch Malachi in meinen Träumen und wie er durch meine Hand starb. Es war ein Wunsch und keine Voraussage. Aber wie es schien, war in meinem Herzen nicht genügend Platz, um zwei Männer zu fürchten. Und so ließ ich meinen Kopf gegen Dorians Schulter sinken und genoss die Wärme, die von seinem Körper ausging.

• • •

»Ihr lasst Euch gehen, Liebes.«

Malachi betrachtete die Sommersprossen in meinem Gesicht voller Abscheu. Ich hatte gar nicht mehr daran gedacht, meine Haut zu pudern. Nicht nach allem, was geschehen war.

»Ist es, weil Ihr so verzweifelt seid, dass Eure Freundin immer noch in meiner Gewalt ist? Ich werde ihr nichts tun, solange Ihr Euch zu benehmen wisst.«

Er dachte, ich wüsste nichts von Rhiannons Tod. Er dachte, er hätte mich in der Hand. Und das musste auch so bleiben, wenn unser Plan, den Kaiser zu töten, funktionieren sollte.

»Ich weiß«, murmelte ich und senkte demütig den Kopf.

Meine Hände bebten vor Wut. Ich ließ sie in den Falten meines Rocks verschwinden. Malachi musterte mich von oben bis unten, dann schnalzte er mit der Zunge.

»Lasst uns ein Stück spazieren gehen, Ezlyn.«

Ich folgte ihm widerwillig durch den Säulengang, der über die Virida führte. Es war windstill. Ich erinnerte mich daran, wie er auf der Brüstung balanciert und ich um sein Leben gefürchtet hatte. Heute würde ich ihn, ohne zu zögern, hinabstoßen. Ich würde seinem Körper dabei zusehen, wie er immer kleiner und kleiner wurde. Wie er hilflos mit den Armen ruderte und schließlich unten auf den Felsen aufschlug. Ich würde kein Bedauern empfinden – nur blanken Hass.

»Spielen wir ein Spiel«, schlug Malachi vor. »Das wird Euch aus Euren düsteren Gedanken reißen. Worum auch immer sie kreisen.« Seine grünen Augen funkelten vergnügt. »Ich stelle Euch eine Frage und Ihr entscheidet, ob Ihr sie wahrheitsgemäß beantwortet oder ob Ihr lieber einen Befehl ausführen wollt, den ich Euch erteile.«

»Und was habe ich von Eurem kleinen Spiel?«

Malachi zuckte mit den Schultern.

»Es bringt Spaß. Und wenn Ihr Euren Part erfüllt habt, bin ich an der Reihe.«

Ich hätte nicht auf seinen Vorschlag eingehen sollen. Ich hätte diesem Irrsinn so schnell wie möglich ein Ende bereiten und das Weite suchen sollen. Aber ich tat es nicht. Da war ein dunkles Verlangen in mir, auf Messers Schneide zu tanzen. Der Wunsch, angesichts seiner Provokationen nicht klein beizugeben.

»Also gut. Ich spiele mit.«

»Sehr schön.« Malachi klatschte erfreut in die Hände. »Meine erste Frage lautet: Wie weit würdet Ihr für das Überleben Eurer Freundin gehen? Was würdet Ihr dafür riskieren?«

Sie ist tot. Sie ist tot, verdammt.

Ich wollte es ihm ins Gesicht schreien, aber ich verzog keine Miene.

»Ich würde für sie töten.«

»Bei allen Göttern, Ezlyn, da bekommt man ja Angst.«

Malachi lachte, als hätte ich einen Scherz gemacht. Er kickte einen Stein zwischen den Säulen hindurch in den Abgrund, sah ihm nach, bis er tief unten landete, und wandte sich dann grinsend wieder mir zu.

»Ihr seid an der Reihe.«

»Warum tut Ihr das?«, platzte es aus mir heraus.

»Warum tue ich was?«

Er wusste genau, was ich meinte. Meine Augen wurden schmal.

»Warum haltet Ihr Rhiannon gefangen? Warum benutzt Ihr sie als Druckmittel gegen mich?«

Malachis Lippen kräuselten sich.

»Weil ich es kann. Weil es mir Vergnügen bereitet. Darauf gibt es unzählige Antworten.«

»Das ist aber nicht alles, habe ich recht? Ihr tut es, weil Ihr Eurem Vater gefallen wollt.«

Ich hatte sie zusammen gesehen, Vater und Sohn. Und ich hatte viele Male erlebt, wie Malachi seinem Vater mit Worten ein Lächeln zu entlocken versuchte. Wie er einknickte, immer wenn sein Vater etwas verlangte.

»Das geht Euch nichts an«, sagte Malachi und wirkte plötzlich verärgert. An seiner Stirn hatte sich eine tiefe Falte gebildet. Hatte ich etwa in ein Wespennest gestoßen?

»Das ist keine Antwort. Darf ich Euch jetzt also einen Befehl erteilen?«, fragte ich und das boshafte Lächeln in meinem Gesicht hätte nicht breiter sein können.

»Tut, was Ihr nicht lassen könnt«, knurrte Malachi.

Er betrachtete seine Fingernägel, als würde ihn das Spiel mittlerweile langweilen. Aber ich wusste, dass es nicht so war. In ihm brodelte es.

»Klettert auf die Mauer«, forderte ich ihn auf.

Er schnaubte amüsiert.

»Wollt Ihr mich hinabstoßen? Das solltet Ihr Euch gut überlegen – um Rhiannons willen.«

Um ihretwillen will ich Euch hinabstoßen, Bastard.

»Keine Sorge, Malachi. Es ist doch nur ein Spiel«, sagte ich lächelnd.

Wir starrten uns an. Beide unwillig, dem anderen den Sieg zu gönnen. Schließlich stieg Malachi auf die steinerne Brüstung, ohne mich auch nur einen Moment aus den Augen zu lassen.

»Ich bin an der Reihe«, sagte er, während er mit ausgebreiteten Armen hin und her balancierte. »Wie steht Ihr zu dem Schattenkrieger?«

»Ich fürchte ihn.«

Meine Antwort kam zu schnell.

Malachi runzelte die Stirn. »Ich glaube Euch nicht.«

»Es ist die Wahrheit.«

»Klettert zu mir auf die Mauer, Ezlyn.«

»Es ist die Wahrheit.«

Ich betonte jedes einzelne Wort, aber Malachi blieb breitbeinig und mit verschränkten Armen auf der Brüstung stehen und sah auf mich herunter.

»Steigt auf die Mauer, Ezlyn. Ich bin ein schlechter Verlierer und wir wollen doch beide nicht, dass Rhiannon darunter leiden muss, oder?«

Ich gab mich geschlagen. Da meine Stiefel einen kleinen Absatz hatten, eigneten sie sich viel weniger als die von Malachi zum Herumklettern in dieser Höhe. Er packte mich am Arm, als ich schwankend auf der Brüstung zum Stehen kam.

»Vielleicht wäre es besser, wenn Ihr nicht in die Tiefe blickt«, schlug er mit einem Grinsen vor.

Ich sah hinab. Natürlich tat ich das. Es war genau das, was er beabsichtigt hatte. Unter uns lagen die grünen Wiesen, die schroffen grauschwarzen Felsen und der schäumende Fluss der Viridia. Schön und tödlich, wenn ich auch nur einen einzigen falschen Schritt machte. Ich schluckte und versuchte mich auf meine nächste Frage zu konzentrieren.

»Warum habt Ihr Euch bei der Sommersonnenwende für mich eingesetzt?«

Er hatte seinen Vater gebeten, Ikarus zu verschonen. Damals glaubte ich, dass er es aus Mitleid mit mir getan hatte. Heute war ich sicher, dass Malachi nur in seinem eigenen Interesse handelte.

»Das ist leicht zu beantworten«, sagte er. »Euer Feuervogel hat mich fasziniert. Es war eine Schande, ein so schönes Tier in

Flammen aufgehen zu lassen. – Glaubt Ihr, Arcane ist in Euch verliebt?«

»Was?« Ich machte einen nervösen Schritt, und am Rand der Brüstung lösten sich ein paar Steine. Sie fielen lautlos in die Tiefe. »Nein.«

»Warum seid Ihr Euch so sicher?«

»Weil er … Woher soll ich das wissen?«

Malachis Frage hatte mich aus dem Konzept gebracht. Was bezweckte er damit?

»Ich habe gesehen, wie er Euch anschaut«, erwiderte der junge Lord. »Und Euch dürfte das ebenfalls kaum entgangen sein. Warum also so unehrlich, Ezlyn? Mir scheint, Ihr wollt, dass ich Euch einen weiteren Befehl erteile.«

Ich nahm einen tiefen Atemzug und versuchte mich zu beruhigen. Das hier war kein guter Zeitpunkt, um die Nerven zu verlieren.

»Was soll ich tun?«

»Nun, wie wäre es mit einem kleinen Kuss auf meine Wange? Unter Freunden, versteht sich.«

Malachi zwinkerte mir zu.

»Wir sind keine Freunde«, sagte ich und unverhohlener Widerwille lag in meinem Tonfall. »Es gibt wohl niemanden auf der Welt, den ich lieber tot sehen würde als Euch.«

Der junge Lord legte den Kopf schief und sah mich überrascht an. »Zumindest seid Ihr jetzt einmal ehrlich. Na los, tut es für Rhiannon.«

Er tippte mit dem Zeigefinger auf seine Wange und hielt mich mit der anderen Hand immer noch fest. Wenn ich versuchte, ihn in den Abgrund zu stoßen, würde er mich mit sich reißen.

»Ich warte.«

Er deutete abermals auf seine Wange. In seinen Augen glühte diebische Freude. Ich beugte mich vor und tat es. Meine Lippen berührten seine weiche, warme Haut und ich schauderte.

»Braves Mädchen«, hauchte er.

Da war etwas in seinem Blick, das mich beunruhigte. Etwas, das mir verriet, wie sehr er es genoss.

»Warum interessiert Ihr Euch so für Arcane?«, fragte ich schnell, um von dem Kuss abzulenken.

»Darauf werde ich Euch keine Antwort geben.«

»Na gut.« Ich löste mich aus seinem Griff und wich einen Schritt zurück. Mein Blick wurde kalt. »Dann will ich, dass Ihr springt.«

Malachi lachte.

»Eine schöne Idee, Liebes. Aber wer sollte sich dann um Eure Freundin kümmern? Seht Ihr, sie braucht jemanden, der für sie und das Kind sorgt. Der ihr Essen und Wasser bringt.«

Lügner.

Ich hätte ihn hinunterstoßen können. Es hätte nicht viel gebraucht. Nur einen kleinen Schubs. Malachi war nicht sehr kräftig, und er rechnete nicht damit, dass ich ihm etwas antat.

Doch da ertönte plötzlich vom Schloss her eine vertraute Stimme: »Lady Ezlyn? Lord Caius sucht Euch. Er hat mich gebeten, Euch zu ihm zu bringen.«

Dorian klang nur mühsam beherrscht, während er zu mir kam und mir seine Hand entgegenstreckte, um mir von der Mauer herunterzuhelfen. Ich fragte mich, wie lange er schon hier war. Ob er hinter einer der Säulen gestanden und gelauscht hatte?

Malachi sprang munter von der Brüstung, als wäre nichts gewesen.

»Es war mir ein Vergnügen, Lady Ezlyn. Wir sollten unser Spiel bald fortsetzen«, sagte er lässig.

Ich sah ihm nach, wie er den Säulengang in Richtung Schloss entlangschlenderte.

»Was in aller Götter Namen sollte das?«, knurrte Dorian, als der junge Lord verschwunden war.

»Regt Euch ab. Es war nichts.«

Ich wich seinem Blick aus, lehnte mich gegen eine der Säulen und atmete tief durch.

»Es war nichts?«, wiederholte Dorian wütend. »Ihr hättet den jungen Lord fast in den Abgrund gestoßen und all unsere Pläne zunichtegemacht. Und der Kuss … Was habt Ihr Euch dabei gedacht?«

Nicht viel. Ich hatte nur nicht nachgeben wollen. Ich funkelte den Schattenkrieger zornig an.

»Ich hätte ihn nicht hinuntergestoßen«, erwiderte ich hitzig. »Was stört Euch wirklich? Dass ich Malachi gesagt habe, er soll springen, oder dass ich ihn auf die Wange geküsst habe?«

Dorian stützte seine Hände rechts und links von mir an der Säule ab. Sein Atem ging schnell und stoßweise.

Ich blieb völlig ruhig.

»Vielleicht hat Malachi mit seiner Vermutung ja ins Schwarze getroffen …«, murmelte ich.

An seinen Augen konnte ich ablesen, dass er wusste, wovon ich sprach. Der Schattenkrieger hatte unsere ganze Unterhaltung mit angehört. Ich sah ihn herausfordernd an.

»Verdammt, Ezlyn.«

Dorians Lippen senkten sich auf meine. Wild und hungrig, als hätte er diesen Kuss seit dem Tag zurückgehalten, an dem wir uns das erste Mal begegnet waren. Ich war zu überrascht, um mich zu wehren. Aber vielleicht wollte ich es auch gar nicht. Statt ihn wegzustoßen, legten sich meine Hände in seinen Nacken und zogen ihn näher zu mir heran. Seine Lippen waren hart und weich zugleich. Ich roch Regen und Fichtennadeln, spürte die Hitze seines muskulösen Körpers, der mich an die Säule in meinem Rücken presste. Ein wohliges Kribbeln durchfuhr mich und tausend Schmetterlinge flatterten in meinem Bauch. Mir entfuhr ein leises Seufzen.

Ich wollte mehr, viel mehr.

Und dann wich er ganz plötzlich von mir zurück, als hätte er sich verbrannt. Ich tastete über meine Lippen, nicht sicher, was gerade geschehen war.

»Es tut mir leid.«

Dorian stand mit gesenktem Kopf vor mir. Seine dunklen Haare fielen ihm in die Stirn und verdeckten seine Augen. Er atmete immer noch schwer. Und ich stand nur da und wusste nicht, was ich sagen sollte.

Ich hatte ihn reizen wollen, aber ich hätte niemals gedacht, dass in Malachis Worten Wahrheit stecken könnte. Dabei war es so offensichtlich.

Eure Sommersprossen … Sie sind wunderschön. Wie eine Sternkarte.

Ich wette, er mag Euch.

Cress meinte, Dorian wäre bis über beide Ohren in Euch verschossen.

Wie hatte ich all diese kleinen Hinweise einfach ignorieren können?

»Dorian …«, begann ich, obwohl ich keine Ahnung hatte, wie ich diesen Satz beenden sollte.

Ich wusste ja nicht einmal, wie ich mich jetzt fühlte. Mir war heiß und kalt zugleich. Mein Herz schlug so schnell, dass ich Angst hatte, es würde davonrasen. Und in meinem Kopf drehte sich alles.

Der Schattenkrieger starrte auf den Boden vor seinen Füßen, als könnte sich dort jeden Moment ein schwarzes Loch auftun und ihn verschlucken.

»Es tut mir leid«, wiederholte er mit heiserer Stimme.

Dann drehte er sich um und stürzte mit langen Schritten davon.

KAPITEL 26

Drei Tage lang sah und hörte ich nichts von Dorian. Ich hatte das Gefühl, er ging mir absichtlich aus dem Weg. Vielleicht hatte Lord Caius ihn auch mit einem Auftrag vom Hof geschickt. Ich war jedenfalls froh, denn ich hätte nicht gewusst, wie ich ihm entgegentreten sollte. Der Kuss hatte sich gut angefühlt, aber ich war nicht Rhiannon. Ich konnte mich nicht einfach verlieben. Nicht in einer Welt, in der jedes Glück dem Tod geweiht schien.

Aber du wünschst es dir, flüsterte eine Stimme in meinem Inneren, der ich kaum glauben wollte.

Unterdessen verrichtete ich meine Arbeit, hielt Hände, sagte Todesarten voraus und versuchte nicht mehr an den Kuss zu denken. Doch wenn ich abends zu Bett ging und die Augen schloss, spürte ich Dorians Lippen wieder auf meinen und ein Verlangen in meinem Bauch. Und noch ein anderes Gefühl, das ich am liebsten im Keim erstickt hätte: Sehnsucht.

Am vierten Tag stand er plötzlich neben mir, während ich im Rosenpavillon saß und mich mit einem Buch über die Geschichte Alveniens abzulenken versuchte. Das war nicht die Literatur, zu der ich normalerweise griff, aber ich hatte mir vorgenommen, mehr über den Kaiser in Erfahrung zu bringen.

Das Buch lag aufgeschlagen auf meinen Knien. Ein Porträt des Kaisers blickte mir mit ernster Miene entgegen. Der schmale, hochgewachsene Mann mit den braunen Haaren, die er zum Zopf gebunden hatte, trug die Farben unseres Landes – Dunkelblau und Gold. Ich schätzte ihn auf Anfang zwanzig, aber da das Buch schon einige Jahre alt war, musste er mittlerweile wohl in den Vierzigern sein.

»Er war mal ein gut aussehender Mann, bevor er in den Krieg gegen unser Nachbarland Rahjos gezogen ist. Jetzt trägt er eine lange Narbe im Gesicht und sein rechtes Auge ist blind«, sagte der Schattenkrieger sanft.

Ich hatte ihn nicht kommen hören. Erschrocken sprang ich auf und ließ dabei mein Buch fallen. Wir bückten uns gleichzeitig, um es aufzuheben, und unsere Finger berührten sich. Für einen Augenblick hielten wir beide inne und sahen einander an. Die Luft zwischen uns schien zu vibrieren. Dann zog Dorian seine Hand zurück und räusperte sich.

»Was geschehen ist, war unangemessen. Ich entschuldige mich dafür.« Es war klar, dass er den Kuss meinte und nicht die Berührung unserer Hände. »Ich würde es zurücknehmen, wenn ich könnte.«

Seine Worte versetzten mir einen heftigen Stich, obwohl er nur ehrlich gewesen war und im Grunde ja recht hatte. Der Kuss machte alles viel komplizierter und es war besser, wenn wir ihn einfach vergaßen.

»Ihr müsst Euch nicht entschuldigen«, sagte ich leise, während ich das Buch vom Boden aufhob und von Staub befreite.

Er nickte mit düsterer Miene und zusammengepressten Lippen, als wäre das Thema damit für ihn beendet. Doch er machte keine Anstalten, ein neues anzuschneiden. Die Stille, die sich zwischen uns ausbreitete, machte mich so nervös, dass meine Hände zitterten.

»Erzählt mir mehr über den Kaiser«, bat ich, um dem angespannten Schweigen ein Ende zu bereiten.

Dorian zuckte mit den Schultern.

»Ihr habt das Traktat gelesen, das ich Euch gegeben habe?«

»Ja.«

»Dann kennt Ihr seine Ansichten. Ihm haben wir es zu verdanken, dass sich der Konflikt zwischen Arm und Reich verschärft hat. Früher waren die Adligen dazu verpflichtet, einmal im Monat die Tore ihrer Höfe zu öffnen, damit ihre Seherinnen dem gemeinen Volk die Zukunft lesen konnten. Als der Kaiser aus dem Krieg zurückkam, hat er diesen Erlass aufgehoben. Niemand weiß, warum. Man sagt, der Krieg hätte sein Herz erhärtet.«

Ich musste an die Menschen in Kassaras Armenviertel denken, die unter den Folgen dieser Entscheidung litten.

»Das klingt eher, als hätte er nie eins gehabt.«

Dorian nickte betrübt.

Ich wollte die Buchseite mit dem Porträt des Kaisers noch einmal aufschlagen, aber ich fand sie nicht mehr. Und mir fielen keine Fragen ein, die ich Dorian stellen konnte. Außer einer: *Was ist das hier zwischen uns?* Sie kribbelte unter meiner Haut und jagte mir Angst ein. Mein ganzes Leben lang hatte ich trainiert, um am Ende dem Schattenkrieger gegenüberzutreten. Aber nicht auf diese Weise …

Dorian rieb sich verlegen über die dunklen Bartstoppeln. Dann sah er mich fragend an.

»Wollt Ihr unsere Sache trotz allem weiter unterstützen? Die Zeit drängt. Und ich bin hier, weil wir uns dringend um den zweiten Namen auf Marions Pergament kümmern müssen. Es geht um Lady Blyana, die Todesseherin an Lord Rykers Hof. Wir brauchen anderthalb Tage, um zu ihr zu gelangen. Ihr solltet Euch eine gute Ausrede einfallen lassen, warum Ihr Lord Caius' Hof so lange fernbleiben müsst.«

Gut, wenn er es so wollte, verloren wir eben keine weiteren Worte über den Elefanten im Raum. Allerdings war die lange Reise tatsächlich ein Problem. Nicht was Lord Caius betraf, denn ihm gegenüber würde ich sicher eine Erklärung finden. Sondern weil Dorian und ich dann tagelang allein waren. Und egal was er sagte, egal was ich mir einzureden versuchte: Der Kuss war nicht einfach vergessen.

Ich konnte ihn immer noch fühlen.

• • •

»Ihr meint das ernst?«

Malachi sah mich mit einem ungläubigen und leicht verärgerten Gesichtsausdruck an. Sein Vater und er wollten sich mit einem Handelspartner im Osten des Landes treffen und ich hatte ihnen vorgeschlagen, eine Route zu wählen, die ihre Reisezeit um zwei Tage verlängern würde.

»Ich kann Euch nur an die Vision erinnern, die ich empfangen habe, Mylord«, sagte ich und senkte demütig den Kopf. »Da waren Räuber, die Euch aufgelauert haben. Es war grauenhaft! All das Blut …«

Malachi verschränkte die Arme vor der Brust und musterte mich skeptisch. Ich sah an ihm vorbei auf das Gemälde der Seherin, das ich schon während meines ersten Aufenthalts in Lord Caius' Arbeitszimmer betrachtet hatte. Ob sie ihre Gabe jemals missbraucht hatte?

»Sie denkt sich das aus«, sagte der junge Lord zu seinem Vater.

»Ich wüsste nicht, warum Lady Ezlyn das tun sollte, Malachi.« Lord Caius brachte seinen Sohn mit einem eisigen Blick zum Schweigen. »Du vergisst, dass sie schon einmal dein Leben gerettet hat.«

Der junge Lord öffnete den Mund und schloss ihn wieder. Offenbar hatte er nicht vor, seinem Vater davon zu berichten, was zwischen uns vorgefallen war. Vielleicht war es ihm peinlich. Das konnte mir nur recht sein.

»Am besten wäre es, Ihr würdet in der Sicherheit des Hofes bleiben«, schlug ich mit bemüht ängstlicher Stimme vor.

Obwohl das natürlich das Letzte war, was ich erreichen wollte. Doch für die beiden Lords kam es ohnehin nicht infrage und das wusste ich.

Lord Caius richtete sich von seinem Stuhl auf, sortierte einen Stapel Papiere und trat dann ans Fenster.

»Habt Dank, Lady Ezlyn«, sagte er, ohne mich noch einmal anzusehen.

Während ich mich zurückzog, begannen Malachi und Lord Caius über die bevorstehende Reise zu sprechen. In zwei Tagen sollte es so weit sein. Zeit genug, um meine eigenen Reisevorbereitungen zu treffen.

• • •

»Und wie habt Ihr den Bediensteten erklärt, dass Ihr so lange unterwegs sein werdet?«, fragte Dorian, während wir unsere Satteltaschen über die Pferderücken warfen.

»Ich habe ihnen gesagt, ich würde die Gelegenheit für eine religiöse Meditation nutzen, um meinen Geist zu reinigen.«

Anna, meine Dienstmagd, hatte mir nicht recht glauben wollen, als ich sie um etwas Proviant für die Reise bat. Doch dann hatte sie mir verschwörerisch zugezwinkert und versprochen, meine Meditation nicht zu stören. Wahrscheinlich dachte sie, ich wolle einfach einmal allein sein und einen harmlosen Ausritt machen oder auf den Markt gehen. Es war mir einerlei, solange sie mich nicht verriet.

Dorian zog die Augenbrauen hoch.

»Macht Ihr so etwas wirklich von Zeit zu Zeit?«

»Sehe ich so aus, als wäre mein Geist gereinigt?«

Ich grinste ihn an und unsere Blicke verhakten sich ineinander. Es war das erste Mal, dass wir ein normales Gespräch führten, seit Dorian mich geküsst hatte.

»Ganz und gar nicht«, erwiderte er.

Ich war immer wieder erstaunt, wie sehr sich sein Gesicht veränderte, wenn er lächelte.

• • •

Wir ritten den ganzen Tag mit kurzen Unterbrechungen. Dorians Nähe war mir weniger unangenehm, als ich zunächst befürchtet hatte. Sie fühlte sich spannungsgeladen, aber irgendwie vertraut an. Als es Abend wurde, versorgten wir die Pferde und stellten die Zelte auf. Ich machte mich auf die Suche nach Feuerholz. Als ich zurückkam, war der Schattenkrieger verschwunden. Ich setzte mich auf einen Stein und begann in meiner Satteltasche nach dem Proviant zu kramen. Mein Magen knurrte vor Hunger.

»Na, willst du auch etwas?«, fragte ich ein Eichhörnchen, das über die Lichtung huschte, einen Baumstamm hinaufkletterte und zwischen den Blättern verschwand. Normalerweise hätte ich diese Frage an Ikarus gerichtet. Ihm durch das Gefieder gestrichen und ihn unter dem Schnabel gekrault. Aber Ikarus war nicht mehr hier.

Ich aß eine Scheibe Brot und etwas Wurst. Mein Abendessen war viel karger als die Mahlzeiten an Lord Caius' Hof, aber hier draußen, in der Freiheit des Waldes, schmeckte es köstlich.

Doch wo war Dorian? Je tiefer die Sonne sank, desto unruhiger wurde ich. Schließlich hielt ich es nicht mehr aus und machte mich auf die Suche.

Ich fand ihn am Ufer eines kleinen sprudelnden Baches. Er hatte sein Hemd ausgezogen und kniete auf dem Waldboden. Wassertropfen perlten aus seinen dunklen Haaren über seinen muskulösen Oberkörper. Die Wunde an seiner Schulter, die ihm im Kampf gegen die Attentäter zugefügt worden war, schien fast verheilt. Ich konnte nicht anders, als die Tätowierung auf seinem Rücken zu bewundern. Wieder überkam mich das Verlangen, die feinen Linien mit dem Finger nachzuzeichnen. Wie sich seine Haut wohl bei meiner Berührung anfühlen würde? Glatt und warm und lebendig …

Ein Zweig knackte unter meinem Schuh und mir stockte der Atem. Mit einem Mal wurde mir bewusst, wie verfänglich meine Lage war. Wenn Dorian mich hier entdeckte, würde er denken, ich hätte ihn heimlich beim Baden beobachtet – was ich ja irgendwie auch getan hatte. Sollte ich mich fortschleichen? Aber was, wenn ich dabei noch mehr Geräusche verursachte und erst recht auf mich aufmerksam machte?

»Seid Ihr unentschlossen, ob Ihr mir Gesellschaft leisten wollt, Ezlyn?«

Der Schattenkrieger wandte sich nicht zu mir um, aber ich hörte einen amüsierten Unterton. Wenigstens konnte er nicht sehen, wie meine Wangen feurig zu glühen begannen.

»Ich fragte mich nur, wo Ihr seid«, antwortete ich wahrheitsgemäß und war froh, dass meine Stimme fest klang.

Er richtete sich auf und kam zu mir herüber, sein weißes Leinenhemd zusammengeknüllt in einer Hand. Ein Wassertropfen lief über seine Wange und blieb an seiner Lippe hängen. Ich musste unwillkürlich an unseren Kuss denken und an das, was er in mir ausgelöst hatte.

Ich schluckte trocken und versuchte mich daran zu erinnern, warum ich diesen Mann eigentlich fürchten sollte. Warum ich mich nicht in seine Arme schmiegen und ihn bitten durfte, den Kuss zu wiederholen.

Es wollte mir nicht gelingen.

»Wollen wir zurück zum Lager gehen?«, fragte Dorian.

Da war ein dunkler, verheißungsvoller Glanz in seinen Augen. Ich nickte stumm. Zu mehr war ich nicht in der Lage.

»Geht voran!«

Ich konnte seinen Körper spüren, dicht hinter meinem. In meiner Vorstellung zog er mich an sich, strich meine Haare aus meinem Nacken und küsste meinen Hals. Es fühlte sich so echt an, dass ich einen Moment lang genießerisch die Augen schloss. Als ich sie wieder öffnete, hatte der Schattenkrieger mich überholt, und wenig später erreichten wir unser Lager. Ich sah Dorian dabei zu, wie er sein Hemd anzog und in sein Zelt kletterte. Wahrscheinlich sollte ich erleichtert sein. Aber alles, was ich spürte, war Enttäuschung.

• • •

Die Nacht war klar, und das Lagerfeuer, das Dorian und ich entzündet hatten, spendete genügend Wärme. Wir hatten unseren gesamten Proviant ausgepackt, und nachdem ich eine zweite Scheibe Brot gegessen hatte, legte ich mich auf den trockenen Waldboden und betrachtete die Sterne.

»Habt Ihr je darüber nachgedacht, ein anderes Leben zu führen? In Freiheit?«, fragte ich Dorian.

Er schnaubte. »Ihr vergesst, dass ich in Freiheit aufgewachsen bin.«

»Wirklich?«, fragte ich zurück.

Er mochte unter den Sternen aufgewachsen sein, in einem Lager mitten im Wald – aber war das Freiheit? Hatte er sich nicht genau wie ich immer nach den Wünschen anderer richten müssen?

Dorian warf die letzte Brotscheibe zurück in den Proviantbeutel und ließ sich seufzend neben mir auf dem Waldboden nieder.

»Als ich jünger war, habe ich davon geträumt, Hufschmied zu werden. Ich wollte eine Frau und zwei Kinder. Und einen Esel, weil wir einen im Lager hatten, den ich abgöttisch geliebt habe. Ein stures, altes Tier.« Er lächelte bei der Erinnerung daran. »Aber Träume ändern sich.«

»Wovon träumt Ihr jetzt?«

Er hob seine Hand und streifte den Handschuh ab. Schatten drangen aus seinen Fingerspitzen. Ängstlich und fasziniert zugleich beobachtete ich, wie sie sich um sein Handgelenk wanden.

»Ich wünschte, dass jemand mehr in mir sieht als nur das.«

Ich drehte mich auf die Seite, stützte den Kopf auf meinen Arm und betrachtete Dorian.

Nicht die Schatten.

Nicht seine Hand.

Sondern ihn.

»Ich sehe Euch«, wisperte ich.

Dann beugte ich mich vor und küsste ihn auf die Wange. So sacht wie ein Windhauch. Meine Lippen strichen über seine Bartstoppeln, und das Kribbeln, das ich bei unserem ersten Kuss gespürt hatte, war wieder da.

»Ezlyn …« Seine Stimme war rau.

»Ja?«

»Ich halte das für keine gute Idee.«

Seine Augen ruhten auf mir, während er seinen Handschuh wieder anzog.

»Ich auch nicht«, erwiderte ich.

Er war ein Angelus Mortis.

Ich war eine Todesseherin.

Und wir wollten den Kaiser stürzen.

Vermutlich würden wir beide dabei umkommen – wenn ich nicht vorher schon durch Dorians Hand starb, wie ich es in meinen Visionen gesehen hatte.

»Nein, das ist wirklich keine gute Idee«, wiederholte ich seine Worte und wandte mich wieder den Sternen am Himmel zu.

Er lag so nah bei mir, dass sich unsere Arme fast berührten. Ich konnte seine Wärme spüren. Alles zog mich zu ihm hin. Doch ich wagte nicht mehr, mich zu bewegen.

Ich sehnte mich danach, dass er mich an sich zog und leidenschaftlich küsste. Aber er tat es nicht. Er lag eine Weile neben mir und betrachtete eingehend den Sternenhimmel, wie er einst meine Sommersprossen betrachtet hatte. Dann stand er auf und verschwand in seinem Zelt.

KAPITEL 27

Ich atmete einmal tief durch, bevor ich mit zitternder Hand die messingfarbene Türklinke hinunterdrückte. Sie fühlte sich kalt an wie alles an diesem Schloss. Die zugigen Gänge wirkten wenig einladend. Die Gobelins waren an den Rändern ausgefranst und die Kerzen auf den Leuchtern abgebrannt.

Man konnte auf den Gedanken kommen, Lord Rykers Hof hatte die besten Tage bereits hinter sich, doch Dorian hatte mich eines Besseren belehrt. *Ryker steckt all sein Geld in seine Streitmacht, statt seine Burg in Ordnung zu halten,* hatte er mir erklärt.

Ich hatte mir von einer Rebellin, die hier am Hof in der Küche arbeitete, eine Dienstmädchentracht geliehen und war darin unbemerkt in das Schloss eingedrungen. Dorian wartete unterdessen vor dem Eingangstor. Gleich würde es sich herausstellen, ob wir Lord Rykers Todesseherin als Verbündete gewinnen konnten.

Leise trat ich in Lady Blyanas Kammer und schloss die Tür hinter mir. Es roch muffig. Das winzige Fenster auf der gegenüberliegenden Seite war wohl schon lange nicht mehr geöffnet worden.

»Du kannst das Tablett auf den Tisch neben den Kamin stellen«, befahl mir eine barsche Stimme.

Lady Blyana hatte mir den Rücken zugekehrt. Sie saß gekrümmt auf ihrem Bett, die Arme um den Körper geschlungen, als wollte sie sich schützen. Die Rebellin, die mich hier hereingeschmuggelt hatte, hatte mir schon erzählt, dass die Todesseherin nicht in bester Verfassung war. Aber die Blutspuren in dem Bettlaken, in das die Seherin eingewickelt war, deuteten auf weit Schlimmeres hin. Die junge Frau musste ausgepeitscht worden sein.

»Ich bin nicht Eure Dienstmagd«, sagte ich.

Lady Blyana drehte sich zu mir um und musterte mich mit geringem Interesse. Sie sah nicht wie jemand aus, den ein blutiger Rücken gefügig machen konnte. Ihre Gesichtszüge waren hart. Sie trug ihre blonden Haare kurz und zurückgekämmt. Und in ihren dunkelblauen Augen stand ein unnachgiebiger Ausdruck. Sie war wie ein Felsen im Sturm, aber in ihrem Inneren brodelte es.

»Er hat also jemanden geschickt, um meine Wunden reinigen zu lassen. Wie fürsorglich.«

Ihr Tonfall strotzte vor Ironie. Sie ließ das Bettlaken sinken und ich fuhr erschrocken zusammen, als ich die tiefen Wunden erblickte. Ich konnte mir kaum vorstellen, welche Qualen sie litt, aber ihre Augen waren trocken und es war kein Selbstmitleid zu erkennen. Ob es sie einst gegeben hatte – diese Nächte, in denen sie sich in den Schlaf geweint hatte, so wie ich es tat, seit Rhiannon gestorben war?

»Es tut mir leid, Lady Blyana«, begann ich vorsichtig, als ich meine Fassung wiedergewonnen hatte. »Ich bin nicht gekommen, um Eure Wunden zu reinigen. Ich bin hier, um Euch die Chance zu geben, Euch zu rächen.«

Ich brauchte sie nicht davon zu überzeugen, sich der Rebellion anzuschließen. Wer solches Leid erfahren hatte, der schreckte nicht davor zurück, es den Schuldigen heimzuzahlen. Auch nicht wenn das bedeutete, eine Handvoll Männer in ihr Verderben zu stürzen.

Ich erzählte Lady Blyana von unserem Plan. Lord Rykers Männer würden beim Besuch des Kaisers am Tor des Tempels Wache stehen, und die Rebellen würden sie töten, um in den Tempel einzudringen. Lady Blyana musste in ihrer Voraussage lediglich Stillschweigen bewahren über das blutige Gemetzel.

Während ich sprach, verzog die Todesseherin keine Miene.

»Ich würde alles tun, um dem Grauen ein Ende zu bereiten«, sagte sie schließlich und nickte.

»Ich weiß«, erwiderte ich.

Lady Blyanas Entschlossenheit machte mir Angst. Wie weit hatten uns die Mächtigen getrieben? Und wie weit würden wir gehen müssen, um unsere Freiheit wiederzuerlangen? Würden wir für diese neue Welt, auf die wir hofften, unsere Menschlichkeit verlieren?

• • •

»Ihr wirkt so nachdenklich«, stellte Dorian auf unserem Rückweg fest.

Es dämmerte bereits. Die Sonne zog sich aus dem Wald zurück, streichelte noch ein letztes Mal über Blätter und Äste. Eine kühle Brise umwehte uns, sie trug den Duft von Moos und Laub zu uns herüber. Wir würden bald anhalten und unser Nachtlager aufschlagen müssen.

Noch eine Nacht an Dorians Seite. Noch eine Nacht, in der ich wach liegen und mich selbst darüber belügen würde, dass ich keine Angst vor dem hatte, was vor uns lag. Dass es mich nicht kümmerte, ob der Schattenkrieger ebenfalls wach lag und vielleicht an mich dachte. Und dass ich alles im Griff hatte.

»Warum, glaubt Ihr, hat Marion ausgerechnet mich an Lady Blyanas Hof geschickt?«

Dorian, der neben mir ritt, wiegte den Kopf hin und her.

»Vielleicht dachte sie, es wäre glaubwürdiger, wenn der Aufruf zur Rebellion von einer Gleichgesinnten kommt.«

Ich schüttelte den Kopf. Anfangs hatte ich denselben Gedanken gehabt, aber nachdem ich die Todesseherin kennengelernt hatte, kam er mir albern vor.

»Es brauchte nicht viel Überzeugungskunst, um Lady Blyana auf unsere Seite zu ziehen. Meint Ihr, es war ein Test, ob Marion sich auf mich verlassen kann? Vielleicht wollte sie herausfinden, wie weit ich für eure Sache gehen würde?«

Dorian zuckte unmerklich. War es, weil ihn die Vorstellung beunruhigte oder weil ich Marion durchschaut hatte? Die Rebellen-Anführerin wirkte nicht wie jemand, der einem leicht Vertrauen schenkte. Und nach allem, was ich erlebt hatte, konnte ich sie nur allzu gut verstehen.

»Gut möglich«, gab Dorian zu.

Ich dachte daran, wie innig die beiden sich im Lager begrüßt hatten.

»Vertraut Ihr Marion?«

»Ja.«

Seine Antwort kam unverzüglich. Er hatte keinen Atemzug gebraucht, um darüber nachzudenken. Eine Tatsache, die mich überraschte. Der Schattenkrieger war normalerweise höchst misstrauisch. Ich musterte sein Profil – die markanten Gesichtszüge, die dunklen Haare – und versuchte zu ergründen, warum er der Rebellin gegenüber so loyal war.

»Was ist der Grund dafür?«, fragte ich schließlich.

Dorian schmunzelte.

»Sie hat mich zur Welt gebracht und großgezogen. Für mich ist das Grund genug.«

»Sie ist Eure Mutter?«

Vor Überraschung hätte ich fast einen Ast übersehen, auf den ich zuritt. Im letzten Moment duckte ich mich darunter hinweg. Die Zweige streiften über meinen Rücken. Als ich mich wieder aufrichtete, blinzelte Dorian in die letzten Sonnenstrahlen.

»Habe ich das nicht erwähnt?«

Ich schüttelte den Kopf über seine Geheimnistuerei. Er hatte mich dieser Frau vorgestellt und mit keinem Wort erwähnt, dass sie seine Mutter war.

»Das müsst Ihr wohl irgendwie übersehen haben«, sagte ich und lächelte. »Heißt das, Ihr seid nicht nur der große Schattenkrieger, sondern auch der zukünftige Anführer der Rebellen?«, neckte ich ihn.

Dorians Mundwinkel zuckten amüsiert.

»Ich glaube, so funktioniert das nicht. Ihr wisst ja, wie wir zum Erbrecht stehen. Wenn Marion ihren Posten nicht mehr ausüben kann oder will, werden wir gemeinsam einen neuen Anführer bestimmen.«

Es musste schwer für ihn sein, dass seine eigene Mutter den Kampf gegen die Mächtigen über alles andere stellte. Sie hatte zugelassen, dass ihr Sohn an Lord Caius' Hof ging und ihm als Schattenkrieger diente. Dass er in seinem Namen andere Menschen folterte und tötete.

»Wie schade! Dabei wollte ich gerade vor lauter Ehrfurcht vor Euch erstarren.«

Ich legte eine Hand auf mein Herz und seufzte theatralisch.

»Es genügt Euch also nicht, dass ich nur der große Schattenkrieger bin?«, erkundigte sich Dorian scherzhaft, während er von seinem Pferd stieg und die Zügel meiner Stute hielt, damit ich ebenfalls absitzen konnte. Wir waren an jener Stelle angelangt, an der wir schon auf dem Hinweg unser Nachtlager aufgeschlagen hatten.

»Es genügt mir, wenn Ihr nur Dorian seid.«

Die Worte waren mir herausgerutscht. Meine Wangen wurden heiß, ich stieg schnell ab und wandte dem Schattenkrieger den Rücken zu. Er trat dicht hinter mich. Ich spürte seinen Körper an meinem, fühlte seinen Atem, der mein Haar und meinen Nacken streifte. Der Wunsch, ihn zu berühren, war so stark, dass mir der Atem stockte.

Er würde sich zurückziehen, würde mich hier stehen lassen, mit klopfendem Herzen und zitternd vor Verlangen, so wie er es gestern Abend schon getan hatte. Ich schloss die Augen und begann die Sekunden zu zählen, um nicht den Verstand zu verlieren.

Eins …

Mein Atem flatterte in meiner Brust.

Zwei …

Dorians Hände legten sich auf meine Hüften.

Drei …

Als seine Finger mich sanft zu streicheln begannen, kam mein Puls aus dem Takt und geriet ins Rasen. All meine Sinne richteten sich auf diese Berührung.

»Wenn Ihr solche Dinge zu mir sagt, bin ich nicht sicher, ob Ihr mir gestern zustimmen wolltet oder ob Ihr meine Worte einfach nur wiederholt habt«, flüsterte Dorian.

»Welche Worte?«

Seine Hände wanderten ein Stück nach oben, schoben sich

unter mein Hemd und blieben auf meiner nackten Haut liegen. Sie fühlten sich rau an und entfachten ein nie gekanntes Feuer in mir. Ich konnte keinen klaren Gedanken mehr fassen. Mein Kopf sank an Dorians Brust.

»Ihr seid also doch nicht der Meinung, dass das eine schlechte Idee ist?«, raunte er in mein Haar.

»Eine ziemlich schlechte Idee.« Ich klang atemlos. »Aber es ist mir egal.«

Ich drehte mich zu ihm herum und schlang die Arme um seinen Hals, zog ihn zu mir herunter. Das hier mochte falsch sein, aber noch nie in meinem Leben hatte sich etwas so richtig angefühlt. Ich schmeckte Freiheit, als ich seine Lippen kostete. Süße, wunderbare Freiheit. Und der Glanz in seinen nachtschwarzen Augen verriet mir, dass es ihm ebenso erging.

»Gut«, flüsterte er zwischen zwei Küssen und nahm mein Gesicht in seine Hände. Sein Daumen berührte die Sommersprossen auf meiner Wange. »Denn ich möchte dich nur ungern wieder loslassen.«

»Dann tu es nicht.«

Wir waren zwischen zwei Welten gefangen: einem Leben voller Lügen und Intrigen, in dem wir die Marionetten mächtiger Lords waren, und einem Leben in einer ungewissen, nie gekannten Freiheit. Aber in diesem Augenblick, zwischen Sonnenglanz und Abenddämmerung, erschufen wir unsere eigene Welt. Eine Welt, die uns niemand nehmen konnte.

KAPITEL 28

»Darf ich es sehen?«

»Was? Nein … Ich weiß nicht.«

Ich lachte verlegen.

Dorian und ich hatten die Nacht in seinem Zelt verbracht. Wir hatten nebeneinandergelegen und geredet. Über seine Familie, meine Zeit im Tempel und über eine Zukunft, die wir uns in den schönsten Farben ausmalten. Irgendwann war ich eingeschlafen. Und das, obwohl das Blut in meinen Adern rauschte. Obwohl ich mich aufgedreht und seltsam leicht fühlte.

Als ich aufwachte und den Kopf zur Seite drehte, blinzelte ich in nachtschwarze Augen, die auf meinem nackten Rücken ruhten, wo mein Hemd ein Stück hochgerutscht war. Sofort beschleunigte sich mein Puls. Er wollte mein Tanwir sehen. Und obwohl wir letzte Nacht so vertraut miteinander gewesen waren, war ich plötzlich furchtbar befangen. Nicht wegen meiner Tätowierung, sondern weil ich einem Mann noch nie so nahe gekommen war.

Dorian schob mir eine Haarsträhne aus dem Gesicht und zog den Stoff meines Hemdes zurecht. Das Leder seiner fingerlosen Handschuhe streifte meine Haut.

»Entschuldige, ich hätte nicht fragen sollen. Ich gehe mal raus und schaue, was die Pferde machen.«

Er bewegte sich auf den Zeltausgang zu.

»Dorian?«

Ich kniete mich hin, zog mein Hemd über den Kopf und bedeckte damit meine nackten Brüste. Während ich so dasaß, kam ich mir furchtbar verwegen vor. Ich sah das Lächeln auf Dorians Lippen, und er sog überrascht die Luft ein.

»Bist du sicher?«

»Ich habe deine Tätowierung gesehen«, sagte ich lächelnd. »Der Gott der Gerechtigkeit würde mir zürnen, wenn ich dir nicht das gleiche Recht einräumen würde.«

»Die Götter könnten dir niemals zürnen, Ezlyn«, erwiderte Dorian, während er wieder näher kam.

Sanft strich er meine Haare beiseite. Ich wagte kaum zu atmen, als seine Augen über das Tanwir glitten. Über die geschwungenen schwarzen Linien, die altalvenischen Schriftzeichen und das Auge der Vorsehung in ihrer Mitte. Es fühlte sich an, als würde er mich mit Blicken liebkosen. Er beugte sich hinunter und hauchte einen Kuss zwischen meine Schulterblätter. Seine Lippen waren unendlich weich auf meiner Haut.

»Es ist wunderschön«, flüsterte er. »Du bist wunderschön.«

Ich hatte nicht gedacht, dass er mich noch mehr in Verlegenheit bringen könnte.

»Du hast vergessen zu sagen, wie schlau und mutig ich bin«, sagte ich leichthin, um die Situation zu entschärfen. »Und überaus …«

»… störrisch«, beendete er meinen Satz.

Dann legte er eine Hand unter mein Kinn, drehte meinen Kopf zu sich und hauchte einen Kuss auf meine Lippen, während er mich näher zu sich zog.

»Du bist mehr als alles zusammen, Ezlyn.«

Ich erschauderte unter seiner Berührung. Aber bevor ich darüber nachdenken konnte, ob ich mehr davon wollte, zog er sich zurück und verließ das Zelt.

• • •

An diesem Abend hüllten Nebelschwaden das Schloss von Lord Caius ein. Seit unserer Rückkehr an den Hof vor drei Tagen hatte ich Dorian nicht mehr gesehen. Erst heute Morgen nach der Morgenandacht waren wir uns wieder begegnet und er hatte mir verstohlen einen Zettel zugesteckt. Jetzt lief ich im diesigen Regen zu den Stallungen, den Zettel mit Treffpunkt und Uhrzeit in der Hand, und mein Herz tanzte in einem wilden Rhythmus.

»Hat dich jemand gesehen?«, fragte Dorian besorgt.

Er trat aus dem Schatten des Hoftors und blickte sich wachsam um.

»Natürlich nicht.«

Ich schlüpfte an ihm vorbei in den Stall und drehte mich zu ihm um. Irgendwie hatte ich erwartet, dass er mich in die Arme ziehen und küssen würde, aber er wirkte nervös und abweisend.

»Was ist los?«, fragte ich und versuchte nicht allzu enttäuscht zu klingen.

Er fuhr sich durch die Haare und atmete hörbar aus. »Marion will uns sehen. Sie hat noch eine letzte Aufgabe für dich, ehe wir zuschlagen.«

»In Ordnung.« Ich nickte.

Aber was immer diese Aufgabe war, Dorian schien sie ganz und gar nicht zu behagen.

Er wies zu den Pferdeboxen.

»Ich habe die Tiere bereits gesattelt.«

• • •

Auf dem Weg durch die Virida schoss mir der Gedanke durch den Kopf, dass das hier vielleicht bald mein Zuhause sein würde. Die Sterne über uns, die immer wieder durch die Baumkronen funkelten. Die Blätter, die schwer vom Regen herabhingen. Der nasse Waldboden, der unter den Hufen unserer Pferde schmatzende Geräusche von sich gab.

Wenn unser Anschlag auf den Kaiser erfolgreich war, würden wir für eine Weile untertauchen müssen. Dorian hatte mir erzählt, dass die Rebellen unter den Lords im Norden des Landes einige Verbündete hatten, die nach dem Tod des Kaisers die Macht übernehmen würden. Sie teilten unsere Ansichten und Ziele, aber es gab auch andere, die um die Krone kämpfen würden. Ob unser Plan aufging, hing also nicht allein von uns ab.

»Wie ist es, unter freiem Himmel zu leben?«, fragte ich Dorian und lehnte mich im Sattel leicht zurück, um an einem steinigen Abhang nicht das Gleichgewicht zu verlieren.

Er rieb sich den Nacken, während er über eine Antwort nachdachte.

»Ich bin so aufgewachsen. Mit dem Zwitschern der Vögel am Morgen und dem Schrei der Eulen in der Nacht. Mit dem Rauschen der Blätter, dem erdigen Duft des Waldbodens und dem Kitzeln der taunassen Wiese unter meinen Fußsohlen. Ich komme mir immer noch eingesperrt vor, wenn ich mich zwischen den dicken Mauern des Schlosses bewege.« Er streckte die Hand aus und fuhr mit den Fingern über die nassen Blätter der Büsche, an denen wir vorbeiritten. »Ich vermisse all die Geräusche und Gerüche. Und den Zusammenhalt, den man entwickelt, wenn man hier draußen aufeinander angewiesen ist.«

»Das klingt schön«, murmelte ich.

Er zog die Hand zurück und ballte sie zur Faust. »Aber es ist nicht immer so.«

Bevor ich ihn fragen konnte, was er damit meinte, tauchte das Lager der Rebellen vor uns auf. Jetzt, da ich wusste, wo es lag, sah ich die weißen Zelte zwischen den Bäumen aufblitzen. Dorian stieß drei schnelle Pfiffe aus, um unser Eintreffen anzukündigen. Es dauerte eine Weile, bis Maila auf uns zukam. Als sie mich sah, verzog sie das Gesicht zu einer mürrischen Grimasse. Ich erinnerte mich daran, wie sie mich im Lagerhaus angefaucht hatte, weil ich Rhiannon nicht zurücklassen wollte. Wir würden wohl nie Freundinnen werden.

»Marion hat sich schon gefragt, wo ihr bleibt«, sagte sie ernst.

»Jetzt sind wir hier«, brummte Dorian ebenso unfreundlich zurück, während wir aus den Sätteln stiegen.

Offenbar galt der Zusammenhalt, von dem er gesprochen hatte, nicht für jeden.

Dorian drückte Maila die Zügel seines Pferdes in die Hand und bedeutete mir, es ihm gleichzutun. Dann stapften wir gemeinsam durch den Nieselregen ins Lager.

Heute war hier deutlich mehr los als beim letzten Mal. Die Rebellen schienen sich allesamt auf den Kampf vorzubereiten. Einige Männer und Frauen saßen zusammen am Lagerfeuer und schärften ihre Schwerter. Drei kleine Jungen spielten ein Würfelspiel, und vor einem Zelt saß eine Frau und stillte ihr Kind. Ihnen allen schien der Regen nichts auszumachen. Ich hingegen hatte den Kopf eingezogen und bemühte mich den Pfützen auszuweichen, während wir das Lager durchquerten.

»Dorian, schön dich mal wieder zu sehen«, grüßte ihn ein älterer Mann und klopfte ihm auf die Schulter, bevor er in einem Zelt verschwand.

Ein kleines Mädchen mit blonden Wuschelhaaren kam auf ihn zugestürmt und ließ sich von ihm durch die Luft wirbeln.

»Bleibst du und spielst mit mir Würfel?«, fragte sie. »Die Jungs lassen mich nicht mitmachen.«

Dorian setzte sie ab, kniete sich vor sie hin und stupste ihr mit dem Zeigefinger gegen die Nase. »Tut mir leid, aber ich muss zu Marion.«

Er stand auf und wandte sich den drei Jungen zu. »Hey, warum lasst ihr sie nicht mitspielen? Habt ihr etwa Angst zu verlieren?«

Die drei verdrehten die Augen, zogen aber einen Holzschemel heran, und das Mädchen lief kichernd zu ihnen hinüber.

Es war merkwürdig, Dorian so zu sehen. Ich hatte ihn immer als Einzelgänger betrachtet. Aber hier im Lager war er Teil einer großen Familie.

Je näher wir Marions Zelt kamen, desto zögerlicher wurde der Schattenkrieger. Schließlich blieb er stehen.

»Was ist los?«, fragte ich ihn.

Sein Blick glitt über das Zelt vor uns, in dem Kerzenlicht flackerte und immer wieder Schatten zu sehen waren. Dann drehte er sich zu mir um, die Augen dunkel und trostlos.

»Es gibt noch etwas, was ich dir erzählen muss.«

Ich wartete ab, aber er schien sich nicht dazu durchringen zu können, weiterzusprechen.

»Was immer es ist …«, begann ich.

»Ezlyn …« Seine Miene wirkte gequält.

Doch in diesem Moment schlug Marion die Zeltplane zurück und lächelte uns an.

»Da seid ihr ja endlich!«, rief sie. »Kommt rein, ich habe Tee gekocht, damit ihr euch aufwärmen könnt.«

Ich hätte zu gern gewusst, was Dorian mir sagen wollte, aber das würde warten müssen. Wir folgten Marion ins Innere des Zeltes und umarmten sie. Ihre Augen wanderten zwischen Dorian und mir hin und her, als spürte sie, dass sich zwischen uns etwas verändert hatte. Verlegen senkte ich meinen Blick auf die bunt geknüpften Teppiche und versuchte, nicht an Dorians Küsse zu denken.

»Wie ich hörte, warst du sehr erfolgreich, Ezlyn«, sagte Marion, während sie uns Tee einschenkte.

Ertappt biss ich mir auf die Lippe. Doch dann begriff ich, dass Marion nicht von Dorian und mir sprach, sondern von der Namensliste, die sie mir gegeben hatte.

Natürlich. Sei nicht dumm, Ezlyn.

Die Tassen klapperten gegeneinander, als Marion sie auf dem Holztisch abstellte. Pfefferminze und Zitronenmelisse. Ich atmete den vertrauten Geruch ein, der irgendwie zu diesem Zelt zu gehören schien, und versuchte meinen nervösen Herzschlag zu beruhigen. Marion bedeutete uns, Platz zu nehmen, und ich ließ mich auf einen der Holzstühle sinken. Dorian blieb mit verschränkten Armen neben mir stehen.

»Zwei weitere Todesseherinnen, die auf unserer Seite stehen. Das ist ein großer Gewinn für die Rebellion«, sagte Marion anerkennend.

»Es war nicht schwer, sie zu überzeugen«, erwiderte ich wahrheitsgemäß.

Die Rebellen-Anführerin nahm einen Schluck von ihrem Tee und lächelte. »Nun, da du deine Sache so gut gemacht hast, habe ich noch eine weitere Aufgabe für dich.«

Dorian räusperte sich. Seine Hand krampfte sich um meine Stuhllehne. Ich spürte seine Fingerknöchel in meinem Rücken.

»Du musst das nicht tun«, sagte er, noch bevor Marion die Sache näher erläutern konnte.

Sie hob erstaunt die Augenbrauen und musterte ihren Sohn forschend. Ihre herben Züge bekamen auf einmal etwas Unnachgiebiges, und ich stellte verwundert fest, dass ihre Herzlichkeit offenbar nur so lange andauerte, wie man ihren Befehlen Folge leistete. Ohne auf die Äußerung ihres Sohnes einzugehen, schob sie ein schwarzes Säckchen, das in der Mitte des Holztisches lag, zu mir herüber.

»In diesem Beutel befindet sich das Pulver, mit dem wir den Wein vergiften werden. Es wird niemanden umbringen, sondern die Gäste der Feier nur für eine gewisse Zeit außer Gefecht setzen. Ich möchte, dass du das Gift in den Tempel schmuggelst und während des Banketts an Elias übergibst. Er wird sich als Diener ausgeben und dich dort aufsuchen. Wenn er den Wein vergiftet hat und alle davon getrunken haben, ist der Weg für Dorian frei. Er wird sich um den Kaiser kümmern.«

Er würde ihn töten. Und ich sollte ihm den Weg dorthin bereiten. Ich starrte auf das Säckchen. War das die Art von Dorians Mutter, mich in der Familie willkommen zu heißen? Es war ein Vertrauensbeweis, dass Marion mir das Gift überantwortete. Doch die Vorstellung, so unmittelbar an dem Anschlag auf den Kaiser mitzuwirken, ließ mich schaudern.

»Warum ich?«, fragte ich mit tonloser Stimme.

Marion beugte sich vor und strich mir mit dem Handrücken über die Wange.

»Elias kann das Gift nicht an den Hof bringen, weil das Küchenpersonal kontrolliert wird. Und du hast dich als sehr nützlich für die Rebellion erwiesen. Du bist jetzt eine von uns.«

»Es ist völlig in Ordnung, wenn du das nicht machen willst«, wiederholte Dorian und seine Stimme klang harsch und angespannt.

Marion runzelte überrascht die Stirn.

»Ich mache es«, sagte ich schnell, bevor es zum Streit zwischen den beiden kommen konnte.

Es gab kein Zurück mehr. Nicht, wenn ich eine Zukunft in Freiheit haben wollte. Nicht, wenn Rhiannons Tod nicht völlig umsonst gewesen sein sollte. Ich griff nach dem Beutel und ließ ihn im Ärmel meines Kleides verschwinden. Dorian sah mich unglücklich an.

»Bist du sicher?«, fragte er.

»Irgendjemand muss es tun.«

Marion nickte zufrieden. »Ich wusste, du würdest eine Bereicherung für uns sein.«

Ihre Worte irritierten mich. Sie klangen, als hätte sie mich ausgewählt. Dabei war ich diejenige gewesen, die Hilfe bei den Rebellen gesucht hatte, um meine Freundin Rhiannon zu befreien.

»Dann wäre ja alles geklärt.« Dorians Lippen waren schmal. »Gehen wir.«

Er ließ mir kaum Zeit, mich von Marion zu verabschieden. Als ich ihm nach draußen in den Regen folgte, ging er mit langen Schritten voran. Ich wagte erst wieder, ihn anzusprechen, nachdem wir das Lager verlassen hatten.

»Du willst nicht, dass ich das tue«, sagte ich zu ihm.

»Marion zieht dich immer tiefer in die Sache mit hinein«, erwiderte er mit düsterer Miene.

Er wollte mich beschützen. Das war der Grund für seinen Ärger. Am liebsten hätte ich ihn in meine Arme gezogen und mich an ihn geschmiegt, aber die Wut lag noch immer wie eine dunkle Wolke über ihm.

»Ich stecke sowieso schon bis zum Hals mit drin, Dorian. Das Gift wird nichts daran ändern«, erwiderte ich stattdessen.

Der Schattenkrieger schwieg. Ich trat vor ihn, nahm seine Hand in meine, strich mit der anderen über seine Wange. Er war reglos wie eine Statue, als ich ihn küsste. Aber schließlich ließ er sich erweichen, erwiderte meinen Kuss und zog mich mit verschlingender Verzweiflung an sich.

»War es das, was du mir vorhin erzählen wolltest?«, fragte ich, als wir uns voneinander gelöst hatten.

Er schien etwas sagen zu wollen, doch dann schüttelte er nur den Kopf. »Lass uns zurück zum Hof reiten.«

• • •

In dieser Nacht träumte ich von Dorian.

Er stand vor mir und hatte eine Hand an meine Wange gelegt. Seine rauen Finger streichelten über meine Haut, seine Lippen lagen auf meinen. Als er einen Schritt zurücktrat, waren seine nachtschwarzen Augen noch dunkler als sonst. Schatten hüllten uns ein und mein Herz war von Grauen erfüllt.

»Was hast du getan?«, hauchte ich tränenerstickt.

Ich wollte mich an ihm festhalten, wollte nicht zulassen, dass mein Körper zu Asche und Staub zerfiel. Aber es war zu spät.

»Ich habe es vollendet«, antwortete Dorian und in seiner Stimme lag eine ruhige, unerschütterliche Gewissheit, die mich mehr ängstigte als alles andere.

• • •

Keuchend fuhr ich aus dem Schlaf hoch.

Es war nur ein Traum, versicherte ich mir. *Nur ein Traum.* Vielleicht gab es eine Realität, in der ich durch Dorians Hand starb. Aber nicht in dieser. Auch Todesvisionen konnten sich verändern, beeinflusst durch unsere Entscheidungen. Und was ich geträumt hatte, war nur die Erinnerung an eine Vision, die niemals eintreffen würde.

Dennoch lag ich in dieser Nacht lange wach und versuchte die Bilder zu vergessen, die lebendig wie Motten durch meinen Geist schwirrten.

KAPITEL 29

Mein ganzer Körper summte vor Nervosität, während wir in der Kutsche saßen, die uns zum Tempel der Ordensschwestern brachte. Eine Decke lag über meinen Knien und verbarg mein aufwendiges Festtagsgewand. In den letzten Tagen war es kälter geworden. Der Sommer neigte sich seinem Ende zu.

Malachi, der mir gegenüber Platz genommen hatte, sah aufmerksam zwischen Dorian und mir hin und her. Er ahnte etwas, fürchtete ich. Aber vielleicht war er auch nur von dem Gedanken besessen, dass der Schattenkrieger etwas für mich empfand. Wenn er wüsste, wie recht er damit hatte …

Ich spürte Dorians Arm nah neben meinem. Wenn die Kutsche über einen Stein oder eine Unebenheit der Straße fuhr und leicht schwankte, berührten sie sich. Es war ein tröstliches Gefühl und dennoch hatte ich Angst, dass Malachi oder sein Vater etwas bemerken könnten.

»Es muss eine große Freude für Euch sein, an den Ort zurückzukehren, an dem Ihr aufgewachsen seid, Lady Ezlyn«, sagte Lord Caius, der neben Malachi auf der Kutschbank saß.

Ich nickte demütig.

»Das ist es, Mylord.«

Und es wird mir eine noch größere Freude sein, diesen Ort mit den Rebellen in ein Blutbad zu verwandeln, dachte ich und empfand eine grimmige Befriedigung. Der Beutel mit dem Gift steckte in meinem linken Stiefel. Ich konnte ihn spüren. Er drückte gegen meinen Knöchel.

Ich wusste, wenn der Moment gekommen war, musste ich das Gift an Elias weitergeben. Er würde unauffällig den Platz des Mundschenks einnehmen, um später den Dessertwein zu vergiften. In der Zwischenzeit würden sich die Rebellen Zugang zum Tempel verschaffen und die Wachen austauschen – was eine nette Umschreibung für das Gemetzel war, das sie dabei anrichten würden.

»Ich will, dass Ihr die ganze Zeit in meiner Nähe bleibt, Arcane«, befahl Lord Caius, während er sein schwarz-silbernes Gewand glatt strich.

Die Sicherheitsvorkehrungen waren hoch, da der Kaiser heute den Tempel besuchte, und die Lords hatten ihre Leibwächter mitgebracht. Die einflussreichsten unter ihnen hatten Schattenkrieger an ihrer Seite. Wir Todesseherinnen waren mitgekommen, um dem Fest einen religiösen Glanz zu verleihen. Denn was wäre ein Tempel ohne Seherinnen? Wir waren eine hübsche Staffage, mit der sich die Lords schmückten.

»Wird es Euch nicht schwerfallen, Eure Freundinnen wiederzusehen und nicht mit ihnen sprechen zu dürfen?«, fragte Malachi.

Seine Frage war eine Provokation. Er wusste genauso gut wie ich, dass es mir das Herz brach. *Nur noch dieser eine Abend,* erinnerte ich mich und zwang mich freundlich zu bleiben.

»Gewiss. Aber ich weiß ja, warum ich nicht mit ihnen reden darf. Es dient einem höheren Wohl.«

»Warum auf einmal so zahm, Lady Ezlyn?«, fragte Malachi spöttisch.

»Malachi, bitte!«

Das Grinsen des jungen Lords erstarb, als sein Vater ihm einen verärgerten Blick zuwarf. Für ihn war ich nur ein Mittel zum Zweck, und er mochte es nicht, dass sein Sohn damit spielte.

Wenig später hatten wir unser Ziel erreicht. Die Kutsche wurde langsamer und ich hörte den Kies unter den Rädern knirschen, ehe wir abrupt anhielten. Lord Caius nickte seinem Sohn zu, dann stieg er aus, dicht gefolgt von Dorian, der unauffällig über meinen Handrücken strich.

»Wollen wir?« Malachi reichte mir seine Hand. »Ich denke, das wird ein vergnüglicher Nachmittag werden. Vielleicht sehen wir ja sogar Rhiannon wieder. Was meint Ihr?«

»Oh, ich bin sicher, wir werden jede Menge Spaß haben«, presste ich zwischen zusammengebissenen Zähnen hervor und quetschte seine Finger dabei so fest zusammen, dass er überrascht keuchte.

Im Innenhof des Tempels herrschte das reinste Durcheinander. Der Platz war nicht für eine solche Menge an Kutschen angelegt worden, und die Bediensteten versuchten die Fuhrknechte und ihre Wagen so schnell wie möglich zu den Stallungen zu bringen. Das war ein schwieriges Unterfangen, denn die Lords standen überall im Weg, begrüßten einander und unterhielten sich. Lord Caius war bereits von Lord Alistair in Beschlag genommen worden. Ich sah einen älteren Mann mit grau melierten Haaren und einer langen Narbe am Hals, der hinter dem Lord stand und Dorian wachsam musterte.

»Lord Alistairs Angelus Mortis«, erklärte Malachi. »Seine

Seherin ist auch nicht mehr die Jüngste. Er wird sich wohl bald nach einem Ersatz für sie umschauen müssen. Ich wette, die alte Hexe streift hier irgendwo herum.«

Er reckte neugierig den Hals.

»Wie kommt es, dass Ihr keinen Leibwächter mitgebracht habt?«, fragte ich. »Seid Ihr Eurem Vater nicht wichtig genug?«

Nach dem, was er über Rhiannon gesagt hatte, lockte es mich, den jungen Lord zu reizen.

Malachi schnaubte.

»Ein guter Versuch, Ezlyn. Aber die ganzen Schattenkrieger hier sind doch auch nur ein Zurschaustellen von Macht. Würde heute jemand ernstlich in Gefahr schweben, hätte es seine Seherin längst vorausgesehen.«

Ich schürzte die Lippen. Wie sehr sich der junge Lord doch in Sicherheit wiegte! Dabei vergaß er völlig, dass es noch andere Dinge als den Tod gab, vor denen man sich fürchten musste.

Wir drängten uns zwischen Kutschen hindurch. Ich entdeckte Lady Blyana, die mit gesenktem Kopf hinter einem Mann mit Hakennase und fettigen langen Haaren herging. Sie hinkte ein wenig und ich fragte mich, ob sie schon wieder eine Strafe hatte erdulden müssen. Auch ein paar andere Seherinnen, die ich aus meiner Zeit im Tempel kannte, eilten über den Hof. Es gefiel mir nicht, dass sie während unseres Anschlags auf den Kaiser zugegen sein würden. Auch wenn wir bemüht waren, keine Unbeteiligten zu töten, schwebten sie doch in Gefahr, falls etwas schiefging.

Dann erregte ein orangefarbener Fleck am Himmel meine Aufmerksamkeit.

Ikarus.

Ich brauchte einen Moment, um zu begreifen, dass es nicht

mein Feuervogel war, sondern der einer anderen Todesseherin. Das Opfer meines treuen Begleiters lag nun schon fast drei Monate zurück, dennoch schmerzte der Anblick dieses wunderbaren Wesens, das majestätisch durch die Luft segelte.

»Ah, der junge Lord Caius.« Ein dickbäuchiger Lord mit rotem Gesicht kam über den Hof auf uns zu.

»Lord Theon«, begrüßte ihn Malachi und sah dabei wenig begeistert aus.

Ich erinnerte mich noch gut daran, wie Malachi ihn beim Essen im Tempel einst gefragt hatte, ob er sich vor uns Todesseherinnen fürchtete, und wie Lord Theon gutmütig gelacht hatte.

»Wie schön, dass wir uns zu einem so wunderbaren Anlass wiedersehen. Lady Ezlyn, ich hoffe, Ihr habt Euch gut in Euer neues Leben eingefunden?«

Ich nickte stumm.

»Sie ist ein wildes Ding«, sagte Malachi zu dem Lord. »Doch so langsam scheint sie zu begreifen, wer die Zügel in der Hand hat.«

Malachis Lachen war ekelhaft. Lord Theon stimmte ein, obwohl seine kleinen braunen Augen irritiert zwischen dem jungen Lord und mir hin und her huschten. Vielleicht fand auch er eine solche Bemerkung unpassend.

»Mir wird jeden Tag deutlicher, wo mein Platz ist«, mischte ich mich mit einem zuckersüßen Lächeln in die Unterhaltung ein.

An der Seite der Rebellen. Dort, wo ich Euch zermalmen kann wie den Dreck unter meinen Stiefeln.

»Nun gut.« Lord Theon räusperte sich, wobei sein dicker Bauch auf und ab hüpfte. »Ich werde mal nachsehen, ob alles für die Ankunft des Kaisers bereit ist.«

Er nickte erst mir und dann Malachi zu, bevor er mit gemächlichen Schritten in der Menge verschwand.

»Bestimmt frisst er die Festtafel leer, noch bevor der Kaiser den Hof erreicht hat.«

Malachi schien sich köstlich über seinen eigenen Witz zu amüsieren. Ich fragte mich, wie ich je mehr in ihm hatte sehen können als dieses boshafte, missgünstige, widerwärtige Ungeheuer. Am liebsten wäre ich davongerannt, aber Malachi ließ mich keinen Moment aus den Augen.

In der Zwischenzeit mussten sich Lord Kellens Wachen am Westtor platziert haben. Und auch die Rebellen hatten vermutlich Stellung bezogen, gut versteckt hinter Büschen und Bäumen rund um den Tempel. Ich blinzelte irritiert, als ich Jorah mit einem Bündel Heu in Richtung der Ställe gehen sah. Hatte ich mir das nur eingebildet oder war Dorians Bruder wirklich hier? Ich musste mich irren. Weder der Schattenkrieger noch Marion hatten ihn in ihrem Plan erwähnt. Und es war noch zu früh, als dass die Rebellen durch das Westtor eingedrungen sein konnten. Zuerst musste der Kaiser am Tempel eintreffen. Zuerst mussten alle in der großen Festhalle Platz genommen haben.

»Der Kaiser kommt! Der Kaiser kommt!«, rief da jemand durch die Menge.

Mit einem Mal wurde es hektisch. Die Lords winkten die letzten Kutschen vom Hof und bezogen eilig ihren Posten. Es schien eine Hierarchie zu geben, die ich nicht ganz verstand. Einige Lords durften nur in zweiter Reihe stehen, andere hatten sich vollständig in den Schatten des Säulengangs zurückgezogen. Nur wenige einflussreiche Lords standen ganz vorn. Manche von ihnen hatten ihre Frauen, Söhne oder Töchter mitgenommen, die in ihren kostbaren Gewändern aufrecht und nervös an der Seite ihrer Familienoberhäupter warteten. Ich sah Schwester Caterina und die anderen Ordensschwestern vor der Tür zum Tempel versammelt. Sie wirkten wie eine verschreckte Schar Hühner, die man dort zusammengetrieben hatte.

Lord Caius kam auf uns zu und bedeutete mir mit einer brüsken Bewegung, beiseitezutreten und mich zu Dorian zu gesellen. Der Bitte kam ich nur allzu gern nach. Aus den Augenwinkeln beobachtete ich, wie Lord Caius einen unsichtbaren Fussel von Malachis Schulter strich und ihn dann mit schmalen Lippen kritisch musterte.

Das Stimmengewirr, das kurz zuvor noch über dem Tempel gelegen hatte, verstummte allmählich. Bald war es so still, dass man nur noch den angespannten Atem der Umstehenden hören konnte. Ein kleiner Junge, der mir gegenüberstand, begann mit seiner Stiefelspitze gelangweilt Kreise in den Kies zu ziehen. Sein Vater gebot ihm Einhalt, indem er eine Hand auf seine Schulter legte und sie unsanft quetschte. Ich sah, wie Tränen in die Augen des Jungen traten, aber er gab keinen Mucks von sich.

Etwas abseits entdeckte ich Delia. Sie hatte die Hände in die roten Röcke ihres Kleides gekrampft. Als sie mich sah, warf sie mir einen gequälten Blick zu, schaute dann aber schnell wieder weg. Niemand durfte wissen, welche unheilvolle Verbindung zwischen uns bestand. Eine Verbindung, die weit über unsere Freundschaft hinausging und mit dem Blut unzähliger Menschen besiegelt werden würde.

Je länger die unangenehme Stille auf dem Hof des Tempels anhielt, desto ungeduldiger wurde ich. Doch dann hörte man das Knirschen von Kies, das Quietschen von Wagenrädern, und eine prächtige goldene Kutsche kam den Weg heraufgefahren. Sie wurde von Reitern auf mächtigen schwarzen Rössern flankiert, die das dunkelblau-goldene Banner des Kaiserreichs trugen.

Die Lords senkten alle gleichzeitig die Häupter und die Ladys machten einen tiefen Knicks. Für einen kurzen Augenblick wirkte die Szene so irreal, dass ich einfach nur dastand und die vor Ehrfurcht erstarrte Menge betrachtete. Aber dann stupste Dorian mich an und ich sank ebenfalls in eine tiefe Verbeugung.

Die Kutsche hielt und einige Sekunden lang geschah gar nichts. Es war, als wollte der Kaiser unsere Anspannung schüren, als würde er den großen Auftritt genießen.

Schließlich öffnete sich die Tür der Kutsche knarrend. Einige der Wartenden konnten ihre Neugier nicht länger zügeln. Köpfe fuhren hoch, um sich anschließend eilig wieder zu senken. Von meiner Position aus konnte ich nur die Wagenräder der Kutsche und einige Lords auf der gegenüberliegenden Seite des Hofes sehen. Wie gern hätte ich einen Blick auf den Mann geworfen, dessen Leben heute zu Ende sein und dessen Tod alles verändern würde. Aber ich sah nur seine schwarzen Stiefel und den Saum der samtblauen Tunika.

Der Kaiser ließ sich Zeit. Nachdem er aus der Kutsche gestiegen war, hielt er inne. Vielleicht zog er seine Handschuhe an oder er blinzelte in die Sonne. Vielleicht ließ er auch nur den Anblick der vor Ehrfurcht zitternden Lords auf sich wirken. Als er sich endlich in Bewegung setzte und mir den Rücken zukehrte, wagte ich es, einen kurzen Blick auf ihn zu werfen. Seine Schritte waren lang und gemessen. Die braunen Haare trug er wie auf dem Porträt, das ich von ihm gesehen hatte, zu einem strengen Pferdeschwanz zusammengebunden. Sein langer dunkelblauer Umhang, der an den Schultern mit Fell besetzt war, wallte hinter ihm her.

Er ging direkt auf Schwester Caterina zu. Die Ordensschwester hatte wohl nicht damit gerechnet, dass sie zuerst begrüßt wurde. Ich beobachtete, wie ihr Kopf sich unmerklich in Lord Caius' und Lord Alistairs Richtung drehte.

»Ehrwürdige Schwester«, sagte der Kaiser zu ihr. »Bitte, erhebt Euch. Ich möchte mir nicht anmaßen, Euch für andere Dinge als das Gebet niederknien zu lassen.«

Obwohl die Worte des Kaisers freundlich waren, klang seine Stimme glatt und emotionslos. Schwester Caterina kam zögernd und ein wenig unbeholfen wieder auf die Beine.

»Eure Majestät«, sagte sie mit bebender Stimme.

Ich hatte die strenge Ordensschwester noch nie so eingeschüchtert erlebt. Aber schließlich stand auch nicht jeden Tag der Stellvertreter der Götter vor ihr.

Der Kaiser verweilte nur kurz bei den Ordensschwestern, bevor er sich den Lords zuwandte. Er bat alle, sich aufzurichten, und ich streckte erleichtert meine Beine durch, als ich endlich wieder gerade stand. Noch immer verriet der Tonfall des Kaisers keine Gefühlsregung. Ich schauderte, als er näher kam und ich endlich sein Gesicht betrachten konnte. Es war, wie Dorian gesagt hatte: Der Kaiser musste einst ein attraktiver Mann gewesen sein. Er hatte hohe Wangenknochen, ein hartes Kinn und eine ebenmäßige Haut. Aber eine furchtbare Narbe zog sich über seine rechte Gesichtshälfte, und während eines seiner Augen grün funkelte, war das andere milchig weiß.

»Lord Caius. Es ist mir eine große Freude, Euch wiederzutreffen. Wie lange ist es her? Acht Jahre?«

»Ja, Eure Majestät.«

»Und das muss Euer Sohn sein. Wie war doch gleich sein Name?«

»Malachi, Eure Majestät«, sagte der junge Lord, und selbst er klang zur Abwechslung einmal nicht so unerträglich selbstsicher.

Der Kaiser klopfte ihm wohlmeinend auf die Schulter. Während aller Augen auf ihn gerichtet waren, ging die Tür der Kutsche ein zweites Mal auf und eine Frau in einem goldenen Kleid mit ausladenden Ärmeln glitt heraus.

»Die Kaiserin«, flüsterte Dorian mir zu.

Sie ignorierte die Ordensschwestern, trat direkt auf Lord Caius zu und reichte ihm ihre zierliche Hand mit dem Siegelring, die er ehrerbietig küsste. Ihrer Haltung konnte ich nicht entnehmen, ob sie arrogant oder eher schüchtern war. Sie hielt sich nah bei ihrem Mann, ohne ein einziges Wort zu sprechen. Aus ihrem langen, kunstvoll geflochtenen weißblonden Zopf hatten sich ein paar Strähnen gelöst, die sanft um ihr Gesicht flatterten – ein Gesicht, das von herber Schönheit war.

Während der Kaiser an den Bediensteten und an Dorian und mir vorbeimarschierte, um den nächsten Lord zu begrüßen, hielt die Kaiserin inne und streckte dem Schattenkrieger ebenfalls ihre Hand entgegen. Er erstarrte mit gesenktem Kopf, offenbar unschlüssig, ob er ihre Geste erwidern durfte. Sie konnte ihn unmöglich mit einem der Lords verwechselt haben. Doch warum sollte ausgerechnet die Kaiserin einem fremden Angelus Mortis so nah kommen?

»Ihr tragt eine wunderbare Dunkelheit in Euch«, sagte sie mit ruhiger, lieblicher Stimme.

Noch immer hatte sie ihre Hand nicht zurückgezogen.

»Vielen Dank, Eure Majestät«, murmelte Dorian.

Er nahm ihre Hand so vorsichtig, als könnte sie zerbrechen, und senkte seine Lippen auf den Siegelring. Die Kaiserin betrachtete ihn fasziniert. In ihrem Blick lag ein seltsames Begehren, das mich unruhig werden ließ. Dann wandte sie sich ab und folgte ihrem Mann, um Lord Alistair zu begrüßen.

• • •

Wir standen schon eine ganze Weile auf dem Platz vor dem Tempel. Die Sonne brannte auf unsere Häupter herab und wir begannen unter unserer Festtagskleidung zu schwitzen. Mein Rücken war feucht und ich hatte das Gefühl, nicht eine Sekunde länger stillstehen zu können. Dorian neben mir verharrte so unbeweglich, dass man meinen konnte, er wäre zur Statue erstarrt. Sein Blick verfolgte die Kaiserin.

Als der Kaiser seine Runde endlich beendet hatte, trat er in die Mitte des Hofes, wo seine Kutsche immer noch stand, und verschränkte abwartend die Arme.

»Was macht er da?«, wisperte ich verwirrt.

Ich schien nicht die Einzige zu sein, die nicht begriff, was vor sich ging. Die Lords wurden unruhig, einige begannen zu murmeln.

Lord Caius streckte seine Arme in einer einladenden Geste aus. »Eure Majestät, es wäre uns eine Ehre, Euch in den Festsaal begleiten zu dürfen.«

Der Kaiser reagierte nicht. Er stand einfach nur da. Seine Frau hatte sich einige Schritte von ihm entfernt und musterte scheinbar unbeteiligt die Ringe an ihren Fingern.

»Eure Majestät …«, setzte nun auch Lord Alistair an.

Im selben Moment schälte sich eine Gestalt aus den Schatten des Säulenganges. Ein Mann, der die braune Tunika der Stallknechte trug, stürmte mit gesenktem Kopf auf den Kaiser zu. Erschrocken sog ich die Luft ein, als ich ihn erkannte. Ich hatte mich nicht getäuscht: Es war Jorah.

Und er hielt ein Messer in der Hand, das im Licht der Sonne blitzte.

KAPITEL 30

»Erbärmlich.« Der Kaiser verzog gelangweilt das Gesicht. Er rührte sich keinen Fingerbreit, während Jorah auf ihn zustürmte. Dorians Bruder standen Schweißperlen auf der Stirn. Sein Mund war weit aufgerissen und über sein linkes Auge zogen sich drei rote Farbstreifen, wie ich sie schon häufiger bei den Rebellen gesehen hatte. Wollte er den Kaiser etwa im Alleingang töten? Das konnte er unmöglich schaffen.

Warum? Warum? Warum?

Die Frage hämmerte hektisch in meinem Kopf, im Takt meines Herzens. Ich beobachtete das Geschehen so atemlos wie alle anderen Gäste. Einige Männer schrien, andere wollten vorwärtsstürmen, um Jorah aufzuhalten. Nur der Kaiser und seine Frau wirkten ungerührt, als würde sie all das gar nicht betreffen.

Ein Pfeil sirrte durch die Luft und traf Jorahs Schulter. Dorians Bruder schrie, als er von der Wucht des Aufpralls zu Boden gerissen wurde. Sein Messer landete klappernd neben ihm. Erschrocken schlug ich die Hände vor den Mund.

»Erbärmlich«, wiederholte der Kaiser, und langsam begriff ich.

Natürlich hatte er diesen Angriff kommen sehen. Seine Todesseherinnen hatten ihn vorhergesagt. Aber warum hatte Jorah das getan? Er würde für den Verrat an seinem Kaiser zum Tode verurteilt werden.

Ich sah, wie Dorian neben mir schluckte. Tränen glitzerten in seinen Augen, doch dann blinzelte er und sie waren verschwunden. Er wirkte nicht überrascht.

• • •

Die Aufregung legte sich nur allmählich. Zwei Wachen rissen Jorah auf die Beine. Er hatte die Kiefer zusammengepresst. Der Pfeil ragte noch immer aus seiner Schulter und Blut floss unaufhörlich aus der Wunde.

»Warum hat er das getan?«, sagte ich so leise, dass Dorian mich unmöglich hören konnte. Trotzdem warf er mir einen grimmigen Blick zu.

»Weil es getan werden musste.«

Ich verstand gar nichts. Aber ich wagte es nicht, nachzuhaken.

Hinter dem Kaiser öffnete sich die Tür der Kutsche und drei verhüllte Gestalten kletterten heraus. Das mussten die Todesseherinnen des Kaisers sein. Sie alle trugen lange rote Gewänder und waren tief verschleiert. Auf ihren Häuptern funkelten die Sonnenkränze im Licht.

Die Seherin, die als Erste ausgestiegen war, trat an die Seite des Kaisers und legte ihre Hand in seine. Sie war groß und schlank, und ihre Bewegungen wirkten auf kraftvolle Weise elegant. Langsam beugte sie sich zum Kaiser und flüsterte ihm etwas zu. Ein Lächeln breitete sich auf seinem Gesicht aus, während er sich von ihr löste und zufrieden seine Hände rieb.

»Ich hörte, es gibt ein Festmahl, mir zu Ehren. Wollen wir?«, rief er und streckte seine Hand nach der Kaiserin aus, als wäre nichts geschehen.

»Eure Majestät, ich weiß nicht, wie das passieren konnte«, stammelte Lord Caius entsetzt.

Erst jetzt bemerkte ich, wie bleich er geworden war. Er wollte vor dem Kaiser auf die Knie fallen, aber der winkte ab.

»Eure Sicherheitsvorkehrungen mögen schlampig gewesen sein, Lord Caius, doch das tut nichts zur Sache.« Sein Blick wanderte von Lord Caius zu Jorah, der halb ohnmächtig und mit flatternden Lidern zwischen den beiden Wachen hing. »Ich sehe alles – jeden Funken der Rebellion. Und ich werde ihn im Keim ersticken.«

Die Hand des Kaisers schnellte in die Höhe, als würde er einen unsichtbaren Funken aus der Luft fangen, und ballte sich dann zur Faust. Er nickte seinen Wachen zu und sie schleiften Jorah davon.

Ich sah ihnen hinterher, bis sie verschwunden waren. Was würde jetzt mit ihm geschehen? Würden sie ihn gleich töten? Oder würde Dorians Bruder einen fairen Prozess bekommen? Ich zweifelte daran, dass ihm das helfen würde.

»Ich werde umgehend dafür sorgen, dass alle Tore des Tempels überprüft werden. Ich weiß nicht, wie das passieren konnte«, stotterte Lord Caius erneut.

Der Kaiser blickte an ihm vorbei zum Eingang des Festsaals. »Tut das. Aber von jetzt an droht keine Gefahr mehr.«

Er setzte sich in Bewegung, und seine Frau und die drei Seherinnen taten es ihm gleich. Hinter ihm stiegen zwei Männer, ganz in Schwarz gekleidet, von ihren Rössern.

Es waren Angeli Mortis.

Doch im Gegensatz zu den anderen Schattenkriegern trugen sie keine Handschuhe und stellten ihre Macht ungehindert zur Schau. Die schwarzen Schatten waberten um ihre Hände und Arme, während sie im perfekten Gleichschritt nebeneinander hergingen. Jeder von ihnen trug zwei rubinbesetzte Dolche an seinem Waffengürtel, aber sie würden sie wohl kaum brauchen. Wie um alles in der Welt sollte jemand an ihnen vorbei zum Kaiser gelangen? Ich spürte, wie sich Dorian neben mir anspannte. Das hier war sein Kampf. Er war derjenige, der den Kaiser töten sollte, sobald der Wein die Lords und Ladys betäubt hatte.

»Man nennt sie die Thanatos-Brüder«, erklärte er mir mit gesenkter Stimme. »Sie sind Zwillinge. Es heißt, ihre Dolchklingen sind ebenso scharf und tödlich wie ihre Macht.«

»Was, wenn sie nicht von dem Wein trinken? Wie willst du …?«

Ich beendete den Satz nicht, weil ich fürchtete, jemand könnte uns hören. Außerdem setzte sich die Menge nun langsam in Bewegung. Malachi hatte sich zu mir umgedreht und bedeutete mir ungeduldig, an seine Seite zu treten.

»Schattenkrieger können ihre Gabe nicht gegeneinander einsetzen«, flüsterte Dorian hastig.

Er drückte unauffällig meine Hand. Dann war er plötzlich von meiner Seite verschwunden, und es fühlte sich an, als würde ich verloren durch die Menge treiben. *Aber ihre Dolchklingen sehr wohl,* schoss es mir durch den Kopf. Der Gedanke machte mich unruhig.

Ich trat neben Malachi und gemeinsam gingen wir durch den Säulengang zum Festsaal. Noch nie hatte ich diesen Raum so prächtig geschmückt gesehen. Überall hingen Blumengirlanden, das Silbergeschirr auf den langen gedeckten Tafeln glänzte, und obwohl die Speisen noch nicht aufgetragen waren, war der Saal schon vom köstlichen Duft des Essens erfüllt, der aus den Küchen heraufzog.

Die Ordensschwestern öffneten diesen Saal nur zu besonderen Anlässen. Einmal im Jahr, wenn sie die Sommersonnenwende feierten oder wenn hoher Besuch erwartet wurde. Am Tag der Auswahl hatten wir mit den Lords in einem kleineren Raum gespeist. Der große Festsaal fasste rund hundertfünfzig Personen. Heute fanden kaum alle darin Platz. Die Wachen und Schattenkrieger postierten sich an den Wänden, während die Lords es sich an den Tafeln bequem machten.

»Setzt Euch, Ezlyn«, sagte Malachi und ließ sich auf einen der Stühle fallen.

Offenbar gab es nur für die höheren Lords eine Sitzordnung. Lord Caius hatte an einem Tisch zur Rechten des Kaisers und der Kaiserin Platz genommen. Dorian stand mit verschränkten Armen und undurchdringlicher Miene an der Wand hinter ihm. Neben Malachis Vater saß Lord Alistair, der sich vorgebeugt hatte, um ein Gespräch mit der Kaiserin zu beginnen. Sie ignorierte seinen Versuch, Konversation zu betreiben, mit kühlem Blick.

Hilfe suchend sah ich mich um. Die meisten Todesseherinnen hielten sich im Hintergrund, nur wenige saßen an den Tischen. Der Beutel mit dem Gift drückte gegen meinen Knöchel. Wie sollte ich ihn Elias zuspielen, wenn Malachi mich keinen Moment aus den Augen verlor?

»Ihr dachtet wohl, ich lasse es zu, dass Ihr hungert, während ich mir den Bauch vollschlage?«, sagte der junge Lord grinsend. Er zog mich auf den leeren Platz neben sich und strich mir eine Haarsträhne hinter das Ohr. »Aber nein, Ezlyn, ich bin doch kein Monster! Wir sind Freunde, ist es nicht so?«

Ich spürte die neugierigen und missbilligenden Blicke der anderen Lords auf mir. Ich war sicher, sie verurteilten nicht Malachi für sein Verhalten, sondern mich, weil ich seine Zärtlichkeiten zuließ. Als hätte ich eine andere Wahl.

Bald ist es vorbei, sagte ich mir.

»Wie überaus höflich von Euch, Mylord«, antwortete ich mit einem falschen Lächeln.

»Und?« Er drehte den Kopf in alle Richtungen, als würde er jemanden suchen. »Habt Ihr Rhiannon schon entdeckt?«

Ein Bild tauchte vor meinem inneren Auge auf, wie ich das Messer vom Tisch nahm und es ihm in die Brust stach. *Das ist für Rhiannon,* sagte ich und sah dabei zu, wie er vor meinen Augen verblutete. Wie er mich erschrocken und verzweifelt anstarrte und schließlich röchelnd von seinem Stuhl kippte.

»Wird Euer Vater Ärger bekommen, weil er im Tempel nicht für ausreichend Sicherheit sorgen konnte?«, fragte ich, ohne auf Malachis Frage einzugehen, und schluckte meine Wut hinunter.

Es sollte besorgt klingen. Doch nur er allein wusste, dass es nicht so war.

»Lord Caius trägt nicht allein die Schuld«, seufzte da ein hagerer Mann mit grauem Haar, der uns gegenübersaß und meine Spitze natürlich nicht bemerkt hatte. »Wir alle haben versagt. Den Göttern sei Dank hat der Kaiser drei Seherinnen an seiner Seite.«

Malachi nahm seine Gabel in die Hand und begann mit den Zinken zu spielen.

»Oh, bitte! Ein einzelner Rebell stellt doch keine Bedrohung dar«, sagte er zu dem Hageren. »Wahrscheinlich hat er im Tempel als Stallknecht angeheuert. Diese Männer agieren stümperhaft. Es ist eine einzige Peinlichkeit.«

Obwohl ich Malachi am liebsten die Gabel ins Gesicht gestoßen hätte, musste ich ihm recht geben. Jorahs Versuch, den Kaiser zu töten, war ungeschickt gewesen. Und ich verstand immer noch nicht, warum er es getan hatte. Wie es Dorian wohl ging, jetzt, da sein Bruder in der Gewalt des Kaisers war? Ich wollte mit ihm reden, ihn trösten, aber momentan gab es nur eine einzige Aufgabe, auf die ich mich konzentrieren musste: Ich musste das Gift an Elias weitergeben.

»Pass doch auf, Mädchen!«

Die verärgerte Stimme des Kaisers ließ mich zusammenfahren. Eine seiner Seherinnen war offenbar gestolpert und lag ihm nun zu Füßen. Kein Wunder, unter dem dichten Schleier konnte sie vermutlich kaum etwas sehen.

Der Kaiser streckte ihr die Hand hin, um ihr aufzuhelfen, und sie ergriff sie zögerlich. Diese freundliche Geste hatte ich nicht von ihm erwartet. Schnell wandte ich mich ab und rief mir die grausamen Worte seines Traktats in Erinnerung. Es war zu spät, um jetzt noch Mitleid mit dem Kaiser zu bekommen. Alles, was in den nächsten Stunden geschehen würde, hatte er sich selbst zuzuschreiben. Genau wie die Lords und Ladys in diesem Raum.

»Das sieht ja vorzüglich aus!«, rief der Mann uns gegenüber entzückt und rieb sich die Hände, während immer mehr Speisen aufgetragen wurden. Saftiges Spanferkel, dampfendes Krustenbrot, Fleischpasteten, gebutterte Karotten und in Honig eingelegtes Hühnchen. Auch mir lief das Wasser im Mund zusammen.

»Etwas Wein, Mylady?«

Beinahe hätte ich abgelehnt, aber dann schoben sich zerzauste Haare und große braune Augen in mein Blickfeld und ich nickte eilig. Elias stand mit einem Zinnkrug direkt neben mir. Also war alles glatt gegangen und die Rebellen hatten es durch das Westtor in den Tempel geschafft. Doch wie sollte ich ihm das Gift übergeben, wenn Malachi so nah bei mir war?

Ich wartete, bis Elias meinen Weinbecher zur Hälfte gefüllt hatte. Dann tat ich so, als wollte ich nach einer Scheibe Brot greifen und stieß mit dem Arm gegen den Becher. Er fiel klappernd um und der rote Wein ergoss sich über den Tisch und auf Malachis Hemd.

»Oh nein, wie unachtsam von mir!«, stöhnte ich.

»Du kleine Hexe«, spie Malachi mir entgegen und machte sich hektisch mit einer Serviette an seinem Hemd zu schaffen.

Ich nutzte den Moment, in dem aller Augen auf den jungen Lord gerichtet waren, beugte mich hinunter und griff hastig in den Schaft meines Stiefels. Ein anerkennendes Grinsen huschte über Elias' Gesicht, als er das Gift entgegennahm.

»Ich werde sofort ein Tuch holen, Mylord«, sagte er und verschwand in Richtung Küche.

Mein Herz klopfte wie wild und insgeheim verfluchte ich Marion. Sie hatte mir das Gift gegeben, damit ich ihr meine Loyalität bewies, und mich dadurch in eine gefährliche Situation gebracht.

»War das Absicht?« Malachi sah mich aus schmalen Augen misstrauisch an. Ich war mir sicher, dass er nicht mitbekommen hatte, was zwischen Elias und mir geschehen war. Er hielt den umgeworfenen Becher lediglich für einen Ausdruck meines aufrührerischen Geistes.

»Natürlich nicht. Es war ein Versehen, Mylord«, versicherte ich ihm mit einem unschuldigen Augenaufschlag.

Er würde mir nicht glauben. Aber das war auch nicht wichtig.

• • •

Eingelegte Früchte, Blaubeerkuchen und gebackene Äpfel. Als die Nachspeisen aufgetragen wurden, verkrampfte sich jeder Muskel in meinem Körper. Die Diener hatten bereits damit begonnen, den Dessertwein auszuschenken. Die Gläser standen noch unberührt vor den Lords. Selbst die Wachen hielten welche in den Händen, wagten es aber nicht, auch nur daran zu nippen. Es war Brauch, dass der Kaiser nun eine kleine Ansprache hielt, bevor er alle im Raum zum Trinken aufforderte. Ich verschränkte meine Hände unter dem Tisch so fest ineinander, dass sich meine Fingernägel in die Haut gruben. Die wenigen Bissen, die ich während des Mahls gegessen hatte, um kein Misstrauen zu erregen, rumorten in meinem Magen.

Der Kaiser erhob sich gemächlich von seinem Stuhl am anderen Ende des Raumes und ließ seinen Blick über die Anwesenden gleiten. Die Kaiserin lehnte sich zurück, um ihrem Gatten ins Gesicht sehen zu können. Über ihr Antlitz huschte ein Anflug von Verehrung und Zärtlichkeit.

»Ehrwürdige Schwestern, liebe Lords, liebe Ladys.«

Der Kaiser machte eine theatralische Pause. Er schien solche Momente zu lieben. »Acht Jahre ist es her, seit ich diesem Tempel meinen letzten Besuch abgestattet habe. Und es freut mich zu sehen, mit welcher Frömmigkeit unsere Seherinnen ihrem Tagwerk nachgehen und die Gnade der Götter auf Erden verkörpern. Der heutige Angriff auf mich hat wieder einmal gezeigt, welch wesentliche Rolle diese Frauen in unser aller Leben spielen. Deswegen möchte ich mein Glas heute auf all jene erheben, die uns ergeben dienen, sodass wir ein angenehmes Leben führen können.«

Meine Hand zitterte, als ich das Glas an meinen Mund führte. Ich würde nur so tun, als ob ich davon tränke. Malachi dagegen nahm einen kräftigen Schluck, und auch der Kaiser leerte sein Glas in einem Zug. Die Kaiserin nippte geziert an ihrem Wein. Ich hoffte, dass die Menge genügen würde, um auch sie bewusstlos zu machen.

»Eine schöne Rede«, sagte der Grauhaarige mir gegenüber.

Ich konnte meinen Blick nicht von seinen Lippen wenden. Wie lange würde es dauern, bis das Gift wirkte? Und würde den Wachen noch genug Zeit bleiben, um etwas zu unternehmen? Wir durften niemanden außer dem Kaiser in diesem Raum töten, wenn unser Plan gelingen sollte. Oder war er bereits gelungen? Hätte eine der Seherinnen den Tod auch nur eines der hier Anwesenden vorhergesehen, dann hätte sie ihren Lord sicher längst gewarnt. Aber niemand hatte uns aufgehalten. Niemand war aufgestanden und hatte gerufen: *Trinkt den Wein nicht!*

Malachi blinzelte schläfrig.

»Ein guter Tropfen«, murmelte er.

»Aber er steigt einem ganz schön zu Kopf«, erwiderte der Grauhaarige und rieb sich die Schläfen. Er gähnte noch einmal ausgiebig, dann kippte er nach vorn. Sein Gesicht landete auf seinem Teller, mitten in dem Blaubeerkuchen mit eingelegten Früchten, den er dort aufgehäuft hatte. Malachi wandte sich mir zu. Er schwankte leicht und griff fahrig nach dem Stoff meines Kleides.

»Was habt Ihr getan?«

Ich biss mir auf die Lippen, um nicht laut loszuschreien und damit die Aufmerksamkeit auf uns zu ziehen. *Gleich ist es vorbei,* sagte ich mir. *Gleich ist es vorbei.* Einer nach dem anderen sanken die Lords und Ladys mit den Köpfen auf die Tische. Einige schrien noch nach ihren Wachen, kurz bevor das Gift ihnen die Sinne raubte, aber auch die fielen wie Marionetten zu Boden, denen man die Fäden durchtrennt hatte. Ich erblickte Delia, die ebenfalls bewusstlos zusammensackte. Mein Angebot, sich der Rebellion anzuschließen und mit uns gemeinsam zu fliehen, hatte sie abgelehnt. Sie wollte an der Seite ihres Lords bleiben, auch wenn sie ihn verraten hatte. Er würde es niemals erfahren.

Nur einer im Raum blieb aufrecht sitzen – der Kaiser.

Als ich genauer hinsah, merkte ich, dass auch seine Schattenkrieger, die Kaiserin und zwei seiner Todesseherinnen nicht von dem vergifteten Wein getrunken hatten. Nur die dritte war auf dem Boden zusammengesunken. Der Kaiser beugte sich über sie und riss ihr den Schleier vom Kopf.

»Verräterin!«, zischte er und abgrundtiefer Zorn loderte in seiner Stimme. Dann stieß er der Seherin sein Schwert in die Brust.

Ich wandte bestürzt den Kopf ab. Und zu meinem großen Entsetzen musste ich feststellen, dass auch die Wachen des Kaisers bei vollem Bewusstsein waren und sich jetzt vor ihrem Herrn in einer Reihe aufstellten.

Etwas war schiefgelaufen.

Marion hatte mir nur einen Teil des Plans verraten, aber ich war sicher, dass der Kaiser längst nicht mehr aufrecht stehen sollte. Genauso wenig wie seine Wachen. Jetzt fand sich Dorian einer Überzahl an Männern gegenüber. Wo blieben bloß die Rebellen?

Malachi kippte ohnmächtig gegen meine Schulter. Ich schob ihn angewidert beiseite und griff entschlossen nach dem Dolch an seinem Waffengürtel. Am klügsten wäre es wohl gewesen, mich ebenfalls bewusstlos zu stellen und abzuwarten. Aber ich konnte Dorian nicht seinem Schicksal überlassen. Und so erhob ich mich, um an der Seite des Schattenkriegers zu kämpfen.

KAPITEL 31

Die hohen Flügel der Eingangstür knallten an die Rückseite der Wand, als jemand sie schwungvoll aufstieß. Das Geräusch hallte durch den Festsaal und dröhnte in meinen Ohren. Endlich! Die Rebellen! Sie waren durch das Westtor eingedrungen und herbeigeeilt, um uns zu unterstützen. Marion und ihre Verbündeten standen in der Tür, die Waffen gezückt. Ich wusste, dass sie niemanden töten wollten. Aber nun, da der Kaiser und seine Wachen nicht betäubt, sondern zum Kämpfen bereit waren, hatte sich alles geändert. Mir kroch kalte Angst in die Knochen.

»Rebellen!«, rief einer der Wachmänner des Kaisers.

Sie hatten ihre Schwerter gezogen. Die Thanatos-Brüder liefen lauernd auf und ab, die schattenumwaberten Hände drohend ausgestreckt. Sie hatten noch nicht bemerkt, dass Dorian, der keine zehn Schritte von ihnen entfernt stand, bei Bewusstsein war. Er warf mir einen kurzen Blick zu, während er unauffällig seine Handschuhe auszog, und schüttelte dann unmerklich den Kopf. Er wollte nicht, dass ich mich in diesen Kampf einmischte.

»Sie ist eine von Euch«, sagte der Kaiser mit schneidender

Stimme. Er hatte den leblosen Körper seiner Seherin gepackt und hob ihn mit Leichtigkeit hoch, als ob er nichts wöge. Dann fixierte er Marion mit kühler, berechnender Miene.

Die beiden anderen Todesseherinnen schrien entsetzt.

Eine von uns …

Als ich diese Worte hörte, wurde mir schlagartig alles klar. Die tote Seherin war eine der Rebellen gewesen und hatte den Kaiser getäuscht. Vermutlich hatte sie ihm nach Jorahs Angriff versichert, dass es keine weitere Bedrohung mehr gab.

Deshalb das stümperhafte Attentat. Es hatte alle auf eine falsche Fährte gelockt und den Kaiser in Sicherheit gewiegt. Aber wie hatte er den Verrat entdeckt?

»Lasst die Waffen fallen und wir werden euch verschonen«, sagte Marion in einem Ton, der wie ein eisiger Luftzug durch den Festsaal glitt.

Die Rebellen hinter ihr schlossen die Eingangstür, damit niemand fliehen konnte. Ich entdeckte Elias, Maila, Cress und rund vierzig andere Männer und Frauen, denen ich bereits im Lager begegnet war. Sie standen mit gezückten Messern und gespannten Armbrüsten, in Lederrüstung und Kriegsbemalung an der Tür und warteten auf Marions Zeichen. Jorah konnte ich nirgends entdecken. Vermutlich hatten sie ihn nicht befreien können, ohne zu viel Aufmerksamkeit zu erregen. Hier im Festsaal waren fast alle bewusstlos, doch es gab noch genügend Wachen an anderen Eingangstoren der Burg, die wir fürchten mussten. Und sicher hielten sich auch einige Männer des Kaisers in den Stallungen auf, wo sie Jorah hingebracht hatten.

Sofern er noch lebte.

»Meine Männer werden nicht einfach ihre Waffen strecken, Lady«, höhnte der Kaiser. »Sie sind mir treu ergeben.«

»Dann werden sie sterben.«

Marions Stimme ließ keinen Zweifel an ihrer Entschlossenheit zu, obwohl ich die Angst in den Augen der Rebellen erkennen konnte. Sie waren nicht auf einen Kampf vorbereitet. Und das Gift im Wein würde auch nicht ewig wirken.

»Er ist wach!«, schrie da plötzlich die Kaiserin und deutete mit ausgestrecktem Arm auf Dorian, der sich gerade einem der Thanatos-Brüder nähern wollte.

Chaos brach aus. Die Rebellen stürzten am Kopfende des Saals auf die Wachen zu, wobei sie sich einen Weg zwischen den langen Speisetafeln und den niedergesunkenen Lords und Ladys bahnen mussten. Ich sah Lady Blyana am anderen Ende des Raumes, die ein Messer in der Hand hielt und es auf den bewusstlosen Lord Ryker niedersausen ließ. Blut spritzte ihr ins Gesicht, das zu einer zornigen Grimasse verzerrt war. Sie schrie vor Wut, aber ihr Schreien ging in dem Klirren von Waffen und in gebrüllten Befehlen unter.

Der Dolch in meiner Hand zitterte. Nur der Kaiser sollte sterben. Das war der ursprüngliche Plan gewesen. Aber jetzt war alles anders. Der Kaiser lebte und die Ereignisse hatten eine unerwartete und grauenvolle Wendung genommen. Keine Seherin hätte das vorhersagen können. Jetzt konnte ich es Lady Blyana gleichtun. Ich konnte Rache nehmen. Für Rhiannons Tod.

Ich umfasste den Griff meines Dolches mit beiden Händen so fest, dass meine Knöchel weiß hervortraten, und hob ihn über meinen Kopf. Malachi hing bewusstlos auf seinem Stuhl neben mir. Sein Kopf war vornübergebeugt und die blonden Locken fielen ihm ins Gesicht. Wenn ich jetzt zustach, würde sich die Klinge direkt in sein Herz bohren. Wie oft hatte ich mir vorgestellt, dieses schreckliche Ungeheuer umzubringen?

Jedes Mal, wenn er mich quälte.

Jedes Mal, wenn er Rhiannon erwähnte.

Du kannst es tun. Du musst es tun.

Das Adrenalin rauschte durch meine Adern.

Da hallte ein Schmerzensschrei durch den Saal, erhob sich über das Dröhnen der Schlacht.

Dorian.

Einer der Thanatos-Brüder hatte ihn überwältigt. Er hielt ihn mit einer Hand an die Wand gepresst. Die beiden Männer waren so dicht in Schwärze gehüllt, dass ich kaum etwas erkennen konnte. Aber ich sah, wie der feindliche Schattenkrieger einen seiner Dolche an Dorians Wange führte und ihn langsam und genüsslich darüberzog, bevor er ihn an seine Kehle setzte. Das schien nicht die erste Wunde zu sein, die er ihm zufügte. Dorian war geschwächt und wehrte sich kaum.

Tu etwas!, flehte ich still. *Schlag zurück!*

Ich ließ meinen Dolch sinken und rannte los, an Wachen und Rebellen vorbei, die miteinander kämpften. Ich sprang über Körper hinweg, von denen ich nicht wusste, ob sie tot oder ohnmächtig waren. Der vergiftete Wein, der sich überall auf dem Boden ausgebreitet hatte, klebte bei jedem Schritt unter meinen Sohlen. Mit dem Stiefel blieb ich an einem umgekippten Stuhlbein hängen und stolperte, doch ich fing mich gleich wieder.

Der zweite Thanatos-Bruder stand nun neben seinem Zwilling, er hatte sich vor dem Kaiser aufgebaut. Der Pfeil einer Armbrust steckte in seinem Oberschenkel und hatte eine klaffende Wunde gerissen, aber er kämpfte weiter und berührte jeden, der ihm nicht schnell genug auswich. Männer und Frauen zerfielen unter seiner Hand zu Asche.

Er sah mich nicht kommen. Im letzten Moment duckte

ich mich unter seinem Arm hindurch und stand plötzlich vor Dorian und seinem Angreifer, der mir den Rücken zugekehrt hatte. Ich dachte nicht nach, ich handelte nur. Mit einem verzweifelten Schrei riss ich meinen Dolch hoch und stieß ihn in seinen Rücken.

Ich war nicht kräftig genug. Es gelang mir, den fremden Schattenkrieger zu verletzen. Sein Rücken bog sich und er ließ Dorian los, der auf dem Boden zusammensackte. Aber die Klinge drang nicht bis zu seinem Herzen vor. Sein Blick war wild, als er zu mir herumwirbelte und seine Schattenhand nach mir ausstreckte. Sein schmales Gesicht glänzte vor Schweiß. Keuchend wich ich zurück und stolperte dabei über den Leichnam von Lord Caius, der hinter mir lag.

Ich landete hart auf dem Rücken und alle Luft wurde aus meiner Lunge gepresst. Das also war mein Ende. Ich hatte immer gewusst, dass ich durch einen Angelus Mortis sterben würde. Doch all die Zeit hatte ich geglaubt, es würde Dorian sein. Ob es wehtat, durch diese Hand zu sterben? Alle Kraft wich aus meinen Gliedern, und ich schloss ergeben die Augen. Ich spürte ein letztes Flattern von Furcht, hörte das keuchende, bösartige Lachen meines Angreifers.

Doch im selben Moment streckte Dorian die Hände nach dem Thanatos-Bruder aus und riss ihn von mir weg. Keinen Augenblick zu früh …

Es war ein zähes Ringen. Aus Dorians Bauchwunde quoll unablässig Blut und der Thanatos-Bruder versuchte immer wieder nach dem Dolch in seinem Rücken zu greifen. Seinen eigenen hatte er fallen lassen. Zitternd kam ich auf die Beine und nahm die fremde Waffe an mich. Aber die beiden Schattenkrieger waren so ineinander verkeilt, dass ich Angst hatte, ich würde Dorian treffen, wenn ich zustach. Schließlich bekam ich den Griff des Dolches im Rücken des Feindes zu fassen und drehte ihn in der Wunde.

Der Thanatos-Bruder bäumte sich auf und schrie vor Schmerz. Noch nie hatte ich einen so furchtbaren Schrei gehört. Warmes Blut lief über meine Hände. Ich warf Dorian den Dolch des Thanatos-Bruders zu, und dann ging alles ganz schnell. Dorian stach zu, doch die Bewegung hatte ihn alle Kraft gekostet. Er sackte gemeinsam mit dem Schattenkrieger erschöpft zu Boden.

»Dorian.«

Ich ließ mich neben ihm auf die Knie fallen, zog ihn von dem Thanatos-Bruder weg und bettete seinen Kopf in meinen Schoß.

Er blinzelte benommen. »Du musst hier weg.«

»Nicht ohne dich.«

Erst als ich die Worte aussprach, begriff ich, wie wahr sie waren. Diese neue Welt, um die wir kämpften, bedeutete nichts, wenn er nicht an meiner Seite war.

»Du musst …« Ein ersticktes Husten schüttelte Dorians Körper. Verzweifelt sah ich mich um. Es musste doch jemanden geben, der uns helfen konnte. Aber um uns herum tobte der Kampf. Einige der kaiserlichen Wachen waren bereits gefallen, aber der zweite Thanatos-Bruder stand immer noch aufrecht da und verwandelte jeden in seiner Nähe in Staub und Asche. Er schien den Tod seines Bruders noch nicht bemerkt zu haben, und ich betete zu den Göttern, dass das auch eine Weile so blieb.

Dorians Schatten hüllten uns in eine dunkle Wolke. Ich musste seine Handschuhe finden, wenn ich ihn hier herausbringen wollte, sonst lief ich Gefahr, durch eine unbeabsichtigte Berührung zu sterben. Hektisch sah ich mich um, aber ich konnte sie nicht finden. Schließlich riss ich zwei lange Stoffstreifen aus meinem Kleid und band sie ihm um die Handflächen. Die Schatten zogen sich langsam zurück und ich atmete erleichtert auf.

»Kannst du laufen?«, fragte ich ihn.

Dorian zog eine Grimasse.

»Ich kann es versuchen. Aber du wärst ohne mich schneller.«

»Wenn ich noch einmal so etwas von dir höre, lasse ich dich wirklich hier liegen«, schimpfte ich und hob seinen Arm über meine Schultern.

Taumelnd kamen wir auf die Beine. Obwohl Dorian sich alle Mühe gab, aufrecht stehen zu bleiben, lastete ein Großteil seines Gewichts auf mir. Ich versuchte ihn zu stützen, so gut es ging. Aber der Ausgang war weit entfernt und überall tobte der Kampf. Wir würden es niemals schaffen. Panik ergriff mich und krallte sich mit eisiger Hand um mein Herz.

Plötzlich stand Marion neben mir. Blut und Schweiß klebten ihr im Gesicht. Sie hatte eine Wunde am Arm, aber die schien nicht allzu tief zu sein. Ihr Blick fiel auf den toten Thanatos-Bruder.

»Gute Arbeit«, sagte sie zu mir und nickte anerkennend. »Aber jetzt bring ihn hier raus! Wir kümmern uns um den Kaiser.«

Wie es schien, hatten die Rebellen den Kaiser und seine Verbündeten inzwischen weit zurückgedrängt, und auch dem zweiten Thanatos-Bruder gingen allmählich die Kräfte aus.

»Geht!«

Marion parierte den Schlag einer Wache, die mit dem Schwert nach uns ausgeholt hatte. Das metallische Klirren schmerzte in meinen Ohren. Ich brachte es kaum über mich, ihr den Rücken zuzuwenden, aber ich musste mich um Dorian kümmern. Wir mussten diesen Ort so schnell wie möglich verlassen.

Ich half dem Schattenkrieger über einige reglose Körper hinweg, und wir bahnten uns Schritt für Schritt einen Weg, bis wir die Kämpfenden fast hinter uns gelassen hatten.

Plötzlich umklammerte eine Hand meinen Knöchel – fest und unbarmherzig. Mit einem erschrockenen Schrei riss ich mich los und stolperte vorwärts. Dorian kam ebenfalls ins Straucheln und stöhnte vor Schmerz.

»Tut mir leid«, murmelte ich atemlos und sah zu Boden, auf einen der Lords, der die Augen vor Schreck weit aufgerissen hatte. Er blickte verständnislos, als wüsste er nicht, was gerade um ihn herum vorging. Das Gift musste nachgelassen haben.

»Schnell!«, drängte Dorian.

Wir humpelten weiter, aber immer mehr Lords und Ladys erwachten aus ihrer Ohnmacht. Ich sah einen von ihnen aufspringen und in Richtung Tür rennen. Er wurde von einem Pfeil erfasst, bevor er sie erreichen konnte. Sein Körper bäumte sich auf, dann sackte er zusammen.

Ich zerrte Dorian hinter mir her. Schweißperlen standen mir auf der Stirn und ich keuchte vor Anstrengung. Plötzlich hörte ich hinter uns ein wütendes Brüllen. Der Thanatos-Bruder hatte offenbar bemerkt, dass sein Zwilling umgekommen war. Er geriet so in Rage, dass er drei Männer auf einmal in den Tod riss. Dabei war er eine Sekunde lang unvorsichtig. Ein Pfeil zischte durch die Luft und bohrte sich in seinen Hals. Ein zweiter traf ihn in die Brust. Dann sackte auch er leblos in sich zusammen und der Weg zum Kaiser war für die Rebellen frei.

Triumphgebrüll erklang. So hatte sich keiner von uns das Attentat auf den Kaiser vorgestellt. Es hatte ein sauberer Mord mit möglichst wenig Blutvergießen werden sollen. Jetzt lagen überall im Festsaal verstreut zahlreiche Leichen. Aber wir hatten unser Ziel erreicht. Uns fehlte nur noch ein einziger Schwertstich zum Tod des Kaisers.

Die Kaiserin war einen Schritt von ihrem Mann zurückgewichen. Sie hielt die Hände der beiden Todesseherinnen umklammert, als könnten sie sie vor den Rebellen schützen. Ihr Gesicht wirkte immer noch unbeweglich, obwohl sie schreckliche Angst haben musste.

»Wachen! – Wachen!«, kam auf einmal ein hysterisches Geschrei von der Eingangstür her. Bis eben war sie noch geschlossen gewesen, aber nun lehnte jemand schwankend im Türrahmen und brüllte sich die Seele aus dem Leib.

Ich erkannte ihn sofort. Und ich wünschte, ich hätte ihn getötet, als ich die Möglichkeit dazu hatte.

Es war Malachi.

KAPITEL 32

»Rückzug!«, bellte Marion.

Ich wusste nicht, in welche Richtung ich meinen Kopf zuerst drehen sollte: Dorthin, wo der Kaiser vor einem der Rebellen zurückwich. Wo er abwehrend die Hände hob, bevor sich die Schwertklinge in sein Herz bohrte. Und wo er leblos zu Boden sank, während sich eine rote Blutspur auf der weißen Wand hinter ihm abzeichnete. Oder dorthin, wo Malachi stand und mich mit einem Ausdruck abgrundtiefen Hasses musterte.

»Ihr habt mich verraten. Das werdet Ihr büßen«, schrie er mir zu.

Und während ich noch starr vor Schreck dastand, verschwand er durch die Tür. Ich hörte Malachis Schritte, als er durch den Säulengang rannte und wie sie sich immer weiter entfernten. Es hatte keinen Zweck, ihm zu folgen. Die Wachen aus den anderen Teilen des Schlosses würden bald hier sein. Jetzt konnten wir nur noch so schnell wie möglich verschwinden.

Lady Blyana trat an Dorians Seite und half mir, ihn zu stützen. Ihr Gesicht war blutverschmiert, das Weiß ihrer Augen bildete einen schauerlichen Kontrast dazu.

»Es ist vollbracht«, murmelte sie und ich wusste nicht, ob

sie den Tod des Kaisers oder die Ermordung von Lord Ryker meinte. Ihr leerer Gesichtsausdruck ließ mich schaudern.

Wir folgten den Rebellen, die nun alle zur Tür stürmten, und ich warf einen letzten Blick über meine Schulter. Einige Lords und Ladys waren mittlerweile wieder auf den Beinen und drängten sich ängstlich und verwirrt in einer Ecke des Raumes zusammen. Die Kaiserin stand neben ihrem toten Mann und sah auf ihn hinab. Ihre Hände waren zu Fäusten geballt. Ihr weißblondes Haar war zerrauft und voller Blut.

»Kommt!«, rief Cress, die an uns vorbeirannte, und trieb uns zur Eile an. Blut klebte an ihrem Hals, und ich konnte nicht ausmachen, ob es ihr eigenes war. Wir stolperten nach draußen und durch den Säulengang. Die Sonne tauchte den Hof in goldenes Licht. Überrascht stellte ich fest, dass es mittlerweile Abend geworden war.

»Los, weiter.«

Jemand drängte sich an mir vorbei. Seine Schulter stieß schmerzhaft in meine Seite. Wir waren vielleicht noch zwanzig Männer und Frauen, die den Kampf überlebt hatten. Und alle wurden von einem einzigen Gedanken getrieben: Flucht.

»Jorah – wir müssen Jorah befreien«, stöhnte Dorian unter Schmerzen.

Er versuchte sich von mir loszureißen, aber ich hielt ihn fest. Er konnte kaum auf seinen eigenen Beinen stehen, geschweige denn seinen Bruder retten.

»Dafür bleibt keine Zeit mehr«, sagte Marion, die plötzlich neben uns auftauchte. »Er wusste, worauf er sich einlässt.«

Ihre nüchterne Feststellung erschreckte mich. Jorah war ihr Sohn, und sie überließ ihn einfach seinem Schicksal. Aber wenn man in dieser Welt für etwas kämpfte, dann musste man wohl bereit sein, auch Opfer zu bringen.

Dorian protestierte, doch seine Stimme klang schwach, und ich hatte Angst, dass er jeden Moment die Besinnung verlor.

»Die Wachen kommen!«, schrie einer der Rebellen.

Jetzt verfielen wir alle in einen Laufschritt. Einer der Männer nahm mir Dorian ab, als er sich schwer auf mich stützte und ich ihn kaum mehr halten konnte. Der Kies knirschte unter unseren Schuhen, während wir den Hof überquerten und uns schließlich am Kräutergarten vorbei auf das Westtor zubewegten. Es war bereits in Sichtweite, als plötzlich Pfeile durch die Luft schwirrten. Sie flogen über unsere geduckten Köpfe hinweg und blieben in der Wiese, die vor uns lag, stecken. Und dann hörte ich das Kreischen der Feuervögel. Die Seherinnen, die mittlerweile aus ihrer Ohnmacht erwacht waren, mussten sie gerufen haben, um uns aufzuhalten.

Im Laufen ergriff ich Marions Hand, um ihre Zukunft vorauszusehen. Es gelang mir nur schwer, mich auf die Bilder zu konzentrieren, während wir unter Beschuss standen.

»Was siehst du?«, fragte die Rebellen-Anführerin keuchend. Sie hatte sofort begriffen, was ich tat.

»Wir werden es nicht zum Westtor schaffen.«

»Was sollen wir tun?«

Statt ihr zu antworten, riss ich Lady Blyana zur Seite, bevor ein Feuervogel auf sie herabstoßen konnte. Die Tiere hatten uns nie bedroht. Sie hatten uns immer als ihre Gefährten angesehen. Doch das war nun vorbei.

»Was sollen wir tun, Ezlyn?«, fragte Marion erneut.

Wenn wir über die Wiese weiterliefen, waren wir dem Angriff der Pfeile und der Feuervögel ausgesetzt. Und ich hatte gesehen, wie es enden würde. Marion würde von einem Pfeil in den Rücken getroffen werden. Und Cress, Elias und Dorian würden vor ihren Augen sterben.

»Ich weiß es nicht«, erwiderte ich und blickte mich panisch um. Zu unserer Linken stand eine große Scheune, die uns vor den Vögeln und den Pfeilen schützen konnte. Aber von dort gab es kein Entkommen, keinen Weg nach draußen. Sie würden uns einkreisen und töten.

Marion folgte meinem Blick.

»Hier entlang!«, rief sie.

Nicht alle konnten sie hören. Einige waren so schnell gerannt, dass sie schon fast das Westtor erreicht hatten. Die Feuervögel stürzten sich unbarmherzig auf sie. Ihre qualvollen Schreie wurden vom Wind bis zu uns getragen.

Marion und ich erreichten das verfallene Gebäude als Erste. Sie stemmte sich gegen die schwere Holztür, die schief in den Angeln hing.

»Hilf mir!«, befahl sie.

»Wir werden in der Falle sitzen«, erwiderte ich, aber ich half ihr dennoch, die Tür aufzustemmen.

Sie schob mich ins dunkle Innere der Scheune. Hier roch es modrig, nach feuchtem, vergammeltem Stroh. Ich sah eine Mistgabel und einen Eimer an der Wand stehen. Im morschen Holzgebälk über unseren Köpfen flatterten Vögel, aber es waren nur ein paar Schwalben, keine Feuervögel. Nach und nach folgten uns die anderen Rebellen. Erleichtert sah ich, dass auch Dorian unter ihnen war. Die Blutung an seinem Bauch hatte aufgehört und die Aufregung schien seine Sinne geschärft zu haben. Er musterte den Raum aufmerksam, als suchte er nach einer geeigneten Waffe. Aber keine Waffe der Welt konnte uns vor den Wachen da draußen schützen. Und es würde nicht lange dauern, bis sie zu uns aufgeschlossen hatten.

Maila trat als Letzte in die Scheune und zog die Tür hinter sich zu. Ihre Lederrüstung war am Rücken zerrissen. Anscheinend hatte sie einer der Feuervögel angegriffen und sie war ihm nur knapp entkommen.

»Was nun?«, sprach sie aus, was wir alle dachten.

»Es ist so weit, Dorian. Das ist unser einziger Ausweg«, sagte Marion und nickte ihrem Sohn zu. Sie keuchte noch immer nach dieser Verfolgungsjagd, und auch meine Lunge brannte.

»Nein«, schrie Dorian und riss sich von den beiden Männern los, die ihn stützten. »Es muss einen anderen Weg geben.«

Wütend funkelte er seine Mutter an.

Worum ging es hier? Verwirrt schaute ich zwischen Mutter und Sohn hin und her.

»Tu es, jetzt!«

Marions Stimme klang unerbittlich, als duldete sie keinen Widerspruch. Die anderen Rebellen hatten mitten in der Scheune einen Halbkreis um uns gebildet. Lady Blyana warf mir einen misstrauischen Blick zu. Es schien, als wüsste sie ebenso wenig wie ich, was hier vor sich ging.

»Sie kann uns alle retten, Dorian«, sagte Marion flehend.

Dorian ballte seine Hände zur Faust. Aber dann wandte er sich zu mir um und sein Blick wurde weich, während er auf mich zuging.

»Was immer jetzt geschieht – du sollst wissen, dass meine Gefühle für dich echt waren«, sagte er zu mir.

Anscheinend ging er davon aus, dass wir das hier nicht überleben würden. Und warum sollten wir auch? Ich konnte bereits das Kreischen der Feuervögel hören, konnte hören, wie die Wachen vor der Scheune Stellung bezogen. Wir würden sterben, aber wenigstens war unser Tod nicht umsonst. Wir hatten den Kaiser gestürzt. Morgen würde die Welt nicht mehr dieselbe sein.

»Ich liebe dich, Ezlyn.«

Dorian wisperte die Worte so leise, dass ich sie kaum verstand. Sie sandten ein Schaudern durch meinen ganzen Körper. Plötzlich gab es nur noch uns beide hier in dieser dunklen Scheune. Ich dachte nicht mehr an Marion und die anderen Rebellen, ich dachte nur noch an ihn. Daran, wie er mich bei dem Rebellenangriff im Wald gerettet hatte. An unseren ersten Kuss, an unsere Unterhaltung unter den Sternen.

Ich träume davon, dass jemand mehr in mir sieht als nur meine Schatten.

Ich sehe Euch.

Dorian legte die Hände an meine Hüften und drückte zitternd seine Stirn gegen meine.

»Ich liebe dich«, wiederholte er.

Ich spürte seinen Atem auf meiner Wange, spürte jeden Nerv in meinem Körper, jede meiner Bewegungen, während ich meinen Kopf langsam zu seinem hob und meine Lippen auf seine legte.

Unser Kuss war sanft und weich. Ich öffnete den Mund. Seine Zunge liebkoste meine, seine Hand löste sich von meiner Hüfte, um kurz darauf über meine Wange zu streicheln. Ich fühlte seine rauen Finger und die zarte Haut seiner Handinnenfläche …

Und fuhr erschrocken zurück.

»Was …?«

Entsetzt riss ich die Augen auf und erkannte dunkle Schatten, die mich gierig umfingen. *Was hast du getan?*, wollte ich fragen, aber die Worte blieben mir im Hals stecken. Dorian sah mich aus seinen nachtschwarzen Augen an. Grimmig. Schuldbewusst. Seine Lippen waren zu einem schmalen Strich zusammengepresst. Auf dem Boden neben ihm lag der Stoffstreifen meines Kleides, den ich ihm um die Hand gewickelt hatte. Er musste ihn abgestreift haben.

Nein, nein, nein.

Das alles war schon einmal passiert. In meiner Vision. Nur dass es jetzt die Wirklichkeit war, die ich nicht mehr verändern konnte.

Etwas in meinem Körper begann zu vibrieren. Mir war, als würde ich den Halt in dieser Welt verlieren. Als würde ich in tausend Teile zerspringen und neu zusammengesetzt werden. Fühlte es sich so an, zu sterben?

Meine Knie wurden weich. Ich sah nach unten, ob meine Beine sich schon zu Staub und Asche aufgelöst hatten. Doch sie schienen noch da zu sein. Mir wurde schwindelig und ich brach zusammen. Dorian fing mich auf, obwohl ich seinem scharfen Luftholen entnahm, dass es ihn schmerzte.

Er hatte mich getötet.

Der Gedanke war so absurd, dass ich am liebsten laut gelacht hätte. Er hatte mich getötet und ich lag in seinen Armen. Ich hatte mich allen Warnungen zum Trotz in ihn verliebt und nun bezahlte ich für meine Unvorsichtigkeit. Der Verrat schmeckte bitter auf meinen Lippen und mein Herz krampfte sich schmerzhaft zusammen.

Dorians Schatten zogen sich dichter um mich, hüllten mich ein wie ein Kokon, bis um mich herum nur noch Dunkelheit herrschte.

KAPITEL 33

Und dann wurde es gleißend hell. Es fühlte sich an, als würde ich in diesem Licht ertrinken, und in meinem Schädel hämmerte es. Verzweifelt versuchte ich irgendwo Halt zu finden. Ich bekam eine Hand zu fassen – Dorians Hand.

»Ezlyn? Ezlyn, sprich mit mir! Geht es dir gut?«

Er hatte mich getötet – wie um alles in der Welt sollte es mir da gut gehen?

Aber ich war nicht tot.

Ich spürte meine bebenden Beine, meine flatternden Lider, Dorians Finger, die über meinen Handrücken strichen.

Wie war das möglich?

»Versuch dich zu konzentrieren. Was siehst du?«

Das war Marions Stimme. Sie klang gedämpft, wie durch Watte.

»Licht«, stammelte ich, ohne zu begreifen, was die Rebellen-Anführerin von mir wollte.

Meine Augen brannten und tränten von der Helligkeit, als ich sie blinzelnd öffnete.

»Sie haben vor der Scheune Stellung bezogen. Bestimmt vierzig Mann, die Armbrüste im Anschlag.«

Elias sprang von einem Balken. Er musste in das Dach der Scheune geklettert sein, um dort durch eines der losen Bretter hinauszuspähen. Mir kam es vor, als gäbe es mehrere Varianten von ihm:

Einen Elias, der auf mich zukam, sich neben mich kniete und Marion fragte: *Was ist mit ihr?*

Einen Elias, der vom Schrei eines Feuervogels abgelenkt einen Nagel auf dem Boden übersah, der sich in seine Fußsohle bohrte.

Und einen Elias, der neben die schluchzende Cress trat und ihre Hand hielt, während sie murmelte: *Wir werden alle sterben.*

Alle drei waren durch leuchtende Fäden mit dem Elias verbunden, der noch unter dem Balken stand und zu uns herüberschaute.

»Vorsicht, der Nagel!«, sagte ich mit krächzender Stimme.

Dorian drückte meine Hand. Elias schaute vor sich auf den Boden, trat den Nagel beiseite und kam dann auf mich zu.

»Was ist mit ihr?«

Ein Zittern durchlief mich. Überall im Raum spannten sich diese Fäden aus Licht, gingen von den Umstehenden aus und teilten sich in unzählige Möglichkeiten. Stimmen rauschten in meinem Kopf.

»Es ist alles gut, Ezlyn. Schau mich an!«, bat Dorian ganz ruhig.

Er war der Einzige im Raum, von dem keine Fäden ausgingen. Es schien, als würden seine Schatten das Licht schlucken.

»Was ist mit mir?«, wiederholte ich Elias' Worte.

Ich klang kläglich und genau so fühlte ich mich auch. Mein Kopf schmerzte unerträglich.

Marion trat einen Schritt vor und sah auf mich herab. Die

Lichtfäden, die sie umgaben, schienen sich unendlich oft zu teilen.

»Du wirst dich daran gewöhnen, Ezlyn. Aber jetzt musst du uns hier herausbringen.« Sie klang kühl und unnachgiebig.

»Und wie in aller Götter Namen soll ich das tun?«, fuhr ich sie an. »Was habt ihr mit mir gemacht? Was passiert mit mir?«

Noch nie in meinem Leben hatte ich solche Angst verspürt. Ich presste eine Hand auf meine pochenden Schläfen. Dorian zog mich an seine Brust und legte sein Kinn auf meinen Kopf. Er wiegte mich hin und her wie ein kleines Kind, ohne auf die Wunde an seinem Bauch zu achten. Sie tat bestimmt weh, aber er ließ es sich nicht anmerken. Das Schaukeln beruhigte mich ein wenig.

»Vertrau mir! Es wird alles gut«, murmelte er.

Aber wie konnte ich ihm vertrauen, nach allem, was er mir angetan hatte?

Was hatte er mir eigentlich angetan? Ich lebte noch, da war ich mir sicher. Aber diese Lichtfäden …

»Meine Berührung hat dich verwandelt, Ezlyn«, sagte er und beantwortete damit meine unausgesprochene Frage. »Du siehst nicht länger nur das Ende eines Lebens. Du siehst jeden einzelnen Schritt und jede Entscheidung.«

Ich war eine Schicksalsseherin geworden. Ich kannte den Mythos. Er war nicht im Buch des Lebens aufgeschrieben, aber es gab Überlieferungen, die davon berichteten. Sie handelten von gierigen Todesseherinnen, denen die drei Geschenke der Götter nicht genügten und die um ein viertes gebeten hatten: um die Macht, mehr zu sehen als das Ende eines Menschenlebens. Der Göttersohn Beliar ließ sich von den Seherinnen dazu verführen, seinen Vätern diese vierte Gabe zu rauben. Er wurde dafür aus dem Götterhimmel verbannt.

Das also waren die Lichtfäden. Ich konnte sehen, was geschehen und was nicht geschehen würde. All die unzähligen Möglichkeiten.

Der Mythos war Realität geworden.

»Wir können dir später alles erklären«, sagte Marion und erstickte damit die Fragen, die mir im Kopf herumschwirrten. »Jetzt musst du zuerst einen Weg in die Freiheit für uns alle finden. Die Wachen dort draußen werden nicht ewig warten, ehe sie uns angreifen.«

Ein Weg in die Freiheit.

Bis eben war mir unsere Lage aussichtslos erschienen. Aber jetzt erkannte ich, welche unserer Fluchtpläne gelingen und welche scheitern würden.

Ich sah, wie zwei der Rebellen das Scheunentor öffneten und ein Pfeilhagel auf uns niederprasselte. Ich sah Malachi zwischen den Wachen stehen, einen brennenden Pfeil im Anschlag und ein irres Lachen im Gesicht.

Hinten in der Scheune sah ich Elias nach einem zweiten Ausgang suchen. Als er ihn fand und zwischen den losen Brettern hindurchklettern wollte, wurde er von einer feindlichen Wache gepackt und hinausgerissen. Cress stürzte hinter ihm her, um ihn zu retten, aber es war zu spät.

Ich sah uns im Feuer verbrennen und ich sah uns schreiend auf unsere Gegner zustürmen. Wir starben. Immer und immer wieder.

Doch dann fand ich ihn, den Weg durch eine versteckte Seitentür, der uns die entscheidenden Sekunden Vorsprung verschaffen würde. Es waren nicht genügend Wachen draußen, um das Gebäude vollständig zu umstellen.

»Hier entlang«, murmelte ich.

»Bist du sicher?«, wollte Marion wissen.

Ich schnaubte. »Wenn ich nicht sicher wäre, wäre ich wohl kaum die Verbündete, die ihr gesucht habt.«

Die Erkenntnis traf mich wie ein Schlag in die Magengrube. Marion hatte mich nicht gebraucht, um irgendwelche anderen Seherinnen zu überzeugen oder um das Gift in den Tempel zu schmuggeln. Das waren alles nur kleine Aufträge gewesen, mit denen sie mich gelockt hatte. Was sie wirklich wollte, war diese Gabe. Und sie hatte mich nur benutzt – genau wie Dorian.

Wir starrten uns einen Moment lang an, schließlich nickte die Rebellen-Anführerin grimmig.

»Gut, dann also los!«

»Kannst du laufen?«, fragte mich Dorian besorgt.

Statt ihm zu antworten, stand ich auf und trat neben Marion. Ich musste an der Spitze der Gruppe gehen. Ich musste sie anführen.

Nicht zum Westtor, sondern zum Osttor.

Haltet euch geduckt.

Jetzt bleibt stehen.

Geht weiter.

Nehmt den rechten Weg.

Rennt.

Es war ein Kinderspiel, die Rebellen in die Freiheit zu führen. Ich spürte die Macht, die mir meine neue Gabe verlieh. Den Pfeilen der Armbrüste wich ich erst im allerletzten Moment aus, um mir etwas zu beweisen. Einen davon fing ich aus der Luft, nur weil ich es konnte. Ein seltsames Hochgefühl überkam mich, während wir auf das Osttor zumarschierten.

»Geht schon vor!«, befahl ich den anderen und blieb unter dem Rundbogen stehen, dessen eisenbeschlagene Tore weit geöffnet waren.

»Ezlyn …«, begann Dorian unglücklich.

»Geh!«, wiederholte ich barsch. »Ich habe noch etwas zu erledigen.«

Zögernd schloss er sich den anderen Rebellen an, die rasch in Richtung Osttor verschwanden. Ich wusste, dass er ohne mich nicht weit gehen würde, aber das war nicht schlimm. Denn bald würden wir alle in Sicherheit sein.

Ich drehte mich zum Tempel um und wartete. Ich war ganz allein. Das Adrenalin rauschte herrlich in meinem Blut, während mein Blick über die steinerne Anlage glitt. Die Stallungen, die Gebetshalle, der Turm mit der Falknerei. Nicht weit entfernt sah ich die Wachen anrücken, Malachi unter ihnen, die Armbrust im Anschlag. Ich hatte mich einst vor ihm gefürchtet. Jetzt war es an der Zeit, dass er lernte, mich zu fürchten.

»Habt Ihr wirklich geglaubt, Ihr könntet vor mir davonlaufen, Ezlyn?«

Malachi trat vor die Wachen und spuckte ins Gras. Ein verächtliches Lächeln umspielte seine Mundwinkel.

»Seht Ihr mich etwa fliehen?«, erwiderte ich mit ruhiger Stimme und zog die Augenbrauen hoch.

Da war kein Zittern in meinen Beinen, keine Unsicherheit in meinen Bewegungen. Ich fühlte mich mit dem Erdboden verbunden, mit einer Kraft, die ich nie zuvor gespürt hatte und die man nur als göttlich bezeichnen konnte.

»Vielleicht solltet Ihr es besser tun. Ihr wäret nicht die erste Todesseherin, die durch meine Hand stirbt«, knurrte Malachi und seine grünen Augen funkelten erwartungsvoll. Vermutlich dachte er, die Nachricht von Rhiannons Tod könnte mich in die Knie zwingen.

Dummer Junge!

»Ich weiß, was Ihr getan habt.«

Für einen kurzen Augenblick wirkte der junge Lord beinahe enttäuscht, aber dann lachte er ein schrilles, boshaftes Lachen.

»Dann wisst Ihr auch, dass ich sehr grausam sein kann.«

Er zielte mit der Armbrust auf mich. Die Gewissheit, dass ich den Pfeil fangen konnte, bevor er mein Herz durchbohrte, war berauschend. Ich sah all die Lichtfäden, die von Malachi ausgingen, sah etliche Versionen von ihm umherlaufen und lange Reden führen, als probte er ein Bühnenstück.

»Lasst uns ein Spiel spielen, Malachi«, schlug ich vor. »Ich weiß, Ihr liebt Spiele.«

Er blinzelte irritiert und trat nervös von einem Fuß auf den anderen. Dann beruhigte er sich wieder. Ich stand ganz allein da und er hatte eine kleine Armee in seinem Rücken.

»Na, schön. Wie lauten die Regeln?«, sagte er schließlich.

Ich sah ihn abschätzend an. »Ihr zählt bis drei und gebt mir so lange Zeit zu fliehen. Wenn ich es bis dahin aus Eurer Reichweite schaffe, versprecht Ihr mir, mir nicht zu folgen.«

Malachi grinste. Vermutlich ging er davon aus, dass mein Spiel einem verzweifelten Fluchtversuch galt. Die Wiese in meinem Rücken, über die alle anderen Rebellen längst geflohen waren, war ein offenes Feld. Ich konnte es niemals schaffen, ohne dass mich Dutzende Pfeile durchbohrten.

»Also gut, Ezlyn, ein letztes Spiel. Obwohl ich bedaure, dass es nun ein Ende nimmt. Ihr wart eine würdige Gegnerin.«

Er leckte sich über die Lippen und ich sah niederträchtige Begeisterung in seinen Augen glänzen.

»Eins …«

Malachis Stimme hallte weit über das Feld. Seine Augen wurden schmal, als ich mich keinen Fingerbreit von der Stelle bewegte. Ich musterte ihn.

Schweigend.

Herausfordernd.

Gelassen.

»Zwei …«

Malachi drehte sich zu den Wachen um. Sie legten ihre Armbrüste an und spannten die Pfeile ein. Das Schlagen von Flügeln ging in dem metallischen Klicken der Spannhebel unter, genau wie die Lichtfäden es mir gezeigt hatten.

»Drei.«

Die Wachen kamen nicht mehr dazu, zu schießen. Die Feuervögel hörten auf meinen schrillen Pfiff und stießen auf sie hinab – ein unerbittlicher, orangeroter Sturm aus Krallen und Federn, der nur mir gehorchte. Sie zerfetzten und zerrissen, hackten und zerstörten. Mit einem zufriedenen Lächeln wandte ich den Männern den Rücken zu und schritt gemächlich über die Wiese davon. Ihre Schmerzensschreie klangen mir in den Ohren, aber sie erschütterten mich nicht. Von dem Moment an, als ich gesehen hatte, welches Schicksal Malachi und seine Männer erwartete, hatte ich es glühend herbeigesehnt. Mit jeder vom Hass verdorbenen Faser meines Körpers.

»Das ist für Rhiannon«, flüsterte ich in den kühlen Abendwind, der über die Wiese wehte und mein pechschwarzes Haar zerzauste.

Dorian trat hinter einem Gebüsch hervor. In seinen Augen flackerte Ehrfurcht, und für einen kurzen Moment fragte ich mich, wer nun das größere Monster von uns beiden war. Ohne ein Wort zu sagen, nahm er meine Hand und wir gingen zu den anderen Rebellen, die bereits auf uns warteten.

• • •

Wir teilten uns auf und zerstreuten uns in alle Richtungen, um mögliche Verfolger abzuschütteln. Ich wusste, dass einige Rebellen von Leibwächtern des Kaisers aufgegriffen werden würden. Es gab zahlreiche Wege, die sie einschlagen konnten, doch ihr Schicksal war immer das gleiche.

Sie starben.

Anderen konnte ich helfen und sie auf den richtigen Pfad schicken. Marion ritt davon, ohne sich noch einmal zu mir umzudrehen. Ich wusste, wir würden uns eines Tages wiedersehen.

Dorian, Cress, Elias und ich blieben zusammen. Wir ritten in die hereinbrechende Nacht. Und in keiner Version unserer Leben, die ich vor mir liegen sah, wechselte einer von uns ein Wort.

KAPITEL 34

»Trink das!«

Ich hielt Dorian eine Feldflasche hin, die Elias am Fluss mit Wasser gefüllt hatte. Als der Schattenkrieger danach griff und unsere Finger sich berührten, schaute er zu mir auf. Unzählige Gefühlsregungen spiegelten sich auf seinem Gesicht – Überraschung. Sorge. Ehrfurcht. Liebe.

»Danke«, murmelte er.

Seufzend ließ ich mich neben Dorian auf den Boden fallen und sah mir seine Wunde an. Cress hatte sie vorhin gesäubert und verbunden. Sie schien nicht so tief zu sein, wie wir zunächst befürchtet hatten. Dorians Bauchmuskeln spannten sich an, als ich mit den Fingern am Rand des Verbandes entlangstrich, und ich zog schnell meine Hand zurück. Er hatte gesagt, dass er mich liebte. Aber das war, bevor mich seine Schatten berührt hatten. Und bevor ich eine andere geworden war.

Wir saßen an einem kleinen Lagerfeuer, das ich entzündet hatte. Die Flammen züngelten und Funken stoben knisternd in den Nachthimmel. Cress und Elias hatten sich bereits schlafen gelegt, erschöpft von den Geschehnissen des Tages. Wir hatten uns den Staub und das Blut abgewaschen, aber etwas war zurückgeblieben, es überzog alles mit einem dunklen Schleier.

»Ezlyn«, sagte Dorian und wartete, bis ich den Kopf hob und ihn ansah. »Ich könnte es verstehen, wenn du böse auf mich wärst.«

Das Mondlicht glitzerte in diesen wundervollen nachtschwarzen Augen, die mich immer wieder in ihren Bann zogen.

Ich nickte langsam. »Das bin ich. In etwa tausend möglichen Varianten.«

Er runzelte die Stirn, als versuchte er zu begreifen, was ich da gerade gesagt hatte. Das konnte er nicht. Das konnte niemand, der nicht sah, was ich sah.

»Aber nicht in dieser hier«, stellte er schließlich fest und ein Anflug von Erleichterung schwang in seinen Worten mit.

Ich schüttelte den Kopf. »Nein, nicht in dieser.«

»Warum nicht?«

»Weil ich gesehen habe, wohin mich diese Wut führt.«

»Wohin?«

Ich schluckte die Tränen hinunter, die mir die Kehle zuschnürten.

»Weg von dir. Weg von mir. Weg von allem.«

Da war ein tiefer, schwarzer Abgrund gewesen und ich hatte hineingeblickt. Nun konnte ich nur davor zurückweichen und hoffen, dass er mich nicht hinabzog.

Dorian musterte mich aufmerksam. Dann legte er eine Hand in meinen Nacken und zog mich an sich. Ich hielt ihn fest, während die Nachtluft uns umspielte und irgendwo in der Ferne eine Eule schrie. Wenn er bei mir war, verschwand das gleißende Licht und in mir wurde es ruhig.

»Warum kann ich dein Schicksal nicht sehen?«, murmelte ich gegen seine Schulter.

Er strich sanft über meinen Rücken.

»Ich weiß es nicht. Vielleicht weil ich ein Angelus Mortis bin. Es könnte etwas mit meinen Schatten zu tun haben.«

»Vielleicht weil du mich zu dem gemacht hast, was ich jetzt bin«, erwiderte ich und mein Tonfall war verbittert.

Ich setzte mich auf und Dorians Hand glitt von meinem Rücken. Sofort vermisste ich seine Wärme. Fröstelnd verschränkte ich die Arme vor meiner Brust.

»Woher wusstest du, dass es funktionieren würde?«, fragte ich ihn. »Und wann habt ihr den Plan gefasst, mich zu verwandeln?«

Die Sache ließ mich nicht los, und ich fürchtete, sie würde für immer zwischen uns stehen.

»Es war zuerst nur eine Möglichkeit«, versicherte Dorian mir. »Marion hat in alten Schriften einen Hinweis darauf gefunden, dass es Seherinnen gibt, die durch die Berührung eines Angelus Mortis verwandelt wurden. Ich wollte es nicht tun, aber als der Anschlag misslang und wir plötzlich in der Falle saßen …«

Er raufte sich verzweifelt die Haare.

»Wir wären in dieser Scheune gestorben, wenn du es nicht getan hättest«, sagte ich. Ich verstand, warum er so gehandelt hatte. »Aber was ist überhaupt geschehen? Der Kaiser schien geradewegs in die Falle getappt zu sein, die ihr für ihn aufgestellt hattet. Nachdem Jorah ihn angegriffen hatte, war der Kaiser sicher, dass keine Gefahr mehr drohte.«

Dorian nickte grimmig.

»Jorahs Angriff sollte ihn von dem eigentlichen Anschlag ablenken«, erklärte er. »Miriam, die erste Seherin des Kaisers, war eine von uns. Sie gehörte bereits der Rebellion an, lange bevor sie vor sechs Jahren in den Palast kam. Da sie die engste

Vertraute des Kaisers war, gingen wir davon aus, dass ihr Wort genügen würde, um ihn nach Jorahs Angriff in Sicherheit zu wiegen.«

»Und so war es auch.«

Dorian nickte. »Bis eine der anderen beiden Seherinnen im Festsaal gestolpert und hingefallen ist und der Kaiser ihr wieder auf die Beine half. In dem Moment, als er ihr seine Hand reichte, muss sie eine Vision von dem Anschlag gehabt haben. Ich konnte es beobachten, aber es war zu spät, um einzugreifen.«

Ich schnaufte. »Da haben wir wohl großes Glück gehabt.«

Zumindest einige von uns. Ich dachte an die Rebellen, die gefallen waren. Und an Jorah, der vermutlich noch immer in Gefangenschaft war.

»Dank dir«, sagte Dorian und strich mir sanft über das Haar.

Bei seiner Berührung prickelte mein ganzer Körper und ich spürte, wie ich mich ein wenig entspannte.

»Soll ich dich jetzt Beliar nennen? Wie den Göttersohn? Übersetzt bedeutet das *Der ohne Licht*. Irgendwie passt das zu dir.«

Dorian löste den Stoff, den er sich um die Hand gewickelt hatte, und ich legte meine Handfläche an seine. Wir betrachteten fasziniert, wie seine Schatten uns umspielten.

»Es ist ein Mythos«, sagte der Schattenkrieger schließlich. »Mein Vater war ganz und gar sterblich.«

Wir verschränkten unsere Finger. Sein Daumen streichelte über meinen Handrücken.

»Aber der Mythos scheint Wirklichkeit geworden zu sein«, erwiderte ich. »Ich bin jetzt eine Schicksalsseherin.«

Das Wort klang groß und mächtig. Ich schauderte.

»Ja, das bist du«, bestätigte Dorian. »Und die Feuervögel scheinen das auch erkannt zu haben.«

Sein Tonfall klang nervös bei der Erwähnung dieser Vögel und ich verkrampfte mich sofort. Vermutlich hatte er, genau wie ich, die Bilder der Männer vor Augen, die sich gegen die Schnäbel und Krallen verteidigt hatten, indem sie die Arme schützend vor ihr Gesicht rissen. Vermutlich klangen auch ihm ihre panischen Schmerzensschreie noch in den Ohren. *Was hast du getan?*, flüsterte es in meinem Kopf, aber ich drängte den Gedanken zurück und begrub ihn tief in meinem Inneren.

»Die Vögel haben mich als ihre Anführerin akzeptiert«, erwiderte ich und war froh, dass meine Stimme nicht zitterte.

Dorian küsste meinen Handrücken. Dann näherte sich sein Mund meinen Lippen und verharrte abwartend. Ich kam ihm das letzte Stück entgegen, und während unsere Lippen einander liebkosten, atmete ich seinen Geruch von Fichtennadeln und Regen. Es fühlte sich wie Vergebung an.

»Was wird jetzt mit uns geschehen?«, fragte ich, nachdem ich mich von ihm gelöst hatte.

Er hob die Augenbrauen. »Sag du es mir. Du bist die Schicksalsseherin.«

Nachdenklich neigte ich den Kopf. »Ich kann dir nur sagen, dass uns unzählige Möglichkeiten offenstehen. Aber ich weiß nicht, welche wir wählen werden.«

Dorian strich sich über sein Kinn.

»Cress und ich haben schon darüber gesprochen«, sagte er. »Wir wollen Jorah retten. Auch wenn Marion will, dass wir ihn seinem Schicksal überlassen und so schnell wie möglich ins Lager zurückkehren. Aber das kann ich nicht.«

»Ich komme mit euch«, entschied ich schnell.

»Marion möchte dich bestimmt an ihrer Seite haben«, gab Dorian zu bedenken.

»Deine Mutter kann warten«, erwiderte ich. »Ihr könnt meine Hilfe momentan besser gebrauchen.«

Dorian nickte dankbar. Ein Lächeln huschte über sein Gesicht. »Wir haben es geschafft, Ezlyn. Der Kaiser ist tot. Jetzt wird alles besser werden.«

Ich erwiderte sein Lächeln. Dann schmiegte ich mich an seine Schulter und blickte hinauf zu den Sternen. Das Lagerfeuer knisterte, Blätter raschelten im Wind und ich spürte die Wärme von Dorians Körper. All die Jahre hatte ich davon geträumt, in Freiheit zu leben. Dabei hatte ich nie wirklich gewusst, was das bedeutete.

Das hier war Freiheit.

An seiner Seite zu sein.

Und egal was die Zukunft brachte: Von allen Möglichkeiten, die ich wählen konnte, war diese die beste.

EPILOG

Ich wünschte, ich könnte Rhiannon davon erzählen, dass es sie gab – eine bessere Welt. Eine Welt, in der es keine Ungerechtigkeiten und keinen Kampf mehr gab. In der die Armen nicht in Massengräber verscharrt wurden, während die Reichen durch die Hand einer Seherin dem Tod entgingen.

Die Zukunft lag vor mir. Ein Strang leuchtender Fäden, der sich unendlich verzweigte. Ich versuchte nur denen zu folgen, die mich in diese bessere Welt führten. Und doch hatte ich jedes Mal Angst, ein loses Ende in der Hand zu halten. Ich hatte mich schon einmal getäuscht – was Dorian anging. Seine Berührung war nicht mein Ende, sondern ein Anfang gewesen.

Das Lagerfeuer war längst verloschen, als ich am nächsten Morgen aufwachte. Ich stand auf und schlich auf Zehenspitzen davon, um den Schattenkrieger nicht zu wecken. Unten am Fluss schöpfte ich Wasser in meine Hände und spritzte es mir ins Gesicht. Mein Spiegelbild schaute mir von der Wasseroberfläche entgegen – meine schiefergrauen Augen, die pechschwarzen Haare und die Sommersprossen, die ich zu lieben gelernt hatte.

Sah mein Gesicht nun anders aus? War ich eine andere geworden?

Mein Blick glitt zu dem Auge der Vorsehung auf meinem Fingerknöchel. Wie viele Male hatte ich es angeschaut und mir gewünscht, ich wäre nur ein einfaches Mädchen? Meine Bestimmung war es immer gewesen, den Lords zu dienen. Doch meine neue Gabe diente nur noch mir selbst. Ich spürte ihre Kraft in meinen Adern pulsieren. Spürte die Ruhe und Gewissheit, die sie mir verlieh.

Es gab diese bessere Welt, von der ich Rhiannon so gern erzählt hätte, aber der Kampf dafür war noch nicht vorbei. Die neue Ordnung, wie wir sie uns erhofften, entstand nicht über Nacht. Doch ich kannte nun den Weg dorthin und wollte ihn gehen, auch wenn er steinig war.

»Ezlyn?«

Dorians Ruf drang zu mir herüber. Ich sah die Lichtfäden, die meiner Entscheidung vorausgingen, vor mir. Zahlreiche davon führten mich zurück zum Lager, um Dorian in die Arme zu schließen, ihn zu küssen und ihm durch die dunklen Haare zu fahren. Nur ein einziger Faden blieb hier bei mir. Ich betrachtete diese Ezlyn, die dicht neben mir stand – ein Wesen aus Licht und Schatten.

Sie sah glücklich aus.

Ein kleines Lächeln lag auf ihrem Gesicht.

ENDE

DANKSAGUNG

Die ersten Sätze zu »Ezlyn« kamen mir in der Umkleide meines Fitnesscenters in den Sinn. Da saß ich nun in meinen Trainingsklamotten zwischen all den ausgepowerten, verschwitzten Mädels und tippte wie eine Verrückte in die Notiz-App meines Handys. Irgendwann wurde mir klar, dass es mich an diesem Abend wohl eher an den Schreibtisch als auf den Stepper trieb. Und aus jenen ersten Sätzen ist das Buch entstanden, das ihr nun in den Händen haltet (ich glaube, eine bessere Ausrede, um nicht zum Sport zu gehen, kann man kaum finden).

Doch natürlich brauchte es nicht nur diesen ersten zündenden Gedanken und meine fehlende Sport-Leidenschaft, um einen Roman wie diesen auf die Beine zu stellen. So viele Menschen haben Energie und Arbeit in dieses Projekt gesteckt, und deswegen möchte ich nun *Danke* sagen.

Danke an meine Eltern, die mir von klein auf die Begeisterung für Geschichten mit auf den Weg gegeben haben. Mit euch habe ich auf langen Wanderungen die ersten Erzählungen gesponnen.

Danke an meinen Mann Hagen. Als du vor drei Jahren zu mir gesagt hast »Erfüll dir deinen Traum vom Schreiben!«, konntest du nicht – wie Ezlyn – in die Zukunft sehen. Du wusstest nicht, ob ich erfolgreich sein oder scheitern würde, aber du hast an mich geglaubt und du hast mich immer unterstützt. Ohne dich gäbe es weder »Ezlyn« noch all meine anderen Bücher. Ich bin so froh, dass ich dieses wilde Abenteuer mit dir teilen darf.

Rabea, wie sehr habe ich es genossen, mit dir im Café zu sitzen und an unzähligen Plots zu basteln, die mit zunehmender Koffeinmenge immer verrückter wurden. Ich hoffe, wir werden noch viele weitere Cappuccinos zusammen trinken. Vielen Dank für deine Zeit und deine Fantasie.

Ein ganz großes Dankeschön geht an Kerstin Kopper und das ganze Team des Carlsen Verlags. Ich bin so glücklich, dass »Ezlyn« bei euch ein so wunderbares Zuhause gefunden hat. Vom ersten Augenblick an habe ich mich bei euch in guten Händen gefühlt. Es ist großartig, mit wie viel Enthusiasmus und Herzblut ihr dieses Projekt von der ersten Idee bis in den Buchhandel begleitet habt.

Ich bin unglaublich froh darüber, Ulrike Schuldes an meiner Seite gehabt zu haben. Sie hat meinem Manuskript den letzten Schliff gegeben und mich vor unzähligen peinlichen Lektoratsfallen bewahrt. Dafür ein herzliches Dankeschön.

Und *last but not least* möchte ich mich von ganzem Herzen bei euch bedanken, liebe Leser. Eure Begeisterung und eure Unterstützung sind mein Treibstoff, wenn ich am Schreibtisch sitze und über einer neuen Romanidee grüble. Ich freue mich über jede persönliche Nachricht, jede Rezension und jede Empfehlung. Vielen, vielen Dank für alles, was ihr für mich und meine Bücher tut!

EINE KÖNIGIN,
DIE KEINE SEIN MÖCHTE

Verena Bachmann
THE WITCH QUEEN.
ENTFESSELTE MAGIE
Klappenbroschur
368 Seiten
ISBN 978-3-551-58463-2
Auch als E-Book erhältlich

DIE HEXE ENJU will nach einem langen Arbeitstag in der Bar ihrer Tante nur eins: endlich in ihr Bett. Doch durch eine Verschiebung der Magie landet sie in einem Viertel der Stadt, in das sie normalerweise niemals einen Fuß setzen würde. In Lapislazuli spielt die Magie schon seit geraumer Zeit verrückt. Doch vor dem Club der Totenbeschwörer fühlt sie sich besonders seltsam an. Dort muss etwas Grausames geschehen sein, für das Enju plötzlich verantwortlich gemacht wird. Um ihre Unschuld zu beweisen, muss sie mit dem attraktiven Anführer der Beasts zusammenarbeiten, der eine ungeahnte Anziehung auf sie ausübt. Aber je mehr Zeit sie mit ihm verbringt, desto näher kommt er dem Geheimnis um die wahre Königin der Hexen ...

V.CARLSEN.DE CARLSEN